劇作家 秋元松代

荒地にひとり火を燃やす

劇作家秋元松代

荒地にひとり火を燃やす

山本健一

岩波書店

カバー写真　劇作を始めて一〇年余り、ラジオの連続ドラマを旺盛に書いていた頃の秋元松代。ほほ笑む口元からは静かな自信がただよう。

本扉写真　「七人みさき」取材で、絵金(弘瀬金蔵)のおどろおどろしい屏風絵を見学する秋元松代(中央)。高知県の神社にて、一九六八年夏。

目次

第一章　想う

NHKのテレビドラマの打ち合わせで秋元松代(左)を訪ねた太地喜和子．山梨県北杜市の清春芸術村にて

綱のうえ

ロマンへの憧れとシニカルなまなざし、愛を求める渇きと深い孤独感、エゴにとらわれた煩悩の濁りと激しい怒り、あるいは救いを求める祈りに似た切なさ。劇作家秋元松代(一九一一~二〇〇一)の心の大いなる揺れだ。現代演劇を代表する戯曲と、戦後黄金期を迎えた放送劇に数々の秀作ドラマを生んだ創作の泉でもあった。

秋元は、劇作家としてデビューする以前の戦前から、戦後の創作の苦闘、そして死の直前までの六〇年間を綴った、ほとんど未公開の日記二四九冊と取材記・作品覚書類を一四六冊、計三九五冊を残した。むろん実人生と作品世界は全く別物ではある。しかし作品は内側で作者の人生の痛みや奥深い感情と結びついていないはずがない。どう生き、どう書いたか。日記と作品を読み解き、関係した人と土地を訪ねて、秋元の人生と表現がからみあう綱の上を歩いてみたい。

まずは俳人の橋本多佳子、女優の太地喜和子、ロシア文学翻訳家の湯浅芳子、全盲のハンセン病患者夫妻との交友から、彼女の心の高みと、ほの暗い内側をのぞきたい。

橋本多佳子

ミューズ

《先生への敬慕は、ある意味で恋に似ております。私以外の人は、こんな感情を変質的だと軽率に申しますが、私は自分の豊饒さであると、あえて自負いたします。人はこのような心情を経験しないから理解しないだけです。先生、あなたは私をお忘れになりました。おそらく一度も思い出してはいらっしゃいませんでしょう》（一九五〇年六月の秋元日記から。以後日記からの引用は《　》で記す）。

秋元がまるで恋文のような日記の中で先生と呼んだのは、俳人の橋本多佳子（本名多満、一八九九～一九六三）のことだ。最初に出会ったのは一九五〇年五月、俳人の兄、秋元不死男（本名不二雄、一九〇一～七七）が千葉県市川市にあった知人の別宅で開いた「多佳子上京歓迎句会」だった。

三九歳の秋元は、清らかでロマンチックな憧れを抱く少女のように、一目で五一歳の多佳子に魅了された。いや、のみこまれたというべきか。後年は多佳子を日記では幻の母と呼びかける。《木立に向かって幻の母を呼びたい激情にひたされ、お母さんお母さん、お母さんと胸中いっぱいだ。やっぱり私はいつか気が狂うのではないかと思う》（五五年四月）。物腰の柔和さ、動きの美しさ、黙礼した時の目の深さ。女性本来のあり方を見つめ《生きた芸術作品》とまで感動する。もっとよく分かりたい、会いたいとひたすら思い詰める。ついには日記の中だけだが「送らない手紙」と題し、多佳子宛ての長文の手紙を書く。五日間かかり、一〇〇枚ぐらいの下書きを作った。ひとつの浄化作用になり、送る手紙を書き終え、投函した。

橋本多佳子（『七曜』第 183 号より）

《荒廃を救うものは愛と信念です。私の極端からさらに他の極端へ走る性情で、これが粗っぽくただ強さばかりにならないよう、つまり美の具現へ辿り着けるよう祈りたいのです》。若いころから秋元は、人間には恋愛感情とは別だが、同じ程度に強烈で純潔で真実な感情があると思っていた。優雅な多佳子にそれを見たのだろう。

秋元の内に秘めた愛についての激しい憧れは、心の屈曲と裏腹の関係だった。生い立ちに触れながら日記にこう告白する。《(家族の)一人一人はみな良質な人々であったのに、なぜあの一かたまりは、今も憎悪の追憶しか私に与えないのだろう。兄たちは常にかくあることを、性急に強要する。そして軽蔑と冷淡。それが母にもあった。私の幼年時代と青春期を塗りつぶした自信の喪失。消極性。突発的な傲慢。性的恐怖症。結婚に対する極端な失望的解釈。人間、ことに異性に対する強度の臆病さ。それらの全部の責任が、彼らにあるとは云えないが、重大な素地になったことは確かである。そして私は殆ど自分の一生の運命を決定してしまった。とりかえしのつかない歪曲が、私の上にやって来た。私を変質者、または発狂者にしなかったのは、僅かに私の持っていた貧しい、天分だけの功である》(五〇年九月)。

そしてこう思う。《愛や友情の交換が、何の障碍もなく流通し、表白出来るものなら、人生はどんなに美しく豊かで楽しいだろう。しかもそれをさまたげているのは、われわれ自身なのだ。愛情の喜びを求めている自己が、それを阻害する自己でもある。愛するということは、それがどんなに純良な動機から出たにせよ、何と困難な、得がたいものだろう。誰かに優しく語りかけたい、静かに言葉すくなく、柔和に暖かく、できれば言葉もなく、秘かにひたむきに誰かに語りかけたい》(五一年九月)。

受賞作家

遅咲きだった。戯曲第一作「軽塵」を四六年、三五歳の時に書いてスタートした。最後の戯曲「南北恋物語」は八二年、七一歳、最後のテレビドラマ「但馬屋のお夏」が八六年、七五歳だった。四〇年間に発表した戯曲は二〇本。ラジオ、テレビ台本も数多く書き、「受賞作家」の異名をとった。

まずは作品の受賞歴を創作順に見てみよう。

五六年にラジオドラマ「赤猪子《あかいこ》の恋」が民放祭ドラマ部門一位。六〇年に劇団仲間初演「村岡伊平治伝」が芸術祭奨励賞、ラジオドラマ「常陸坊海尊」脚本が芸術祭ラジオ部門奨励賞。六五年にラジオドラマ「きぬという道連れ」が芸術祭ラジオ部門奨励賞、テレビドラマ「海より深き―かさぶた式部考」が芸術祭賞、戯曲「常陸坊海尊」が田村俊子賞。六八年に劇団演劇座再演「常陸坊海尊」が芸術祭賞。つまり「常陸坊海尊」はラジオ脚本、戯曲文学、上演舞台の三部門でトリプル受賞した。六九年に戯曲「かさぶた式部考」が毎日芸術祭賞。七〇年にテレビドラマ「七人みさき」が芸術祭賞。七六年に戯曲「七人みさき」が読売文学賞。劇団民藝初演「アディオス号の歌」が紀伊國屋演劇賞個人賞、ラジオドラマ「われも子なれば」芸術祭優秀賞。七九年に東宝製作「近松心中物語」が菊田一夫演劇大賞。八一年に東宝製作「近松心中物語」の再演が芸術祭大賞。八四年にテレビドラマ「心《しん》中宵庚申《じゅうよいごうしん》」が芸術祭大賞(テレビドラマ部門)。

これらの成果に対して褒章では七九年に紫綬褒章、八五年に勲四等宝冠章を受章した。個人全集では、七六年に『秋元松代全作品集』全三巻(大和書房)、死後の二〇〇二年に『秋元松代全集』全五巻

（筑摩書房。以下、全集と記す）が出されている。

トライアングルの磁場

思慕するミューズ橋本多佳子との出会いから多佳子が死ぬまでの一三年間の交友は、秋元の創作の磁場にもなった。第四章で触れるが、五一年に初演された「日々の敵」のヒロイン像に深く影を落とす。近代女流俳人の草分けとなった杉田久女[1]（一八九〇～一九四六）をモデルにした竹岡朝子（あさ女）の半生を描いたテレビドラマ「山ほととぎすほしいまま[2]」の場合はさらに顕著だ。自身も重ねるように愛と孤独、創作する厳しさを見つめた。

六四年に福岡のＲＫＢ毎日放送から、久野浩平演出、渡辺美佐子の主演で五〇分ドラマとして放送された。多佳子が六四歳で亡くなった翌年だった。さらに同名の戯曲を六六年に俳優座に書き下ろした。後に《完熟はしていないが鋭いひらめきもある力作》と自負する。秋元はすでに六二年には、新珠三千代が与謝野晶子（一八七八～一九四二）を演じた連続ラジオドラマ「みだれ髪」（朝日放送）を書いている。六七年には『明星』の歌人であり、与謝野鉄幹（一八七三～一九三五）との恋に悩んだ山川登美子をモデルにしたテレビドラマ「若狭の女」（フジテレビ）も書いた。戦時中は短歌に親しみ自選短歌集まで出した。兄の句会で同人らに接する機会も多く、この俳人系列は秋元になじみ深いものだった。

モデルの久女は、明治から戦前にかけての封建的な男社会の中で、自我と芸術表現に目覚めて、夫や社会の無理解に苦しんだ。自由に開かれた創作集団であるべきはずの俳句結社の陰湿な政治性、ボス支配の日本型組織に抗し、ついには敬愛した師の高浜虚子（一八七四～一九五九、作品では上原岳堂）から破門される。

題名の「山ほととぎす〜」は、久女の代表句「谺《こだま》して山ほととぎすほしいまゝ」から採られている。血を吐くように鳴き、山々に谺する声とは、都会になじまず九州の小倉に住み、情熱的な俳句で東京にまで名をとどろかせた久女の絶唱のこと、とされる。俳句に命を燃やし尽くした女性の純粋で激しい生き方を、この句に感じ取った秋元は、ドラマの核心を担う言葉として題名に使った。

怒りと強靭な意志力と、女の業や情念。あさ女の描写には、戦後新劇界で苦闘した秋元の姿と、フェミニズムの源流につながる気配がある。

男社会への憤怒の作とはいえ、表現は美しくなければならない。多佳子の優雅な物腰や知的な言葉、繊細な感受性の存在そのものが、久女像をふくらませたのだ。秋元の思う女らしい表現とは何か。たとえば平林たい子の小説『萌黄《もえぎ》』を読んで、《女流作家の目の柔軟さ。意地わるなまでの厳しく知的で、時には硬さに近いほどの激しい感性も尊敬するが、この短編の暖かい柔軟さと、知的な深さが融和してくるというのが、もっとも立派な結実だと思う。女の強さというものは、こうでなくてはいけない。本当の女らしさは温和さだけでは築けないし、強さや勝気さでは、もちろん何も得られない》と日記に書く。多佳子に出会う前後のころだ。

杉田久女（左端）と橋本多佳子（右端）

創作の経緯は、久女から俳句の手ほどきを受けた多佳子が、兄不死男と同門になったことから秋元は多佳子に面識を得たことによる。親交の深まりと共に久女の思い出話を多佳子から聞いて構想が生まれた。久女、多佳子、秋元兄妹のトライアングルが作品創造のゆりかごになった。

櫓山荘

久女と多佳子の出会いは、多佳子が実業家の夫豊次郎と共に住んでいた北九州市小倉北区中井浜にある櫓山荘だった。豊次郎が建てた和洋折衷の大正期を代表する三階建ての建物で、北九州文化のサロンだった。二二年に虚子の歓迎句会が開かれ、多佳子は久女と初めて会う。多佳子はまだ句作をしていなかったが、この日参加した久女の手ほどきで始めている。

櫓山荘跡地を訪ねた。ＪＲ小倉駅の西北にある小山のような跡地公園は、冬の気配がする森に囲まれていた。入口を上がると、広場には滑り台など遊具が置かれていた。かつてテニスコートがあり、新妻の多佳子はここでラケットを振った。「櫓山荘跡」と書かれた石碑の碑面には二人の句が刻まれている。

　　谺して山ほととぎすほしいまゝ　久女
　　乳母車夏の怒濤によこむきに　多佳子

寺山修司(一九三五〜八三)の短歌をつい思い出した。

　冬海に横向きにあるオートバイ　母よりちかき人ふいに欲し

寺山は若い時に気品ある句風の多佳子に私淑した。母への愛憎に苦しんでいた彼は、女性の理想像を、秋元と同様に多佳子に重ねたと思う。

屋敷跡を示す赤レンガが敷かれており、玄関、ホール、応接間と書かれたプレートが埋め込まれている。林の中を回遊するように歩道と階段が廻らされ、野外ステージ跡らしい広場もあり、華やかな生活を偲ばせる。

句作を始めた多佳子は二七年、虚子が主宰する俳句雑誌『ホトトギス』に初入選した。二九年に大阪・帝塚山に移り、山口誓子(一九〇一~九四)に師事し、三五年誓子に従って「ホトトギス」を離れて「馬酔木《あしび》」同人となった。三七年に夫と死別後、疎開した奈良市あやめ池に住み着き、四八年に誓子が『天狼』を創刊すると参加した。ここで秋元の兄、不死男と同門になったのだ。

テレビドラマ「山ほととぎすほしいまま」

テレビドラマ版を録画で見た。あさ女が明治末から終戦直後まで過ごした波乱の三七年間の半生を、一五場面前後で構成する。心象描写のために久女の句を挿入している。

花衣ぬぐやまつはる紐いろ〳〵／足袋つぐやノラともならず教師妻／谺して山ほととぎすほしいまゝ／愛蔵す東籬《とうり》の詩あり菊枕／風に落つ楊貴妃桜房のまゝ

最初のシーンは、希望にみちて小倉の中学校に美術教師として赴任する新婚の竹岡孝太郎、朝子(あさ女)夫妻の船上から始まる。朝子を演じる渡辺美佐子のアップのカット。凄艶な目の演技が印象深い。瞳の奥に女心の変化を時に微妙に滲ませ、時にきっぱりと宿す。憔悴した横顔のアップ。姿を消す師の岳堂を「卑怯者」と叫ぶギラギラした目と額に垂れるほつれ毛が凄惨だ。昭和二〇年。夫は、精神に不調を来したあさ女を哀れみ、自宅一室に幽閉する。「私が死んだらきれいな句集を出してくださいね。一〇〇年ぐらいたったら、誰か一人ぐらい、私の俳句をわかってくれる人がいるでしょう」と自分の句帳を抱きしめる。外出用の和服を羽織り、鏡に姿を映す。「暗いわ」と呟きながら窓ガラスを割る。翌年春にあさ女が死んだことを告げるテロップが流れて終わる。

俳優座の上演中止

次は戯曲化。六四年から六六年までの秋元の苦闘を日記などでたどる。

――《純な澄んだ作品を書きたい》と思い定めたのは、テレビ放映前後の六四年。翌六五年一月には《気持はわくわくと昂揚するばかりで、喫水線一杯まで潮が充ちた》と高まる。俳優座からの依頼で、秋元がまず考えたのは現代の問題とどう取り組むかということ。戦後も尾を引く封建的な男社会や、カリスマを頂点とする日本型ヒエラルキーを標的に据えた。新興俳句の問題を取り上げるべきだろうとも思う。一七五枚を書き終える。戯曲を読んだ久野浩平から「岳堂は千田是也をぜひ欲しい。俳句が前面に出てしまっては失敗であろう。強烈に緊密に描けている」と電話があり、秋元は一安心する。

しかし俳優座からは、初めて演出をすることになった東野英治郎が、色々と注文を付けてきた。東野はライバル小沢栄太郎に張り合うため演出もしようと思ったのだ。虚子を慮り上原岳堂を登場させないでほしい、岳堂とあさ女の情痴関係がもっと出た方がいい、ラストで菊枕を作らしたらどうだろうかと言う。秋元は俗論にすぎないと一蹴する。しかし腹が立ってきて、酒を飲んで寝てしまう。俳優座の戯曲改訂を求める姿勢に憤激して作品を引き上げた。返却されてきた原稿と共に東野の手紙が同封されていた。秋元は数行読むうちに顔色が変わった。《まるで作品を読んでいない。次元の違うところで、文句をつけている。自分の仕勝手の良いように、という役者の怠惰な欲深さ。これでは演出はもちろん、岳堂役などは出来るわけがない。もう新劇には見切りをつけるべき時だ。戯曲を書いていく意思があるならば一切、上演を期待しない立場で続けていくほかはないことだ。自分のために自分の納得のいく戯曲を創造していこう。一文の報酬にもならない戯曲を年に一本ずつは書きたい。だから、生活費は他の仕事によって得ねばならぬのだ》と決意する。

六六年元旦から「山ほととぎす〜」の補筆にかかり、二月一七日に完了する。一五五枚。初稿の一七五枚に比べ簡潔になった。もともと削るに削る書き方ではあったが、その好例だろう。《作家の勝負とは何と長い時間に亘るものか。火がつきにくい物質。それが書く仕事だ》と改めて思う。たとえ上演の見込みのない作品であろうとも、書きたいものを書いていく以外にない。《光栄ある生涯だと思っている》と秋元の心は誇りと決意で丈高い。

後日談だが、結局東野が島田安行との共同演出で初めて念願の演出をしたのは七九年一〇月の俳優座公演「毒婦の父—高橋おでん」(矢代静一作)だった。東野も、おでんと情を重ねる義父役で出演する。当時インタビューしたが、デビュー以来数多くの舞台に立ってきたベテランにして、初の演出に緊張していた。

「演出というのはよく分からないが、芝居は分かるような気がする。だから自分の考える芝居とはこんなものですよ、とお見せする気持。これこれこういう意味があります、なんて観客に言いたくない。俳優という職業は物を教えるものではないと昔の役者が言っていたそうですが、本当にその通り。演出していると自分が減っていくような不快感がある。減ることは恐ろしい。早く自分の役作りをしたい」。名優にしても演出には向かなかったようだ。

秋元は俳優座から作品を引き上げて以後、上演許可を凍結した。和解した俳優座が増見利清の演出で初演したのは、完成して一四年たった八〇年だった。

愛憎濃い戯曲

六六年に完成した戯曲（三幕五場）は俳句への情熱と成功、挫折の基本ストーリーはテレビと変わらない。発端はテレビと違い、夫が小倉に着任して六年後の孝太郎宅。終章はテレビと同じく、狂乱のあさ女を描く孝太郎宅で終わる。戯曲では岳堂と、師を慕い拒否されると憎むあさ女との関係がテレビより濃く描かれている。弟子たちに新旧俳句論争を担わせた。

〈あらすじ〉

大正七年、北九州の中学美術教師竹岡孝太郎の妻朝子は、芸術家への志を捨て教師に自足する夫に耐え切れなくなり離婚を言い出す。昭和六年。あさ女の名で句作を始めて十二、三年になる朝子は自信に充ちている。同じ町の素封家藤代家に俳壇の大御所上原岳堂が東京から来訪した。弟子は「東京の橋川みな女、九州の竹岡あさ女。女流俳人の黄金時代が来た」とほめる。しかし「あさ女は山ほとぎす。田舎の鳥は啼き方を知らない」とも皮肉る。岳堂に逢いに来たあさ女は「東京へ行きたい。俳句と先生は私の命です。私を愛していらっしゃいますね」と彼の膝に崩れる。昭和七年、娘の由紀子は「憎みあっている両親から離れて暮らしたい」と家を出る。あさ女は「私の運命を、自分の手で作ろうとしたのよ」と娘に言う。昭和八年、藤代邸で、あさ女は「先生は私の魂の父親で、生涯の恋人です」と岳堂にかきくどく。岳堂は老獪にいなす。あさ女の句が採用されない理由について「主観的色彩、主張が強すぎる。俳句本来の道を間違えている」と言う。「先生は人間の出来事を傍観者の心で見よとおっしゃる。ですが泥まみれな暮らしの中で、偽りなく、私の心と感情と願いを歌うにはどうしたらいいか」と反問するあさ女に、岳堂は「一三年前、あなたは客観写生と花鳥諷詠の精神に仕合せを見出した。ところがあなたは俳句に酔えなくなった。いずれあなたは私を捨てます」と言う。あさ女の同人除名を言い残して帰京する。あさ女は「岳堂は私を恐れて、逃げ出したのです」と慟哭する。孝太郎は「私はずっと前に絵筆を捨てた。お前をなくしたら、ほかに何も自分のものがなくなってしまう」と狂乱のあさ女を部屋に幽閉する。「私はあなたのものになりましたわ。あなたの勝ちだわ」。あさ女は虚脱と混沌の中へ崩れていく。

渡辺美佐子のあさ女

テレビであさ女を主演した渡辺美佐子さんと二〇一〇年、東京・渋谷の喫茶店であった。

「久女の悲劇は早く生まれ過ぎたことですね。俳句への執着と情熱。彼女にとり表現欲の業みたいなものです。あそこまでまっすぐ自分を貫き通す。嫌な女に見えるかもしれませんが、久女像に愛着もありました。母としての母性の思いも強かった。今回、ビデオを見返しました。半世紀前、三一歳。あんなシャープな目をしていたとは思わなかった。当時私は映画でエキセントリックな役が多かったのです。新米俳優だったし、秋元先生のお芝居はあまり見たことがありません。でも偉い先生だと聞いていましたし、台本に共感して出演しました。演出の久野浩平さんもいいお仕事をなさっていた。

もし今久女が生きていたらマスコミにさらされ、あれだけ全身針鼠のような尖った生き方は出来ないかもしれない。あの時代だからこその久女像だったのでしょうね。舞台版を私の久女で新人会が上演する話は、途中で立ち消えになったようです。当時の新人会は千田(是也)先生の信奉者たちが集まったブレヒト劇団。観念的な戯曲を上演していたので、『普通の芝居』という受け止め方が劇団内にあったかもしれない。劇中に久女の有名な句が出てきますよね。『足袋つぐや　ノラともなれず　教師妻』。私だったら『足袋ついで　ノラともなれる　教師妻』ですが、前句の鬱々悶々たる気持ちが好き。岳堂は千田(是也)先生をイメージしているのですか？　でも先生は大きくおおらか、万年青年みたいなところはあったが、君臨した人ではないですよ」

大塚道子のあさ女

上演拒否から一四年後の八〇年、俳優座が増見利清の演出で初演[3]を決めた。増見から「なぜ発表当時、上演を見送ったのか分からない、失礼なことをした」と電話があった。八〇年三月、増見に岳堂のモデルは千田是也だと秋元が電話で話すと、増見もそう思っていたと答えた。東京・紀伊國屋ホールでの初日は五月一二日。観劇した秋元は、《なかなかよかった。客席の反応もよい。(あさ女役の)大塚道子はまずまずよいと思う。演出もよく心得て処理していた》と日記に書く。千秋楽の五月二七日、《芝居は手馴れて来たが、抑制したことで、あさ女がかえって嫌な女にみえるという反作用になる点がある》と記す。

俳優座の初演舞台であさ女を演じた大塚道子(一九三〇〜二〇一三)に二〇一〇年、劇団裏の喫茶店であった。

「俳優座と秋元先生が、この作品をめぐって決裂したのは一九六六年でした。演出の東野英治郎さんが出来あがってきた戯曲を書きなおして欲しいと言ったら、秋元先生は書きなおさなくていい、と怒りを込めて断った。暫く絶縁状態が続いた。時を置いて七九年に増見さんが上演したいと幹事会に提案した。幹事は当時一三人だったと思いますが、私をはじめ中村美代子、井口恭子ら女性陣が皆賛成した。でも私があさ女をやるとは思っていなかった。皆と俳句を作ったりして先生はとてもお優しかった。あさ女は女としてはずいぶん過激なような気がした。東野さんもそのことを言ったのだと思う。でも戯曲を何度か読んでいるうちに、このくらいの女の人がいてもいいのではないかと思うようになった。過激でも自分の道を歩くのは当然です。私は訪中公演をしてからずいぶん元気になったのです。千田先生に総会でくってかかることもあった。岳堂のモデルは千田先生？ それほどの絶対的権力者ではなかった。あれだけ立派な才能を持つ偉大な人なのに、妙に小心というかでんと安心していることがない時もあった。でも私なんかが劇団総会でかみついても、苦虫をかみつぶしたような顔をするだけで、後はさっぱりしていた。配役でもいい役をくれた。

「山ほととぎすほしいまま」の打ち合わせ．前列中央が秋元松代，同左が大塚道子，右が増見利清．劇団俳優座提供

人間の幅が大きいというより、誰が文句を言ったか忘れているかもしれませんね。私たちは先生から見れば、きっと自分が育てた子供なのです」

秋元松代は語る

八〇年五月。俳優座が「山ほととぎす～」を初演した時、朝日新聞学芸部(現・文化くらし報道部)の演劇担当記者だった私は秋元にインタビューした。

――久女の俳句がいいですね。遊びや楽しみではなく、自分の命の燃焼になっている。そのひたむきで一途な久女の生き方が、俳句の結社の中で反感を持たれ異端視された。結社だけではなく、日本全体の問題とも見える。女がそういうふうに自己を主張しては、抵抗が多すぎる。でも久女は譲歩や妥協が出来ない。そのため結局、家庭や社会の中で孤立し、追い詰められていく。自分を純粋に保っていくと孤立する。誤解や非難、悪口雑言を受けてしまう。久女が鮮烈に生きた一生は、彼女個人だけではなく、我々を取り巻いている問題にも及んでいる。結社の矛盾、権威主義的なものは日本全体に残っている。封建的な権威が支配的では、近代的社会とはいえない。表面は近代だが、内容はもっと前近代的です。彼女はノイローゼで入院した。原因はいろいろあるが、結社からしめだされて失望し、不満が内攻した。才媛だが、自分を保とうとするあまりの鬱屈があった。久女の住んだ小倉は江戸時代から幕府に忠実な所だし、戦争中は小倉連隊があり、軍国主義的でした。

写真で見る久女は、大柄で小太りな華やかな美人。私は橋本多佳子から、かなり前から久女についていろいろ聞いていた。私の兄が俳句をやっていたので俳句結社のいいところも悪いところも知っていた。表題の俳句を作ったのは九州の霊山。自分は地方にいる山ほととぎすだ、と抑制された自信が込められています。

俳優座は「礼服」「婚期」「日々の敵」と、私の作品を最初に続けて上演してくれた。ただある時期以降内部がガタついた。私は作家だから、はたから見ているより仕方なかった。この作品は一四年前にある事情から上演中止になった。作家として傷ついたが、それ以後は何も考えまいとした。去年、増見さんから言われ、ああそうかと思ったが、作品に少し不安があった。でも作品が年月により傷ついていなかったのがうれしかった。今これを上演しても恥ずかしくない。自分でもあまりうまくないな、と思う部分はある。今の私だったらこんなにむきになって書かない。でも書いておいてよかった。

八〇年五月二二日の朝日新聞夕刊に私は以下のような劇評(抜粋)を書いた。

——古風なたたずまいの中に、自分を解放し、燃え尽きていった一人の女性の激しい情熱のほてりが、伝わってくるような舞台だ。(略)秋元らしい骨太な批判精神が一本通っている。しかも俳句という「夢」にとりつかれた女性のひたむきさが、ドラマに情感を与え(略)大塚道子が激情の女性を比較的抑制して演じ、逆にエネルギーを感じさせた。ただ、朝子の半生を追う様な時間の流れのため、舞台に躍動感が少ない。演出の増見利清は、劇作家の女性らしいつややかな感性のふるえを端正に視覚化するが、もう少し劇的なイメージの高まりが欲しい。(略)夫役の中野誠也は、封建的な亭主だが、妻への苦悩をにじませて好演。

多佳子、死の前後

「山ほととぎす〜」がまだ形を成していない六二年七月。多佳子に奈良で会った秋元は、ひどく痩せた姿に胸をふさがれる。六三年五月に亡くなる前年である。多佳子は秋元が謡を習っている金春流の能楽師桜間金太郎(一九世、本名龍馬)に入門したいと、緋鹿子《ひかのこ》の袱紗《ふくさ》づつみにした入門料を秋元に手渡した。秋元が一期の思い出に、自分の謡で仕舞を舞ってくださいい、それが夢ですと言うと、多佳子は手を打って喜んだ。《橋本さんに何ごとかがあっては、私は書けなくなると云うと、暗くひいた目線にある感情が揺れ、それを力にそう思わせてもらい、長生きをすると答えられる。私との友情も一〇年を更に三、四年越えたことを改めて思い出された様子で、私たちの歴史を作ったと云うと、同感にうなずかれた。非情な人と怨んだこともあった。しかし今はすべて、それらすら尊い追憶である。むしろ、私をすら寄せつけまいとした頃の、身心の強さを頼もしくなつかしく思うのである。いまは一日一日をたのしく暮らすことを冥加と思うと云われる。また私の謡の声は、二十五、六歳の修道僧のような清らかさであると称賛して下さる》と秋元は記す。

多佳子は秋元の手を見やり、磨いた大理石のように美しい、姿を英国大使夫人のように立派とつぶやく。《かつては憐憫や警戒であり、期待であったにすぎない(秋元への)関心が、今はやや同じ平面上での語らいになった。私は多少の名と生活の保証が出来た時、多佳子さんが老年に入られたことが、悲しく寂しい。私が遅すぎたのだ。私はこの人と今のように語らうことを、望みとしてきた。それがほぼ達せられた時には、友の生命を不安に思う時でもあった》と悲しみをこらえる。

自費出版した『秋元松代戯曲集』（文学散歩出版部）を手渡すと、多佳子は二つの句で答えた。

菊の香や菊を離れしとき匂う

霧月夜美しくして一夜ぎり

秋元はこの一期一会の句に接し、《美しい一刻は短く、そしてつくさざる故にさらに美しかったのだ。私の思う限りのことは、すべて橋本さんに分かってもらえる》と感じる。一二月には多佳子から「作品を全部読んだ。たいへん感動した」と手紙が届いた。明けて六三年二月。手術入院を前にした多佳子が秋元宛てに最後の手紙を書いた。美しい和紙の巻紙に流麗な筆跡を走らす。

「あなたにはいろいろとご親切頂きました。生きているのにどんなにか勇気が出ました。手術のその時まで忘れません。癒るようお祈りください。この間、奈良の（春日大社の）万灯籠を見に行きました。雪で美しく入院など夢にも知らなかったのです。

歩み高まり萬燈の高まりゆく

知らせないと叱られるので手紙書きました。大丈夫だから心配しないで。三月にはきて下さい」

多佳子が肝臓がんのため亡くなったのは、手紙から三カ月後の六三年五月二九日、六四歳だった。

秋元は一三年間の交流の日々を慟哭して、日記に永訣の記を書く。

《大阪・回生病院四階の五〇〇号室。あまりひどいやつれ方に一瞬感覚を失って悲しみも驚きもなかった。時々両目をみひらいて、何かを見ようとする。あの優れた美貌がこれほどに変貌しつくすまで生命のためにたたかったのである。勝ち戦ではなかったが、これはすでに勝敗を超えた無償のたたかいである。生命はなんと貴重にして稀有なものだろう。まったく驚嘆すべき絶対の至上命令だと思う。厳粛というのはこれである。私は初めて生命の意味と理由と根拠をかいま見たのを知った。多佳子さんは死闘によって私に生を覚《さと》らせてくれた。それは死の意味を悟ることでもあった。そして死は怖れるべきものではなく、生は大切な尊い至高なものであることを示している。たとえ死のために、どんなに戦いやつれ、変貌し、残骸となり果てても、それはたたかいのための勇姿である。勇者、まさにその名にふさわしい姿を私はみた》(五月二八日)。

《電話で起きる。今払暁零時五十一分に永眠されたことを知る。対面。苦痛の影は消えて能面のような彫りの端正な面貌に逢う。多くを物語って限りなく静謐な顔。たたかいを終えた人間の顔である。多くを生きて去る。眉を撫でると、眉は柔らかかった。額に掌をあてて、その丸みを受けていると、吸いこむような冷たさが掌の中心部に痛みのように透ってくる。私はかつてこの人の顔に手を触れたことがなかった》(同二九日)。

《(橋本家の)庭へ出てみる。石の床机。崖の中腹に塔一基。石にこしかけると、わき水の水滴の震えとほととぎすの声がある。崖の笹やぶには、絶えず小さな生きものの動くはずれの音がする。笹やぶは生き、わき水も生きる。幹を登る小さな灰色の蝸牛。すべて故人のみたものは生命を生きているのだった。人声もする》(同三〇日)。

《(娘の)美代子さんが云い出して故人の好きだった近くの白毫寺《びゃくごうじ》へもうでることにした。寺は荒廃にひんし、堂守の老婆は松葉杖をたよりに草を刈っていた。美代子さんから故人の死をきいて泣く。中食。櫓山荘の話が出る。はなやかで豊かで幸福だった話である。きらきらするようなイメージが湧く》(同三一日)。

死去の二カ月後。《今の日本人は人間に無感覚になっている。彼らは人間関係を性以外に見ようとはしない。私が性のない感動を持つことが、彼らには異常とみえるのだ。私はなぜ橋本多佳子を愛したか。彼女が優れた美質を持った女の一人だったからだ。そして私はかつて彼女に一度として魅力は感じなかった。つまり彼女を、女としては見ていなかった。むろん立派な女性だった。だが、彼女には真の意味の思想と芸術がまだ熟してはいなかったのではないだろうか》

死の三年後の六六年四月。秋元は奈良に行く。《歳月をかけた追憶を粗末にすべきでないと思った。多佳子が育てなかったものなら、私が育てればよいではないか。それが生命を後の世に持った者のなすべき営みではないのか。感傷や自己是認の卑俗ではなく、生命の永続の神秘を、そこに発見すべきではないか》と思う。

秋元は多佳子の追悼文を四本、全集第五巻に収めた。「白珠—橋本多佳子さんのこと」(初出は俳句誌『俳句』六三年八月号)、「梅雨のころ」、「旅行者の回想」(初出は俳句誌『天狼』六三年八月号)、「夢のかけ橋」(初出は俳句誌『七曜』六三年八月号)。これらは上掲の日記を元に書いている内容だ。

秋元が食道潰瘍の手術を受けて、死を思った八八年一一月。《観音とは、おのれ自身の中に存在する最高な純一なおのれのことである。それを求めていた多佳子さんが、今にして慕わしい。今は故人であるけれど、私はもう一度、出会っているのを感じる。いま、ようやくその人にまみえた心地がする。いま、いわば死期を待つだけの生となった私が、ようやく解ったことを、愚かとも痴鈍ともいえよう(それはよく分っているが)死期に近くなって真実が感じられたことは、心の慰めである》

それから一一年後の九九年六月の日記。《多佳子についての追憶を呼び戻そうとしても今は手応えがない。かつてのような情熱的といえそうな思いは消えて久しい。私の年齢的な衰退もあろう。いまは書くことは苦しい。死滅を思わせるような孤独。多佳子が死んで三六年が過ぎた。いまは思い出すら遠く霞んでいる》。秋元が肺がんのため九〇歳で亡くなったのはそれから二年後だった。
多佳子は俳句を通して秋元に自然の見方を教え、秋元は戯曲を通して多佳子に人間の見方を教えた。一途な敬愛、哀惜、鎮魂から忘却。歳月の歩みはまことに厳しい。

孤独、悲しみ、そして愛

孤独、孤高の心は秋元にとり終生の常だった。だからこそ愛への思いは純化され、理想の美になっていく。三〇歳、戦時中から孤独の現実を日記に綴っていた。一人で暮らす(旧)東京市下谷区谷中坂町の清和荘アパートから、銀座の第一徴兵保険会社に邦文タイピストとして通勤していた。《刃物のような孤独》に苛まれ、さびしさは人間をも殺すにちがいない、と思うガラスの感受性。《愛されることもなく、その故に悲しむ時も過ぎて、今は一人の中に静かに立ち、そこで生きる心になっている。孤独の寂しい愛なのだ。そしてそれでいい》と。空襲の中、孤独を友にひたすら読書をした。こんな歌を作っている。

今よりは物は思はずかたよりに　書《ふみ》を学ばむ命ある間を
人言に心いたむなたまきはる　命短かみ書をよみてあれ

タイプの仕事に疲れて呼吸を切らし、アパートの自室に一人帰る。今の仕事は何の蓄積ももたらさない。《泡沫の生活の中でただ消耗し、愛されもせず、知られもせず、ただ見当違いの憐憫や軽蔑の中に曝されていた》どん底の日々。夜、一人で夢中に空腹を充たすと、《あとは座病の床のような寂寥が来る。人を懐かしんだり、人を思ったりする心情もない。会いたい人もない。本当の寂しさというものがきた。これはもっと深くなる。もっと拡がっていく。事が物質のように触れられる》と孤独を強く見据える。しかし、《悲しみに在って生きることは、もしかしたら、もっとも健全で、当り前な、平安な生活かも知れない》とも自らに言い聞かす。

東京都目黒区中町のマンション、目黒第三コーポに住んでいた七〇歳に近いころ、秋元は小鳥を愛した。同じマンションの住人がプレゼントしてくれたインコにハッピイと名づけ、言葉を教えた。愛してますと囀《さえず》った。もう一羽増えた。ピイ助だ。風が強いと恐れて声もたてない。ハッピイという言葉を教える。朱色の美しい夜明け。秋元がピイ助をベランダに出すと朱を浴びてハッピイと啼いた。

野良犬に向ける目も優しい。山梨県北巨摩郡長坂町(現・北杜市)の清春芸術村に住んでいたころの冬。《積雪の上を仔犬が低く泣き声を上げて歩いている。兄の犬が昨日、町の写真屋へもらわれていったのを、探し歩いているらしい。賢い方がもらわれて行き、馬鹿なクマという田舎っぺいの名をつけられた方が残された》

寝付けない夜。《なぜ満たされない欲望に苦しむのか。豊かさは味わいつくすことからは保証されず、そこには喪失と嫌悪と汚れと憎悪が生まれるだけであるに違いない。美しいものを愛せ。愛するものであるのが私の節度だ。それに過ぎるのは悪でしかない》と思う。

八四歳の時に、ナチの強制収容所体験を描いたヴィクトール・フランクルの名著『夜と霧』を読んだ。《愛するものを心に描き、感じ、会話することで、辛くも生命を保つという精神の作用にもちろん感動したが、私にはそのような愛の対象がないことも、まざまざと思い浮かべた。現在はもちろん、過去にも。追憶のなかにも。何たる荒涼か。いま老年になって、日々老いていずれ私も強制収容所の囚人になるのだ》と厳しく自分を観照する。

「山ほととぎす〜」を書いていた時、秋元は俳壇と同じような男社会だった新劇の演劇人に激しく怒っていた。《私ほどの才能が、紙屑のように扱われたのだ。私の不幸は、無能で盲目で、しかも思い上がった愚物ばかりの日本に女として生まれたことだ》(六二年)となる。かにかくに秋元の作家精神は怒りに震える。筆者秋元が主人公に乗り移った憤怒の作とも見える。「怒りの秋元」には、酒がらみの武勇伝が真偽とりまぜていろいろとある。誇り高く、筋の通らないことには怒りを爆発させたことは確かなようだ。秋元自身、《私は怒りの激発のために我を忘れることが度々ある。人を責めるとき、極端にまで責める傾向がある。それは苛酷さである。憎悪の激しさ。その時がすぎると、自分の激しい厳しさに嫌悪と、ある恐れを感じる。私は愛に欠け、敬意に欠けた境遇に成人した。それが私の苛烈さを作った。私は仁愛に魅入られながら、仁愛なき性格を作っていた》(六五年)と冷静なものだ。

私が久女の墓を長野県松本市宮渕の城山墓地に訪ねたのは二〇一〇年の春だった。夫の杉田宇内により分骨されたもので、民家のすぐ脇の南斜面に立つ。小ぶりな黒御影石の墓碑には「久女の墓」と刻まれていた。悠揚迫らず、深々とした字は、久女の師、高浜虚子。かつては愛弟子であったきらめく才能の死を、破門の処分を越えて書いた。松本は久女の父赤堀廉蔵の出身地で、墓地には中央が両親、右が久女に俳句の手ほどきをした兄、左が弟、その左隣に久女の墓が立っていた。一族再会。久女は愛する人々に囲まれて静かに眠っていた。

太地喜和子

蘭と香水

秋元の終の棲家となったのは、神奈川県茅ヶ崎市汐見台にあるケア付き老人ホーム、ビバリー・コート（現在名はソノラス・コート）茅ヶ崎三一三号室だった。八九年、七八歳から、九〇歳で亡くなる二〇〇一年まで暮らした。この居室には毎年一月二日の誕生日になると、文学座の女優、太地喜和子(4)（一九四三〜九二）から鉢に植えた祝いの蘭の花が宅配便で届けられた。後述するが（第一〇章）、太地が七九年に初めて秋元作品の東宝帝劇公演「近松心中物語」（蜷川幸雄演出）に出演した頃から、静岡県伊東市で溺死する九二年まで、毎年欠かさず届いた。八九年に入居した時の祝いも同じ鉢植えの白い蘭で、秋元は自室で育てた。九二年一月二日、太地最後の贈り物となった白い胡蝶蘭を廊下に出しておいたら、たくさんのつぼみをつけた。太地の母稔子《としこ》さんの回想記『喜和子追想』(5)によれば、太地が贈る祝いの花代金は一カ月一〇万円だったという。

太地の香水も秋元の自室にあった。フランス製の小さな瓶だ。秋元が箪笥の引き出しを整理している時に見つけた。山梨県の清春芸術村に住んでいた頃、太地が泊りに来て忘れていった。返す機会のないままに亡くなってしまったのだ。

始まりの「近松心中物語」

七八年に秋元が初めて東宝に書いた「近松心中物語」初演舞台に、文学座の女優、太地が、薄幸の下積み遊女梅川役で主演した。三六歳。艶やかで哀切限りなし。エロスと死の歓喜と絶望にふるえるヒロインだった。秋元はこれを書いた六七歳の自分を「青春の狂気に近い天分に生きていた」と後に思い出している。

二人は「近松〜」で出会った最初から意気投合する。というより太地は自分の芸質に合った優れた作品を書く秋元の心に飛び込んだ。秋元も、太地のあっけらかんとした気性ながら繊細さを秘めた人柄を愛した。酒豪同士でもあった。共働の蜜月時代はしばらく続いた。

《喜和子は女徳とでもいうものを持っている。それが情感のある魅力になっている。彼女は私を幸せにしてくれた。ほんの気まぐれかもしれない。それが性癖かもしれない。遊び心かも知れない。しかしそれでよい。正直でいささかの作為もない。私など愛される価値は何もないのに。孤独であること。これが私が得たものだ。そして、私は楽しく息づいているのだ。佳き時である》と甘い。

二人がレズビアン関係と噂されていたのは共に知っていて、笑い流していた。女の業を描く秋元は、太地の舞台一筋に賭ける女優の情念を愛した。太地はひたすら敬愛したし、女優の自分を開花させてくれる劇作家として大切にした。「近松〜」と、後述するが次作の「元禄港歌」上演(八〇年)の頃が最も感情の高まった時だった。二人の心の熱い交流と、太地のあっけらかんとした行動が、噂と誤解をうんだのだ。

秋元は強いエゴイストの自分が他人を心底愛せるはずがない、と思い込んでいた節はある。異性との恋愛に対して極度の引っ込み思案だった。そして愛の形について、七三年の日記に、観念的に書く。

《ホモとかレズを、それ自体として私は肯定したりも否定したりもしない。人間のどの線までがノーマルであるかないかなどは、無意味な固定観念のように思う。レズでも愛情の世界にかかわっている方が、まだしも人間らしさと結びつく。それすらないとしたら、あの人間は何なのだと疑いたくなる。飢餓に対面しない人間。だとすると、仮にレズ関係にあったとしても、相互に飢餓のない人間の馴れ合いである。そんなものなら、あってもなくても零に変わりはないわけだ》

太地は秋元作品には舞台で三本、テレビで三本の六作品に主演した。戯曲は「近松心中物語」「元禄港歌」「山ほととぎすほしいまま」。テレビドラマは白鳥の歌になったNHK近松シリーズ三部作「心中宵庚申《しんじゅうよいごうしん》」(6)「おさんの恋」(7)「但馬屋のお夏」(8)。それぞれ完成度にばらつきはあるが、古典の骨格の中に現在の愛を切なく表現している。

太地は、東宝が企画した江戸三部作最後の「南北恋物語」(八二年)には出演できなかった。所属した文学座との日程調整がつかなかったようだ。秋元は太地に文学座からの退団をすすめた。太地は酔って泣きながら秋元に電話をする。「勇気がないと思うだろうが、杉村春子を捨てるわけにはいかない」と。さらに他の秋元戯曲をいつかやらせてほしいと言う。「もちろんそうしてもらいたい」と返事をするが、退団しなかった太地に打算も感じ、すこし心の距離ができてきたようだ。

しかし、これを打算と切り捨てるのは酷だろう。退団すれば商業演劇での舞台出演が増えることを警戒したにちがいない。文学座の舞台あってこその外部出演なのだ。いくら尊敬する秋元からの働きかけとはいえ、文学座を背負っていく野望、責任感、女優本能と現実感覚が退団を思いとどまらせたのだろう。もし、太地が文学座を退団する好機があったとしたら、太地をよく知る演出家の木村光一さん(一九三一〜)が、劇団の運営方法に異議を唱えて八〇年に退団した頃だろう。時あたかも「近松〜」から「元禄〜」へと秋元と太地の絆が深まった時だった。

私は退団前後に木村さんから、新聞の取材でかなり突っ込んだ話を聞いたが、太地が心の底では賛同する、ヒューマンで地道な演劇理念があった。木村さんが新たに結成した演劇制作体「地人会」の二五年間の豊穣な成果を見るにつけ、行動を共にすれば太地に別の女優人生が開けただろうと思う。

木村さんは、太地が文学座の入座試験の時に、審査する側にいた。「奔放、楽しげな感じがいいなと思い、私と北城真希子だけが合格に推した」と思い出す。「作家との出会いが多い女優でした。宮本研、水上勉、井上ひさし、秋元松代。舞台では一番よかったのは『藪原検校』かな。『美しきものの伝説』に出てもらったのが印象に残る。『近松心中物語』は、何が蜷川だ、何が帝劇だと嫉妬して見に行かなかった」と苦笑する。

「きままでかわいい女性でした。あっけらかんとして自由奔放に生きている感じが楽しそうでいいなと思った。かたくなな新劇世界の人間にとり新鮮だった。演出家と女優というのはそういう部分がありますが、恥ずかしながら男と女の仲になった。結婚という形をとりたいと。喜和子の両親のところまで挨拶に行ったこともあります」

秋元は「南北〜」の後、戯曲を書けなくなった。《七二歳の時までが、私の作家の歩みだった。この後はＮＨＫテレビなどにかかわった。「心中宵庚申」(八四年)は成功したが、それ以後はよくなかった》。八二年七一歳で「南北〜」を書き、八三年七二歳で「心中宵庚申」のため大阪に取材旅行している。このころ秋元は、作家としての自分の歩みが下降してきたことを自覚していた。

白鳥の歌

秋元は山梨県にある清春芸術村長期滞在型アトリエに八二年から八九年まで住んだ。「自分のために新作を書いて欲しい」。秋元の居室には太地から夜となく昼となく電話が来た。もう戯曲は書けなくなっていたので、NHKテレビドラマ近松シリーズ三部作を書いた。「心中宵庚申」「おさんの恋」「但馬屋のお夏」だ。太地が主演し、和田勉（一九三〇〜二〇一一）の演出で八四年から八六年、いずれも一〇月に放映された。秋元は彼を嫌ったが、太地の要望を受け入れた。ドラマの打ち合わせだろう。清春の居室で、秋元、太地、和田ら五、六人が豪快に飲んでいるスナップ写真があった。

三本とも近松門左衛門作品を素材に、秋元が創作したドラマだ。

一作目「心中宵庚申」は近松世話浄瑠璃「心中宵庚申」を原作にした。原作は、夫婦でありながら心中する悲劇を描いた。大坂の八百屋の養子半兵衛に嫁いだお千代が、夫の不在中に身重の身で姑のおつやから姑《しゅうとめ》去りにあい、実家に帰る。旅の帰途、お千代の実家に立ち寄った半兵衛はそのことを初めて知り、命にかけてお千代を預かり大坂に戻る。半兵衛は姑に自分から離縁すると嘘を言い安心させ、姑の前でお千代を去らせた後、自分も忍び出て二人で最期の場所を目指していく。卯月五日の宵庚申、まだ生まれぬ子に心をひかれながら生玉で心中する。

しかし夫婦はなぜ心中しなければならないのか。原作では説得力がない。秋元は、原作の人間関係を尊重しながら、新たに心中の動機に、義母殺しを以下のように設定した。

八百屋を取り仕切る家付き娘だったおつやは義理の息子半兵衛への恋心から、半兵衛に嫁いだ美しいお千代に嫉妬して辛くあたる。半兵衛が郷里に半月ほど帰っている間に、讒言《ざんげん》を口実に姑去りでお千代を実家に帰すまでの設定は同じ。しかし、秋元版では半兵衛に恋を打ち明けて拒否されたおつやは自害しようとして、半兵衛に誤って刺し殺されてしまう。半兵衛はお千代を主殺しの巻き添えにしたくないと離縁し、実家に帰れという。「女《おなご》は、愛しいと思う心のために死にまする。あなたが死にはれば、わたしの心も死にますのや。心がのうて、なんの生きる甲斐がありますやろ」とすがるお千代。二人は生玉神社で心中する。

秋元らしいリアルな視点と悲しいまでの情感の描写が評価され、八四年の芸術祭大賞（テレビドラマ部門）を受賞した。

二作目の「おさんの恋」は、近松姦通物の世話物浄瑠璃「大経師昔暦《だいきょうじむかしごよみ》」を下敷きにはしているが、これも近松の女たちに現代の息吹を与えた。

原作では、大経師の手代茂兵衛は、主人以春の妻おさんから実家救済金の調達を頼まれ、白紙に主人の印を押すのを同僚に見つけられる。茂兵衛に心を寄せる下女の玉が罪をかぶろうとした。同夜、おさんは玉の寝所に礼にきて、夫が玉の寝所に忍び込むことを聞き、夫を懲らしめるため玉と寝床を交換する。しかしおさんは、玉の好意に応えようと忍んできた茂兵衛と、互いに知らず間違いの姦通をしてしまい、二人は家を逃げ出すも捕まる。刑場に引かれるが、駆けつけた和尚が命乞いをする。

秋元版「おさんの恋」では、おさんと相愛の手代茂兵衛、これに嫉妬し怒るおさんの夫永心、茂兵衛を恋する下女おたまと、人間関係は変えない。しかし、おさんは茂兵衛と恋に陥り、遠島送りになった茂兵衛を船で追いかける。秋元はみじめな姦通物ではなく、恋愛の純化をねらったそうだ。おさんは、遠島に流された茂兵衛を追って、恋の思いをかなえるひたむきな心を持ち、行動する女性にした。おたまを死なせずに平和な結婚生活を送らせたのも、秋元の近松の女に寄せる優しさの表れだろう。

八六年一〇月放映の三作目「但馬屋のお夏」が秋元最後の作品になった。但馬屋の手代清十郎と、祝言の決まった主家の娘お夏との恋愛事件を扱う、近松世話物浄瑠璃「五十年忌《ごじゅうねんき》歌念仏《うたねんぶつ》」をヒントにはしている。原作では、お夏と密通している清十郎は朋輩勘十郎から告げ口されて主家を追われ、誤って朋輩を殺してしまう。狂乱したお夏は清十郎を追い、彼が処刑される刑場に赴く。清十郎は自害し、お夏は尼となり、彼を弔うストーリーだ。

これに対し秋元は「但馬屋のお夏」で、深く思いあう異母兄妹の禁忌の悲恋物語にした。——海産物問屋但馬屋の娘お夏は、後添えで後家になったお志津の連れ子で、お見合いをさせる母の計画で京都から戻ってきた。志津の義理の息子、十兵衛が店を取り仕切っている。お志津は但馬屋の大坂支店の主人だった栄三郎の妻だったが、十兵衛の亡父と不倫してお夏を産んだ。亡父と再婚する時に、不義の子と言えずに連れ子とした。お夏と十兵衛は異母兄妹なのだ。お夏は、夫十兵衛の思い人はお夏と気づいて離縁したお菊にばったりと会う。お夏は十兵衛に愛の告白をする。十兵衛は異母兄妹であることを確信しているが、そのことをお夏に言えない。十兵衛に未練を残すお菊が訪ねてきて、嫉妬に狂いお夏を殺そうとする。しかし十兵衛に止められてもみ合ううちに誤って彼を刺殺し、自害する。

十兵衛の死に絶望したお夏も自害しようとするが止められ、但馬屋の仕事を健気に引き継ぐ姿で終わる。

ギリシャ悲劇を好んだ秋元は近親婚の物語を多く書いている。初期には古代天皇家の近親婚をラジオドラマの「赤猪子の恋」と「軽の太子とその妹」二作で書き、中期を代表する「七人みさき」では兄と妹との禁忌の情念を描いた。兄が元愛人のために死に至るのも同じだ。恋する兄の前に、女として向き合いたい妹の悲劇は、愛の純粋悲劇を好んで描く秋元にとり、絶好の設定だった。しかし秋元の最も嫌う自己模倣が最後の作品にしのびこんでいた。

清春に住んでいた秋元は、舞台にした播磨の国室津(兵庫県御津町)を八五年に取材で訪ねている。室津は「元禄港歌」(八〇年)で舞台にしたのと同じ港町。《ああいう作品を書いたのが、遠い昔のようにさえ感じた》。わずか五年前なのに、気力の低下を感じている。かくして秋元は創作の筆を置いた。

ビデオでこの作品を見た。劇中歌、蛍狩り、祭りの情景、柔らかい関西弁。秋元の好む設定も常の如くちりばめられている。哀感こもる目の憂い、全身でむしゃぶりつくような再会の愛の表現、和服のきりっと美しい着こなしとさばき。太地喜和子がそこにいた。しかし、しゃがれ声ともいえる台詞回しの衰えは隠しようがなかった。女優として岐路に立つ太地、自己模倣がしのびこみ筆を置かざるを得なかった秋元。七九年の「近松～」の頂点から始まった二人の共働作業は、終わりを迎えつつあった。

溺　死

秋元は八八年に食道の手術をしてから太地と会っていなかった。東宝を退社し演劇企画会社ポイント東京を設立していた中根公夫《ただお》(一九三八〜)プロデューサーが「喜和子はますます杉村春子に似てきた。それもあるが、もう色気だけを売り物にしていてよい時ではなくなったし、久女をやらせてみたらいいかもしれない」と打診した。九一年の「山ほととぎすほしいまま」(サンシャイン劇場)再演に、太地はあさ女役で主演した。この舞台を見た秋元は、《喜和子はやりにくそうだ。こういう役柄はこれまでやっていないものだ》と感じた。

秋元は手術後の状態から抜けきらず、辛うじて耐えているという時期だったので、太地とは楽屋前の廊下でちょっと挨拶する程度だった。仕事の上で遠くなればそうなっただけのもので、相互の生活上の隔たりは拡がるばかりなのはやむを得ない、と秋元は思った。これが二人最後の提携になった。

太地の訃報を中根さんが秋元に知らせる電話をかけたのは、九二年一〇月一三日午前七時少し過ぎだった。秋元は自室のベッドにいた。呼び出し音に何か事が起きたかと直感した。太地が自動車転落事故のため一三日未明に溺死したという。

一〇月一三日付けの朝日新聞には、太地の顔写真とともに、海に転落し海面に屋根と窓、ボンネットの一部を浮かした車の写真が掲載されていた。「一三日午前二時二〇分ごろ、静岡県伊東市和田一丁目の観光桟橋から男女四人の乗った乗用車が、約二メートル下の海に転落したと通りがかった女性が一一〇番通報した。静岡県警伊東署員や伊東市消防署のレスキュー隊が救助に駆けつけ、運転席の後部座席にとじこめられていた東京都渋谷区初台、女優太地喜和子さん(四八)を見つけ、同市内の病院に運んだが、すでに水死していた。ほかの三人は、自力で車外に出て救助された(略)。太地さんのほかの同乗車は伊東市川奈、スナック経営斉藤静江さん(四三)、横浜市緑区さつきが丘、文学座俳優大滝寛さん(三三)、東京都渋谷区恵比寿南、同外山誠二さん(三八)。伊東警察署の調べや文学座の話によると太地さんと男性二人は、斉藤さんのスナックで酒を飲んだ後、海を見ようと、斉藤さんの乗用車で観光桟橋を訪れた。係留されていた斉藤さんの知人の船を訪ねたがだれもいなかったため、引き返そうと後退中、誤って桟橋から転落した」

秋元は事故を伝えるテレビニュースを自室で繰り返し見た後、長谷寺の観音経のテープをかけ、線香を焚いた。梅川(近松心中)、お千代(心中宵庚申)、おさん(おさんの恋)、お夏(但馬屋のお夏)、初音(元禄港歌)、そしてあさ女(山ほととぎす)。太地が演じた六人の女人像が目に浮かんだ。

東京・信濃町の文学座アトリエで一〇月一四日に通夜、一五日本葬という。秋元は一日中なにも手につかなかったが、本葬に参列する支度だけはした。黒のセーター、カーディガン、黒のスラックス、靴。自分よりずっと若い太地のためにこんな用意をすることがあるとは夢にも思わなかった。本葬の席では杉村春子が縮まったように座っていた。自室に帰宅して一人でいると、やっと太地の死を、少し実感するようになれた。《ひとつの時代が終わったという感じがする。それは私の時代が終わったということでもある。もう作家として演劇界で仕事をする時ではなくなった私だと思う。その時、喜和子が不慮の死によって去る。何か因縁めいたものを感じる。それにしても、せめて『欲望という名の電車』のブランチを一度でも主演させたかった》。しかし死はまだ本当のような気はしない。まさかという気持はまだしていた。悲しみではない感覚だった。

初七日。秋元は自室で線香を焚き、再び長谷寺の経を聴く。《喜和子は信仰心に近い素朴な敬虔さを持っていた。寂しい思いがくる。喜和子は死んでしまったのだ》と自分に言い聞かせた。

　　七日まえに死にたりとわれはわれに言う　その日と同じ秋の雨ふる

秋元はようやくその死を納得するようになってきた。よい女優だった、重要な存在だった人を失った、と。秋元はビバリー・コート茅ヶ崎の地階で「心中宵庚申」ビデオ映写会を開いた。かなりの居住者が見にきた。《よき供養になった。喜和子よ平安なれ》と思う。

　秋元は、自作をプロデュースしてくれている中根さんとなら太地のことを率直に話せた。太地は「近松～」で大輪の花をひらかせた。芸域の広い女優ではなかったが、それだからこそ、あの梅川は一世一代のヒロイン役だったと、二人の見方は一致した。自身もインタビューを受けた『欲望という名の女優　太地喜和子』[9]（九三年、角川書店）の話になった。太地は著者のスポーツジャーナリスト長田渚左さんを信用したのだろう、かなり正直に自分を語っていた。「喜和子も病気をした。酒が過ぎて体のしんのところにひびが入ってきたのかとも思う。更年期にも来ていた」と秋元。その落差をどこで歯止めしたか、いい時点で幕を引いたように……中根さんはそう語りながら次の言葉を呑んだ。

　木村光一さんは事故当時、太地に仕事で会う予定だった。しかし実現しなかった。それが太地の事故死に結びついていなかったかと心を痛めた。「事故当時、僕は『ルル』（ヴェーデキント作）をやりたくて、それには喜和子しかいない。伊東までそのことを話に行く予定だったが、仕事の都合で行けなかった。もしあの時行って、その話をしたらば、飲みに行かなかったし、事故にあわなかったかもしれない。でも、あの時死んでよかったのではないかと当時は思った。体の悪いところ、女優としてのあせりがあるのを感じていたようだ。第二の杉村春子になりたいというより、まだそんな年齢ではなく、いい役をやりたい、男にもてたいという気分ではなかったかな」と思い出す。

秋元は年があけた九三年五月に伊東市の事故現場を訪ねた。若い数人の男女が、突堤左側の岸壁で、事故現場であるすぐ下の海面を覗いたり、しゃべったりしている。脇には、太地が最後のお吉を演じた市民会館がある。秋元はその閉じた表玄関をしばらく立って見ていた。ふっと悲しみと、ものみな果敢ないことが思われて、胸が重くなった。《会館のすぐ根本というような岸壁の水に落ちたのだ。ひどく無残なものに感じられる。沖からゆっくり迂回しながら白く真新しい客船が接岸してきた。それがいっそう無残な風景に思われた。食堂で食事をしていると大声で泣きたい思いがした。もう私には誰もいないのだ》と会館を後にした。同じころ、「近松〜」で共演した平幹二朗(一九三三〜二〇一六)、緋多景子さんも現場に一緒に行き、海中へ酒を注いだ。

死後、太地は秋元の夢の中に時々現れた。劇場というより芝居小屋へ一緒に芝居を見に行った。客はぎっしり入っていた。芝居はまだ始まっていない。出演もしていないのに楽屋へ行っていた太地が、稽古着の浴衣を着て出てきた。左半身が麻痺して動かないと言って左手をあげて見せた。藍染の浴衣の花柄が鮮やかだった。目をさますと、真夜中だった。眠れぬまま一時間ほどトランプカードで一人遊びをした。

揺れる鎮魂の心

秋元が太地に寄せる鎮魂の思いは、日記の上だけでも背反する心で引き裂かれている。《真の女優らしい女優だった。作りに作った様式の美。あれだけの女優は二人と出ない》と称賛するかと思えば、

《私はもう喜和子に魅力を感じなくなっている。心が去っているのに、その形や動きを(テレビで)見るのは気の重いことだ》というありさまだ。

原因の一つは、秋元本人が認めているように、人間太地喜和子と、俳優太地喜和子とを混同し、混乱してしまったことだ。

《喜和子についてのイメージが人間のレベルになると卑小化、矮小化は免れない。私の見ていたものは女優のレベルで見たもので、それを人間のレベルに引き換えてはならないのだ。なんと簡単な分りきったことに、私はふみ迷ったのだろう。私にとって喜和子というのは作家の見た女優であって、それ以外の友人、同士、同伴者のどれでもなかったのである。私も甘い夢を持った部分もあった。しかし根源的な自主の心は失わなかった。私は作家だったのだ》

秋元は『欲望という名の女優』を読み、喜和子という人間像が色褪せて卑小化してくるのを感じた。商業演劇に出ることが多くなっている。迷信担ぎになり、光を失っていく。木村さんと同一行動をとらなかったのはなぜか。知的世界がなかった。だから会話が成立しなかった、と思う。

《彼女対私の関係は虚しさであり、失望であり、無意味な疲労でしかなかった。俳優などというものの、信じてはいけないものに、何か信じるに近い情操を持ったことの愚かしさ。自分の甘さと愚かしさを知って、落ち込んでいたのだ》

秋元は太地の死後、太地の弱さに気が付きながら、哀れさを覚えている自分を発見する。『太地喜和子伝説』(二〇〇〇年、河出書房新社)を書いた大下英治さんのインタビューを受けた時の日記に、《死んだ女優がどうして主題になりえるのだろう。とくに太地のような感覚的な雰囲気で人を魅了した女優は、個体として亡びれば人の追憶の中にしか残らない。私以外にたのむべき作家がいなかったこと、私を作家として評価できない非知性的な女だったこと。哀れな女だったと思う。女優というものの哀れさを感じた》と書いている。太地は若いころから木村さんに導かれて宮本研、水上勉、井上ひさしらの現代戯曲に出演している。劇作家は秋元だけではなかった。しかし「近松〜」以降、太地にとり秋元戯曲の存在は絶大だったことは確かだ。九一年の「山ほととぎす〜」に主演した太地を見て秋元は首をかしげている。スランプを乗り越えれば、また別の可能性が得られただろうとも思った。と同時に、《事故死はむしろ救いだったのではないか》とすら日記に漏らしていた。

太地の死後、秋元の心は少しずつ冷えていく。七回忌の連絡があった。《欠席を決めた。私にとって喜和子は、あまり良い記憶を残していない。清春に居住していたころ、あの執拗に作品を求めてやまなかった彼女は、私にとり重荷であり、避けたい相手だったのだ。せっつけば、食い下がれば書くと思っていたのだろう。作家をひとしなみに馬鹿者だと思っていたのは彼女の大きな欠点だった。また私を変態だと思っていたらしいことだ。誰か下らぬ野郎の示唆にそそのかされたらしいが》と、秋元の常だが狷介さを増していく。

太地は文学座のライバルであり、独身同士の女優新橋耐子さんとは、大の酒飲み友達だった。いつものように痛飲しながら、昔の男たちが別れたあとに結婚した、幸福らしいと、酒の肴にした。そして太地は「私たちって消え物よね」とつぶやいた。消え物とは、舞台で演技の都度こわしてしまう皿や小鉢などの小道具のこと。日々代替される小道具に、瞬間の表現、瞬間の人生に生き、やがては観客の記憶から消える女優業を重ねたのだろう。

太地の墓は、母の実家の菩提寺である東京都豊島区駒込の勝林寺一隅にある。葬儀が行われた日、寺の本堂は太地の好んだ白い胡蝶蘭で埋まった。墓誌には「紅蓮院喜和静華大姉　平成四年十月十三日俗名太地喜和子行年四十八才」と刻まれていた。右に「萬法院寒山歸一居士　昭和六二年一月五日俗名太地喜一行年七十六歳」、左に「正壽院喜室妙稔大姉　平成十七年十一月十九日俗名太地稔行年八十八歳」とある。父喜一と母稔子に抱えられ、川の字になって眠っている。寺の話では、墓には月命日の一三日に学校時代の友人らしい同年輩の女性が一人、カサブランカの花束を抱えて欠かさず墓参する。最後の恋人だった男性も最近まで墓参にきていたが、今は結婚して姿が見えなくなったそうだ。

勝林寺を訪ねた帰り、巣鴨駅前の商店街に寄った。秋元が銀座の第一徴兵保険会社に勤務していた戦時中、兄不二雄一家と同居していた豊島区巣鴨三丁目のあたりだ。寺から歩いて一〇分ほどのところだった。これも二人のえにしだろう。

湯浅芳子

出会い

ロシア文学翻訳家の湯浅芳子(10)との最初の出会いは、五〇年三月の俳優座勉強会公演だった。湯浅は「去年の『礼服』はいい作品だった。しかし三好十郎の弟子だというのが気に入らない」とズバリ言う。ステッキを突き、男装風なので見た目は男か女か判断つかないが、手強いおばさんで悪意のない人、と秋元は思った。秋元三九歳、湯浅五四歳だった。次は五一年四～五月に俳優座がセカンドレイプを描いた「日々の敵」(秋元作)を初演した初日だった。秋元に「こんなつまらない問題を取り上げるのは、今の若い人たちにとって、ずれていないか。三分の一に縮められないか」とまで言った。秋元は「ずれているのが狙いです」と答えながら、少し軽蔑した。しかし湯浅が秋元に会うために三回も俳優座劇場に来場していたことを千秋楽に知った。再会した湯浅は縮められないことは再度見てよくわかったと訂正し、軽井沢の別荘(長野県軽井沢町軽井沢)に来ないかと、名刺を渡した。

湯浅芳子(右から3人目)と秋元松代(左から2人目)

度量のある優しく、神経の細かい人と、秋元は見方を変える。六月一九日に湯浅に誘われて歌舞伎座へ観劇に行く。六月二四日には雑司ヶ谷の湯浅宅を訪問する。同三〇日に軽井沢にいる湯浅から葉書が届くと、秋元の心はたちまち明るく、安らぐ。七月一五日に湯浅から秋元に軽井沢への招きの葉書が来たので、小躍りする。一六日から二一日まで滞在した。湯浅は秋元にロシア語のでくのぼうの意味のあだ名をつけて呼んだ。秋元は別荘前の道路で自転車に乗る練習の日々を送った。八月二二日に軽井沢から電報が来たので翌日再び訪問すると、湯浅の恋人だった宮本百合子からの手紙を整理してほしいと頼まれた。手紙は大型のトランクに一杯あった。瀬戸内寂聴の著書『孤高の人』によれば、湯浅は軽井沢に別荘を隣接して三軒持ち、恋人だった百合子にひたすら尽くし、百合子の机や椅子をそのまま保存し、彼女の愛した絵を壁にかけていたという。湯浅は秋元に、百合子が『伸子』を書いた机をいつかあげると言った。帰京すると二人は九月一七日に歌舞伎座、一二日に新橋演舞場、一二月八日に三越劇場(文楽)と連れだって観劇している。

秋元は湯浅に会う前だが、同年一月に亡くなった百合子を日記でこう悼んでいた。《平林たい子女史の追悼文を読んで感服し、ノートに書き写した。(百合子の)ドンキホーテ性(平林女史の言葉)をやはり偉いと思う。そのような勇敢さと馬鹿らしさとは作家として貴重な資質であり、それがなしえる点にその作家の歴史を見なければならない。敗北と見える一点も、作家にとって火の動力である》

往復書簡

六月に林芙美子が四七歳で急死した。秋元は当時、芙美子の小説を脚色していただけに、そのはやすぎる死の衝撃を、湯浅に手紙で書いた。

湯浅からの返信(七月二日付け)――林さんの急死であなたが神経を乱されたのはわかるようなきもするけどしかしちょっと異常です。御用心なさい。(略)私はあなたを弱い人だとは思いません。相当強いところのあるひとです。ただ淋しがりのようなところがあるのでしょう。わたしもさびしがりでは人後に落ちません。ときに人格が分裂します。心の中に花無しでは生きてゆけない人間ですが、その花を人に求めては失望するものらしい。よき友を求めること幾久しいのですが、完全な形ではなかなかみつかりません。(略)林という人は話は分かる人だったが、高い文学的精神に欠けた人です。ほんとうの詩もわかったとはいえないかもしれぬ。せいぜい叙情的なものがわかったにすぎないのであろうか。裸になった作家のように考えられているけれど、あの裸はストリップであって、真のイミではちっとも裸じゃなかった。裸どころか飾りとうそだらけだった。近くでみていてそれを知っています。ポーズの文学だった。人間と文学は切り離せません。私は幸いにして作家ではないから助かる。私の人間もまたなっていない。そのくせ人には本質的なものを求めるというわるい(?)癖があります。(略)仕事がすんだらお出かけください。軽井沢の自然は格別なものです。ネマキと洗面器だけ持っていらっしゃればよろしい。雨のふるこんな晩には人恋しくもあります。

日記にこの手紙の感想を書く。《湯浅先生が私を異常だと云われたことを考えてみる。その文字を見たとき、どきっとした。そして先生の女らしい洞察にやや恐れた。そして用心なさい、異常はいけないと書かれてあって、暖かさに触れてうれしかった》

秋元は「裸になった作家」という言葉に触発されて、後年こんな言葉を残している。《裸になってものを云い、書き、即ち発表とか表現とかをするのは、正直ではある。但し、人間、とくに作家である限り正直は醜悪に近いものだ。持たねばならぬものは文体である。愛と情念よ、お前も亦《また》、苦痛となって私のそばにいるがいい。文体とは意志である。意志にまで形成された欲望を云う。欲望され、企画されなかった文体などあり得ないのだ》

湯浅からの手紙(七月一一日付け)――私は自分が非常に平凡で、キンセイがとれているので異常に対して同情がないのです。あなたのは異常というのでなく過剰なのではありませんか。キンセイがとれないのですね。あなたがドストエフスキーなんぞに心酔されることは最も危険です。あなたは十分健康なひとです。あなたが劇作家として今日までふんでこられた道もそれでよかった、私はあなたの手紙を読んでところどころ声をたてて笑いました。何というユーモアでしょう。あなたにとってはそのときどきは歯をくいしばるような思いもあったでしょうが過ぎ去ったものとして全体からみるとじつにユーモラスだ。私は今ではあまり楽しい生活を送ってはいない人間ですが、その私にとって一番楽しいことは才能が生き、のびるのをみることです。

《午後の郵便で湯浅先生よりお返事あり。喜びと友情の幸福を感じた。湯浅先生のような人もあったのだ。生きていた自分をありがたいと思う》。湯浅先生に会いたい、という言葉が日記に頻出する。

湯浅からの返信(七月三〇日付け)――例の手紙の整理にかかりました。私の手紙も出てきました。いやみな愚かな手紙の山です。こんな手紙を書いた私に百合子は何を発見したのでしょう。驚きます。知り合ったときから別れるまでの日本における両方の手紙を大ざっぱに整理しました。整理さえしておけば万一私にどんなことがあってもあなたにたのんでおいたから安心です。私の手紙は百合子の手紙の註のために間に合わせるだけにとどめて下さい。こんな手紙を衆目にさらすことは苦痛この上なし。百合子の手紙の方はいつ、どんなときに書いた、どんな寸簡でも立派なものです。さすが、と思わせます。この手紙の仕事はあなたに大きくプラスすることを疑いません。人間をのばしてくれるものはよき読書です。ゴーリキイの例、百合子の例、みなそうです。あなたはゴーリキイを知らずに嫌っています。それは良くない。作家に最もよい糧をくれる人なのに。偏見は駄目です。あなたは文学の大道を行くひとです。私はそれを見込んでいる。あなたとのつながりはそこ以前にはありません。という意味はそれがなかったら他人でしかないということです。

湯浅からの返信(九月一日付け)――あなたと逢ったことを無意味に終わらせたくないと、切におもっています。とにかくお互いに勉強しましょう。まだ私も成長したい。(略)あなたはだいぶ私とはちがうな。変に偏屈なところがあるらしい。頭の明るさと生活にかけての逞《たくま》しさ、それがあれば何をやってもいいのだと思うが如何？　あなたには後者はたしかにあるらしいが前者は時に怪しいと見ました。明るい頭、女に欠けやすいものです。

投函日不明の葉書だが、秋元の体の不調を心配して気長な養生を勧める。もし希望するなら知人の代議士に療養施設のことを相談する、とまで書き添えてあった。

明けて五二年。二人の気持に溝が出てくる。

湯浅からの手紙（二月二〇日付け）――私の願いは最初からあなたと同じレベルにおいて友だちとしていたかった。行ちがいはちょっと急にはなおらない。殊に私は我儘だから。あなたもひとつの仕事をもって生きようとするひとである以上女臭いということだけはぬけて貰いたい。それがぬけたらきっとわたしたちはいい友だちになれるとおもいます。

この手紙を受けて秋元は翌日、日記に不快感を書く。《あと味のわるい、いやな手紙だ。湯浅さんは小さな暴君であり、傲然たる常識家である。即ち人間的優美の欠如だ。あの人は自己の持つよき資質を知らない。それを知っているのは私だ。あの人にもう一度青春の恢復は来た筈だ。しかし、あの人が私の青春を軽蔑し、私がそれを捨てなければならなくなったように、あの人も亦、最後の時をなくし、もう二度とあの人には回りはしないものになった。返事は出さないほうが本当だろう。あの人には私の言葉が通じない》

秋元が前述の橋本多佳子と初めて会い、少女のように胸をときめかせたのは五〇年五月だった。湯浅との交流の高まりはその一年後の春から夏にかけてだった。五一年八月一四日には、午前中に湯浅から手紙があり、《先生を一途に好きだと思う》。同じ日の午後には橋本多佳子から来信。《哀しく美しくやや冷たい》。第三章で触れるが、三好十郎の戯曲研究会で知りあった男性会員に、娘のような初々しい恋心を五一年の日記に綴っている。この過剰なる情念こそ、秋元を突き動かし揺さぶるマグマだった。

往復書簡をやめてから秋元の日記に湯浅の名前が出るのは、前掲の手紙の感想記を除けば四回。五五年五月に産経会館で「森は生きている」初日を見た時に《すばらしかった。湯浅さんに会う》。五六年一月に俳優座で「死せる魂」を見た時に《湯浅女史に会う》の記述。六五年に戯曲「常陸坊海尊」が田村俊子賞を受賞して、東慶寺俊子碑前での受賞式で中心になって賞を創設した湯浅の挨拶を聞く。随筆集『それぞれの場所』(九二年、早川書房)には、田村俊子賞の審査委員をしていた湯浅を六四年ごろ訪ね、審査の対象にしてくれるよう戯曲「常陸坊海尊」を手渡している記述がある。そして九〇年一二月一日。《湯浅芳子　九三歳、幸田文　八六歳の死去を知る》とだけ書いている。湯浅は、静岡県浜松市の老人ホーム「ゆうゆうの里」に一四年間住み、死去した。

吉成夫妻

ハンセン病の夫妻

秋元は瀬戸内海の小島にある国立療養所長島愛生園(岡山県瀬戸市巴久町)に暮らしていたハンセン病患者の吉成稔・良子夫妻と長く文通した。夫の死後、良子夫人を愛生園に訪ねてもいる。『秋元松代全集』第五巻に収められた随筆「島にいる友達」「旧下目黒四丁目」「墓を訪ねる」の三篇に、ともに全盲のクリスチャンだった夫妻との交流を、祈りに近い思いで書いている。長島愛生園の療養雑誌が募集する小説の選者をしていた時、稔が盲目夫妻の生活記録『見える』を送ってきた。入選作にはならなかったが、《開巻ついに頁をとじることが出来なかった。私もまた、神を信ずる》と衝撃を受ける。秋元は自分の著作を稔に郵送した。礼状が届き、全盲であると言う。《私も少しだけはいいことが出来た。それを今日の喜びとする》。六一年ごろから稔と文通を始めた。それから毎年一回、彼の応募小説を読むようになったが、四年目ごろから応募しなくなった。その後、良子夫人の名前で間を置きながら三通の手紙が来た。自分も盲目であること、夫が島内の病棟に移ったこと、その見舞いに対する礼状と、夫の病状、そして三通目は夫の死を知らせてきた。

秋元は随筆で夫人について「私はこの人については、その夫の小説に始終登場してきたので、よく知っていた。十九ぐらいの時に発病して島へきた人であり、育ちのよい美しい人のようである。島の中で知り合った同病の青年と結婚したのが、いまその死を知らせてきた夫になった人である。結婚してから二人は前後して盲目になった。そして、夫妻ともキリスト教に入信した」と書く。秋元と夫人の文通が始まった。秋元は自分でも予期しなかったことを書いてしまった。「あなたが祈るとき、私のことを神に伝えて下さるわけに行かないだろうか」。しばらくして夫人から返事が来た。

「早く返事を差上げたかったが、書いてくれる人を探し、手のあくのを待たねばならないので、こんなに遅くなってしまった。でもそのあいだ、あなたのことを、もう何度も神に祈った。これからずっと、生きている限りそうする。自分に喜びと生甲斐を与えて下さってうれしい。あなたに信仰をおすすめしようとは思っていない。なぜなら神はずっと前から、あなたをよく知っていらっしゃる筈だから」。秋元はこう自分を責める。「未亡人の篤信の祈りを求める自分の、偽わりと罪深さを思わないではいられない。けれど、遠い瀬戸内の島に、私のために祈ってくれる人が、一人だけはいることの温かさに慰められた」

七二年七月、盲目の吉成夫人からの手紙で、文字を読んでくれる補導員の助けを借りて雑誌『辺境』に掲載された「七人みさき」のテレビ台本を読み始めたことを知る。

《補導員なる人は、一日十五分しか時間を割けてくれないらしい。いつか読み終わる時をたのしみにしているとある。どんなに不自由なことだろう。胸がいっぱいになるような思いだ。雑誌一冊を喜んでくれる人のあるのが哀しくありがたい。この人が、少しでも平安に健康が守られてあることを祈りたい。傲慢であるな。ひたすら無心に静かであれ》

秋元が吉成夫人を愛生園に訪ねたのは、七三年三月だった。劇団民藝が「七人みさき」を名古屋で公演したとき、同行していた秋元は不意に訪問を思いついた。電車とバス、船を乗り継ぎ島に着いたのは午後三時過ぎ。看護師に案内されて四人部屋の病室に入った。黒眼鏡の女性が夫人だとすぐ分かった。「秋元です。東京の」。「先生ですか――」。あとは絶句していた。痩せた小柄な人だった。両手が利かなくなり点字も打てなくなったという。半年以上便りがないので案じて訪ねてきたと言うと、夫人は「申し訳ない」と繰り返しながらとても喜んだ。「主人が生きていたらどんなに喜んだことだろう」とも。食事がきたので中座してから病室に入った。菜の花のおひたしを少し食べ、まぜごはんに一口手をつけただけだった。興奮で食欲がなかったのだろう、気の毒なことをしてしまったと秋元は悔やんだ。小一時間ほど信仰のことなどを話しあった。帰り際、夫人は「お祈りをさせてください」と、ベッドに上半身をかがめて長い祈りをした。秋元の健康と仕事の栄を神に祈ったという。「また、お訪ねします」。秋元は夫人の手を握って別れた。夫人はベッドから黒眼鏡をかけた小さな顔を上に向けて秋元を見る。《見えないはずだが、見ているとしか言えない。胸がドキッとなる》。帰りの船の中。《私の今日したこととはなにか。芝居という、あの、にせものを見た憤りが私に行動の衝動を起こさせたのかもしれないと思う。そして、たとえ私に純粋さが欠けていたにしても、病友の状態を確かめたいと思ったことは、にせものではなかった。うら悲しさと寂しさは否定できないが、やはり会いに行ってよかったのだ》。岡山市のホテルに着き、食堂へ行った。酒を一本のみ、ビーフシチューとアスパラサラダ。《ぜいたくな、恵まれた、仕合せな自分をおもうがいい》

九三年四月、吉成夫人からの手紙で、秋元の最後の随筆集『それぞれの場所』(九二年、早川書房。全集五に収録)を、人がテープに吹き込み、聞いたことを知る。手紙には「思いがけない恵みに与《あず》からせていただき」とあった。《私の目から遠いところで、私の作品を愛し、尊重してくれた人々がいたことを、ありがたく思う。仮初《かりそめ》にも(自分は)不遇だなどとは言うべきではない》

私はその後の吉成夫人を知りたくて、長島愛生園に電話した。夫人は亡くなっていた。二〇〇一年四月に秋元が九〇歳で亡くなった三カ月後、七九歳だった。同園福祉課を通じて、吉成夫妻の最期を看取った宇佐美治さんに話を聞いた。同園では入所者が互いに面倒を見合う世話人という制度があるそうだ。宇佐美さんは半世紀余り前から夫の稔氏を知っており、夫亡き後は良子夫人の話し相手になり面倒をみた間柄だ。「稔さんは議論好きな文学青年でした。著作もあった。良子さんは言葉が丁寧でおとなしかったが、しんは強かった。女学生時代の写真を見せてもらったが、それは美しかった。お二人とも敬虔なクリスチャンで、共に目が見えなくなってから、毎朝のように連れだって園内の教会へ礼拝に行っていました」と電話口で思い出す。夫の死後、彼が尊敬していた秋元のことを、妻は一人礼拝堂へ行き祈っていたのだろう。

随筆「旧下目黒四丁目」で、秋元は住んでいた目黒区中町のマンションは、戦時中に閉鎖されたハンセン病施設「目黒慰廃園」の敷地(約五〇〇〇平方メートル)内にあったと書く。山本俊一著『増補日本らい史』(九七年、東京大学出版会)によれば、アメリカの女性宣教師ゲート・ヤングマン(一八四一～一九一〇)が来日中の一八九四年に旧東京府荏原郡目黒村に同園を設立した。貧困者の多い患者同士は一家族のように親密で楽しく、園内には礼拝堂や野菜を作る庭園があった。四二年に経営難から廃止され、全患者五五人は東村山市の多磨全生園に移された。秋元はそのことを夫人に書いたら、夫はまだ目の見える頃目黒慰廃園に行ったことがある、不思議な巡りあわせのように思えてなりませんと返事があった。冒頭には次のような聖句が書かれていた。

「われらは希みによりて救われたり。目に見ゆる希みは希みにあらず。人その見るところを、いかでなお希まんや。われらその見ぬところを希まば、忍耐をもて、これを待たん」

この聖句を読んだ秋元が自らを恥じ入り、悔い、粛然としている姿が目に浮かぶ。

第二章 家を出る

神田・須田町にて．1939 年 3 月

菩提寺

松代は、一九一一(明治四四)年一月二日に、横浜市福富町の自宅で、秋元茂三郎(一八六九〜一九一四)・壽《とし》(一八七七〜一九三九)夫妻の四男三女、七人兄妹の次女として生まれた。二〇〇一年四月二四日、九〇歳で神奈川県鎌倉市の病院で亡くなった。

菩提寺の妙巌寺(埼玉県戸田市美女木二―二七―四)を、二〇一五年四月二五日に訪ねた。毎年、命日の前後には墓参している著作権継承者の林美佐さん(神奈川芸術文化財団・神奈川芸術劇場プロデューサー)と一緒だった。寺はJR武蔵浦和駅から西へ一・八キロ、首都高速道路埼玉大宮線がすぐ脇を通る住宅地の中にある。秋元家の墓のすぐ脇に百日紅《さるすべり》の老木が新芽を吹いていた。

松代は先祖について、『秋元松代全作品集』第三巻の年譜にこう記している。「先祖は古くは武州(埼玉県)の北足立郡美谷本町美女来の庄屋で代々の当主は医を業とし、儒者秋元以正もいた」

秋元家の過去帳を調べて墓碑を完成させた住職の妻、山根喜美子さんによれば、秋元家は江戸時代にこのあたり一帯の名主で、百日紅の老木は秋元家の広い墓域のしるしという。確かに近くには秋元姓の墓石が多い。「秋元家の初代は名主で、医者が一代います。秋元松代さんの父親は気性の強い人で、秋元家に入り婿してから庭の欅の大木を切ってしまい、義父とけんかになった、と聞いています。その後横浜へ転居し、土地は作男に託したが、戦後の農地解放で失った」と本堂で話してくれた。同年譜には「明治になってから祖父康恕の死後家運が傾いた。父の代に郷里と疎遠になり、横浜、東京に移った」とある。

自然石の墓には秋元家とだけ彫られていた。脇に墓誌があり、「秋元居東医良仲國手　天保五年八月十一日没」を先頭に、末尾の松代「青松院本覚妙楽大姉　平成十三年四月二十四日没　行年九十才」まで、一九人の戒名が刻まれていた。四番目の「名徳顕王廣医忠民國手　安政二年三月十二日没」がおそらく医者だったのだろう。戒名を追っていると中ほどに「浩明院大晃初雄童子　明治三十三年二月十日没」があった。

松代はなぜか長男初雄の名前を日記、随筆類には一切書いていない。自分より一〇歳上である次男の不二雄(俳名、不死男)を長男とみなす書き方をしている。不二雄は自身が生まれた一九〇一年一一月三日と同じ日に三歳の長男初雄がジフテリアのため死亡した、と俳句雑誌などに書いている。二男に生まれ二男にあらずという意味から不二雄と名づけられたとも。戸籍謄本によれば初雄は一八九七(明治三〇)年二月一五日に生まれ、三年後の一九〇〇(明治三三)年二月一〇日に亡くなった。初雄が死んだのは一九〇一年一一月ではなく一九〇〇年二月なのだ。俳人の不死男が、自らの出生をよりドラマチックな転生譚とするために、兄の死と自分の誕生を同じ年、同じ日にしたのだろう。弟の死についてもややドラマ化した口吻が残っている。

本堂脇に不死男の句碑が立っていた。「水澄みて亡き諸人の小声かな」。不死男の希望で、墓石と同じ自然石だった。

文筆のルーツ

秋元家の先祖に、荻生徂徠に学んだ江戸時代の儒学者秋元嵎夷《ぐうい》(1)(一六八八～一七五二)がいる。

儒学者・秋元嵎夷の墓にて

松代が愛知県岡崎市門前町の随念寺を訪れたのは、七五年一二月一〇日だった。嵎夷の墓に詣で、地元の歴史研究者が催した嵎夷二二五回忌法要と、江戸時代の紀行家、菅江真澄一四六回忌に参列した。嵎夷は徂徠の門人譜には澹園、淡園《たんえん》と記されている。著作に「澹園初稿《たんえんしょこう》」三巻、「関《かん》将軍伝《しょうぐんでん》」がある。松代が嵎夷の墓の存在を知ったのは、真澄の評伝を書く調査行でだった。きっかけは真澄出身の岡崎市に住む研究家から「岡崎水野藩儒に秋元嵎夷先生という人がいたが、縁故がおありだろうか」という手紙だ。墓参は、書くことに生きた松代がルーツを探す旅だった。

私も随念寺の門を二〇一四年二月にくぐった。名鉄名古屋本線東岡崎駅から北東へ八〇〇メートルほどの台地に建つ。白壁塀に囲まれた山門と総門をくぐると、広い境内の中に堂々たる本堂が正面にある。一五六二年に徳川家康が祖父と大叔母の追善に創建した名刹にふさわしく、風格と古色がにじむ。前住職の村田聖厳さん(一九三三〜)が、嵎夷の墓に案内してくれた。大人の背丈ほどの墓石が、冬の陽光を穏やかに浴びている。達筆な筆跡で「嵎夷先生之墓」と刻まれていた。

墓碑銘に「先生生於下野移於武蔵老三河(略)姓名以正字子師一字紀内号嵎夷(略)岡崎候招移居三河侍講之暇遊白山庵(略)嗜酒鼓琴賦詩(略)絶命詩曰　生如浮死如沈南華篇中語終為今日心」とあった。学問だけでなく酒や楽曲を好む趣味人でもあったようだ。

「秋元松代さんのことはよく覚えています。地元の熱心な研究者たちが嵎夷と真澄の合同法要を発案した。加えて赤穂藩と吉良家の仲直りをしようと計画し、七五年一二月の法要には四〇〜五〇人位参列しました。当時、私は嵎夷先生のことは知らなかった。出席した秋元さんは学者タイプではなく地味な印象でした。小柄、小太りで服装も質素でした。わざわざおこしいただき、と挨拶しました。誰も来なかったのに、よくお墓を残して下さいましたと言われました」と聖厳さんは思い出す。

嵎夷が徂徠に入門したことについて松代は「当時の秋元家は荒川を隔てて江戸と近接し、修学の便宜があったと思われる」と推測した。松代は取材ノートに「この小旅行は、実感の重さと、かつて覚えなかった経験をした」とメモしている。

没落の家族

松代が生まれた福富町の自宅は、横浜市中区役所の話では現在の中区福富町仲通、東通、西通、長者町のいずれかに含まれるという。日記には「長者町時代」の表現がある。長者町はJR関内駅から西へ歩いて一〇分ほどの街区。長者町三丁目の交差点はオフィスや老人専用マンションなど新しいビルが立ち並ぶ。当然、昔の面影は全くないのだろう。

父、大橋茂三郎は、栃木県下都賀郡間々田村の出身。二松学舎に学び、漢詩を作り、中江兆民に私淑した。一八九六(明治二九)年二月二八日に、秋元康恕《やすのり》と清水志津夫妻の長女壽に入婿した。壽は八歳年下だった。

秋元家に医者の家系もあったように、母方の清水家も東京・下谷に古く続いた医者の家だった。家は練塀小路《ねりべいこうじ》と呼ばれる地区にあり、一人娘時代の壽は練塀小町と言われたそうだ。

茂三郎は養父康恕が亡くなると、壽と共に横浜に出て漆器の販売をした。二人は横浜で一八九六年から、一九一四年一月一四日に茂三郎が胃潰瘍で死去するまでの一九年間結婚生活を続けた。「生後まもなく父母と共に横浜で撮す(明治三五年)」とキャプションの付いた一枚の写真がある。不二雄を抱いた母の脇に羽織姿の父が昂然と立つ。厳しいスパルタ教育で不二雄に接した父だった。

茂三郎の死後、壽は女手ひとつで子供たちを育てたが、貧しさのため幼い男女二人を養子に出さざるを得なかった。三九年四月六日、横浜市中区の病院で死去した。六二歳だった。

七人兄妹たちの経歴をみてみよう。

長男初雄は前述したように茂三郎・壽夫妻が結婚した翌年の一八九七年に生まれ、一九〇〇年に横浜市若葉町三丁目で早逝した。

長女君代は、初雄と年子で、一八九八年一一月一八日に横浜市長者町で生まれた。一九三四年一二月二八日に宇田川次郎と結婚し、埼玉県北足立郡六辻村で二男五女に恵まれ、一九九一年に川口市で死去した。

次男の不二雄は一九〇一年に横浜市福富町の自宅で生まれた。三二年に東京市下谷区車坂町の清水阿喜(一九〇六年生まれ)と結婚し、同じ年に長男近史(八二年死去)が生まれ、七七年七月二五日に川崎市中原区の病院で死去した。七五歳だった。俳人として秋元不死男の筆名を持ち、新興俳句運動に参加した。俳句「もの」説を提唱。「天狼」同人、『氷海』を創刊主宰した。句集『瘤』、俳論集『現代俳句の出発』などがある。蛇笏賞、横浜文化賞、勲四等旭日小綬賞を受けた。

三男の美三は一九〇五年一一月一〇日に福富町の自宅で生まれた。昭和初年に共産党員になり、転向後に横浜市中区石川で古書店の湘風堂書店を経営した。四一年一二月九日に特高警察に予防拘禁で逮捕された。不二雄と同じ七七年に七二歳で死去した。

四男の與四雄は一九〇八年一月二五日に生まれた。父の死の二年後の一六年、八歳の時に横浜市の岩崎栄三と養子縁組して離籍した。四一年七月二日に肺結核で死去、三三歳。

次女の松代は一九一一年に生まれ、一六年に横浜市立尋常高等吉田小学校に入学。二三年に同小学校尋常科第六学年を卒業、二五年に同小学校高等科第二学年を卒業した。現在の学制でいえば中学二年生で卒業した。遺品の中に、二四年三月、高等科第二学年時に「学業操行優等」と表彰され、一一月、同学年三学期に級長を命じられた賞状があった。さらに二九年三月に私立戸板裁縫学校中等教員養成科を卒業し、一〇月には埼玉県の小学校正教員(裁縫)検定に合格した免許状が残されていた。自活の道を模索し、裁縫教員の資格を得たのだろう。

三女の千代は一九一三年一一月一五日に横浜市で生まれた。生後四カ月の一四年三月に、横浜市中区に住む修道女の山上カク(一八六三〜一九三九)と養子縁組した。三九年三月に長崎市の東秀夫(一九〇九〜四五)に嫁ぎ、四一年八月に長男聰が出生、四五年八月九日午前一一時に長崎市本尾町の自宅で、夫秀夫と三歳の長男聡と共に被爆死した。三一歳だった。

松代の家族は、第二次大戦、治安維持法、原爆、結核、戦後の混乱と復興、高度成長という時代の波を潜り抜けて生き、闘い、亡くなった。

兄、不死男の俳句

このように地方の名家を祖にもつ松代は、斜陽と没落感覚の中で育った。父の商売の度重なる失敗で父の存命中の一一年ごろから生活は苦しくなり、郷里の山林や土地を次々と売り払った。貧窮の中、借家を転々とする。父が一四年に死去した時、母の壽は三七歳。残された子供たちを抱え、たちまち生活苦に襲われた。頼りの不二雄はまだ一三歳。秋元は三歳だった。昼は和裁の賃仕事、夜は夜店行商で一家を支えた。しかし経済は追いつかず、生後間もない千代を一四年に、八歳の與四雄を一六年に、養子に出さざるを得なかったのだ。

一三歳で母とともに一家を背負った不二雄少年の目に、貧しい自分たち母子家庭はどう映っていたのだろう。

資料がある。後年、俳人秋元不死男となった彼の生活俳句群だ。秋元はこれで貧窮の生活が印象づけられてしまったと、かすかな不快感を書き残している。秋元不死男追悼特集号として出された俳句雑誌の『俳句研究』(一九七四年四月号、俳句研究社)と、『俳句』(一九七七年一〇月号、角川書店)に代表句が収められる。中でも貧しさを直接表現し、不二雄の人間形成の原点とされる三七年の連作七句が胸にしみいる。「父、病むこと久しくして死せり。一家いよいよ貧しければ時折母に随いて夜店行商に赴く。わが十四歳の時なり」と前書をつけた。うち、四句を俳人仲間の追悼記と共に再録する。

寒《さむ》や母地のアセチレン風に歔《な》き

「(縁日の)冷たい地面に板を敷き、その上へ筵を敷き、品物を並べて座布団に座る。品物は洋品類。

短日に早くもアセチレン灯をともすと、ひゅうひゅうと青い焰が鳴りだす。すすり泣くようなその音を聞いていると、寒さが骨を齧りにくる。後年、俳句事件で捕まり留置所のコンクリートの床の上で一枚の薄べりに坐して冬を過ごした秋元さんは、少年の頃のこの夜店のことを思い出しては、寒さに敗けてはいけないと心をはげましたそうである」（嶋田洋一、『俳句』）。

乳棄つる母に寒夜《かんよ》の河黝《くろ》く

「父の死後、母はその有り余る母乳を棄てなければならなかったという事は、幼き者が母や兄から引き裂かれたということである」（平畑静塔、『俳句研究』）。

父の死は一四年一月、松代三歳の時。一三年一一月に生まれた三女の千代が翌一四年三月に山上カクと養子縁組された。「引き裂かれた幼児」とは、生後四カ月の千代だろう。

手車と寒き提灯と帰るのみ

「終わって商品を手車にのせ、少年不二雄がそれを曳き提灯を点して帰途につく。売れ行きのあまりよくない日は、母はだまりがちに歩いたという」（三谷昭、同誌）。

秋元不死男

水洟《みづばな》の同じ背丈の母と歩めり

「並んで歩いている母をふと横眼で見ると、ほとんど同じ背丈の自分になっているのを改めて見出した。これは、この母が育ててくれた背丈なのだ。そう感じながら、また、ふと母の水洟が目に入った。寒い中をせっせと歩いてゆく母から、あわれにも流れ出ている水洟なのだ。成長した自分と、水洟の母が浮き彫りになって」（皆吉爽雨、同誌）。

山本健吉は『俳句』追悼号で不死男俳句について、秘するウイットがないとやや注文をつけながら、「貧しい生い立ちの生活の翳から離すことのできないものであった。むしろ自分の心の疼きの結晶であり、回想の苦渋を噛みしめての吟詠であった。（略）幼時の貧と闘う苦しい経験が、彼の句に流れるヒューマニズムの基盤になっているようだ。彼の妹に劇作家秋元松代があるのも、同じ根生いを物語っていよう」と不死男を哀悼する。

根岸の借家

不二雄の生涯を、俳人清水径子が作成した年譜でたどる。横浜市第二日枝小学校高等科を一九一六年に卒業すると、横浜火災海上保険会社に給仕として雇われた。二年後に社員に昇格し、四一年までの二五年間同社に勤めた。この間文学書を耽読し、一八歳の時に白樺派の文学同人誌『光路』を出す。人道主義文学運動に熱中したが、やがてマルクス主義に傾倒、プロレタリア俳論を持って三〇年に俳人島田青峰につき「土上《どじょう》」に入門した。以後、山口誓子に私淑して俳句に専念。三二年に清水阿喜と結婚し、東京市豊島区巣鴨に移転した。三二年に一人息子の近史が生まれる。

三三年頃から起こった俳句近代化の新興俳句運動に参加した。リアリズムの技法によるプロレタリア俳句だ。四一年に新興俳句弾圧事件が起こり、治安維持法で検挙された。二年間の獄中生活中に職を失い、四三年にかろうじて上野御徒町の路地奥に焼け残った謄写印刷屋大同社の番頭になる。その後主人が応召することになり、店を譲り受けた。戦後、山口誓子の主宰する「天狼」に参加し、大同社は夕方になると「天狼」同人の集会所になったそうだ。

不二雄は三六年に巣鴨から横浜市中区根岸町の借家に引っ越し、二〇年間住んだ。松代にとりこの根岸の家は、母がすごした思い出の深い家だ。

《桜木町から先に行くのは戦後初めてである。根岸駅は昔の住居の前だった海を埋立てたところに出来ていた。丘に見覚えがある。私は昔の思い出がきらいだ。一つとして明るいもの、なつかしいものがない。不動下というバス停があった。このさきの方だと分かってくる。八幡宮と子供の遊び場に思い当たるものがある。丘へひろがる住宅街は、あまり変わっていないようだ。戦災で焼けなかったためもあろうが、人間の暮らしは案外変わらないようである》(七〇年九月)。

私も、根岸の家を訪ねた。

番地を頼りに行くと、JR根岸駅から東へ徒歩一五分ほどにある崖下の住宅街だ。一家が住んでいた番地にはプレハブ建築の二世帯住宅が立つ。路地を隔てた古い民家が、かつての秋元家の面影を偲ばせる。近くに松代が散歩した白滝不動尊がある。一〇〇段の急な階段を上る。明治中頃までは、不動下に茶店や旅籠が軒を並べ、参拝の人々で賑わっていたそうだ。不動堂の下の滝は、高さ二〇メートル、幅五メートルあり、昭和初期までは市内で最も見事な飛瀑、不動滝の名で呼ばれていたが、丘陵地帯が開発されて水源を失い、今はわずかに一筋の水が滝の名残をとどめる。根岸駅のプラットホームから海側を見ると日石根岸製油所のタンクや輸送列車が並び、松代が折にふれ海岸を歩いたという海はみえない。

母の愛と死

誰でもそうだが、松代も幼児期には母から不安と慈しみを与えられ、子は母の一部だった。医者の一人娘として育った母は、地面まで届く長い黒髪を結う美貌の持ち主だった。一四年に夫の死後、貧窮の日々が始まったが、娘時代からの趣味である歌舞伎や新派見物を続けた。映画や築地小劇場までも見にいった。母は松代を溺愛し、一七歳になっても同じ布団に寝かせた。かと思うと口汚なくかんしゃく声で怒鳴り、不機嫌に松代を拒みもした。

一〇歳代にして細井和喜蔵(一八九七〜一九二五)の『女工哀史』を読む松代は、多感な少女であり、やがて母との濃密な世界から自立した。後年、松代はこう振り返る。

《母の愛情と、私の求めるものとには、いつも深い喰違いがあり、溝があった。母が愛してくれた私は、私の全部ではなかった。私は苛立たしさと不満とで母を見ていた。母はそれ自身としては立派な婦人だったが、私は自分の愛情との面では、いつも一致し得なかった》(五〇年九月)。

母は父の没後、不二雄に家長に対するように接し、晩年は孫の近史の面倒を見ながら日々を送った。忍耐した不満の情は、険しい性格をつくったと母を記している。一家が三一年に東京市豊島区巣鴨に住んでいたころの母はこうだった。

《巣鴨を通った時、今は亡き母の追憶が、痛くしみた。幼い孫しか相手のなかった母、姑が箱根へ遊山に行った晩、いつまでも床の中ですすり泣いた母。とうとうその後、箱根を見せることが出来ずに終わった。孫を負って歩きまわって日を暮したあの場所、この場所。私も家に居づらくて、さまよい歩いたことがあった。母よ、母よ。あなたが死んで了った事を、いつも本当とは思われないでいる》(四一年一一月)。

三九年四月六日に六二歳で亡くなった母壽には、死の三カ月前の「昭和一四年一月二二日朝」と裏書きした写真(上掲)が残っている。陽だまりの縁側で新聞を読む穏やかでいて、松代に通じる厳しさもある表情だ。「深く深く組ませし母の荒れし手よ」と不二雄は母の死を作句した。

母の死後、戦争の中で松代は追憶する。

秋元の母，壽

《歌舞伎座を見る。久し振りであるし一人きりで見るのも絶えてなかったことだ。いつ来ても場内に醸される雰囲気は同じだ。馴れ親しんでこれも一つの趣きとなった。だが亡き母に似よりの年寄りを見るのは、苦しかった。芝居そのものも、終には苦しい思い出と慚《ざん》愧《き》の念をもたらすものになった。庶民の生活姿態を見ると、そこに云いようのない生活感があふれて、心をえぐられるものがあるのは、私の感傷に過ぎないだろうか。母は相当の家に育った人だが、後年家産が傾いて凋落の一途をたどって、庶民的などんづまりまで来て、そこに長い忍耐の年を送っていたので、こうした風俗人情には何か一つの安定感があるし、母を思うとき、この庶民的生活圏はなくてはならない色彩というよりも基礎である》(四二年九月)。

《お茶を入れ、野菜を煮、冷たいご飯を食べ、そのことごとに、母のことを思った。孤独な母の生涯の追憶はちょうどこの早春の爽涼とした静寂な沈黙に似ている。（略）サイパン島に敵攻略の手及ぶ。私の最後の歌、それを唄おう。その時を生きる私の声を書き綴ろう。母の写真を飾る。五年余にして見る。香を焚く。桃の花咲く》（四五年二月）。

長崎爆心地への旅

松代のすぐ下の妹千代一家三人は、四五年八月九日の長崎原爆投下により、爆心地から北東に四五〇メートルの位置にある長崎市本尾町一（現・平和町一八―一六）の自宅で被爆死した。松代がほとんど忘れかけていた妹を哀悼するため、長崎市を訪れたのは八一歳、九二年一月だった。千代が結婚した五三年後、被爆死からは四七年後。半世紀後の妹鎮魂の旅だった。千代の自宅跡地を訪れた松代は、《天主堂の塔の見えるところで、ほんの五分もかからぬところである。今は駐車場になっている空地が東秀夫の家があったところだという》と日記に書いた。

私も秋元訪問の地を二〇一四年二月に訪ねた。

氷雨が降っていた。長崎市平和町一八―一六。平和町公民館の向かいにあるその場所は、一軒の民家を広い駐車場がL字状に囲む住宅地の一画だった。マンションや民家の軒並みのせいで、近くの坂の上にある浦上天主堂は見えない。信徒が多く住む天主堂下の丘陵地の被爆前の風景を、被災者の永井隆は著書『長崎の鐘』で、「紫の波と連なる」と表現した。

原爆投下から三秒後、巨大な火球は長崎の街を廃墟にした。[2] 秋元と同様にまず長崎原爆資料館を見て、松山町の公園に建つ「原子爆弾落下中心地」碑文の前に立った。長崎市の当時の人口は推定二四万人。千代一家三人は死者七万三八〇〇人の中に含まれる。三〇〇〇度から四〇〇〇度の熱線、爆風、放射線がこの紫霞む地を壊滅、炎上させたのだ。

戦後、千代の存在をほとんど忘れかけていた松代は最晩年になり、なぜ妹を哀傷する旅に出かけたのだろう。

直接のきっかけは九〇年に遺言書を作るため相続権所有者を確認する必要があり、戸籍謄本を集めた。その中の養母山上カクの戸籍に、被爆死した千代の記載を読んだからだった。心の奥底の変化を、忘却の痛みを、日記に書いている。

松代は母からずっと以前に千代が長崎へ嫁いだと聞いていたので、終戦直前の長崎原爆投下の報を知り、あるいは千代も死んだのではないかと直感した。しかし、《それ以後は私自身がいかに生きるかの問題に直面したから、他を顧みる余裕すらない苛烈で惨めな、しかし緊張と野望の歳月だった。その追いかけられるような緊迫感の連続する歳月の間に、いつか千代の死は既成の事実として私には思われ、そのまま遠い認識となってしまった》。松代は八九年に、神奈川県茅ヶ崎市の老人ホーム「ビバリー・コート茅ヶ崎」へ入居した。

《私がこと改めて千代の原爆死を心でうけとめるようになるには、長い年月と私自身の状況の激変による屈折を経てのちである。病気とその後の二年あまりを経て、有料老人ホームへの移動、自己の限界を知るという現実があって、私はようやく自己の血縁者について考えざるを得なくなったということである。謄本の記載を読んで、その一家の原爆死という事実は、時間と共に、遅くゆっくりとした足どりで、私の心につきささってくるものだった》

家を出された妹千代

一三年一一月一五日に横浜市吉浜町で生まれた千代は、二カ月後の一四年一月一四日に父が死去したため、母はさらに二カ月後の三月一六日に、千代の養育を依頼して横浜市中区のカトリック教会修道女、山上カクと養子縁組した。千代は教会の施設であるすみれ女学校で育った。母は千代を施設に託する以外に道はなかったのだろう。貧しく、子供を抱えてどう生きればよいのか迷うばかりだった。

千代が、長崎市に住む同じカトリック信者の東秀夫と結婚したのは三九年三月。奇しくも母は同年四月六日に六二歳で、カクも翌五月三一日に死去した。千代は結婚式直後の二カ月の間に実母と養母を続けて亡くした。

千代をめぐる一家の姿を日記から再現してみる。

――千代の結婚の直前だった。横浜元町にある美三の古本屋前の通りで、店番をしていた母が山上カクに行き逢った時、千代のことで相談があると言われた。母は相談の内容を聞かなかった。根岸の家で母が不二雄にこのことを話した。

「相談って何なんだ、千代を引き取れとでもいうのかっ」と母を怒鳴りつけ、沈黙させてしまった。不二雄の怒声は、一家の置かれた境遇への苦痛の叫びだった。それは結果として千代を拒否したことだが、そうするほかに、方法がなかった。

《私たちは惨憺たる生活者だったのだ。自分を生かすことすら、危機に充ちていた。その中をくぐり抜け、かいくぐりながら生きたのだ。中途で倒れなかったのを幸運とせよ。倒れかけても立ち直ってはあるいてきたのを、多とせよ。養育費を支払わない限り、会うことも、何か発言することも出来ないと思い込んだ母の憐れさ、卑屈さ。しかし母は会いに行くべきだった。それをしなかったことは、卑怯であり背信である。そしてこのことは母一人が責められるべきではなく、不二雄も、そして私も責められるべきなのだ。私たちは千代を捨てたのである》

しばらく経った後、秋元は母から千代が長崎へお嫁に行った、と聞いた。

《千代はもしかして、カクから古本屋のことをきき、そっと母を見に来てはいなかったろうか。長崎へ嫁することにためらいは、なかったろうか。相談する相手が欲しかったのではなかろうか。実母と兄姉もいても、なきに等しいことを思い知ったのだろうか。長崎駅には出迎えた者があったかどうか。第一夜をどこでどう過ごしたのだろう。実母と実の兄姉を思わなかったとは思えない。千代のことは、思うごとに悲しい。これはどうすることもできぬ。こんな遠くに来たのはなぜか。母や私たちの冷たさも、その原因の中に在るのだ》

八月九日

千代の夫、東秀夫は〇九年三月一六日に長崎県西彼杵郡山里村で生まれた。浦上教会に近く、現在の住居表示では長崎市平和町と平野町になる。三九年に結婚後、四一年八月二〇日に長崎市浜口町で長男の聰が生まれる。ミシンで仕立屋を営んでいた秀夫は、背も高く体格もよかった。千代が急性盲腸炎になった時などは秀夫が背負って病院へ行ったという。千代は背の丸い義姉を相手にミシンを動かしていた。きれいで品のいい人なので、もっといいところへでも嫁に行けそうなのに、と近所の人は蔭で言っていた。

秀夫一家は、四四年一二月一五日に長崎市本尾町に転居した。四五年八月九日午前一一時、一家三人は被爆死した。千代三二歳、秀夫三六歳、聰三歳。千代は生後四カ月で養子になり、二五歳で長崎に嫁ぎ、三二歳で死去した一生だった。

松代は二度訪ねた平和公園で祈念像に向かって合掌した。

《千代の霊に、母と兄姉の罪深さを許して欲しいと自然な呟きのように言うことができた。私の勝手な都合のよさかもしれないが、千代たち三人は即死だったと思う。同行してくれた人もそう言って下さった。せめてそう思うことを許してもらいたい》

松代は『長崎の鐘』の故永井博士が住んだ二畳の如己堂《にょこどう》に行った。《胸せまるようなものだった。被爆の後の生活をこの小さな小屋が物語っている。私たちもほとんどがこういう小屋に辛じて生をつなぎとめた》。思えば戦後、日本も日本人も貧しかった頃、こういう小屋暮らしは全国あちこちにあった。そこをかいくぐるように脱出したのだ。松代の長崎の旅は四日間だった。旅の終わりにこう書いた。

《寂しい思いと、よき旅をした感謝と、すでに一人残らず死んだ肉親を追想する思いとが幾重にも重なってくる。そして私というものに突き当る。今は正真ひとりになったのだ。そして年老いた。あとどれだけの生命があるか、知るものはない。せめてわたしの残りの生をよく生きよ》

「お前にだけはかくすまい」——最初の日記

松代が、《私の濁り、私の悪を、お前にだけはかくすまい》と、日記を書き始めたのは一九四一年六月一七日、三〇歳だった。《これ以前に日記やノート、下書き、詩、短歌の作品などかなりの分量があったが、美三所有の倉庫（横浜市石川町）に保管しておいたが、（四五年五月の）横浜空襲のため、すべて焼失》していた。二〇〇一年四月二四日に九〇歳で亡くなる三日前までの六〇年間、わずかな中断を除き、六〇年間書き続けた。

日記を始めた四一年、日本は戦争に突き進んでいた。三七年盧溝橋事件、三八年国家総動員法成立、四〇年日独伊三国同盟の成立と大政翼賛会発足。そして書き始めて半年後の四一年一二月八日に日本軍は真珠湾を攻撃して太平洋戦争が開戦した。この年、三人の兄たちに不幸が次々と押し寄せた。二月には不二雄が新興俳句弾圧事件で逮捕され、高輪警察署に拘置されて起訴、東京拘置所に移され、二年間獄中生活をした。七月に與四雄が若くして肺結核で死去した。一二月九日に美三が特高警察に予防拘禁されている。

この頃松代は、東京の下谷区谷中坂町の清和荘アパートに一人住み、東京・銀座にある第一徴兵保険会社の保全課に邦文タイピストとして勤務していた。

劇作など全く頭になく、国文学の研究を目指して短歌を作りながら、どう自立していくか苦闘していた。勤務先の仕事や人間関係にも悩み、少ない収入で倹《つつま》しく暮らす雌伏の時期。肺の不調にも悩んでいた。

三〇歳の日記帳第一冊(3)は冒頭から、自分を潔癖なまでに探究して、心の揺れを素直に記述する。自己嫌悪、反省、誇り、夢、理想、憎悪、愛や信仰への憧れ、孤独と敗北、疎外感、民衆への愛と共感。

私とはいったい何者なのか、こんな様々な自己認識への激しい希求が溢れ出ていた。

また、アパート近くの上野公園や不忍池で見かける木や草花を、繊細な感受性で愛で、細やかに描写する。かと思うと人間観察は辛辣。他人への不満と憎悪。思春期の少女のようなおののきと、年よりじみた諦めの口吻。自分のお人好しぶり。神経の束がしなやかに、戦《おのの》くように揺れている。後にアパートで共同生活するようになった「K」で登場するNHK東京放送劇団の声優、加藤幸子との友情が一人暮らす秋元の救いだった。書く力が内から溢れ、私戯曲に近い初期作が準備されていく。

歌う心

二〇代の頃の秋元は短歌を詠じ、優美な自然を愛でる抒情詩人だった。遺品の中に一冊の私家版歌集『天の露霜』が残っていた。綴じた和紙に細筆の達筆な墨書きで、一二〇首を詠草している。四四年に作成した。四四年一月の日記に、《第一歌集は幸子の乞いにより、『天の露霜』と名づけ誕生日の記念に贈る。文学に生きむことの外、いっさいなくなりぬ》とある。松代は防空壕で『万葉集』を耽読したように戦時中の関心は劇作にではなく、国文学、中でもその正統である短歌への傾倒だった。細やかな観察と言葉の選び方に、万葉や王朝文学を好んだ素養と凛質がうかがえる。

残された同歌集には「謹呈　木村梅子様」と書かれていた。献詞として「都下の春ようやく騒然たり。十九年三月知友木村梅子挙家帰国の途につく。或いは再会の時なきを思う」とある。木村梅子は会社の同僚で、戦局の悪化から四四年四月に母国の朝鮮に帰るため、惜別の記念に贈呈しようとしたようだ。

冒頭、木村に二首を献じている。

国隔り帰らふ人ははしきやし生きての吾は逢はじものかも

たまきはる命清けくありさりて吾よりは長く生き給へかし

詞書の書かれたのは戦局が厳しくなり、様々な形の別れを余儀なくされた時期だが、日本が併合した朝鮮への帰去とすれば、その悲傷はさらに深い。翌四五年、秋元は一〇年余り勤めた保険会社を退職するが、その際同僚の夫から短歌をほめられたことに勇気を得ていた。

さらに惜春と題し「むらぎもの心かたむけ春の日を惜しまむわれの末知らなくに」。最後は「昭和十九年　水仙」と題し「冬を越すわがいたつきは重からず水仙の壺を今朝はかえたり」で歌集は終わる。

健康への不安は、空襲の中、東京の下町のアパートで貧しく一人暮らす松代の心に重くのしかかっていた。

一二〇首のほとんどは四三年に奈良や伊勢へ旅した時の感懐や四季の移ろいと自然を詠ったもの。前半に歳末二九日奈良の旅に出るとあり、薬師寺、法隆寺村、金堂、三月堂、橘寺、明日香路、桜井町、佐保を訪ねて、一月五日に帰京している。薬師寺の詠草は「堂も凍て仏も凍てゝ冬一日松鳴りとよみ来る人もなし」。夏にも再び奈良、大和を訪れている。「旅恋ひの日長き時ゆ今しかも大和へ行くと誰に告げまし」。自然に誘発されて人恋しさ、心を詠う。「春くれば夕日さし入るわが部屋の明るきに馴れず人恋にけり」。

帰京して「旅終へて家がり来れば朝蔭の片側町に鉢の花咲く」と詠む。「谷中清和荘にて」と後書きした、一〇鉢余りの鉢植えの草花を前にしてほほ笑む夏姿の写真が残る。ようやくつかんだ一人暮らしを静かに楽しんでいる笑みだった。

戦争は終わった。

《秋晴れ続く。月夜。こんな歌を作る。

今よりは物は思はずかたよりに　書《ふみ》を学ばむ命ある間を

人言に心いたむなたまきはる　命短み書をよみてあれ

これからは、先の短い命を惜しんで詠もう。私に残された唯一のものはこれだ。一葉の手紙を見ると、絶望の果てに死を思ってほほ笑む、という言葉があった》(四五年一一月)。

家を出る

松代は病弱のため小学校を卒業後は、家にこもって読書に耽った。文学好きの兄たちの影響を受けていた。「十二歳から十三歳にかけて、二度まで自殺を試みたことさえあった」(4)(『婦人公論』五六年七月号)多感な少女時代を送った。

遺品の中に手書きの紙が一枚あった。「ひとりにめざめよ　ひとりの力を尊び　ひとりの意味をしのべ」

巣鴨の家で母や不二雄と暮らしながら、一七歳から二二歳までの間、ひたすら家を出ることを、自立を願った(5)(『婦人公論』五八年二月号)。独立するためにペン書きとタイプライターを習いもした。日記に残る美しい筆跡はそのころの賜物だろう。どう生きるか、何をするか。自らの在り方を模索し、変化し、主張していく青春の日々だった。

演劇との出会いは二〇歳前後。イプセン作『野鴨』に接したのを皮切りに、兄たちの書架にあった『近代劇全集』四〇巻ほどを読む。図書館からギリシャ、ドイツの古典劇を借り出して貪るように読んだ。築地小劇場にも行ったが、舞台からはあまり感銘を受けなかった。

二〇代の松代は、銀座の第一徴兵保険会社でタイピストとして働いた。三六年に一家は横浜市根岸町の借家に越した。この後、秋元は東京で念願の一人暮らしを始めている。

三八年から三九年にかけて、母から松代に出した六通の手紙が、遺品の中にある。宛先は、三八年が「東京市下谷区車坂町××　清水商店方」、三九年が「東京市神田区須田町×—××　大河原操様方」。

兄の不二雄は、車坂町(戸籍謄本では六六番地と記載されている)に住んでいた清水阿喜と三二年に結婚しているので、家を出るにあたり、まずその縁をたどり、最初の寄宿先として選んだのではないだろうか。

母の手紙の文面は、「来る時は洗濯物を持って来なさい」と娘を案じる。あるいは「また芝居が見たい」と。三九年三月にはおそらく母の最後の手紙を受け取る。家族の健康や美三が経営する古書店の景気を案じ、半コートを買いたい、と文面にある。母は一カ月後の四月六日に急性肺炎で死去する。

松代は四〇年五月頃に下谷区谷中坂町　清和荘アパートへ転居した。一人暮らしのこの部屋は秋元にとり、ただの生活空間だけでなく、自立を求めた心そのものの証しだった。

銀座タイピスト時代

タイピストとして銀座の保険会社でいつから働き出したのか。日記には二〇歳だった一九三一年、二二歳の三三年、二三歳の三四年と三つの異なる時期が記載されている。そして三四歳、四五年二月からの休職期間を経て一一月には退職金を手にした。二〇代から三四歳まで一一年間から一四年間の会社勤めをしている。

勤めは自立、自活のためだった。戦時下の日記には、文学に生きようとしながら不本意な勤めに鬱屈する独身女性の心が、生々しく記述されている。秋元が戦前と戦中、会社勤めをした記述はこれまでほとんどなかったので、日記をもとにタイピスト時代を再現する。

——朝のラッシュアワー。秋元は駅のプラットホームで行列して混んだ電車を待つ。車内は若い女性の通勤客が多い。有楽町駅で降りて、第一徴兵保険会社に出社。保険料の領収書の束を括りながら、心の中でこうつぶやいた。やれやれ、いやな人間たちと雑事に充ちた日常が始まるのだ。

上司の男は猜疑心が強く、労働強化をむやみにすればいいと考えているエゴイスト。死んでしまえばいい。残業が三日も続き、仕事に追われる日なぞ、奸智《かんち》にたけた職場の女や男が、うまい汁を吸っているからといって相手にするな、こんな場所で純直な心を浪費してはいけない、と自分に言い聞かせた。なぜ残業を強制されるのだろう。職場では異分子の感じがするのか。上司らは自分たちに対する秋元の軽蔑感をかぎわけていたか。

秋元は負けない。《こんな瓦礫の地に長くとどまり過ぎた、来るべきところではなかった。私は屈服しない。悔しくは思うまい。人生の損失利得は、最後まで計量して見なければ分からない。これでいい。奴等からかすめ取られているのかも知れないが、そんなことで傷ついたり痛めつけられたりしはしない。心の世界を何度でも求め、決してつまずきはしない。むしろ私の志はつまずいて尚、強くなるほどのものだ》

秋元は保険契約者の金額一覧速報をチェックしながら背筋を伸ばし、最近目にした箴言を思い出した——心はそれを破る刃物によってしか拡大しない。

終業。今日もせわしく終日働いた。懸命に耐えた一日。帰りの電車では疲れたのと怒りのためにぐったりしていた。《友達に逢いたい。こんな晩は本当に寂しいのだ。生活は建設せねばならないし、血の汗を流して働かねばならないのも事実に迫られてのことだ》。清和荘の自室で給料明細書を取り出し、収入と支出とを計算した。とても貧しく底をついた状態だ。しかも貯蓄組合に強制加入させられた。明日は給料日、本を買いに行こうと秋元は思う。

夕方、自宅近くの八百屋に寄ると、店員がこっそりキャベツの六分の一くらいを袋の中へ入れてくれた。心尽くしがうれしく、帰宅して志賀直哉の短編を読み始めた。

日曜日。久しぶりにゆっくりと一日をすごした。読み書きねむり、外を歩き本を買って昏《く》れる。しなやかな自信と悦びが少しずつ秋元の心にやってきた。

月曜日。また仕事が始まる。昨日は早くから休んで充分休養したつもりなのに、今日は一時間も働かないうちに、もう倦怠感と疲労が秋元を襲う。背中と胸が痛くなる。職場の愚劣な男や女はどうして見下げ果てたことを平気でしているのか。秋元の心は傷み、耐えがたい憤怒が起きる。そんな人間関係の中で、自分もいつからか心を蝕まれているのではないか、と怖くなる。空をかけるための秋元の《翼が、この職場という湿地では却って嫉妬反感の的になる。人間を憎まなくてはならないのだろうか、軽蔑し冷笑しなくてはならないのか。私はいやだ。そんなことを望んでも居ないし、私の心に相応しくもない。それなら逃避か、挑戦するか、屈従に身を置いて心に自由を得るあの観照だろうか》と自問自答する。秋元は煩悶し、前を向こうとする。《人を恨んだり軽んじたりしてはいけない。彼らはなぜそうなったのか、おおもとの由来と融和すべきであって、彼らと歩調を合わせてそれに浸《しず》むことではない。私には、明るくて人を愛し、信じられる力があるのだ》

秋元は一日の仕事を終えると「明日からは休みます」と言って帰った。それだけで少し元気になった。しばらく休んでいると、会社が実にうすぎたないものに思われ、臭気すら感じる。耐えがたさ、不快と嫌悪の念だ。二〇歳代初めのころから、ここで一〇年働いた。でも信じられるものもなく、自分も他から信じられない。

秋元の心には、怒りを越して悲しみに近い感情が押し寄せる。《無智と卑屈と利己心と執念深い復讐心、他人の不利や不幸を喜ぶとさえ思われる人間の集まり。心からの軽蔑と憎しみにしか値しない。人を押しのける厚顔さだけが勝つ。屁理屈が勝つ。人間の真実の心、その要求など無視したお座なりの統制とか、全体主義など屁理屈ではないか。ほんの数年前まで人々の心の上に降りかかっていた人道主義や個性とか理想とかいうものはすっかり剝げ落ちて、無作法な得意さがのさばっている。心の荒みようはどうだ。砂を口いっぱいにつめこめられたような外に発することのない憤怒、暗い怒りはどうだ。一体私はこの陰鬱な位置から何を引き出せばいいのだ》と。

秋元は上司から職業生活一〇年の思い出の記が有職女性表彰の一等に入選したといわれ、式に出席して朗読した。

四三年一一月。秋元は横山内科へ診断の結果を聞きに行った。左肺炎と肺門リンパ腺、ラッセルがとてもはっきりしている、安静生活をしなさいと医師は秋元に告げた。ますます退職の思いが強まり、三カ月ぐらいの休職を決意した。《若《も》しかしたら、会社をやめよう。一切を清算して新しい発見をしよう。健康の回復と、休養と、そして一一年の勤務への休止符を打とう。緊迫した空襲下に備えて沈思独居の時を持とう。今年のうちに死ぬのかも知れない。自分のために、幾日かを費やしたい。最後の時を自分一人だけで生きればよいのだ》。秋元の心にほのぼのと希望の灯がさしてきた。

四四年一一月二〇日に退職した。退職金を貰い、挨拶して帰る。夜は同僚の女性二人と送別の食事をした。二人の話には今更ながらおどろいた。女というものは、ただもう恋愛および恋愛の満足だけを、至上絶対のものと思い込み、自分たちは情熱的で恋愛的であり、秋元は冷酷で理性的だという。《恋愛感情と、恋愛の充足とを弁別できない人たちは、人間性というものの中には、恋愛感情と同じ程度に強烈で純潔で真実な感情があるということが分からない、況《いわん》やそれらの洗練昇華せられた感情を統合し生彩を与えるものとしての人格などということは》。秋元は雌馬の耳に何とやらと内心あきれた。

戦時下の暮らし

秋元は日記を書き始めた四四年から四五年にかけて、戦時下の人々の暮らしを詳しく書き留めている。シンガポール陥落の時に、《皇軍の勇武・国体の不抜なることことごとく感銘の動力ならざるなし》と記した秋元は、無条件降伏した八月一五日に、当時の多くの国民がそうであったように、皇民体制に絡めとられていた心情を正直に綴る。激しい空襲の中で玉砕の覚悟をし、文章は切迫感を増す。そして終戦。あわてふためく人間たちを、じっと見つめる。すでに作家の目だ。戦時下の様子を日記から再現する。

——四四年。戦局の悪化につれて、食べ物が手に入らなくなるとの噂が飛び交い、缶詰類や日用品の買い溜めが盛んになる。店先の野菜や魚が少なくなり、平日では絶対に手に入らない。最近は魚といってもハタハタだけ。非常時のために、服装、携帯品、そして何よりも覚悟と勇気の用意をしなければと秋元は思う。銀座の通りでは戦勝祈願の旗をあげて行列がえんえんと続く。本はさっぱり読めないが、反射的に文学をしたい欲望がむらむらと燃え上がる。三月に入ると空襲警報をきくが冷静だった。しかし教えられた空襲時の実際的な知識がばらばらだ。六月に米軍がサイパン島上陸。病状は良くない。一日一日のことがわからない。病気で死ぬか、空爆で死ぬか。いつまで生きられるか、病気を癒してそしてどうするのだ。東京に何のために居るのだ。私はこうして死んでいくために生きてきたのか。秋元の心は乱れる。空襲警報のサイレンが響き、妊産婦幼児老人病者のための大防空壕に入る。壕内は空気が濁り、たちまち気分悪く頭痛がする。一二月。深夜から仏暁にかけたB29の凄まじい敵襲に防御対策はない。付近の人々は今日が危ない、と子供のように言う。少し距離の離れた住人は、案外平気でいる。経験や推理を越えた現実だからだろうと、秋元は思う。甥の近史に本や雑記帳を学童疎開先に郵送する。この少年一人が残るかと思うと、心にかかる。秋元は訪ねてきた加藤幸子に遺髪を一束切ってもらい紙に包む。不忍池の端の天神に参詣し、清純に、もっともよく生きられる道を示し給えと祈る。

明けて四五年元旦。寒さがやや穏やかな静かな清々とした朝。やっぱり元日の気持だ。孤独と清貧と読書そして空襲への絶えざる意識、しかし心は凪いで落ち着いているのはありがたい。肉親たちの安泰が気にかかるだけだが、それも大命によるものだと秋元は思う。

二月。正午頃よりB29一〇〇余りの編隊が来る。降雪紛々。防空壕に入って『万葉集』を第一頁から読み始める。《どこまで読めるか試してみよう。不二雄が来訪し、私の疎開問題の話になる。私はやはりここで一人で生死の決着をつけよう。私が望んで得、そして生きたところの生活ではないか。それが袋小路だったとして、それまでだ。しかし、私は悟ってなどいないのだ》

三月九日夜からB29は八方から入り乱れて縦横に飛び交う。強風。火勢もの凄く、炎の見えぬ方向はない。自宅の左右約一町の辺まで両方から燃える。壕内では、もしやという気持が、かつてない迫力でつきまとう。秋元は母のこと、歌のことを思う。横浜のほとんど全部が瞬時にして火を噴いたようだ。不二雄一家が住む根岸一帯だけは奇蹟的に焼け残った。七月に入るともう戦況を記録的に日記に書く気がしなくなった。夜中には警報のサイレンを知らないで睡っていることもある。何時不意に死ぬか分からなくなった。

そして八月一五日。

《ひる近くなると、私にはいやでも人々の話声が聞こえてきた。中年以上の極く現実的な人達はある予想を云った。後にはそれが当たった。正午に君が代の奏楽があった。玉音の聖雅にして貴い御一声にまず戦慄した。御憂いを込めさせられて清く高く坦《あきらか》にして大詔を下し給う。四国宣言を受諾し給う、国の焦土となり民の傷つくを忍び給わずと宣はせらる。慟哭久しく畏くも陛下の子たる実感にむしろ放心す。正午三十分前より暗雲俄かに消えて灼熱の陽、照る。半ば心を喪い街路に出ず、駸々と夏日、焼く。人影なし、物音なし、涙乾き草と街路樹のみ青し、全身を陽に浴びて、陽の熱に託す、その感覚のみが「今」の実在することを私に悟らす。街路に行く。みな泣く。家の前にたたずみ家族ことごとく黙して泪をふく人々のみなり。知らぬものを呼びとめて、共に泣く。陛下のご傷心にただ流涕を以て答え奉る。国運、遂に悲なり。ただ夢の如し、列日の下に夢をまさぐる如し。午後四時―寂寥、ただ寂寥のみ。独り泣く。午後五時―幸子くる。訪ねて来なければ自分が行こうとしていた。共に泣く。前途を思わば死よりも不可知なり。死にたいと思う。自分の日記帳と詩集を送る。人間への愛、人間への信頼、そして日本人としての自分、それを信ず》

秋元は翌一六日朝に詩集の整理をする。悲しくない。ただ無力感だけが沸き起こる。午後、昨日の約束のごとく幸子くる。軍人の一部がビラをまき休戦反対の示威行動をしているが、人々に愚かなふるまいと反感を買い、相手にもされない。ラジオで正午の天気予報が何年かぶりに始まった。《何と魅力的な爽やかな言葉。しかも予想はすぐ外れて二時間後には驟雨だ。面白い！》。《付近に駐屯していた軍隊では、トラック、オートバイ、馬、自転車その他のものをテンヤワンヤに分配して離散している。アパートの女のところへでも行くのか。リヤカーに山のように物資を積み、運んでいる。米兵が街でも停車場でも車窓からも、ドロップやチョコレートを撒くと、壮年の男や制服の学生が四つん這いになって摑み争っている。アパートの女の人たちと話す。戦争が終わり、楽しんで気楽に図々しく生きている。屈託なく素朴なしかし実に低級な品性をよく見せてくれ、面白かった。ラジオの音楽放送が唯一の慰めになる。人間の声より音楽の方が美しいとは何たること!! 自由主義とか民主主義という言葉が一般公衆の日常語になり、我慢のならない使用が始まる。どんな時代が来るかは明らかだ》

不死男の戦後と死

戦後、不二雄は四八年に山口誓子主宰の『天狼』同人となり、翌四九年には東京天狼支部の機関誌『氷海』を創刊主宰した。同年秋に俳人の橋本多佳子、西東三鬼《さいとうさんき》らと唐招提寺に吟行している。前述したように、秋元は兄の縁で橋本と知り合い心酔し、多大な影響を受けた。不二雄は五三年に経営していた謄写印刷業が破産したのを機に専門俳人として立った。五七年に長男近史が日本テレビに入社。根岸の借家から、東京・下高井戸の二階建ての借家「牛午山房」に移転。六八年に新居を横浜市港北区下田町に建てた。

七七年七月二五日午後三時、自宅近くの川崎市立井田病院で結腸がんのため亡くなった。七五歳だった。絶句は「ねたきりのわがつかみたし銀河の尾」。

秋元は死期近い不二雄を病院に見舞った。五二年に不二雄と美三は鎌倉に下宿していた秋元を訪ね泥酔し、秋元の頭を殴り、けり、何十針も縫う流血の暴行をした。激昂した秋元は、兄たちと縁を断っていたのだ。それ以来、二五年ぶりの再会だった。不二雄はこう書き残した。

「久しく会わぬまま時を過ごしてしまった妹の松代が私の入院を知って訪ねてくれた。何年ぶりになろうか。松代を鎌倉に訪ね、その足で秋庭俊彦先生を神奈川県真鶴の庵に訪ね泊めてもらって翌日、晴れた岬を散策『すみれ踏みしなやかに行く牛の足』（『俳句』七七年一〇月号）。を作ったのを今でも思い出す。それ以来、会わずにいた妹だったので突然の見舞はなつかしかった。白髪老人になった私たちの話は淡々として年老いた兄と妹の心のまるみを互いに感じあっている」（『俳句』七七年一〇月号）。

秋元は再会をこう書き残した。

「兄はゆっくりと手を伸ばして握手を求めた。兄の手は小さく痩せて発熱しているらしかった。私が握り返すと、ずいぶん力があるんだな、と兄は呟いた。私たちは二十数年ぶりに会ったのだが、それが錯覚でもあったように、どちらからも一言も触れず、病気の経過などを、ぽつりぽつり話題にした。彼は三十数年まえに亡くなった母のこと、つい一か月前に他界した弟、私には二番目の兄に当る美三雄のことなどを話し、ときどき掌で涙を拭いていた（略）。兄と私は体質的にも気質的にも最もよく似ていたと思う。それは長所においてよりも欠点において似ていた。同質同型の者が近い距離で接していれば、相互に傷つき、傷つけ合う関係になるのは免がれない。俳人社会での彼への評価は別として、家族的日常の中での兄は気難しく気分が変り易く、他への要求度が強く、絶えず不満で鬱屈していた。だから兄は近親嫌いの家長だった。（略）いつか私自身が近親嫌いの内攻的な孤独癖の娘になって行った。一日も早く兄たちから離れ、自分ひとりの生活を持ちたいと秘かに強く願望した。しかし私は兄を憎んだのではない。近親嫌いの彼の前から姿を消したかったのだ」（『俳句』所収「終焉前後」）。

不二雄が死んで二年後、仕事帰りの秋元は新幹線の車窓から、不二雄一家が住んだ根岸時代のことを思った。

《亡兄たちのことをふと思い出したのは、列車が京浜地区から横浜、保土ヶ谷あたりを通過した時の連想からだったと気づいた。彼らも懸命に生きたのだ。非行も愚行もあった。しかし懸命に生きたことはたしかなのだ。哀れ深い生涯を生きそして死んだ》(七九年五月)。

秋元はこれまで憎んできた兄たちを、実際には深く愛していたことに思い至ったのではないだろうか。幼くして養子に出された妹千代の被爆死を確認し、贖罪の旅になった長崎行の終わりにこうも書いていた。

《千代を投げ捨てて、ついに手を貸そうともしなかったことは、詫びるほかない。だが私たちはそうして辛うじて生きてきたことを、千代の霊よ、理解してほしいのだ。死者よ冥せよ。やがて私も生と決別する》

人を赦す。人から赦されたい。「我らが人に許す如く、我らの罪を許し給え」。聖書の祈りにも似た気持が、晩年に差し掛かった秋元の胸を浸したのではないか。

第三章　デビューのころ

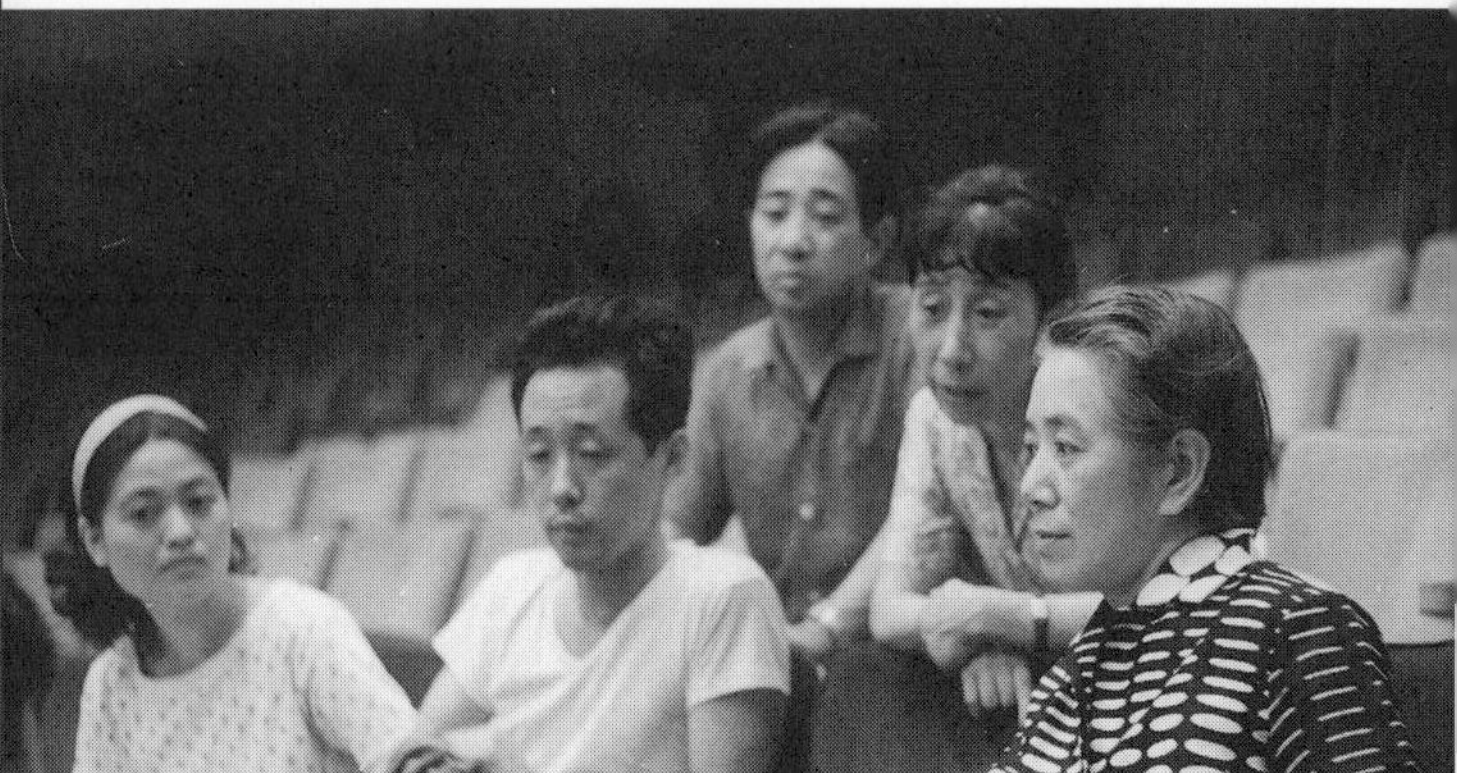

ぶどうの会「芦の花」初演の通し稽古に立ち会う秋元松代(右端)．1961 年 8 月

青春の日々——三好十郎戯曲研究会

我々はどこから来てどこへ行くのか。ゴーギャンのこの画題ではないが、秋元が一九四六年に戯曲「軽塵」(1)でデビューしてから、五一年にかけ書いた「芦の花」(2)「礼服」(3)「婚期」(4)「他人の手」(5)の初期戯曲五作は、自分探しの私戯曲の趣が強い。戦前・戦中そして八月一五日からの戦後の混乱期を一人の働く独身女性としてくぐり抜け、社会に根強く残る古い体質や、新しい時代への胎動を体験した。自分と時代を見つめ、劇作家への道をスタートした。初期五作には戦争、病気、飢えと、必死に生きた若き日が刻まれ、発酵している。

後に秋元は初期戯曲群について、《未熟で、技術的にもうまくはないが、たしかに根を深くおろした才能が内包されている。単なる新人の書いたものではない。まだ自分の才能を、明らかに摑んではいず、自覚的に意図的になり切れていないが、そして追い立てられて息の限り走っているが、しかし将来の大成を充分に示すだけの素質と才能を持っている》(七五年一二月)と、振り返っている。

劇作家秋元を育てたゆりかごは、劇作家三好十郎(一九〇二〜五八)が四六年二月に結成した戯曲研究会(6)だ。三好が戦争下の自分を批判して、若者と共に再出発するために創った。秋元は結成二カ月後の四六年四月に入会した。下谷のアパート清和荘で共同生活していた友人、NHK東京放送劇団員、加藤幸子が紹介してくれた。三好は同放送劇団のためにラジオ放送劇を書き始めており、若手劇団員の加藤は三好宅で早朝から稽古をしていた。ここで、秋元はただ一人の師となった三好の影響を大きく受けて劇作を始めた。

入会した時、秋元三五歳。秋元ら門下生にとり、研究会は戦争直後にようやく来た遅い青春を謳歌する場でもあった。劇作家の石崎一正(7)や押川昌一(8)らと出会い、文章修業を共にした。日記や随筆「ほんとうの教育者はと問われて」、『秋元松代戯曲集』あとがき、『秋元松代全作品』第一巻、著者自註などから当時の研究会での青春の日々を再現する。

――四六年四月八日。後にして思えば秋元にとり運命の日だった。三好宅へ初めて行ったこの日、秋元は研究会に入会するためではなかった。演劇にそれほど興味を持っていなかった。「原稿の浄書をしてくれる人が欲しい」という三好の話を加藤幸子が聞き、行ってみないかと勧められた。原稿の浄書なんかしたいわけではなかったが、心配してくれている友人の顔を立てて仕方なく訪ねた。当時、秋元は敗戦後の虚無感の中で、生きることも煩わしく、何ひとつ進んでする気がしなかった。ところが三好は原稿の浄書など一度も頼まず「劇作家になりなさい」と秋元に言った。

入会して三、四カ月間は傍観者だった。三好の書斎八畳間には復員帰りの無名の青年たちがぎっしりと詰めかけ、煙草の煙がもうもうとたちこめる。人生や人間や敗戦について真剣に語り合った。何も書いていないのは秋元だけになり、三好は「このことを書かなければ自分の精神が死んでしまうという主題をつかみ、それを自分の言葉で書けばよい。歌でも詩でも日記体でもいい」と言った。

秋元は一つの主題がすっと浮かび上がり、あまり苦しまないで第一作「軽塵」を書いた。心の中の鬱屈を一気にはきだすように、速く、激しかった。《楽しいほど追いかけられつつ書く》と日記にある。例会で三好は「軽塵」を本物だと激賞した。劇作家を志すようにと繰り返し勧めた。秋元のその後を決める出発点になった。

三好十郎

三好の談話と人間の魅力は、会員たちの心をつかんだ。作品行為は暴挙であり、戯曲というものは、ある矛盾の中に沈淪している有様を分かりよく書くものだ、など三好語録に心酔した。素材、キャッチの仕方の角度、性格描写の的確、肌《き》理《め》のこまかさなど技術的なヒントを秋元は吸収していった。

「軽塵」の講評で三好の指摘は鋭かった。「生の素材がごろついている」「概念的にはつかんでも、主要人物を丸彫りに浮き上がらせていない」と。秋元は、《性格悲劇と、社会劇とを書こうとして失敗した。一つの手応えは得た》。あるいは、《終戦後現れた創作戯曲の中では『廃墟』(註：三好作)の次にいいものだと信ずる》とも。第一作にして早くも秋元の心は自信と不安の間を激しく揺れ動く。ふと鏡を見て、自分の顔が艶々《つやつや》して、頬が丸くなっていることに気が付く。自信と野心を覚え始めていた。

三好は研究会でギターを爪弾きながら外国民謡を歌う時もある。自転車に乗る三好と石崎の三人で近くの静かな川べりを散歩もした。四七年一月の新年会は盛り上がった。皆は歌い、踊った。秋元も遂に小学唱歌二つを歌い、自作の和歌を詠む。三好は酔って「実にいい会になったね。皆勉強するのだよ」と泣きながら言った。秋元三六歳の正月だ。清和荘に研究会の仲間が来るようになる。高橋昇之助、石崎らと酒を飲む日々。ある日、石崎がトマトを持って訪ねてきた。トマトはやがて干柿に、酒に変わった。石崎がウイスキーを二本持参して来た夜、高橋と三人で飲み、徹夜で語り続けた。《彼らが実によく勉強していることが分かり、もっと尊敬し、もっと教えて貰わねばならぬことを

知った。少なくとも私のように偏執的ではない。私にもっと甘い作品を書けと云う》

三好に遊びに来てもらう日もあった。石崎、高橋も来宅した。三好はハムを、石崎が手桶に日本酒を持ってきたので鍋でぐらぐらと熱くして飲んだ。一〇時過ぎ、外は雲の多い空でまっくら。賑やかに帰る三人を秋元はロウソクを持って門前まで送った。

仕事を残すだけが自分の命と思い定める秋元は、三好十郎を精神的な父と敬愛した。研究会の後、石崎とウイスキーを痛飲しながら、《酔っても酔っても戯曲の話と先生への愛の言葉——それは愛情の切ない告白と云ってもいいぐらいのものだった。演劇のため、先生のため、研究会のために奮起しよう》と語りあった。

彼

彼との出会いは戯曲研究会だった。創立メンバーの一人で、穏やかな思慮深い人のようだ。彼の書いたラジオドラマも何本かＮＨＫから放送された。共に作品を書き、交流するうちに、秋元の中に恋が芽生えた。しかし片思いだった。五一年、四〇歳の日記には、一〇代の娘のように思慕と諦めの間を揺れ動く気持が、綿々と綴られている。

《毎日、朝となく夜となく彼を思い出す。私があの人を愛することは、もう私の呼吸と同じになった。ただ一途に会いたい、黙って何も云わず彼を見ているだけで、何も求めまいと思う。彼から愛されるとはどうしても思えないからだ。愛というものが、なぜ沈黙と抑制をしか伴わないのだろう。たえ忍ぶことだけを愛から学んだ。彼に愛を告げることもできず、ただ一人で愛し、いつか忘れるときが来るのを待つなんて、恥ずかしいと思う。彼が私に与えてくれたものは憐憫と誠実だった。女にとって異性の憐憫と誠実は絶望的な救いである。私の愛は荒蕪地《こうぶち》で、少しも耕されず粗野な眠りの中におき忘れられていた。過ぎ、失った時と悦楽を自ら孤独の愛で再現しようと思う。それだけが私の残った女の生命の燃焼なのである。彼は人間として友人として私を扱い、そっと避けて、遠ざかった。彼の聡明さが私を愚行から救ってくれたが、私は今も恥のために燃える。私はこの恋心を憎みたい。失われた時と、再び望みえない夢と、一度も私をおとずれなかった悦楽とを私は憎むよりほか生きることが出来ないとさえ思う。私の恋心を私は殺さねばならない。そうしなければ私が死滅するだろう》

《彼を思っていくども涙にぬれ、机の灯をつけてはものを考えた。彼に会いたい。まじかに彼を見たいと、それだけを思いこがれた。私は愛している。でも愛される望みのない時、人間は何をしたらいいのか。自己抑制と清純な生活が、精神の正常を約束してくれるのだろうか。自分の心の乱れを思うと、それも信じられなくなるのだ》

五一年四月に俳優座が「日々の敵」を初演する直前の日々。研究会メンバーの家を二人して下町に訪ね、川のほとりや居酒屋で飲み語り、バスで帰った。酔った秋元を心配して彼は何度も送ろうかと言ってくれた。しかし秋元は断る。彼が降りる時に握手をした。秋元は車窓から見送ることが出来ず、目を上げられなかった。《これで自分の若い日が終わった。悔いでも惜愛でもなく、彼を貴重だとしか思えない。私の時は過ぎ、私の事実は消えていく。恋とはよべないものに、なぜこんなに情熱が宿ってしまうのだろう。心から彼を思い、偲んだ》

《朝も午《ひる》も夜も彼のことが脳裏にある。凍りついた情熱は、恋ではない。私の情熱は燃えてはいない。恋とはよべないものに、なぜこんな情熱が宿ってしまうのだろう。恋とは私もまた愛されていることであるが、私はただ愛することに死滅してしまいそうである。孤独のままで人を愛していることは、何か死に近づくもののようだ。私は貞潔でありたい。彼のために。そして私の愛の孤独のために。私の貞潔とは人間的完全という意味である。成長と充実と、高きものへの信頼。そして私の生涯を彼への愛にふさわしく真摯なものとして終わりたい。美しく生きなければならない。どんなことがあろうとも彼に苦痛を与えたくはない。彼は私を恐れている。私の弱さ、というよりも、女の毒を。拒否だけが、私への彼の思いやりであり、優しさの表れであること。これは絶望でしかない。私もまた、彼にとって、すでに毒物であるかもしれない》

秋元、七八歳の時に彼をこう回想する。《何もないままに終わった。その男に異性という関心を魅《ひ》かれなかった。善良で純一な男とは分っていたし、温厚で慎み深いらしくみえたところにも好感は持ったが、わずらわしさの感じが強く避けてしまった。別に後悔はしないが、その人の優しさがなつかしい。しかし会ってみたいとは思わない》

三好が五八年に亡くなった後も、秋元は石崎、押川とは交友を深めた。秋元が築地の波奈井旅館に滞在していた六一年夏の夕方。石崎が来たので、新内語りを庭に呼んで「蘭蝶」を聴いた。石崎の戯曲『草むす屍《かばね》』を五、六ページ読んでいくうちに、面白くなって仕事を中止し、午前零時に読了した。感動した秋元は郵便局を起こし、祝電を打った。帰宅して深更まで一人美酒を飲む。《たのしい。豊かなこと、充ちていること、喜びあること、これが人生の佳さと、人間の美しさである》と陶然とする。

秋元は、押川の筆力と誠実な人柄を認めていた。押川の戯曲を上演したホールに行くと、押川夫人も来ていた。《生活と離れたところで、ものを書くのではなく、地に足をつけている生活態度は押川さんらしい。病身の夫人を長い間かかえて教師勤めをしてきた労が、多少は報われたのかと思うと、人間、生きていることの大切さと労苦を思わないではいられない》

しかし作品評はシニカル。押川の『幾春別』を読んだ時だ。《なかなかうまいものだと感心した。三好昌一というところ。こんなに似てしまうものだろうか。新劇の手垢がついていないのがよい。作品には完ぺきということはあり得ない。立派な作品である。作品も人も、優れてよいものが一つあればいいのである》。押川が清和荘に来た。「あなたの作品は息がつけない、楽々とけろりと書いて人生を楽しみましょうや」と握手をして帰った。手が痛いほどだった。

青春の日々は、裏側に孤独の心も抱える。秋元にとり孤独こそ創作のパンの種だった。《人間の声と言葉を聞きたい。韓国放送をきく。これも、私には人間の親しい声だ。刃物のような孤独がまた私を把えた。さびしさは人間をも殺すにちがいない。愛されることもなく、その故に悲しむ時も過ぎて、今は一人の中に静かに立ち、そこで生きる心になっている。不幸な私の心は、終日悪意ある追憶に耽溺して飽くことを知らないかのようだ。その思いの上に浮かぶことごとくの人を痛罵し嘲笑してやまない心、なるほど私は不幸な歪んだ成長をしてきたには相違ないが、悪を悪とするほかのどんな権利があるというのだ。この憎悪怨恨に優る他の大なる精神的目的を持て。悪を思うことなく誠実、純良に生きよ。孤独に馴れ、かつ人を愛せよ。他の悪意に屈せず敢然と自己を保て。一葉の手紙を見ると、絶望の果てに死を思ってほほ笑む、という言葉があった。私は本当にたった一人だ。崇拝—模倣—嫉妬—憎悪、女の友情はこの経路をかならずとる。文学の喜びを、私はきっと見出すことが出来ると信じている。現実の下らなさと偽りが多いほど、私は愛の洪水で人間を信じ、現実を愛するものになろうとする一種の敵愾心さえ燃えるのだ》

脱会

秋元は入会して四年たった五〇年頃、自作「日々の敵」に対する三好の評価と、俳優座での上演に反対する態度に疑問を持ち、戯曲研究会を脱会した。三好を超えたいと思う秋元の自恃が最大の原因だ。いつしか内に準備された決別だった。師との別れの日を日記に書く。

《戯曲というものは卑俗性の濃厚なものであることは分かってきたが、果たしてそれでいいのだろうか。戯曲の中に高い文学性を盛り込み、それを如何にして戯曲化するか。先生を心から敬愛し、先生のエピゴーネンになってもいいんだ、とまで耽溺した。しかし今日、作家の道の孤独と不羈《ふき》と険しさ、その寂漠に私は目を開いた。私は先生のエピゴーネンではないという確信を得、そしてそのような自分を信ずる。私の激越な感性は、作品を引き裂いて、もう劇作をやめてもいいな、と思わせた。しかし、作品を書かないとしたならば、私は生きて居られないのである。三好先生をもっとも正しく、もっともよく学びそして愛しているのは、私だ。先生が求めているその文学性を、先生の影からではなく、私自身が求めるのだ。大変に難しい孤独な道だ。私は今日、作品が冷遇されたにもかかわらず非常に冷静だ。むしろ私には力が感じられる。生活をしっかりと認識し、自重自愛して作品を描け》

三好の家

三好が戯曲研究会を開いていた東京都世田谷区赤堤二丁目(現・五丁目)の自宅を訪ねた。京王線の下高井戸駅から歩いて一〇分。写真では旧宅は生垣で囲まれたかわら屋根の平屋建てだった。自分で書斎だけを設計し、残りは妻きく江の兄が設計して、三九年に完成した。その後、コンクリートを打ち抜いたシックな低層マンションに建て替わっていた。ここに住む長女白木まりさん(一九三七〜)と会った。著書に『泣かぬ鬼父三好十郎』のあるまりさんは、こう思い出を語ってくれた。

——三歳の時にここに来ました。一面の畑で、父の書斎の外には葡萄棚があった。一週間に二回、書斎で戯曲研究会が開かれていました。作品批評を徹底的にやる大声が聞こえた。大勢の人達がきまった日に来るようになったので、なんとなく家中が落ち着かなかった。父は子供の私にも、研究会の出来事を話してくれた。研究会には押川昌一さんだけが最後まで来ていた。静かな人で父の原稿を清書もしていた。父が一番信用していた方だったのではないでしょうか。石崎一正さんは酒乱で、父の書斎を目茶目茶にして、お出入り禁止になった時もあった。銀行員の高橋昇之助さんはクールで、ダンディーな人でした。

秋元松代さんが「軽塵」を発表した日の父は、いつになくはしゃいでいた。「素晴らしい書き手が来た。すごい女の人だよ。古くからいる連中にとっても、いい刺激だ」と興奮していました。秋元さんはほっそりした体に地味な洋服を着て、いつも静かに座っていた。鋭さをもっていた。袖口の擦り切れていたセーターを着ていたと言う人もいました。そんなことには無頓着だったのでしょう。研究会にきていた三枝佐枝子（『婦人公論』元編集長）さんが、おしゃれで素敵な方でしたので、子供心にも対照的に目に映りました。秋元さんが父の許を去った時は寂しそうだった。

でも年中そういうことはあった。父には一生懸命育てても「皆裏切っていく」という気持があったのでは。亡くなる前は、研究会のことは一言も話さなかった。良い思い出はなかったと思います。父を怖そう、鬼みたいという人もいますが、私にはそんなことはなかった。でもいけないことには、こういうことはしてはいけないよ、と私をしかった。音感教育は父から受けた。平敦盛の悲劇を歌った「青葉の笛」が好きでした。午前中しか仕事をしなかった。胃が痛いので、丸いビスケット一枚しか昼は食べない。それほど一生懸命に書いていた。

加藤幸子の支援

秋元を戦時中から、物心ともに支えたのが声優の加藤幸子だった。NHKの東京中央放送局専属劇団俳優養成所の第一期生として四一年に入所した。日本で初めて放送俳優（声優）を育てるため設立された二年制のもので、公募により男女三〇名余りが入所した。四三年に卒業した加藤、巌金四郎、加藤道子、小山源喜ら二二人が劇団の第一期生に採用された。戦争が終わると三好十郎の主宰する戯曲研究会に発会直後から入会した。実家が空襲で被災したため、一時は秋元の清和荘アパートに身を寄せて共同生活をした。秋元にとり幸子とは運命的な出会いだった。四一年から四五年の敗戦までの日記から、幸子との交友を再現する。

――秋元は四一年から、墨田区東両国にある幸子の家に何度か行っている。夕食の後、母親からいろいろのことを聞かれ、金銭上の補助についても力を貸してくれることになった。秋元は恥ずかしかったが、うれしかった。二人はしばしば一緒に行動した。四一年一二月八日、ラジオの臨時ニュースで真珠湾攻撃を聞いた時だ。《いよいよその時が来たのだ》と秋元は決意した。身ぶるいがする。最後の一分まで、真に立派な国民、生活者として生き終わるのだ。二人は夕方五時に約束の場所で逢い、まっくらな街を歩きながら、「最後まで完全な一人の人間として生き、使命を全うしよう」と誓い合った。秋元の誕生日には、幸子は番茶器一揃いをプレゼントした。駅で落ち合い、一緒に紅茶を飲んで何時間もおしゃべりする。夏の朝、二人して不忍池の蓮を見てから本郷の方を歩く。帰りは秋元の部屋で雑談。美術館に藤島武二遺作展を見に行きもした。四四年一月には放送劇団のために短編脚本を半徹夜で書き上げ、幸子に渡した。

しかしこの頃秋元は胸の病に苦しんでいた。ラッセル音、発熱。病気で死ぬか、空爆で死ぬか、いつまで生きられるか、病気を治してそしてどうするのだ。東京に何のために居るのだ。こうして死んでいくために生きてきたのか。せっぱ詰まる。読書もやめた。身の回りのことは度々訪ねてくれる幸子の好意に頼る日々が続いた。B29の凄まじい空襲があった。不二雄の一人息子の近史に本、雑記帳等を疎開先まで郵送する。この少年一人が残るかと思うと、秋元の心は重くなる。来訪した幸子に遺髪を一束切ってもらい、紙に包んだ。四五年夏。病気で臥す秋元の頭の中には幾百幾千の夏蟬の啼声が響く。幸子が来て、夏菊を活けてくれる。幸子の存在だけが病床に生気をもたらした。

幸子は後に東京・上野の寄席、鈴本演芸場(9)五代目席亭となる鈴木肇と、四九年一一月九日に上野精養軒で結婚式を挙げた。披露宴の案内状には鈴木孝一郎孫肇と加藤国治長女幸子が、秋元不二雄夫妻の媒酌により挙式と印刷されている。松代も招待された。媒酌人をするほど親交のあった不二雄から、結婚以前の肇を通して松代は幸子と知りあったのだろうか。

俳人の岸風三楼は不二雄の追悼文(『俳句』)に、「私(註：不二雄)も市川の住民になったのでよろしくと言う。沢山の植え込みのある大きな邸宅が、鈴本の別墅であった。秋元さんは鈴本の現当主鈴木肇氏の仲人をされたほどの親しい関係上、横浜から御徒町まで通い、しかも夜が遅くなるのでは難儀だろうから自由に使ってくれ、という次第であったらしい」

肇・幸子夫妻の息子、寧《やすし》(一九五五〜)さんが、八九年から六代目席亭となっている。秋元は、文京区西片にある新婚家庭をしばしば訪ねた。生まれたばかりの寧さんを見て、幸子の幸福を心から喜んでいる記述が、日記には随所にある。寧さんは両親から秋元のことを聞いていたのではないかと思い、連絡すると返信のメールが届いた。

寧さんは、小さい頃に秋元さんという名前を聞いた覚えが微《かす》かにあるが、全く記憶にないという。「母は平成一九年の一一月に亡くなりました。父も平成八年に亡くなっております」とのこと。秋元が、谷中の清和荘アパートから時折訪ねた肇・幸子夫妻の家は、東大・赤門近くの閑静な住宅地区にあった。明治以後、学者や文人が多く住み、学者町と言われた一角。そこはすでに売却されて、鉄筋コンクリート九階建てのマンションが建てられていた。

第一作「軽塵」

短歌から戯曲へ、モノローグからダイアローグへ。戦時中は短歌を詠み、防空壕で『万葉集』を耽読した秋元にとって、戯曲執筆は「歌の別れ」だった。

かつて抒情詩人だった中野重治(一九〇二〜七九)は、自身の「歌の別れ」を、同名の小説でこう書いている。主人公の片口安吉が詠草を持参して大学の短歌会に出た後失望し、「これで短歌ともお別れだという気がしてならなかった。彼は凶暴なものに立ち向かって行きたいと思いはじめていた」。中野にとり凶暴とはプロレタリア文学だった。秋元の「凶暴」とは、詠嘆から離脱するリアルな意識であり、自分と家族への凝視であり、ダイアローグする家庭劇の形だ。四七年春の日記に、《桜は既に満開。一片二片散っている。去年までは、私はこのような季節の中で歌を作っていたことを考えて一種の不思議な距離感を覚えた》と記す。

「軽塵」は、リアリズムの手法による家族劇だ。この形式は、家族間のゆがんだ心理、行動の表現を通して、人や家族、社会の底にある不安や因習的体質、真情を造形する戯曲とされる。自我の確立と表現方法としてのリアリズム。秋元のスタートには、近代の徴《しるし》が早くも押されていた。しかも目指したのは文学として自立した戯曲表現、レーゼドラマだった。

題名の「軽塵」は、七言絶句の漢詩から採られている。

渭城《いじょう》の朝雨軽塵を浥《うるお》す　客舎青々柳色新たなり　君にすすむ更に尽くせ　一杯の酒

西の方陽関を出づれば故人なからむ

唐の詩人王維が、長安からはるか西域まで朝廷の使いに行く人を送った惜別の詩として今も愛誦される。

デビュー作は題名通り、秋元の出発、旅立ちの劇になった。東京・巣鴨で母壽や兄不二雄一家と共に暮らした家から、一人で清和荘へ転居して暮らし、銀座でタイピストとして働き、自立する。独力で生活したかったせいもあるが、結婚など女性の古いあり方を家族から押し付けられることへの嫌悪もあった。

兄の不二雄は、病死した父に代わり家長たらざるを得なかった。進学を諦め、給仕として働き出した兄につきまとう自己犠牲を含む痛々しさを、秋元は身近に感じていた。だからこそ自立を模索し、空襲下の清和荘に一人で暮らした。心配した不二雄が根岸町の自宅に同居するよう説得に来たこともある。

《長兄来訪。私の疎開問題に話が移る。私はやはりここで一人で生死の決着を附けよう。私が望んで得、そして生きたところの生活ではないか。それが袋小路だったとして、それまでだ。然し、私は悟ってなどいないのだ》(四五年三月)。

秋元は不二雄としばしば衝突せざるを得なかった。兄との葛藤は秋元にとり、どうしても書かなければならない泉になった。作者の実人生を反映しているだけに、新たなる自分探しの作品が第一作というのも、書く動機の強さを思わせる。時代背景に戦争の惨禍がリアルに書き込まれ、社会派の片鱗が早くものぞく。

一幕二場の両場とも同じ家での数日間と、簡潔な設定。第一場が戦時下とはいえ、つかの間の静かな家庭の風景。第二場は空襲直後の悲劇の場と対照させる。凝縮と対照。第一作にして戯曲の要諦を心得ている。これを一気に初めて書いたというのだから、西洋の古典戯曲を耽読した少女期があったとはいえ、天分をうかがわせる。

〈あらすじ〉

敗戦間際の昭和二〇年夏。佐伯理一の一家は東京近郊に疎開して一年になる。妹の悌子は二一歳の時に家を出て、夜学の先生をしながら東京のアパートに一人で暮らしていたが、空襲にさらされ、病気になったので、同居している。妻房子の妹要子も夫と喧嘩をし、叔父祐介は焼け出されて共に居候中だ。理一は一五歳の時に一家の中心となり、進学や油絵への夢を諦めた。父の工場と借財を引き継ぎ、空襲の中、毎日東京に出勤している。「私は兄を愛している。だから兄の失したものの尊さや、取りかえしのつかなさが、わたしを苦しめる」と悌子は自分を責め、東京に帰ろうと思う。

数日後、深夜の空襲で理一宅は大破し、隣家の娘が死ぬ。悌子は兄に告げる。「東京に帰る。明日にもどうなるか分からない。だから一日でもいいから自分らしく生きたい」。庭で祐介が王維の惜別の七言絶句を微吟していると、東京に向かう悌子と会う。祐介はもう一日ここで暮らさないかというが、悌子は出ていく。

「軽塵」の覚書

「軽塵」の妹悌子は松代を、兄理一は不二雄をモデルにしている。この作を書くにあたり、秋元は遺品の中に概略以下の三項目の覚書を残している。悲劇と喜劇、内と外、緊張と弛緩のアイロニカルな対比だ。

まず悲劇と喜劇。兄が妹を圧迫する悲劇、妹が兄を凌駕する喜劇、と秋元はする。兄が妹を圧迫する台詞はある。兄を通して、専制的な家長を表現する。「やっぱりここへ来たじゃないか。初めっから俺の云うとおりにしていればいいんだ」

しかし、理一は単なる圧迫者だけではない。一家のために好きな油絵を諦め、年若くして働く哀しみの人でもある。怒り、悲しみ、責任感が内面には渦巻く。悌子は、兄のその哀しみを知っており、自責の念を、こんなイメージで表現する。「私たち小さな弟妹と、弱い母を、そんな少年の兄が支えてたんだわ。私たちは兄の血を吸いとって生きていたわ」「(理一が習作した小説には)一つ一つ自分の夢を捨てて行く悲しみが書いてあったわ。青年の周りにいる色々な人間が、その青年を不幸にしていくの。例えば綺麗な指に喰いこんで行く皮膚病みたいなものなの。(略)私、悟ったのよ。自分がどういう人の血をどんなふうに吸っていたかっていうこと……その上、自分が安心し切って寄りかかっていた人が、本当は涙を流していたんだっていうことも……それも十年も十五年もよ。私は恥知らずの皮膚病だったのよ」

このように兄は旧弊な、小さな王様ではない。内に抱える悲しみと諦念が、兄を一人の人間として存在させている。しかし妹が兄を凌駕する喜劇の、アイロニーの笑いはない。本作では、自己実現のオブセッションが強く、人間喜劇たる皮肉な笑いは、「礼服」まで待たなければならなかった。

次に内と外。閉ざされた内の世界と、解放された外の世界。妹は意志的に外へ出て、自立を暗示して劇は完了する。

戯曲では悌子が自立する様は書き込まれている。「一日でもいいから自分らしく生きる時間が欲しくなりました。自分だけでありのままに息をついてみたいんです」「俺達は兄妹らしい話をしなくなった。(略)気が変ったら俺の所へ来るんだ」

兄理一の家から再び出て、戦火にさらされている東京のアパートに戻る悌子に託した自立への思い、兄との葛藤が、息苦しいほど伝わる。内から外へ、作者が自立する時にくぐらなければならなかった門だから、必死さ、健気さが伝わる。

しかし、現実の世界では解放が期待された外も閉ざされていた。秋元は勤め人の厳しい体験を戦時中にいやというほど味わい、外に待ち構えていた閉塞した人間関係や古い観念と闘わなければならなかった。この闘いがその後、秋元の作家性を鍛えて傷だらけの自由を手に入れることが出来た。「軽塵」の結末では、未来への宿題のように「外」の、このような二重性はほのめかされていない。

敗戦から一六年たった六一年の日記に、八月一五日を解放と新生への分水嶺として記述した。内からも外からも、脱皮する新生だった。《昨日は終戦記念日。私はその日から、やっと人間並みに生きることが出来た。それまでの三十何年かは、まるで自己というものすら持ち得ないところに閉じこめられ辱められていたのだ。今日は私の誕生日である。学問がしたかった。人間並みに外へ出たかった。兄たちから口汚く罵られ、侮辱に耐えていた私の青春。それが断ち切られるために日本の敗戦は些々たる出来ごとだ》

緊張と弛緩。悌子の家出は、家族内の緊張と弛緩という分裂を促す、と秋元はする。

緊張とは悌子の家出。弛緩とは悌子以外の家族の行動だ。戯曲の結末で、工場も家も焼けた佐伯一家は妻の実家に疎開することを決める。また「意思の女」悌子とは対照的に、肉感的な「感情の女」要子は、夫から結婚生活をやり直そうと手紙をもらい、彼の許へ戻る。身寄りを失い根なし草のような叔父祐介はどこへ行くだろうか。

この結末は戦時下の極限状況の中で、秋元のいう「弛緩」というより、それぞれの人生、選択の切実さを描いている。

当初の覚書の観念から作品表現へ、人間像が刻み込まれていった。

アイロニカルな「礼服」

「礼服」は、母の葬式のビフォア・アフターに見せる家族の狂騒的な真実を描いた戯曲だ。そろいの喪服を着た家族は、外に向かって取り繕ったまとまりと饒舌を見せる。しかし内側の家族同士では愛情と共に、対立や憎悪の本能が渦巻く。戯曲は母が死んだ直後の夜明け前から朝(第一場)と、その翌日の葬式(第二場)の二日間。居間だけを舞台に母の死で始まり、長男の死で終わる。各人の本音や過去がさらけ出され、テンヤワンヤになる。リアルにアイロニカルに描き、皮肉な人間喜劇の様相を呈してくる。葬式の前後共に人間の真実はある。秋元の人間把握と表現する喜劇の手法は「軽塵」からわずか一年で飛躍する。

九七年に「戦後一幕物傑作選」公演として、日本劇団協議会が企画した公演を見たのだが、だらしないことに記憶は遠い。この時のパンフレットに、翻訳家、演劇評論家の松岡和子さんのインタビュー[10]に秋元は「礼服」について大意こう答えている。

——母が死んだ未明、降る雪を見て「ああ私は自由になった」と思った。それまで母に束縛されていたが、これからは自由になると目の前が明るくなると同時に、母の死がなければ得られない自由があったと悲しく、涙をこぼした。でもそれは母の死を悼む涙ではなくて、人間というものがいかにね、冷たいというか冷酷というか。人が死ぬことによってやっと自分が生きることができると、それを喜んだりする、そういう人間の業の深さみたいなもの、それが悲しかったんですね。（書きたいと思ったことは）人間とはどういうものであろうかということ。それを家族の関係を通じて書いているわけで、そういうことは私は時代を超えて働きかける力を持っているんじゃないかと思います。「家族とは何か」ということより、こういう家族を作ってしまう人間とは何か、ですから。

〈あらすじ〉

地方の役所課長をしている長男一造の家で、母のぶの急な死に長女敬子・政太郎夫婦、次女保子、伯父茂正が駆け付けた。連絡のつかなかった復員兵の次男篤二は朝になり帰宅した。認知症の祖母いくも居る。

通夜の支度の席で家族は口論になる。篤二は一造を「お母さんはお兄さんを怖がっていた」。一造は「四〇年働いた果てのこの家は息がつまる」と持病の心臓発作を起こす。保子は兄弟に「今から歩み寄りましょう」と願う。敬子は「保ちゃんはお母さんのペットだった」とねたむ。母の指示で金持ちの政太郎と駆け落ち結婚をしたと明かす。伯父も「お母さんと愛し合っていた」と告白。保子は「お母さんのために悲しんだのは……臨終から五分間だけよ」、一造は「俺たちはばらばらだ」と嘆く。

翌日の葬式。家出していた一造の妻文枝が手伝いに戻る。一造は「あんたのいう自由の地へ連れて行って欲しい」と口走るが、文枝は「お母さんをお手本にして貴方に尽くすわ」と一造を再び縛る。一同は礼服を着る。一造は弔問に来た上司に取り繕って家族の紹介をする。篤二は「たまには儀式をやってみるものだな。礼服はおれたちを最大公約数にしてしまう」。保子は「軍服脱いだばかりなのに、今度は礼服が好きなの」と批判する。一造は「おれたちは昨日いがみあって、今日は儀式をみつけたのだ。しっかり結び合って和解でもしたみたいじゃないか」。一造は記念撮影用のいすに座ると持病の心臓病の発作に苦しみ出し、急死する。いくが部屋の隅で背を向けてぽつんと座っている。

「礼服」は母と長男の死をめぐる悲劇の面はある。が、秋元のまなざしは、家族や夫婦間の隠された人の二面性や感情の行き違い、価値観をアイロニカルにとらえる。とりわけ家長の一造に作者の皮肉な目が注がれている。

アイロニーとは皮肉な笑い。母と子や夫婦の間で起こる思い込みやすれ違い、本音の暴露などが、アイロニーをかもしだす。母は自業自得とはいえ、家長として特別扱いして育て暴君のようになった長男を怖がる。弟の篤二は「体が悪かったのに、お兄さんを怖がって話せなかったんだ」と責める。しかし長男に言わせれば逆に「おれはあの人(母)が怖かった。首を見えない針金に縛りつけられていたようなもの」となる。

ぶどうの会「礼服」舞台から

夫婦の食い違いもある。妻文枝は、姑との対立や封建的な家風に嫌気がさし自由を求めて家出した。しかし現実の厳しさに敗北し、葬式の前日に「懐かしい家」に臆面もなく戻る。自由の地へ連れて行って欲しいと言う一造に、妻文枝は「ここのほうがずっとまし」と居直る。母と妻から逃れたはずの夫は悲鳴を上げる。「また針金が俺をくくり上げる」。姉夫婦は結婚当初から食い違う。敬子は打算から金持ちの政太郎と結婚をしたと明かす。事情を知った政太郎は後悔する。

敬子は母のペットだった妹の保子に嫉妬している。「お見合いでもお母さんごともらってくれれば、って言ったんだって?」保子は「一人で涙を流している時だけが、自分のような気がするお母さんだけを残して、自分の幸福のために結婚する気になんかなれない」と答える。自己犠牲の母だが、伯父にはこう漏らす。「子供というものは持っても何にもならない、どの子もみんな鬼みたい」

一造は上司に取り繕う。「政太郎は大学同期生で親友。保子は英文タイプで働く一番まじめな妹。詩人肌の伯父茂正」。兄の言葉を聞いた篤二はあっさりと兄へのこだわりを捨てる。しかし保子は儀式の持つ虚しさと古さを批判する。「ナンセンスだわ。こんな(心も)借り着の礼服なんか着て」。一造は礼服効果による仮初《かりそめ》の和解を喜ぶが、急死する。

故人を悼む場が、臨終から五分後には家族が諍い、ばらばらになる。アイロニーの切れ味は鋭い。

しかし三好は「礼服」を喜劇とは見なかった。

《研究会。「礼服」を正当、且つ親切に理解して下さったのは先生一人だけ。主題の把み方の高さ、狙いの素晴らしさは力強くもあるが、腕力の不足で作者が自ら傷ついて了ったと。私が自分の領域から一歩、踏み出そうとしているのだとも云って居られた。そして私には全く卑俗性というものがないから喜劇はまだ書けないのだ、と云う》(四七年四月)。三好からの自立は、それと気づかぬ形で用意されていった。

笑いがもたらすもの

「軽塵」の佐伯理一と妹悌子と同様に、独身の保子には作者が、長男一造には不二雄が、濃く反映されている。母のぶの急死と次男篤二の言動も実話に近いようだ。

秋元は「礼服」の主題を大阪放送劇団公演パンフレットにこう書いている。「私は家の中の最も年の若い女として生まれ、そして育ったので、年齢と性との二重の圧迫を受けながら『家』の不合理と非人間性とを早くから感じた。そして、私は全く反対の立場にある最年長の男、『一造』の歪められた哀れな半生をも、そこに見出した。一造を心から憎み、否定しながら、しかも同情を禁ずることができない。こういう矛盾を正しい方向に向けるものが『礼服』の笑いであると思う。この舞台を見て観客の送る笑いは、この上なく健康な人間的な笑いであり、救いであると思っている」

演出した岡倉士朗も公演パンフレットに言葉を寄せた――この作品が喜劇だと思うと言ったら、作者はこの作品を書いて上演されるまでは観客が笑うなんて想像もしていなかったといわれ、俳優がその役の行為に夢中になればなるほど、おかしくなるんですね、それでいいんですねとつけ加えられた。

秋元は後に「礼服」は翻訳劇のように、ハイカラな作品であると、自認している。《あの素材と人物を処理した作者の目は、まったく日本の現実から離れた、いわば外国人の眼なのである。だから、あの作品を、日本の日常的リアリズムで演出しては、絶対に面白いものにはならない。作者の筆は、西欧的理性と感覚によって駆使されている。だからこそ面白い》と、人間関係の喜劇性を意識した岡倉演出を、改めて評価している。

旧弊な家族制度を克服して、笑いとばせるようになれるのはいつだろうかと、岡倉は問いかけた。制度としての「家」は崩れたといえるが、内なる序列や血統の系譜を求める閉鎖性を私たちは克服したといえるだろうか。

田園詩を歌う「芦の花」

「芦の花」は、秋元が初めて書いた多幕物(三幕四場)だ。研究会に入会した四六年に三好から放送劇の脚本として書くように言われ、一〇月には一幕ものとして脱稿した。翌四七年四月に、三好から三幕にすることをすすめられて改作した。

秋元は小学生の時、関東大震災で横浜市根岸の自宅が倒壊し、渡良瀬川が流れる栃木県足利市に住む姉家族宅に三カ月ほど疎開した。この体験を敗戦直後の時代に置き換えて書いた。大震災被災者のおかれた状況は、戦争中の疎開者たちの生活と似ており、登場するみな子という少女には当時の自分に近いものがあるという。みな子と、隣家に引き取られた和夫少年は戦災孤児同士の設定。小学校を卒業して働かなければいけない子供たちに注ぐ秋元の悲哀を込めた励ましの視線が瑞々しい。

都会で育った秋元は自然が好きだった。清和荘に住み、近くの不忍池を散歩しては群生する芦に目を留めた。渡良瀬川の河原や、遠くに赤城山を臨む地方での生活は新鮮だったのだろう。川の土手に茂る森のような芦、もず、よしきりが鳴き、せきれいが飛ぶ。正月の松がとれた時に、子供たちにおふるまいをする村の行事など、描写には少女時代への郷愁がにじむ。川と堤防と芦の群生。薄幸の娘が入水自殺をするクライマックスを挟み込み、舞台の決定的な風景にした。

本来、抒情歌人の資質を持つ秋元の感受性に、美しい自然の風物がしみ込む。内心は別れきれなかった歌への傾斜が見られる。「芦の花」を書くときに、《心の故郷というものに還ってみよう。抽象的な背のびをせずに、情感の底にあって私を偽ることのない主題を、静かな柔らかな詩を綴るようにドラマにしてみよう》と思った。初演を見た石崎一正は、秋元の本流であり、一筋のものを歩き、かつ、つかんでいると本人に話した。人と風土を清潔に描いたタッチを、長年の友は秋元の地下水脈と見た。しかし、秋元は、《もっと自分が作家的に成長して、歌でも奏でるように唄いあげることが出来るまで、書いてはいけない》と、この作品の系列を用心深く封印した。

社会派の問題意識も持つ秋元は、入念な調査を常とした。「芦の花」では戦災、疎開、闇商売など戦争直後の混乱した時代を背景にする。しかし、秋元は「あとがき」などで述べているように、荒廃した時代に翻弄される人間の根へと、悲しみを込めて下りていきたかった。

〈あらすじ〉

昭和二一年秋から二二年春、北関東の農村が舞台。貧しい彫金師の戸部修吉・綾子夫婦は、東京から農家に疎開して二年目になる。隣の饅頭屋には後家のとりが戦災孤児の甥和夫と暮らす。修吉の欲深い叔母の戸部いねと幼馴染みだ。修吉は、いねが経営する機織工場での闇取引を嫌ってやめた。工場はいねと修吉の父が始めたもので、いねは修吉を一六歳まで育てた。修吉は再び上京して彫金師にもどる資金にと、地元の時二にブローカーの仕事を頼む。いねの一人娘で知的障害のある初子が、修吉を慕う。両親が亡くなり家も焼けた綾子の妹みな子は修吉夫婦宅に住む。和夫と仲が良い。

一カ月ほど後、県境を流れる川原にみな子がいる。いねは娘初子の世話をしてくれる人間を探しており、利発なみな子に目をつけるが、みな子は逃げる。幼い和夫とみな子は芦の中で「森の中みたいね」と話すのが好きだ。工場で再び働くようになった修吉の家に初子が来て「私のこと、好きって云ったわね」と言う。いねがやって来て、初子と関係した修吉に結婚を迫る。追い詰められた修吉は、綾子に金を残そうと闇の仕事を引き受ける。修吉は前払い金を綾子に渡した後、自殺した。修吉の家に小学校を卒業して工場に勤めるみな子が訪ねて来る。修吉の死を悲しむ初子がぼんやりとしている。綾子は「私だってあの人を殺した下手人《げしゅにん》だわ」と自分を責める。みな子は「河原へ行ったら……姉ちゃんが死んでいるような気がした。あたしね、あの河原で死のうと思ったことがある」。一緒に東京へ行こうと言う綾子に、「私はここが好き。川が流れているから」とみな子。いねの工場が炎上する。絶望した初子が放火したのだ。いねが初子を探しに来るが、初子は川で自殺していた。

典型

秋元の書く心構えは、人間の典型を決定的な風景の中に置くことだった。登場人物をその時代のただ中に置き、時代とクロスさせ、なお普遍的な本性、存在そのものを表現することを目指した。《人間の典型とは、一つの強烈な個としての人間存在の集積である。社会的ドラマの表現には登場人物の立つ基盤を社会的な深い根でもって把握することの重大さは云うまでもないが、それはあくまで典型的な個体を通じてなされねばならない》(四七年三月)。

秋元は疎開先で風土と歴史に根ざしてたくましく生きる人々を見た。その生活者を典型化したのが戸部いね像。「泥棒まがいに」男たちを使って闇商売をして、生活力にあふれてしたたかに生き抜く。

狡猾で、野卑。あの時代をとにもかくにも生き抜いた庶民の一典型だ。一人娘の初子に寄せる母性愛と悲しみが、彼女に陰影を与えている。知恵の発達が遅れている娘の将来が不安で仕方がない。幼いみな子に将来世話をしてもらおうと画策する。初子が慕う修吉と一緒にさせようと、二人が関係を持つと結婚を迫る。行動の基準は欲得ずくの打算だが、哀しい母心の一心不乱さ故に胸に迫る。女として母として庶民の典型にした。単なる強欲な悪人でも、不憫な母だけではない。したたかで、悲しい存在なのだ。

修吉の死後は妻の綾子までを慕う初子に、無垢なる存在としての聖性を宿らせ、野卑なる哀しき母であるいねと対置させる。秋元はいねを、修吉に恋心を持つ女として設定している。この辺が舞台の演技を見たかったところだ。

「芦の花」を書いた四六年は、世相も思想も混沌としていた。秋元の筆はいね像に見られるように人間の底へと下りる。戦時下、庶民の一人として翼賛体制に踊らされてしまった後悔があったのだろう。もう時代に流されることはしたくない。「ほとんどの日本人が貧しく、辱しめられ、何も信じられないといい合った。むろん私もその一人だった。(略)貧しさや屈辱や不信を解明したり、弾劾したり攻撃したりする声や姿は当時も一斉に起きていた。(略)貧しさや屈辱や不信を身にふりかぶって生きている人をとり出してみなければならないと、しきりに思いつづけた。それは、そうしないと解明や弾劾や攻撃が、またどんでん返しを打ち、見当ちがいとなり、われわれはだまされたのだ、などということになりかねないのを思ったからだった」(全集一「『芦の花』のこと」)。

新鮮な初演

初演は発表されてから一三年後の、六一年八月一～四日のぶどうの会第一回創作劇研究会公演（東京・日仏会館ホール）だった。七月三一日の舞台稽古を見た後、秋元は日記にこう書く。

《書いた当時は、全く黙殺、悪評された。敗戦後、間もない頃で、ギラギラと意識の先行した作品が問題とされ、地味な作品は古いと云われた。しかし今日、少しも古くなく、生々した新鮮さすらあるのにおどろいた。みな子役の北島マヤは、おどろくような美少女で、愁いのきくこと、天性の役者である。初子入水はこの作の最大の力点であること。それをどう打出すかということ》

初演を見た演劇評論家の茨木憲は「戦後風俗が描かれているには違いないが、作者は、ただ外がわの風俗としてだけではなく、人間の本性を摑まえようと努めている。ただ少女みな子の視点から、大人の世界をみつめているようなところが、人物の奥底まで手の届かぬ感じを残したと思う。第二幕の河原のほとりの荒涼とした感じが、そのまま登場人物の在りように通じていたような印象が残っている」（『悲劇喜劇』七九年三月号）と書いている。

恋愛心理劇「婚期」

「婚期」は、結婚に至らない二組の男女の心理をめぐる小品。二人の若い女の恋愛、結婚観が対比される。秋元の恋愛、人間観が表れていて興味深い。

交際している男に対して煮え切らない女のエゴイストぶりを見せる千果子は、甘ったれで俗っぽい。

対照的に柳子は男のような言葉をハキハキと使い、自立を目指す強い女タイプ。しかし柳子の台詞の中に、孤独を真に知る者のみが、愛を真に知る、という言葉がある。内省の陰りで柳子を描く。一方、男二人は喜劇調ですらある。千果子の恋人利男はナルシストの軽薄な男。青二才ぶりが辛辣に書きこまれている。柳子と一度は結婚を考えた元担任教師の昌三は年長者の人生の知恵を持ってはいるが、煮え切らない。利男のヒロポン中毒や戦争による結婚適齢男性人口の激減など、時代背景が点描される。女二人。加藤幸子との清和荘での共同生活が作品の設定を助けている。

〈あらすじ〉

女学校時代の先輩、後輩である、作家志望の柳子と新進映画女優の千果子は、東京のアパートで同居している。千果子の恋人、映画監督助手の利男がアパートに遊びに来た。兵役で六年過ごし、今は千果子に頭でっかちな理屈を言うかと思うと、小遣いを貰ってはヒロポンに溺れている若者だ。柳子は利男に千果子との結婚を勧める。そこへ柳子の小学校時代の恩師で、文部省指導主事の昌三が訪ねてくる。妻に先立たれた昌三は柳子と結婚しようと思った時期もあったが、今は違う。柳子に「山形へ転勤の話がある」と告げて帰る。帰宅した千果子は、利男の性急な求婚に心は揺れるが断る。

二人の男が帰り、二つの恋が終わる。千果子は、「手離すのが惜しくてひっぱってきただけ」と本音を言う。柳子は「一人ぼっちに耐えられなくって、本当に人が愛せるもんですか。孤独がこわくって、何となく安全な相手に、自分の勝手な夢を託そうとする。打算じゃないか」とたしなめるが、いつしか自分に向けた言葉だと気が付く。「女が一人で生きるのはつらいよ。申し分のない相手なんて夢だからね。それに、戦争で男の人が沢山死んでるからね」と続け、結婚を願う本心をもらす。千果子は「自分の平凡さとつり合うような、こう何気ない幸福が欲しいわ」とつぶやく。

秋元は、『秋元松代戯曲集』あとがきで、婚期という愛の最大の訪れについて、こう考えている。

「人がその人の持つ美しさを最上に現わすのは愛している時だ。(略)人は愛のないところでは生きることが出来ない。(略)婚期におかれた人間と、人の生涯に必ず訪づれる婚期の時と意味を愛さずにはいられない。そしてまた、愛のすぐうしろに虚しさと避けられない死滅の予知を見ずにいられないのも人間の愛の宿命である。だから一そう愛が輝いてみえるのだ」

今でこそ働く独身女性が多く、未婚も一つの生き方として認知されてきているが、「婚期」が書かれ、初演された五〇年前後は未婚女性に対する偏見は根強く残っていた。母の葬儀の時に、「未婚で若くもなかった」秋元を、一族一門の恥のように縁者はみなし、参列させたくないと言いだす者もいたそうだ。戦後の新時代が来ても、人々に巣食う古い考え方は簡単には消えていなかった。だからこそ偏見に傷つきながら愛を求め生きた、秋元の心と言葉が、今もひそかに偏見にさらされているかもしれない独身女性へのエールともなっている。

秋元は五二歳の時に独身で生きることについて、随筆「結婚よりも戯曲を選んで」(『婦人公論』六三年六月号)に、概略こう書いた。

――受動的に結婚することはしたくなかった。愛しても、家庭を作らないでいるには、どうしたらいいか、と真面目に考えていた。

――家庭を持つことに不向きな女性がいるからといって、別に不思議ではないと思う。

――三四歳になって私にも結婚のチャンスはあったが、相談した師三好十郎から「何も結婚だけが女の経歴ではない。独身でいたことも立派な経歴ではないか」と助言され断った。

――それ以後も同じようなことが起きたが、あまり深く思い迷うことはなかった。仕事に打ち込んだためもあるし、独りで暮らすことが、自然に楽しくなったせいもある。

――三〇代の後半から四〇代の初めごろはいろいろな意味で危険な年代だった。迷いが大きく深くなる年代は、抵抗力や自制心も出来ている年代である。それらは独身だからという点に結びつけて考える事柄ではなく、人間的な、誰もが出あう苦悩なのだと考える。独身の女性たちは自尊心と勇気を持って生きてほしいと願っている。よき助言者、よき友達をつくり、心をひろく温かく持つことを忘れなければ、独りということは決して特別な状態ではない。好きな仕事を持つことは、それだけで幸福だといえる。明日は自分が予想したよりもずっといい日であるものだというのが私の信条である。

疎開地を描く「他人の手」

「他人の手」は、初めはNHKの放送劇として書き、水谷八重子(初代)が主演した。水谷の求めで戯曲化し、五二年に新生新派が水谷の主演で初演した。「芦の花」と同系列の作品で、やはり渡良瀬川を思わせる川畔を舞台にしている。穏やかな自然とのんびりした気性の人々。秋元は三カ月とはいえ疎開したこの土地をよほど気に入ったのだろう。

〈あらすじ〉

川で自殺しようとした若い女2を、女1が地元の不良学生に手伝わせて助ける。女1もかつてこの川で渡し船から身を投げ、乗り合わせた男に救われた過去がある。水中から女をつかんで引き寄せてくれた男の手を「他人の手って、温かい優しい、強いものだと思うのよ」と言い、生きているように励ます。

秋元は『秋元松代戯曲集』あとがきに「かなり潤色してあるが、私が事実として経験した部分がある。助けた方としてではなく、助けられた方としての経験である」と書いている。「生きて行くことって、むごいものなんです。——そんな時、私いつもここへ来て、川べりをぶらぶら一日か二日歩いて東京へ帰ります。やっぱり生きて行こうと思うんですね」。女1のこの台詞に、随筆で複数回の自殺未遂に触れている秋元の姿が重なる。

民衆

初期戯曲五作を読むと、通奏低音は民衆への思いだったことが伝わってくる。現実の世界で様々な圧迫や差別を受けている民衆の、救われることの少ない心を、虚構の世界で救済する。同時に自分自身をも解放する表現だった。

《自分を書いてもしかたがない、自分も名もなき一員である民衆を書くことこそ、終生のテーマ》と言い切る。個人の限られた体験や意識をどう食い破り、時には共同体の意識へ接近できるか。自分に含まれる民衆の真実を再発見することだった。

遺品中に「対談集　速記録一九七〇年三月」と表書きされた袋があった。未発表と自筆で記してある。対談者は書かれていないが、この対談で秋元は何故、何を書くのかと率直に自分を語っている。

七〇年といえば、「村岡伊平治伝」「マニラ瑞穂記」を書き終え、頂点となる「常陸坊海尊」「かさぶた式部考」に到達し、「七人みさき」に連なるころ。秋元の民衆論の原点といえる内容だ。長文になるが未発表なので大意を引用する。

——私が多面的に生きる人々を捉えたということは、私自身が、自分の生きるモチーフとは何か、ということを知りたかったこと、わかりたかったことだったと思う。私自身に、自分とは何かという主張なんていうふうなものが、実はない。だから私は自分を主張しようとする気持じゃなくて、私自身というものを、人間全般の中に溶かし込んでしまう方法を自分で考えていた。つまり私自身の自己主張だとか自己認識だとかいうものが、いかにくだらないものであるか。自分なんかどうでもいい。

私には、かつて、一度といえども、私個人というものを認めてもらったことはなかった。日本社会の中で精神的な意味で差別されて生きてきた立場から人生と人間を見てくる以外になかった。日本という国は現在でも大変な差別国家ですよ。性、年齢、貧富の差、学歴、職業における差別。その中で私はどんな場合でも、最底の階級に置かれた。自分に力、権力がない、差別の中で有利なものを何も持っていない立場でした。それがもしかしたら、私が他の存在を見る場合、現実の粉飾を引き剝がした面でものを見る基盤になったかもしれない。エリートの立場を最初から与えられているような人に、被差別の、本当の存在の苦しみがわかるでしょうか。私の場合、エリートではないから民衆それ自身を考えること以外にない。民衆とは何か。私です。私とは何か。民衆の中の名もなき一人です。名もなき一人としての自分を知ることは、私以外の、さらに大多数の人の運命を知りたいこと。私と同じように名もなく、地位もなく、権力もなく生きてきている民衆こそが、私は人間だと思う。そのような人間とは何か、その人たちが生きた人生とはどういうものかを知りたいし、書き残したい。

結局、戯曲を書く方法論は、実に簡単だと思う。方法論、表現論の問題ではなく、何を書くか、何に自分の作家的使命を託すか、です。その場合、名もなき民衆の一人としての私しかない。それを光栄と思う。芝居を書くことに自分の生涯を託し、今後の自分の力と時間のすべてを賭けることに、勇気を感じる。その勇気を支えてくれるものは、民衆の、どんなに虐げられても、ひどい取り扱いを受けても、なおかつ生き延び、存在してきた人たちの力です。平安の時代から今に至るまで、民衆の生活の苦しみに、何の変わりもない。常に搾取、圧迫、蔑視されてきた歴史じゃありませんか。私がものを書く立場は、それ以外にない。

私に与えられた人生を勇気をもって生きたい。私の味方であろうと思われる人たちに、勇気を持ってもらいたい。民衆の持っている喜び、悲しみと、私の持っている喜び、悲しみは一体です。我々の生命は、実は、いかなる圧迫、虐政、暴虐に対しても、生き抜く力を持っている。他の民衆は私のような言葉で言わないけれど、私より強い生活の実感によって、それを言っている。私よりはるかに強く、深く、根深く知っている。それを私は代弁したにすぎない。

だからと言って私は民衆を崇拝も信頼もしていない。民衆は非常にたくさんの矛盾を持ち、たくさんの醜悪な面を持ち、狡猾であり、その場限りであり、損得打算に非常に敏くて、そのためにはどんなことでもする面がある。最も混沌とした様相を限りなく持っていながら生きている。それでなければどうしてこのような圧政と暴虐の何千年かの時代を生き抜くことが出来たでしょうか。そのような民衆の、私もその一人です。そして私は、やっぱり信じる。だから私は民衆の持っている猥雑さ、卑劣さ、功利性の前にたじろぎません。それらをすべて容認したうえで、かつ、その中を貫く一つの人間というものを書きたい。それは、私の主観かもしれないけど、高潔な一つのヒューマンライフだと思う。純真な、純粋な人間の歴史です。民衆を美化するセンチメンタリズムこそ、最も民衆を誤るもの。浅薄なエリート意識です。私はセンチメンタルにも、土着べったりにも、過去関心スタイルにもなりたくない。けれどもそれらのものを全部すくいあげて自分のものにしなければいけない。

秋元は戦時中から敗戦に至る東京の変貌甚だしい風景と暮らしを背景に、その生きる姿を日記(11)に書いていた。

秋元の庶民・弱者観は、人間を根底から捉えようとしながら、感性と表現はまだ自然主義リアリズムの域に留まっていた。どう突破するか。一つのヒントが残されていた。「鏡花私論」と題した自筆の分厚いノートだ。鏡花作品を読み解きながら、鏡花の表現が持つ歪みと肉感に注目する。「無力な反抗を嗜虐的に描く」弱者像に、人間の真実、純粋さを抽出する方法として刺激を受けたと記す。社会や意識の歪みの反映としての人間原型への着目。芸者や遊女観もそうだ。『湯島詣』の芸者蝶吉を例に挙げ、《社会的にも人間的にも最も不自然であるところの存在は、最も自然らしい不自然さの中で、歪ませられ辱められ虐められている。が、それは少しも蝶吉そのものの純粋さを、変えもせず侵かしもしない》。

歪んだレンズにこそ真が宿るという示唆だ。秋元は鏡花の浪漫精神が、非現実の人物や事件を扱うほど人間存在に生々しく直接迫ってくるというヒントを得た。しかし同時に、鏡花文学は追求力や構成力が弱いため、批判すべき対象を鋭い直感で知りながら、回顧と詠嘆と退廃の方向をとると鋭く認識している。

書くこととは

自分に書く生き方がなかったら、きっと気がくるっていただろう。秋元のこの言葉が胸に響く。戯曲研究会時代に秋元は、劇作家としての自分を発見し、世界と人間を見る目と心を練磨した。書くことを自分の宿命として意識するようになった。三好から影響を受けた部分もあるだろうが、この間の秋元語録を当時の日記から抜粋する。

《どうしても書かなければならないこと、それは運命というものだ。人はどこかに行かなければならなくなる。断体的に行かなければならない時がやってくる。

亡びるものと、生き残るものとの、愛と惜別と燃える情熱とを書きたい。

作者が真に新しい生命に言葉を与えることなしに、単にあるがままの現実相を巧みに捉えて見せたところで、成程《なるほど》と云って忘れるよりほかに仕方がない。巧妙に作品化した現実とは、伝統的に完成された形式に手際よく盛り上げた概念ではなかろうか。作者は自己に手頃な柄杓《ひしゃく》を持って大海の水をくみとる。水は自在な形になるから作者にはそれで完成とみえるかもしれないが、それは水の本質ではなくて柄杓の姿だ。自分の掌ですくって見ないでどうして水の味が分かるものか。水を化して湯にするものは、掌よりほかにはない。

作品の成熟度と云うものは、作家の経験、実人生的経験の多い少ないにはよらない。彼が今居る場における経験の仕方が未熟なら、彼はいつまでたっても青臭い、何をしてみても、むだと浪費である。

社会的ドラマの表現は、観念による構成(人間性の秘密、そして人間性の不可抗力的な暗黒面に押され抵抗する人間として配置されずして、ある観念の流れに沿ってそれがなされる)のために劇的印象をうすくする。社会的な把握と人間個の追求との一致とは、大変に困難な問題である。人間の追求であり、人間個の凝然たる確立である。

作家の貞潔さというものは、作家の独創性である。サルトルの『壁』のあることを知り、自作を放棄し、分厚いノートを筐底《きょうてい》に蔵《しま》われた(三好)先生。あの決断できるところに先生の独創性の所以となるものがある。

芸術家は他の重要な諸条件と共に、品位のあること、独立不羈であることを欠いてはならない。それは作家のスタイルではなく作家の容器である。

作品を書いている時は和の状態がなくては自分は書けない。いささかの不道徳も悪意も作品の邪魔になる。冷酷さや敵意や狭量や無愛想は私の筆を悲しみの綱でしばる》

そして秋元は私戯曲時代を、三好の懐を、抜け出て大きく踏み出していく。

第四章 脱皮

「日々の敵」の稽古場にて．秋元松代(中央)を囲む出演者たち．東京・俳優座稽古場，1951 年．劇団俳優座提供

未公開の生原稿――「日々の敵」

遺品を収めた段ボール箱に、「戯曲日々の敵　二幕　秋元松代」と達筆な万年筆の字で書かれた未発表の生原稿と作品ノートがあった。半透明のビニール風呂敷に包まれた分厚い二〇〇字詰め原稿用紙の束。紙縒《こよ》りで綴じられ、最後のページの番号は393。「作品ノート」と表書きされた二冊の大学ノートには、人物設定や主題、構成、台詞が綿密に書かれてあった。

執筆のきっかけは、新聞社会面の小さな事件記事だった。若い女性が男に乱暴され、女性の父親が、犯人を告訴した。秋元のアンテナが強く反応した。

ごく普通の若い女性が、暴行を受けた事件と裁判を契機に、古い男性優位社会や家族の様々な抑圧と矛盾の中から傷だらけになって立ち上がり、どう自分を見つめ、内なる優しさを発見するか――秋元は、セカンド・レイプも受けたヒロインが得るものは「復讐ではなく、傷手から恢復し、心の平和と幸福を得ることにある」(1)とした。新しい時代の自覚した孤独な女性像を、女性劇作家が戦後いち早く打ち出した戯曲だ。デビュー期の「何らかの意味で自分の直接的な体験とか見聞に結びついた」(『秋元松代戯曲集』あとがき)私戯曲から脱皮する転換点となった。

戯曲は一九五〇年から初演の五一年までに、三回にわたり大幅に改稿された四種類がある。まず①初稿と作者が呼ぶ綿密な構想の作品ノート→②生原稿の二幕劇→③『悲劇喜劇』(五一年一月号、早川書房)に初めて掲載された一幕劇→④千田是也演出により俳優座が初演した三幕劇。

四本ともストーリーのおおよそは同じ――地方都市の不良が宮西映子をホテルでレイプした。裁判で加害者は裁かれ勝訴するが、父の宮西卓也と映子は世間の好奇の目に耐えきれずに故郷を捨てて上京する。映子は友人の吉井設子が暴行事件の手引きをしたのではないかと疑い、白状させる。映子と設子という二人の女の対決、告白、赦し、再生。映子が新たなる第一歩を踏み出す主題の旋律は共通して流れている。

しかし、人物と構成は改稿で大幅に変わった。人物は二幕劇では卓也、映子親子、友人設子、卓也の教え子の倉富治郎ら六人。一幕劇、三幕劇は新たに卓也の弟秀春一家四人が登場し、二家族の生き方、価値観の違いを際立たせる。上演された三幕劇ではさらに、秀春の次男大吾が騙した山川絹子も登場し八人に増える。場所も二幕劇は会社地下の暗い用務員室。光つまり希望が差さない閉塞感を強調した空間。一幕劇、三幕劇では、逆に陽光が降り注ぐだろう宮西秀春家の洋間。罪が白日の下に曝け出される。

作品ノート

戯曲研究会の席上で、三好十郎は研究生にこう言った。「作品を書く前には、その人物の一人一人について完全なノートをとれ。例えば、何文の足袋を穿いて、どんな物を好んで食べるか、ということまで完全なノートを取り、最後まで、そのノートの命ずるままに書き通せ。もちろんそのためには、作品以前の心構えと練磨が大切。それさえ出来たら、最後まで頑張り抜く。それが作家の呼吸の長さ、保持力である」。秋元は師の教えに従った。

「作品ノート」によれば、秋元が中心にしたのは映子と、暴行を仕組んだ設子との対決だ。《二人の女が仮定の下で話し合っていくうちに、(対決は)迫真性を帯びてくるとともに、真相が現れてくるという方法である。全く心理的な描写によって、それらの人々が、社会からどのような圧力をこうむっているかを書きたい》。同時に、《こんなことをこのような人間に云わせているが、それに共感できるのは、私一人ではあるまいか》と作品の訴える力について悩む。性モラルが激変した。でも、「魂の殺人」ともいわれる強姦罪が、被害者に与える過酷さは時代を超えるだろう。

劇作家が創作する時の過程がうかがえるので、作品ノートを大意引用する。

——女の立場からの半封建的、似非《えせ》文明社会である現代日本社会への怒りと批判。女が人間として生きることのむずかしさ。それは社会の罪でもあり、女自身の罪でもある。その両面から映子が経験を通じて自覚し、ほんとうの勇気を得て立ち上がるまでの過程を描く。

女が陥る過失の中で最も悔い多く、救われ難いものは、貞操上の過失の問題である。それが悔恨を深めるのは、内面的な反省のためであり、救われ難いのは、人間と社会とがあまりに皮相に問題にしすぎ、また本質的には、無視しがちだからである。当人の持つ反省や立ち直りについては、冷酷である。浅薄な興味を持つにすぎない人と、理解のあるような態度を持つことで、一段高くなった気でいる人とは同じ水準である。

肉体の純潔を失ったことを物質的に解決することの誤り。倫理的に自信を持ち得ない肉体は悪である。安価な肉体主義と自由開放主義は低級なエゴイズムであり、淫蕩であって、それは非人間的行為である(註：傍線は秋元)。弱点を妥当化することが人間的であると思いやすい日本人の人情主義を叩き破ること。人情主義には常に女の忍苦が伴い、その上にあぐらをかく日本人の事なかれ主義と非論理性への批判。

法律の運用を知らず、法律の論理と理想を見失って日本人的な事大主義に陥ったり、主観主義に偏ったりする狭小な人間理解しかできないことの不幸。

さらに登場人物それぞれの性格が細かく書き込まれている。委細は省くが、用意周到。これだけ事前に準備すれば、登場人物たちは秋元の言うように頭蓋の中で話しだし、動きだすだろう。

二幕劇へ

この作品ノートをもとに生原稿の二幕劇を書いた。法廷の裁きでは勝ったものの、事件の後遺症で立ち直れていない映子は、父が世話になった教え子倉富治郎と愛人関係を持つ。映子が倉富に自分たちの関係を突きつめると、「遊びだった」と逃げるので別れる。映子に暴行した犯人も、映子と遊んだ倉富も、性に囚われた眼で女性を見る点では同じだ、という秋元の怒りと絶望がある。上京後二カ月というわずかな期間のうちに、映子が倉富と肉体関係を持つ。映子の淑《しと》やかな性格設定からしてどうだろうか、とは思うがドラマを凝縮するためか。後の初出一幕劇と初演三幕劇で、倉富は削除された。三好の口ぐせは「徹底的に人間を描け。そのために作品のバランスが崩れるということを気にするな」だった。

二人の女の対決では、ノートと違い劇作では、設子を単純な悪役にせず人間的なふくらみを持たせようとした。《映子に匹敵するだけの女らしさと人間味を及ぼした結果、設子の告白には、愛情と感動と、誠実への愛が生まれていた。このほうが作として面白いし、次の段階における二人の対決が、さらに深い味わいを帯びてくる》とある。

設子は、映子が事件を忘れれば、ほとんど計画的だった事件への自分の関与が暴かれず、家庭の平和が保たれる打算があった。しかし「ごまかし合うのが嫌」と映子は追及する。自分をも責め、事件時の自分の精神と目覚めていた欲望との相克を語る。映子の追及に設子は同じ部屋で不良と合意の上で関係を持ったことを白状する。「私はあなたの敵。私を憎みなさい。あの男との出来事を母にだけ話した。許して私を」。「私もあなたの幸福を壊して敵になればよかった」と映子。打ちのめされ屈服した設子が帰り、映子は自立を獲得し始める。

秋元は登場人物の性モラルを時代錯誤と見られることを心配しながらも、肉体の処女性を人格総体の純潔として考えた。性モラルが激変した現代でも、人格の根っこを問う形なら有効だろう。

《処女性の貴重視という点に私は傾くが、現代は純潔蔑視の世の中だから、多分アナクロニズムと見られるだろう。そんなことは平気だ。むしろ純潔の再認識によって一撃を加えたい。処女性の純潔と、貞操観念の純化とは、それを保持する人格体の全生活を基礎とした統一にある。純潔は生活内容と結びついた不可分なものとして再認識されて、初めて美しいものとなり、貴重視される。男性の側から言って処女性及び貞操観念が尊重される意味も、また以上のごとき内容を包む場合である》

一幕劇の掲載

秋元は、この二幕劇を五〇年に書き上げた直後から一幕劇への大幅改稿に手を付け、『悲劇喜劇』に初出掲載された。脱稿までの経緯を日記から再現する。

――一幕劇への改稿に苦吟した。作品は私の頭の中で攪拌され、凝縮されてくる。感覚的に皮膚に触れてくる。しかし妙な苛立ちと興奮で、それがどこかですれちがってしまう。何かがまだ不足している。《誰も、何事も、私を訪れないで欲しい。それでいて何かを呼びかけ続ける》。戯曲を書いているよりほかに生き方がないと思い定めているが、戦時中は悔恨そのものだった。

《太平洋戦争中、病気と、孤独と、空襲に曝されながら、毎日、毎時、考え続けたことは何だったか。あの時のあの痛恨は、たった一つ。書かなかったということ。他のことは諦めがついた。しかし、何も書くことをせず、それを果たさずに死ぬという事だけは、何としても、思いきれなかった》

頭の中でやっと静かな集中作用が始まったが、発火しない。不安の中で集中したつもりのものが、持続せず一瞬で消えてしまう。私にとり花火のような感興はむしろ毒に近い。一行も書けない。混沌と放心。奇怪なほど、ぼんやりと机に向かい自分と対坐する。私は馬鹿になってしまったのだろうか。再び作品の主題と韻律が、潮のように充ちて、書ける予感がした。しかしまだ筆をとってはいけない。阿呆のように、ただぐうたらな甲斐性なしのように作品の中に沈んでしまうこと。探し、見出し、その人物を机の前に座らせねばならない。夜、だいたい人物の顔が出揃ってきた。事件と心理と性格。その配分と統合。場割をどうするか――舞台は洋風の平凡な一室。吉井設子を第一幕から出す。設子と映子の対決が作品の主点。《あらゆる嘘を、技巧を使って本当らしく捏造すべし。私は嘘の名人だ》。ほほ笑みが浮かんだ。

秋元は映子を書きあぐねていたが、第一章で触れたように、五〇年五月に初めて俳人の橋本多佳子に会ってから、映子について考えることが非常にスムーズになった。彼女に映子像を重ねることが出来たからだ。《(五一歳の)あの人が、私には二四歳の娘さんにしか見えない。今は私の主人公なのか、橋本先生なのか区別がつかない。私の想像の舞台面で動作し話す主人公が、一つ一つの色彩、陰影、その重量まで、私には感じられる。殆《ほとん》ど、私の理想型に近い原型が、あの人の中にある》と幸福感に包まれる。

主人公を、愛しきって、一人の生きた人間として再現しなければならない。と同時に愛しすぎて過多に描写しないよう自戒する。むしろ虐め抜いて、追及し、陥し穴へつき落とす。鬼になれ。鬼になれないなら、この主人公を書くな、と決意する。

秋元は登場人物とそれぞれの色彩的諧和を考えながら、戯曲を書く困難さに改めて直面した。《人物の性格と心理と事件の正確な描写というものと、面白さというものを同じ時と場で渾然とさせることが、どんなにむずかしいか。説明をしないで描写しなければいけない。もう一つ進んで描写でない再現実を作り上げるということの困難さ。捨てることを惜しんではいけない。人物を手段として使ってはいけない。人物が手段を生むのである。決定的な性格を与え得ていれば、その人物が最も自然な効果を発揮する。脇役の性格を必要不可欠な人物に洗い上げる。整理して、それに明確な単純な性格を分担させる。もっと単純な強力さを獲得しなければだめだ。人物が筋に従属していてはドラマの論理に背く。ドラマの論理は常に楽しくなければならない。読者(観客)に快適さを与えなければ、いかなる主張も、その力を失ってしまうだろう。作者は自分が描く各人物に対して、生涯の責任を負う心がまえがなくてはならない。哀惜とともに、その各々の人物と分け合い、運命を共にしなくてはならない》

セックス描写で三九歳の秋元は立ち止まる。《どうしても私は臆するらしい。強引に押し切れば、描写できるとして、猥せつ感を伴い易い事が、危惧される。これはまだ私が作者の眼でなく、私自身の眼で主題を追っているためである。なぜ、てれくさいのか。拙劣だからだ。完璧ならば、どんなことをどんなふうに描いても、少しも照れる理由は伴わない筈である。しかし一つだけ自分で確認できたことがある。それは私が、肉体的に全く無経験だということが、こういう作品を取り上げる場合の障碍にはならないということ》

秋元は書いてはみたものの、ほとんど無意味、無内容のものとしか見えない思いにしばしば襲われる。こんな時はむしろ自己嫌悪を戦う相手に選び、辛うじて堪える。しかし手がかりはできてきた。《ごく小さな粒が心のまんなかに、ぽつんと残るので、それをたよりに書く。徐々に引き込まれ、そして充ちてくる。やっと頭も心も落ち着く。執筆は日で云えば午後、年齢や肉体の条件で云えば、少しくたびれかかった、傾きかかった時がもっとも妥当な状況と思う。物を書くなどということが、少しばかりへんてこな生き方なのだ。自分の中の何かが死んでしまわねば出来ない作業なのであろう》

急調子で上向きになる。《弓を引かばまさに強きを引くべし。作品は石垣を積み重ねるように着実に築くこと。時間と心の沈潜とを充分保持しながら、黙って何も語らずに積み上げること。作家の火とは、燎原の火などと形容されるが、多くは衆目の中での焚火である。いくら燃料があっても足りはしない。人跡の絶えた心の荒野で小さく一人で燃える火でなくては、真の目には発見されない。その荒野と、一人の火とは、常にあるのだ。時々、衆目のためにかき回されて、方向音痴になるだけである》

来訪した石崎が秋元を評して「自分の身を喰って物を書く作家でその前途たるや、まさに苦難の道である」と言う。秋元は自作がすべて私ドラマであることを指していると受け止める。だが、《果たして身を喰うものであろうか。また喰い尽して、自然に立ち枯れて行く樹木みたいなものであろうか。そうであるならば、食いつくしてしまうほかないではないか。私の作家としての意義も亦《また》滅ぶものの、最後の光芒ならば、それを鋭く純粋に燃やしてしまおう。自分が行きつく末路に、何の意味を持たせようとすのか》とたじろがない。

やがて、《乱れ抜いていたものが、一つだけ焦点が合い、それをたどっているうちに、電流が通るように、ぴったりと水脈をひいて、作品の構成が整った。声をあげて泣きたい》。《主題と主人公とに、焦点がぴったりして、気が晴れればれと爽やかになり、一人で笑う》。一〇月末に一幕劇を脱稿、いつものしきたり通り清書する。《書きたかったことと、書いたものとの、遥かな距離。それは甘美な忍従に似ている》。《最後まで、じっと見つめ、夾雑物を刈り、空間にリズムを入れなければならない。これが書けないうちは、他の一切は、意味がないと自分に云いきかせる》

最後の検討をする。《これでよし。静かな喜び。以前は一作終わると、かっとなったものだったが、今日のそれは、今までに経験のない、沈んだような完了感である。自分はこうやって生きているのだな、とそんな感じが浮かんだ》。早川書房を訪ねて初出原稿を渡す。

秋元は脱稿後、達成感と虚脱感に襲われた師走を過ごした。

《作品を書くこと。それがなかったら、私は死んだ方がよい人間だ。生きていても、誰に何の喜びをも、もたらさない。人も、私に喜びを知らせない。単純な素材を、美しく書くこと。いや、美しく書くためには、素材を単純化するという作用がなければならない》。《着想とプロットと云うものは、下賤で不合理であることをまぬがれない。一字の、一句の、真実と力と表現の美と適確と、高さとに出会うと、そのたびに傷口に更にメスが触れるようだ。こんなに砕きつくし、傷つき尽くしたことが、今までにあったろうか。これは敗北だろうか。敗北ですらない恥辱の棘だ》

一幕劇は生原稿の二幕劇と大枠は同じだが以下の二点が違う。新たに、にわか成金の打算的な弟秀春一家を登場させた。正義を求める卓也一家との価値観、モラル観の対立を明快に打ちだす。弟秀春一家について、《人間の不幸や悲しみについて感ずることをせずに考えたり、分析したり、または適宜な処置をとったりできる人々であること。個としての感覚が鈍磨している。ということは非倫理的な生活感情をしか生まない。普遍的な精神にめぐり合おうとする感覚が欠如していること。そのくせ賢そうで、インテリらしく、ケン謀術策というものを、身に備えている。金銭とか肉体的なものに対して欲望が強い》とした。

また、秀春の次男大吾が結婚を口実にデパート店員の山川絹子を弄び、結婚不履行で告訴されそうになる事件を新たに伴奏させ、映子の裁判と二重写しにして、男の加害性が強調される。秀春はスキャンダルをもみ消そうとする。兄の卓也が裁判に訴えたのと対照的で、兄弟はモラルで衝突する。

千田是也による初演

その後一幕劇は三幕劇に改稿された。三幕劇では、演出の千田是也(2)が幕間狂言と呼ぶ、山川絹子が実際に登場する二幕が新しく加えられ、弟秀春一家の狼狽ぶりが描かれる。長男集一は冷たい皮肉屋だが、映子に関心を寄せる。享楽的な現代っ子である次男の大吾は、二幕劇の倉富同様、暴行した男と同質の性に囚われたタイプ。三幕で絶望した絹子が投身自殺し、卓也は「貴様たちが殺したんだ」と弟一家を断罪する。被害者映子の事件と重なるように、被害者絹子を自殺させることにより、事件のもつ本質をもう一つの光源から照らす。映子は立ち直り、絹子は自殺する。人間の心と社会の精神の両面から、女性の悲劇を描き出す。対立する二家族、もう一つの事件と、もう一人の被害者絹子という補助線により、主題が重層的に打ち出される。秋元はパラレルな展開が巧い。

三幕とも宮西秀春家の洋間。第一幕から設子が映子を訪ねてきて、対決の伏線は整えられ、設子の策謀、打算的性格、来訪した目的が明らかにされる。二幕で大吾に遊ばれた絹子が登場することにより三人の女のドラマの性格も出る。

〈あらすじ〉

絹子に同情した卓也は、弟一家になりかわり絹子に慰謝料の小切手を渡しにいったが、留守なので母親に小切手を渡し帰宅する。そこへ絹子が、「馬鹿にしないで」と小切手を返しにくる。しかし大吾の母は絹子の母にすでに二万円を渡していると告げると、絹子は「まあそんなことは知らない」と泣きそうになる。絹子は結婚を口実に関係を持って裏切った大吾に対する憎しみは深い。「大吾を告訴する、あの人は敵です。社会的に葬りたい」。しかし小賢しい集一は「母が小切手を受け取ったから、絹子さんは売春行為とみなされる」と詭弁を弄し、絹子が泣きながら走り去る。

そして三幕で映子と設子が対決する。

映子が、暴行をたくらんだ設子を追及すると「夫に昔の男の事は云わないで」と懇願する。「まだ話すことがあったのね。告げ口しないわ。私はあの男を刑務所へ投げ込んだわ。その代り私も、自分で自分を刑務所へ送り込んだのよ。裁判は終わった。でも私の経験は終わっていない。これが私の刑務所だわ」と問い詰める。設子はたくらんだ罪を告白する。敗北し、恐怖を感じた設子は駆け去る。

絹子は崖の上から飛びおりて自殺する。卓也は「貴様たちが殺したんだ」と弟一家を断罪しながら「若い人が死んだ。もう何も分からなくなった。一番大きな間違いをしていたのは私だったかもしれない」と悔やむ。映子は父に「お父さんは真実を知ろうとしただけよ。誇りに思うわ。これからどうするか二人でよく話し合いましょう」。父と娘は再出発の道を歩き始める。

五一年四月一一日～五月三日に東京・三越劇場で俳優座により初演された[3]。

開幕前後の日々を日記と千田の秋元宛て書簡から再現する。

――千田は秋元に戯曲の細部についていろいろと弱点を衝いてきた。手紙では三つの注文が書かれていた。①弟秀春一家の描写が、兄卓也・映子親子のシリアスさに比べて戯画化されすぎて作品の統一を壊している。観客の大部分、そして千田自身も秀春的である。秀春一家がリアルであればあるほど主題が生きる。②長男集一の本音と、集一と映子の関係をはっきりさせることで、いつも殻を閉じている映子の姿がはっきりする。③秀春一家(一般観客)の立場から映子親子を見に行きながら、段々にその立場をひっくり返しにして、映子の立場を観客に発見させる、深く考えさせる。このままでは二家族の描写が離れ離れに感じる。

秋元はすでに承知していた欠点であり納得した。しかし本質的なところで自分を刺激して欲しかった。《賞賛と支持とはあらゆる作家に於いて花と水との関係なのだ。萎《しお》れ涸《か》れかかるのは、水の切れた花である。しかしこれらについても、作家はたたかわねば本当の花ではなくなるのだ。どうしたら熱地の花となり得るのか》と思う。

秋元は六本木の稽古場を訪れた当初は、演出と演技に不満が募った。しかし、徐々に形が出来てくると共に気を取り直す。《玄人とはこうしたものであろうか。演技とは流露すべきものではなく、俳優の抵抗が佶屈したかたちとなるので、流露はむしろ誤解に基づくものであるということだ。全く違う方向からも入ろうと試みる類集が演技の佶屈であり、俳優の闘いであるということである。それが作者の更に強い抵抗となって行って、初めて具象化がつかめるのであって、稽古とはそのようなものである》。演出についても《千田氏の演出は正攻法で粘り強く、さすがである。持続の正鵠さである》と感服する。

初日の四月一一日。《観客はすくなく、妙に冴えたような初日だった。千田氏は昂奮と緊張で上気し、熱があるかしらと、杉山(誠)氏と額を押し付け合っている》。五月三日の千秋楽。《最後の舞台で顔を出す。誰も私を紹介せず。役者もぼんやりだが、芝居で精いっぱいだったのか、私になじめないのか。しかしこれでよい。帰宅して入浴。――何も思うことなし》

幕が下りてから六日後。五月九日の日記。

《作品が生かされず、妙なところで漫画化され、役者も不勉強で無力で、しかも作品の価値はほとんど認められなかった。これが作家の孤独であり、孤独であるからこそ、作家は物が書けるのだ。絶望の中に生きよ。ようやく上演の決着が来た》

真情あふれる台詞群が胸にしみる。

結婚した設子に対して映子は「よかった。幸福な人って美しいからすぐ分かるわ。私、美しいものが見たかった。そういうものが好き」。「孤独とか、寂しいとか、そんなものとは違うわ。……『私がここにいる』って、叫びたくなるの。誰かに分かって貰いたかった」

欲望を潜在させた自分を裁く仮借なさも。

「私は気を失っていたわけじゃないわ。追いつめられて、私の中で、別のものが、急に目をさまして私を裏切ったとしか云えない」

映子は法廷外の裁きの場でも勝ったが、あくまで繊細で淑やか。罪を告白した設子に対して「裁判はこれで終わったのよ、あなたは罰を受け、私は勝ったわ。でも苦しいわ。なぜこんな涙が出るのかわからない」と言う。

父と娘の関係も回復されていく。映子は「父は絶望して、あの男を殺しかねなかった。私が父を救わなければならなかった」と告訴に同意する。父はなぜ法律に訴えたのか。作品ノートでは、娘のためというより自分の自尊心から出た行為としている。父とは法であり、相手を糾弾する。娘は暴行された身体であり、傷つき再生を願う心だ。しかし父は娘の感化で変化し、娘の心に寄り添っていく。傷から再生していく娘の心の深まりは、父の頑なな姿勢や心までをも変えていく。ここには親子関係を批判的に読みなおそうとする秋元の人間観がある。

父と娘。結末が微妙に違ってくる。二幕劇では娘を不幸にしているのではないかと後悔する父を、映子は「お父さんのしてきたことはみないいこと」と慰め、赦す。卓也は「お父さんはやっぱりしくじったんだ。でも、そんならほかに……どうすりゃよかったんだ」と少年のように泣いて幕が下りる。

三幕劇では、卓也は「映子、私はお前を幸福にしてやることさえできなかった。そのくせ正しいことをしたと思い込んでいた。私はお前の一生をまちがわせてしまったんじゃないのか」と悔やむ。映子は父を慰めるが、娘は新たな地平に立ち、再生を願う。「私たちはここを出ていきましょう。二人の生活をみつけるのよ」。映子はようやく、もう一つの裁きの場で勝ち、内なる刑務所から出られた。後悔でなく出発の時を強調している。

秋元は新聞の小さな事件記事から触発されて、社会や家族に巣くう抑圧に抗して女性の自立という主題を批判的に考え抜いた。人間と制度を内在的に描くドラマにまで到達した。粘り強く持続する想念の強さだろう。再び三好十郎の戯曲研究会での発言に戻ろう。「単に三面記事的なナチュラリズムは戯曲の言葉にならない。戯曲家にとって言葉とは医者のメスである。仏教に一念三千ということがある。戯曲の言葉一つ一つには、その裡に三千の悲願がこめられていなければならぬ」

敵

それにしても「日々の敵」とは、攻撃的な硬い題名だが、秋元に言わせれば偶然の一致が働いた。二幕劇を書き始めて間もない頃、イェーリンク著『権利のための闘争』(村上淳一訳、岩波書店)を読んで、そこに抽出されている理念が、自作品の主題と一致しているのに驚く。とくに最後に引用してあった以下の詩句だ。

智慧《ちえ》の最後の結論は斯くの如し。

自由と生を享受して然るべきは、
日々それを贏《か》ち得ねばならぬ者のみ。

秋元は、《日々に打ち克つべき敵について、云ってあるのも、偶然の一致か、理想主義的推論の必然的帰結か。力づけられ、かつ興奮する》と改めて自分の主題に手ごたえを感じた。秋元はこの本の存在を知らずに題名をつけていたらしい。

秋元の心は、日々の生活に、社会に、自分の内面に様々な敵を発見し、怒り、敵愾心を燃やすほど修羅に満ちていたのだろうか。確かに日記を読むとあらゆることに怒っている。そんな自分を分析したこんな記述が日記にある。

《ずいぶんおのれを撓《たわ》めて自制しているつもりでも、時々、心と体の虐待から爆発的な怒りが捲き上がったりする。人々に対する悪意と嫌悪の感情が否定すべくもなく私を気短にする。が、それはただの一瞬で過ぎはするが、その一瞬の凶暴さは、大変なものである。すべてを忘れるために、ただ仕事に専心する》。秋元の激越した武勇伝は後年よく聞いたが、内面ではこのように自制に近い葛藤があった。

では、秋元にとり日々の敵とは何か。外の他人や社会であり、内である自分自身。敵である他人とは、性暴力、設子の虚偽と欺瞞、理解を装った糊塗。敵である社会とは、日本社会の古い土壌、因習社会。映子自身の内部の敵とは、幸福を純粋に願いながら他人を恐れ、欲望を潜在させた二律背反の心、か。

あるいは作品への理解や支持すら、《侮蔑と誘惑を意味する》敵とみなした。理解とは、《激しい抵抗力を要する別種の敵である。私を堕落させるだけだ。私は孤独であり、独住することで、強くなる人間だと思う。私の魂が餓え、渇いているなら、その飢餓に己を投げこみ、その叫びと涙とを、作品に焚かねばならない。安らぎを欲して敵の手中におちてはならない。この作を生むために何と多くの人が敵として私の前に姿を見せたろう。今こそ私は敵地の中にいるということを感じる。たたかいはこれからである。私が劇作家として、やっとスタートしたことになるのである》。これらの「敵」と徹底的に向き合う、闘うことを通して、心の平和と幸福、再生を願ったのだろう。女の属性には聖性と魔性があるとすれば、自分はそのどちらでもなく辛辣《しんらつ》さだ、とも書いていた。

渇き

怒れる秋元ではあるが、怒りの背後には女らしい愛と優しさを求める心の渇きがある。『チャタレイ夫人の恋人』を読んでは、《私は女の美しさが描きたい。愛と是認の優しさで私は女性の本然の美しさが書きたい》。肉体の老いにどう向き合うか。《教養と絶えざる自己訓練とで、優雅さを習得しなければならない。優雅とは抑制である。美のフォルムの静けさと柔和さとを、肉体の裡に持たねばならぬ》と。

襲ってくる絶対的な孤独。《寂しい。突発的に、しかも習慣的に繰り返す自殺への誘惑。それを支え得るものは何だろう》。《お金はない。作品は終わったが、私の生活は、何の当てもなく、友もいない。急に涙が出、しばらく泣く。誰かの胸にすがりついて泣きたい。あとからあとから、涙がこぼれるのだ。私を与えてしまいたい。長い忘我の裡に沈みたい。私を知り、私をたずね、私を見出してくれるものが欲しい。私が往き、その人を眺め、その人の近くで憩いたい。なつかしく、優しく、無言の時間が欲しい》

この頃の秋元は貧乏のどん底だった。五一年の日記から再現する。

——何も入っていない胃がしんしんと軽く痛んだ。胃液の仕業だ。本を読むと、すべて空腹でない人ばかりが出てくるので遠い世界の人たちとしか見えず、食べ物の幻影が浮かんでくる。一膳だけごはんが食べたい。でも、こんなことはだれにも打ち明けてはいけない。人が知ったら嗤《わら》うにちがいない。馬鹿だと云って蔑むだろう。至急に払わねばならないものが、本屋に一〇五〇円。牛乳屋に六五〇円。あと数日後には無一文になる。お菓子が欲しい。でも買えないので、菓子屋の前を通る時がいやだ。夜、ガス代の集金が来た。急いで電気を消して布団をかぶる。金銭のことを考えて、夜の坂道を上り、また下り、また上って、涙が浸み出る。

秋元はただ暗く、腹立たしく、死にたくなった。ようやく俳優座公演「日々の敵」を書き上げた。上演料は四万円だが、内金五〇〇〇円、税金と切符代を引くと、残りは八〇〇〇円ぐらい。何も言いたくない。区民税の申告で、先年度の収入を合計してみると、六万ぐらいしかない。貧乏さに驚く。我ながらよくやって来たと、感心するやら、腹が立つやらの日々だった。

孤独と怒り、愛と貧困。心身の飢餓が、秋元を創作に突き進めさせた。

第五章 放送劇はやめられない

ラジオドラマ「常陸坊海尊」収録に立ち会う秋元松代(右から3人目)．朝日放送東京支社スタジオ，1960年11月

流行放送作家の日々

「日々の敵」から約五年後、貧乏に歯を食いしばって耐え、戯曲を書き継いできた秋元の暮らしに、大きな転機と変化が訪れた。一九五〇年代からのラジオ・テレビドラマの隆盛だ。秋元は創作に、脚色にと、放送局から押し寄せる仕事の依頼に対し、精力的に応じた。もう貧乏とはおさらばだ。そして音だけのラジオ表現は、秋元に新たな表現の翼を与えた。

五六年、クリスマスイブの夜。秋元は四人で新宿へ出て、キャバレー二軒をはしごした。二軒目ではビール一本が四〇〇〇円。一文無しになる。《これもなかなかによき一日、スカッとしてあとくされがないのがいい》。四五歳、流行放送作家になっていた秋元は忙しさのあまり、時には憂さ晴らしをしていた。しかし、新宿区新小川町の江戸川アパート六階の単身者用個室に戻れば、寂しさがつのる。西向きの四畳半。室内にしばしば花を飾った。《心に花とするものがない時に花を買う》。心の危機のシンボルだった。そんな時、酒屋へ電話をかけ、ウイスキーをとりよせ、うすぐらい灯火の下でひとり酒を飲む。苦い、そしてこはく色の液体はひと時の救いを彼女にもたらした。

一本の雨傘を買った。戦後買った二本目の雨傘だ。当時は折りたたみ式が珍しく、夜、時々とり出しては部屋でひろげてみる。値段を気にしないで、傘とかブラウスとかを買うようになったのは、ついい昨日今日のことだった。《若い時代をまっ暗に貧しく、屈辱の中で生きた自分を、せめて自分の手でいたわり慈しんで生きて行きたい》

五〇年からの二〇年間は、戦後本格スタートしたラジオが黄金期を迎え、テレビが登場し、茶の間の王様になった。大衆はラジオとテレビの放送劇を愛好した。秋元が放送劇で最も活躍した時期だ。秋元がラジオドラマを執筆した時期は前期と後期に分けられる。前期が五一年から五五年の五年間(1)。後期の五六年から六五年にかけての一〇年間は黄金期に重なり、NHKに加えて新興の民放にも単発、連続、得意にした内外の名作小説の脚色など、生活のためもあり旺盛に書いた。台本はこの一五年間に、創作物だけで三〇本以上、脚色物を含めれば五〇本は超えよう。しかし正確には何本書いたのか自身でも定かでない。ラジオ台本は放送後に散逸してしまうからだ。『秋元松代全集』(全五巻、筑摩書房)に収められているラジオ・テレビの放送台本は二〇本に過ぎない。

さらに後期の五六年から六三年までの日記を読むと、ラジオドラマを精力的に書いた記述が続く。流行放送作家秋元の片鱗を七年間の日記から抜粋する。

五六年――夜ベッドでぼんやりしていると、炭坑ものの題が見つかる。「ある炭坑夫の手帖」。これで書ける。朝日放送(ABC)の「とりかごの中」三〇枚。朝日放送へ行き、「いとしい恋人たち」の話をまとめる。三カ月七八回で五〇万円と決まる。

五七年――ドキュメンタリーラジオドラマ「女の町」は朝日新聞でも大いに反響があった由。「挽歌」書き終わる。四三枚。これ以上うまい脚色の出来るものがあったらお目にかかりたい。放送をきいて冷汗の流し続けだった。ラジオを書くことは最小限度にセーブしてしまう決心がついた。七年ラジオを書き、一作ずつ相当なものを慎重に書いてきたつもりだが、それが全く業績としては残らない。ラジオに見切りをつけるほかあるまい。ABCへ行く。しかし、ラジオは清潔な仕事だという感銘が深い。「馭者ヘンシェル」放送をきく。なかなか面白い。が、どことなく目の粗さがある。明け方四時まで「鈴の音」。今度はよい。他人の言葉でなく自分のそれになるまで、何と時間が必要か。自分の言葉で語った時、何と明るいことか。

五八年――「復活」終わる。五五枚。終われば喜びはある。しかしこれでいいのかどうかという疑いがむくむくと頭を擡《もた》げてくる。「荷車の歌」終わる。五〇枚。入浴してハイボールを飲む。

五九年――新大阪ホテルに宿をとる。早朝四時から仕事。「椿姫」五五枚終わる。一〇時半。何をするか、どうするか、いかに生きるか。馬鹿な。何もしないで死ぬまで生きて行くことだ。毛利菊枝さんとつれ立って南禅寺内、湯豆腐屋。築地時代の話、面白し。これをききがきにしなければ。

六〇年――再放送の「よろこび」八田尚之作。涙を流す。これだからラジオはやめられない。

六一年――「女の刻《とき》」二三四回を終了。九カ月の悪闘、感激がない。あとに何も残らないから、すぐ次の態勢に入れそうだ。「女の刻」最終回の放送をきく。すべて終わったと爽々《すがすが》しい。不仕合せな仕事が終わったという仕合せだ。ＡＢＣの与謝野晶子伝が本決まりとなると、来年は忙しくなる。晶子秀歌選を読みはじめる。ＡＢＣプロデューサー来訪。題は「みだれ髪」。主役は新珠三千代にしたい由。横田(雄作)君来訪。「女が鬼になるとき」をラジオに書いてくれという話から「鬼女列伝」を考える。女が自己と対話を始める。それを極限へと押しつめて行くと、鬼女に化身する。

六二年――「みだれ髪」第一回分を書いてみる。台詞を上方弁にするために筆が重くなる。目をつぶって書き進む。ひたすら苦しい。新珠三千代の晶子は、さらさらと清純。私の描く晶子であり、新珠の晶子なり。これでいいと思う。

六三年――ＡＢＣへ出かける。「鬼のくる時刻」の本番。「雪はまだ降る―三八・一豪雪」徹夜。明け方までかかり、九〇枚で終わる。ＡＢＣから「いなづま」の件。昨夜から今朝へ、四六枚書き終わる。玄関で渡す。むさぼるように夕食。今朝から何も食べていなかった。六時過ぎ、前後不覚にねむる。夜、「いなづま」の放送をきく。

ラジオを聞いていると、俳優たちはうまくはなっていると思う。しかしうまくなっているにすぎない。測り知れないもの、魅惑であるもの、もしかしたら危険とさく裂が来るかも知れぬもの、そうした要素が見られない。

六三年の日記に《約一カ月のあいだにテレビ五本とラジオ一本なのだから変に神経が疲れる筈だと思う》という具合。だが《仕事を常に持っているということは、心を燃えさせる。それが心と頭を澄明にしてくれる。私に悪意を持っているものへの憎悪すら、許す気持になってくる。これが人生の私への報酬でなくてなんだろう》。《仕事。行きづまりの連続。しかし書けるという希望。丁度、体中の全部が死んだようになっていても、心臓の一点だけが暖か味を残しているという状態である》とも思う。

ラジオからテレビへ

円熟した後期の主なラジオ作品は下記のように五つに分類できる。違う素材が、異なる方法を求め、多彩だ。①日本古代史もの　「赤猪子《あかいこ》の恋」[2]（五六年、中部日本放送制作、民放祭ドラマ部門第一位）、「軽《かる》の太子《おうじ》とその妹」[3]（五九年、同放送）。両作とも近親婚が主題の一つになっているので、第九章で後述する。

②単発ドラマ　「雲雀《ひばり》」[4]（五六年、ラジオ東京）、「藤戸」（五八年、朝日放送）、「極めて家庭的に―木村好子

の詩集より」[5]（六一年、ＮＨＫ）、「まぼろしの魚」（六三年、ＮＨＫ）、「鬼のくる時刻」（六三年、朝日放送）、「きぬという道連れ」（六五年、ＮＨＫ、芸術祭奨励賞。七〇年に戯曲化して『辺境』に発表）、「流しびな」（六六年、朝日放送）。③連続ドキュメンタリードラマ　「部落再建」（五八年、ＮＨＫ）、「部落再建」第二部（五九年、同）。④円地文子原作の小説を脚色した連続ドラマ三部作　「女坂」七八回（五八年、朝日放送）、「女面」九〇回（五九年、同）、「女舞」一〇二回（同年一二月～六〇年四月、同）。「女舞」は、円地原作の短編小説一〇本余りを秋元が再構成した。円地、秋元共著として講談社から出版され、新派その他で上演、松竹により映画化された。⑤他の連続ドラマ　初の脚色連続ラジオドラマ「いとしい恋人たち」（佐多稲子原作、五七年、朝日放送）、「女の刻」二三四回（六一年、同）、「娘ありて」（六二年、ＮＨＫ）、「みだれ髪」一〇二回（六二年、朝日放送）、「婉という女」（大原富枝原作、六九年、ＮＨＫ）などがある。

秋元はこのようにラジオドラマを書き続け、その表現の力に大きな可能性を認めつつも、六〇年代前半からラジオドラマの衰退を感じ始めていた。「民間放送局では縮小から閉鎖の方向にすすみ、ＮＨＫのみが僅かな時間帯を保っていた」（全集二）。六六年の「流しびな」以降、七五年の「われも子なれば」（ＮＨＫ、芸術祭優秀賞）まで、ラジオドラマを書いていない。

一方、新しい映像表現であるテレビに目を向け、六四年に「愛情の系譜」（フジテレビ）や「雪はまだ降る」（ＮＨＫ）など、そして六五年に「海より深き――かさぶた式部考」を書いた。

ラジオからテレビへ技術革新、時代の流れは速い。この間の激しく揺れた気持を秋元は、憤りと自戒を込めて六二年の日記にこう書いた。《ラジオなどはもう書かなくとも済むと云ううらづけがあることと、仕事を誠実にやることとは、不思議な関連を持っている。たとえすべてのマスコミからしめ出しを喰らわされても困らない自分であるという確信を持ってからのち、私はマスコミの仕事を大切に、かつ、最善最高の力を注ぎこむようになったということだ。金のためとかで旨く立ち回ろうとする人間が、実はいいかげんなことをするのだ。欲を持たないことが、仕事を真剣に考えさせるということ》

受賞ラッシュ

音だけに頼るラジオの表現は、秋元に大きな果実をもたらした。六〇年に脚本に対して芸術祭賞のラジオ部門奨励賞を受賞したラジオドラマ「常陸坊海尊」(6)が、その豊かな結実だ。東北の地方語を含めた言葉・台詞の感覚、時間や空間の転位や、ひとりの人間の中に複数の人格を重ねるという方法をラジオ空間で磨いた。このドラマは六五年に戯曲化し同年の田村俊子賞を受賞した。

この六五年は秋元にとり受賞ラッシュの年だった。NHKラジオドラマ「きぬという道連れ」は芸術祭奨励賞を、RKB毎日放送のテレビドラマ「海より深き——かさぶた式部考」は芸術祭賞を受け、都合三つのメダルを獲得した。放送局からの原稿料での生活もようやく安定し、職業作家として自立していった時期でもあった。また、ラジオドラマを戯曲化した「常陸坊海尊」は六八年に演劇座が再演し、芸術祭賞を受賞した。放送劇に軸足を置きつつも、後年の秋元戯曲山脈に連なる道筋を着実に歩いていた。

斎明寺以玖子さんの証言

六〇年代。ラジオ制作現場の人々は、どう苦闘し、創造してきたのだろうか。二〇一五年にラジオドラマ演出家の斎明寺以玖子《さいみょうじいくこ》さんに話を聞いた。大阪と東京のＮＨＫで五九年の入局から九六年に定年退職するまで主にラジオドラマを作ってきた。退職後もフリーの立場で活動を続け、ラジオドラマの企画演出により、放送文化基金賞、芸術選奨文部大臣賞、紫綬褒章、旭日小綬章を受けている。

「ラジオドラマが一九二五年にスタートして九〇年たちました。最初は放送局も何をしていいか分からないので舞台劇の中継をした。作家にラジオ用の原稿を書いてもらう一方、新しい書き手を懸賞公募で発掘した。戦後になって放送作家も生まれた。欧米に倣って詩人たちが競って参入した。三好十郎、真船豊、北条秀司、木下順二、田中千禾夫、安部公房、福田善之と、劇作家がラジオドラマを書いた。放送時間の枠の中で構想を集約してラジオドラマを作り、そのあと多幕の戯曲に仕上げる例が多かった。秋元さんもそうでしたね。私が入局して間もない六〇年代はまだ手作りのラジオドラマ最後の輝きの人々が活躍した黄金期で、その遺産を胸の奥に、私たちは七〇年代から九〇年代にかけて頑張っていた。手作りの時代は一本の立体放送劇に二〇〇時間かけた。しかし革命的なデジタル技術の導入により、様々なことが可能になっていく。音声部門スタッフがテレビも担当しながら開発した新しい技術をうまく使ってくれた。技術的進歩に連れて、私たちも手法を積み重ねた」と語る。

ラジオドラマの表現の特性は何なのか。普段の生活では見えないものを見せるのは芸術共通の特性で、ビジュアルな方法が主流だ。しかしラジオは音楽同様ビジュアル性に一切頼らない。

「声、音(音楽、効果音)、間で作り上げる。声は音でもある。それらを自分なりに組立て、うまくバランスが取れた時にリスナーの心の琴線に触れられる。時間、空間をほぼ無限大に取り込める」

音の持つ抽象性はイメージを喚起しやすい。「音というものが人間の脳に働きかけ、想像力で見えないものを立体化して見せる可能性がある。人間はそれを受け止めて自分で解析して理解し言葉として発信する。音を聞き分け組み立て、イメージという抽象に持っていく。受け手の頭の中で創造されるイメージがラジオドラマです。だからイメージを入れる容量の多い人には面白い」

例えば斎明寺さんが演出したラジオ作品に、昭和史を音で表現した若山富三郎の一人芝居がある。青年座の高木達さんが書いた「風の家」。音とテキストの主張が渾然と一体化されたと評価され、八九年度イタリア賞特別賞を受賞した。言葉の壁を越えた肉声と音だけによるイメージの力だろう。

「ラジオドラマを強いて分類すればフィクションとノンフィクション、中間にドキュメントドラマがある。私はテーマをストレートに出さないでおのずから気付いてくれるような作品をめざしました。声や音は理性より感性に働きかける。でも思想がないのではなく、表し方の問題。人間の声には計り知れないものが含まれている。だから作家が本読みをすると作品で何を言いたいか伝わってくる。今、ハイテクで音作りが簡単になった。しかし物理的な音になってしまう危険があるので、命のぬくもりを大切にしたい。ドラマは経費がかかるのでとても少なくなった。民放も五〇〜六〇年代はすばらしい作品を作った。でもスポンサーがつかなくて減っていった。NHKですら予算削減、経営効率の名のもとにそうです。私が思うに一番いけないのはディレクターの一人制度。かつては二人で仕事をしながら覚えていった。しかし今は、若い人がいきなりディレクター席に座る。極端に言うと過去にラジオドラマを聞いたことがない人、絵のないテレビと思っている人が座る。これではドラマは痩せる。説明のための音を作る。日本の放送劇の方法と水準は世界に誇るべきもの。問題はだれが何を作るか、です」と問いかける。

斎明寺さんは入局間もない頃、秋元が大阪のNHKに来局して書いている姿を何度も見かけている。「目黒のマンションへ原稿を取りに伺ったこともあります。六九年にAK（NHK東京）に転勤になり、画家、詩人の富本一枝さん（陶芸家憲吉の妻）を主人公にしたラジオドラマの書き下ろしを依頼し、秋元さんの取材やインタビューにも同行しましたが、未完に終わりました」

斎明寺さんは、秋元ラジオドラマの「蝶の夢」「赤猪子の恋」「きぬという道ずれ」「常陸坊海尊」は、放送された時にリアルタイムで聴いた。「極めて家庭的に〜」は再放送された時だった。

「ラジオで朝日放送の『常陸坊海尊』を聞いた時はショックでした。一つの人格の中に過去の人と今の人が渾然と一体になっている。そして台詞の美しさ。木下順二語と同じで秋元語がある。分かるというより魅力を感じた。日本語の豊かさがあった。元になっている語そのものの血が通っていた。出演俳優の声の持ち味を引き出せるよう、組み立ててある。冷徹なようでいて暖かい人でした」と思い出す。

秋元作品の中で何が心に残るかと、改めて放送台本を読み返してみたら、「蝶の夢」「金と銀」「われも子なれば」「極めて家庭的に〜」の四本が候補に挙がる。「女が諦めようとしながら夢を忘れられない。そんなヒロインにとても理解のある旦那さんがいる。女の人は不仕合せなのに、そこまで思わずに生きている。秋元さんの理想を描いているように思われて仕方ない」と語っていた。

「極めて家庭的に」

秋元が書いた数あるラジオドラマの中で、代表作というより私が好きなもの、秋元の美質がよく出ているのは、台本しか読めなかったが「極めて家庭的に―木村好子の詩集より」(六一年七月一七日にNHK第二放送で放送)だ。戯曲化せずに、まにまアートが九五年四月二〇〜三〇日に東京・下北沢OFF・OFFシアターで上演した。

木村好子《よしこ》(一九〇四〜五九)は主婦であり、無名のプロレタリア詩人。子宮がんのため五年間の闘病の末、五九年に東京・中野の病院で死去した。「極めて家庭的に〜」は、木村の唯一の詩集で、戦前から戦後にかけて書いた四三の詩を収めた。プロレタリア詩人、美術評論家の夫、遠地輝武《おんちてるたけ》が解説を書き、遺著として五九年に自費出版された。本の扉を開くと木村好子のモノクロ写真が飾られている。死の三年前。和服姿で両手を前に重ねてわずかにほほ笑む、おだやかな主婦の姿だ。

執筆の経緯を六一年当時の日記と、遠地の随筆「詩的雑筆」(『新日本詩人』六一年一〇月号)などから引用、再現する。

――六月二〇日、NHKのディレクター硲光臣《はざまみつおみ》さんが『木村好子詩集』を秋元宅に持参した。一読、秋元はたちまち惹きこまれた。家庭だけを生きる場所としたひとりの主婦のこまやかな、しかし純粋で清潔な情感が歌われている。慎ましい女性の詩であるが凜とした姿のつよさは、がんと闘いながら、力の限り明るく生きようとしたことから生まれてくる、と思った。平明な言葉で綴られていながら、心に深くしみとおる力を持つ。夫の遠地さんは好子夫人の話になると、涙を流す。秋元も病院へ行き約二時間、担当医らに木村の話を聞き、大体の構想を作った。夫婦二人の会話にしぼること。あとは婦長ひとり。書き始めたのは七月七日だが、三日後には脱稿した。目に見えない力に押されて疾走したような爽やかな思いがあった。秋元はこの詩集に出会ったことに感謝した。

裕さんが来たので、原稿を読んでもらう。非常に感動していた。放送を聞き、秋元は久しく忘れていた清潔な涙を流した。心を充たされ、人の哀しみを再生した喜びと幸福を感じた。今年になって一ばんよい事をしたと思った。翌日、遠地さんから喜びと感謝の電話があった。夫人の妹から「まさか姉さんにしても、自分の詩や病床生活が全国に放送されるなど夢にも思ってなかったでしょう」と喜びの手紙が来たそうだ。裕さんは長いことあたためて打ち込んだ企画者だけに喜びも深い。出演の山本安英、久米明も涙を流した由。ミキサーや効果の人々も実によく協力して、こういう仕事は、何年間に一つというものであるとのこと。秋元はこれほど仕事をする喜びと自信を得たことはなかった。一一月に再放送された。久米に代わって森雅之。《そうわるくもない。ある点では久米よりも安定感があってよいが、少し新派くさい。一二月。NHKからなにも通知がないところをみると、今年の芸術祭は望みない》

ドキュメントドラマ

これは、一冊の詩集と関係者へのインタビューをもとにした、詩劇風のドキュメントドラマで、舞台は妻の病室だけ。五九年八月から臨終の一〇月までの三カ月間の入院生活に絞る。秋元は詩四三篇の中から一一篇を選んだ。女性はいかに生きるか。切なく、激しく、意味を問いかける。生と死を見つめ、夫婦の愛の形をうたう。木村好子の詩と秋元がともに抱えていた主題が静かに重なり、発熱した。

〈あらすじ〉

詩「ふるさと」の朗読。身動きできない病室の妻を、近くの自宅から毎日見舞う夫は「何か書けたかい」と声をかける。「三〇年間家庭で暮らした。家事をもう一度やってみたい」。最初に作った詩「洗濯デー」の朗読。婦長が輸血に来る。そして詩「輸血2」。音楽。「私、どうしても治りたい。もう一度外を歩きたい」。妻は発病して五年一カ月になる。手術が二度、入院は五度目。

夫は妻にこれまで書いた詩をまとめて詩集を出そうと言う。「僕らは三〇年間一緒に生きてきた。貧乏のせいの夫婦喧嘩、戦争、僕とあなたの病気、子供はないし。二人とももう若くない。あんまり幸せな夫婦でなかった。でもあんたの詩集を出したら幸せな思い出になるじゃないか」

詩「落葉」と「出血」の朗読。「あんたの一番好きなことは、人の世話をして外を出歩くことだ。いつこんなに詩を書いていたのだ」。妻が輸血も食事も嫌がると婦長は告げる。結婚して八、九年目の貧乏で若くて元気だった頃を妻は思い出す。

妻は語る。「あの頃から主婦という女のテーマと私が結びついた。だって私が生きたところは、家庭しかなかったし、あなたの奥さんだったということしか、私は何もしなかったんですもの。でも、生きるってどういうことだったろうと思うわ。どうしたら家庭の女たちは幸せになれるかしら。様々な不幸を重ねた末でないと、幸せな時は来ないものなのかもしれないけど」

詩「極めて家庭的に」。向かいの病室で産まれた新生児のうぶ声が響く。詩「花のようにも」。音楽。

婦長に助けてもらい窓際に立ってわが家の方を見る。帰りたいけど帰れない。詩「わたしは愛したの」。奇蹟を口にする夫。もう力つきたわ、と詩集の題を決める妻。「生きることは愛すること。死んでしまったら、もう愛することも出来ないわ」。詩「二〇七号室」。一〇月二〇日、詩集の本文が刷り上がる。「本が出来るのは、私が死んでからでもいいわ。最初で最後の本」。冒頭の詩「ふるさと」が再び朗読される。「好子。本のカバーがやっと刷り上がった。あと一日すればすっかり出来るんだ」と夫は妻に語りかける。「奥さんはもう声が出せません」と婦長。夫「詩集をあの買物籠に入れて配って歩こう」。妻「……ありがとう……ありがとう……」

詩

男尊女卑の家風が濃い家庭で育った秋元は、折に触れ戯曲や日記で近親の封建体質を憎み、笑い飛ばし、批評している。男性の古く固い女性観をいかに壊すか。木村も秋元も、最も矛盾を背負わされた主婦の心に託して、女の生き方を描く。

ドラマで朗読される木村の詩をいくつか挙げてみよう。「落葉」には芯の強い性格が伺える。

「落葉よ　落葉よ　秋風に吹かれて　お前がカラカラと鳴りながら　井戸端に水すすぐ私の手元へ……何ひとつもたらすことなく　過ぎ去った日の一日一日を　ただ　えいえいと　つづれつくろい米かしぎ　すべての希みも　よろこびも　かなしみさえもおき去りにして　生涯をただ貧しく終えゆく無数の私らの生命のように……けれども　お前のそのつもりつもった骸《なきがら》が　豊饒な土壌をつくりやがて来る春にそなえるように　私たちの　このいためられた生活が　失ったものが　地上にみちあ

ふれ　天地を包むとき　そこに　新しい世界が……おお落葉よ　落葉よ　私らのもみくちゃな生よ　苦悩のカラよ　秋風にたたかれて　激しく　散れよ　散れ！」

秋元は、病を背負った女性の生と死に迫る。向かいの病室で産まれた嬰児のうぶ声を聞く場面の詩「花のようにも―病室にて―」。

「子供を持たない女　わたしはかけてゆきたい　風にささやく花のようにも　たくさん　たくさん語りたい　わたしのよろこびかなしみを」「けれどいまわたしは癒えることのない病になやみ　北双室のこの陽のささない　孤島のようなベッドに横たわっている　〈ひみつを知ることの出来ない怖ろしい癌細胞とのたたかい〉　ラヂゥム、アイソ・トープ、レントゲンがただひとつわたしを救う生命の星　それはかなしく　死とかたりあう寂寥のはて――　ああ　新しく生まれるものの幸せよ　廊下を一つへだてて　花のように匂いこぼれる」

秋元は、迫りくる妻の死について夫にこう言わせる。「白血球は四千台を割り、妻は、ゆるやかに変質し、あどけないものになって行った。それは三十年前、古風な人力車にゆられて嫁入りしてきた、あのはれやかな日の、あどけない顔を思い出させた」。命の誕生と衰弱。生と死の厳しく悲しい対位。

秋元はドラマ全体を死にゆく者の目から追想する構成にした。

結婚して八、九年の元気な貧乏時代。自宅には多くのプロレタリア詩人仲間が来訪し、主婦として大忙しだった。夫に若い恋人ができ、苦しく悲しいつらい思いもした。

胸をつかれた詩は、死にゆく者の目から眺めたわが家の詩「わたしは愛したの」。

「わたしは愛したの　そのだらだら坂をのぼり　右手に　ボウと草しげる　ひっそりした　家　季

節にはあじさい咲き、垣根にブドウ実る　そこにあつまる人びと　若い詩人の夢　にぶいひかりの下で　花咲く夢　バラ園に働く若い人のもたらした　一束のバラの香気！　たかく、卓上にただようかたられる言葉　働く人びとのうたはどうあるべきか　また何故　やどる家もない　貧しい人々が街にはあふれるか　夢はひろがる　わたしの夢もひろがる　わたしは、そのようなわが家を愛したの――　あのだらだら坂をのぼり　右手にぼうと　草しげる　千光前二十五番地の家！　しかも　もうかえらない　かえることのない　わが家」。厳しく切ない惜別の詩だ。

「女坂」「女面」「女舞」

円地文子原作の小説を脚色した連続ラジオドラマ三部作「女坂」「女面」「女舞」は、五八年から六〇年にかけて、朝日放送の横田雄作ディレクターが企画・演出した。巫女めいた女の魔性を描き、秋元が抱える情念が噴き出る火口となり、中期を代表する戯曲「常陸坊海尊」「かさぶた式部考」「七人みさき」につながってくる。

五八年放送の「女坂」(七八回)は、原作が四九年から八年間かけて文芸誌に長期連載された連作歴史小説で、野間文芸賞を受賞した。高級官僚である福島県庁大書記官、白川行友の妻の倫が、夫の乱倫に苦しみ耐えながら、最終的には自分の生き方を厳しく貫き通す女の一生物語。円地は古い道徳が支配していた明治時代に、自分を偽ることなく強く生きた祖母をモデルにしたそうだ。秋元は脚色する過程で、家長主義の家族の中で自我を抑制し、のちに自立をするために脱出した自身の姿と重ねた。

五九年放送の「女面」(九〇回)は、原作が五八年に『群像』に連載された。ロマン派の歌人栂尾三《とがのおみ》重子《えこ》が、満たされなかった現実へ手の込んだ復讐をする。三重子は、『源氏物語』に登場する憑霊的な能力を持つ六条御息所《ろくじょうのみやすどころ》を思わす人物。物の怪がとりつくように、息子秋生の若き未亡人泰子と、彼女に言い寄る国文学者伊吹恒夫、精神科医三瓶豊喜を翻弄する。三重子は能面のように「躍動する精神を全部畳み込んで生きていられる最後の日本の女ではないかしら」と泰子が言うように、古い父系社会の中で自我を抑圧している女性。表題章は精霊の女である「霊女《りょうのおんな》」、狂気の若い女「十寸髪《ますかみ》」、母性を象徴する「深井」と三つの能面の名を表す。

円地は主題である女の業、女の悪を説明するかのように、作中に「野々宮記」と題された三重子の文章を挟む。

――六条御息所は男の中に磨滅することの出来ない自我に身を焼きながら、現実のいかなる行動にもよらず憑霊的な能力によって、自分の意思を必ず他に伝え、それを遂行させねばやまぬ霊女なのである。憑霊が信じられていた時代にもかかわらず、霊媒的なものを信ぜず物の怪を、当事者自身の良心の反射作用であると見ている式部のリアリズムの面があらわされている。源氏の作者は、自分の信憑しがたいものを物語の上にどうしてああも生々しく力強く表現したのであろうか。おそらくは女性の抑圧された自我の極限を伝統的な巫女的能力に統一して、男性に対峙させたものと思われるのである。女が男を動かす力の中にはそういうものは多分に含まれているのではないか。それは仏教の説くように女の業であり、迷妄であり、結局において悪であるかもしれない。しかし、その悪は女の生理とつながっているもので、世々を生き継いでいく地の流れでもあるのだ。男が永遠に愛し続ける女性の原型があるように、永遠に怖れる女性もある筈である。それは男性の影法師かもしれない。六条御息所はそういう女性のシンボルである。

原作本文中にはこんな箇所もある。「ひょっとしたら三重子は六条御息所を仮りて、案外自分の中にある巫女的な性格を語っているのではあるまいか」

後述するが、かくして三重子は「常陸坊海尊」のおばばと雪乃、「かさぶた式部考」の(六八代目和泉式部)智修尼、あるいは「七人みさき」の壺野藤に転生して濃厚な官能を放つ。

巫女のエロチシズムについて円地のこんな記述がある。「一体巫女と言うものは霊媒的な存在から転じて売春婦でもあるのが普通です。神憑《かみがか》りの状態そのものが、官能を極限まで働かせる肉体的なものですから、智的な労働が性欲を減退させるのとは反対に巫女の肉体は性それ自身に感じられるほどになるわけです。『伊勢物語』の中に、業平が従妹の伊勢の斎宮の御殿へ行き、契を結ぶ件《くだり》がありますが、精進潔斎のはずの斎宮が自分の方から夜中に業平の閨《ねや》を訪ねてくるというようなところにも、性行為を罪悪視していない巫女的性格があって面白いと思うのです」

神憑りをする巫女は、官能を極限まで働かせる肉体的な存在であることから転じて売春婦でもあるとする表現は、中世女性芸能史研究の果実であろうが、「常陸坊海尊」の「おばば」を誕生させた。

秋元は女性の憑依力を、民間伝承の世界に置き換えて変奏していく。秋元に浸みこんだ古典文学への偏愛と、男を批判する力の強さへの希求が、この「円地体験」でスパークしたともいえる。方法としてのリアリズムから脱却する徴が芽生える。

五九年から六〇年に放送された「女舞」(一〇二回)は、戦前の伝統芸の世界で繰り広げられる流麗なメロドラマ、芸道物語。若くして家元を継いだ日本舞踊家浜村千弥と、虚無的な能楽師宗家の名手西川昌三との悲恋が主筋になり、いくつかの恋が伴奏される。西川の死後、流派を超えた第一人者となった千弥は、がんで一時は危篤になったが退院して箱根の別荘に一人閉じこもる。彼女には湖上の浮舞台で西川が卒都婆《そとば》を舞う幻影が見える。恋多き女の老残の予感でもあった。

後に円地・秋元共著として出版された。新派その他で上演され、松竹により岡田茉莉子主演で映画化もされた。日本文化を海外に紹介したということで外務大臣賞を受賞した。

何事も徹底しないと気が済まない秋元は「女面」「女舞」の執筆を機会に、五九年に能楽師桜間金太郎(一九世、本名龍馬)に入門した。稽古の合間に接した能の舞台から、女の様々な情念の表現に感動する。

京都・平安神宮で見た金剛巌の「葵上」。《揚幕に登場するやいなや、そのこぼれるような女の匂いに打たれた。若い盛りを過ぎ、ひっ塞し、恋を失った、まだ若い女の抑圧された情念が、かくも美しく哀切に演じられるとは絶妙と云わざるを得ない。手の動きに絶妙な情感を現し、女、女、いかにも女そのものである。こんな美しい哀婉《あいえん》な女を発見し、創造した人間たちの精妙な心の世界を思う》

東京・観世会館で、「蟬丸」、狂言「磁石」、「熊野《ゆや》」「土蜘蛛」を見る。《いずれも心にしみ通るほど人間の世界を現すのに感嘆する。このようなものを創りあげた人々は、東山時代の遠い時に、すでに現代のわれわれの持つ人間への失望と、探求と、創造された人間の本質と生活と、人生を何とよく知りぬいていたかということだ》。「三井寺」を見る。《女というものをじつによく表現している。狂女の出の歩きに、狂気というものを何と的確に、最小限度の表現で現しているかということに感嘆した。狂気は足首を使う。橋がかりで下手をのり出してみる時の形のよさ。哀感と子を思う情けのあわれた

るさま。子にめぐり会うまでの動作。まことに美の極致なり》

能以外でも、五七年から東京・築地の「波奈井旅館」を仕事部屋にして仮住まいした地の利もあり、銀座の映画館や新橋演舞場、歌舞伎座へ頻繁に通った。五八年に新橋演舞場でモスクワ芸術座の「桜の園」を見た。《科白《せりふ》は分からなくても、詩と人間は暢々《のびのび》と流れて展開している。あまりに整いすぎている感じさえする。各役の登場、退場の自然さと必然。一人もムダがなく、どの人物も充分に生活と人間を打ち立てている見事さ》。「どん底」では、俳優の滝沢修が近い座席に座り嬉しそうに始終笑いながら舞台を見ている。《翻訳劇を長年やって骨組みを作ることが仕事になっていた人々は、たしかに嬉しいにちがいない。三幕から終幕は、立派なもので、作品の迫力と演出の暢達《ちょうたつ》。役々の演技もよく分かった。中村、三戸部夫妻と一緒に帰宅。ペペルが宿屋の亭主を殺すところ。あれがリアリズム演劇だという話。リアリズムとは省略だけでは足りない。必要なことをすら省略可能とする抽出法である。話しているところへ、埴谷雄高さんが来訪。埴谷氏は白い原稿用紙が自分を批判し是正するということをいわれる。白い紙を汚すことは世界を汚すことで、白紙に文字を書くということを、白紙自らがそれを求めていると。大分酔っているが、立派ないい顔である》。観劇後に江藤淳とも話しており、秋元の交友は広がる。

ミーハーの顔もあった。上方歌舞伎俳優の三代目実川延若の追っかけを延二郎時代からしており、六三年の襲名披露興行では歌舞伎座まで走り、昼夜通し切符を買う。《「恋飛脚大和往来」。延二郎の忠兵衛、まさに絶品。揚げ幕から出てきた時の姿のよさ。色気があって清潔で、男性的で優美である。現代での、もっとも典型的な俳優らしい俳優である。歌右衛門の梅川も美しくあでやかでよかった。

二人が足元もそぞろに花道を引っこんでいく。絵のように幻のように美しい。口上。三代目延若の顔は何と立派でいい顔だろう。すがすがしい男ぶり。色事によく、荒事によい。「天保遊俠録」ではおつき合いに侍役。ふっとした小さな動作、沈黙、風格、がこんな軽い役にはかえって流露する》。こんな遊びの日々が訪れていた。秋元が延若のことを話すときの顔は、信じられないほど緩んでいた。

三好十郎の死

三好十郎が五八年一二月一六日に五六歳で死去した。その頃の秋元の様子を日記から再現する。

——一二月一七日の新聞朝刊に三好十郎の訃報記事が小さく出た。一八日通夜、一九日葬儀。出棺前に見た死顔は、白蠟のように美しくふくよかだった。幡ヶ谷の焼場へ行き、二時間後には白骨を拾う。一人の人間がいなくなったことを強烈に実感した。三好宅に戻り、研究会の日々を過ごした書斎から庭を眺める。枯れ枯れとした冬の木にはまだなり切れない姿と夕空が、三好の生きていた時を思い出させた。帰宅して朝、顔を洗っている時や、風呂へ入っている時、死んでしまったんだと思う。「ああいう人はもう二度と生まれてこないし、存在しないのだ」。秋元は解放されたとも感じた。人の死を、自分にやがて来る生命の終わりとつなげて考えさせる、初めての死であった。

秋元は半年後に京都へ旅した時、天竜寺で三好の追善供養を頼んだ。本堂に天竜青磁の荘重な花瓶と香炉があったことを覚えている。一周忌が迫る頃、三好夫人を訪ねた。いつもの通り喜ぶ。やがて長女のまりちゃんが、新しいギターを買って帰ってきた。十郎は研究会の席上で、よくギターをつま弾いていた。

生前、三好は何度か秋元に向かって「君は一〇〇%女だ」と言った。そして「君は別嬪だ」とも。秋元は彼を真の男らしい男だと今も思っている。彼の前にいる時女らしい女になれた。秋元が女らしくなれる男は、数多くはない。かつて植草甚一を評して、本当の男性らしさとは優しさと抑制心の節度と言ったことがあるぐらいか。

死の五年後の三月、夜七時ごろ秋元は花束を持って三好家を訪問した。夫人が喜んで迎えてくれた。一〇時ごろ辞去して上高井戸駅から京王線に乗って新宿へ出た。研究会に入会してから一七年の歳月が過ぎたとは思えないほど、様々なことを覚えている。加藤幸子の洋服を借り、上野からの電車賃まで貰った。石崎らとよく夜ふけのホームに来たことを思いだす。秋元は三好の死によって、一切がやがては亡ぶということを学んだ。

第六章　娼婦たち

東京都豊島区東長崎のアパートにて．「マニラ瑞穂記」を執筆の頃．1964 年 5 月

一冊の取材ノート

秋元は一九六〇年の「村岡伊平治伝」[1]（四幕一〇場）から、社会と歴史の劇へとスケール大きく踏み出した。日清戦争（一八九四～九五）前のきなくさい時代を背景に、中国への植民地侵略に乗り出す帝国日本と日本人、中心にある近代天皇制を描いた戯曲だ。さらに六四年に書いた「マニラ瑞穂記」[2]（三幕四場）は続編に当たる。日露戦争（一九〇四～〇五）開戦前のフィリピンを舞台にした。両作ともに、目をアジアに向け、富国強兵に突っ走る軍国日本と近代天皇制を、人間喜劇の笑いと批評を込めて劇化した。

主人公の村岡伊平治（「マニラ瑞穂記」では秋岡伝次郎）は、アジアで搾取される日本人娼婦を救出しようと理想に燃えるかと思うと、反対に娼館を経営する矛盾した人物。アウトローにして愛国者、庶民の野放図なエネルギーの持ち主だ。伊平治を家長とする疑似家族、天皇制のアナロジーの中で、娼婦たちがしぼり取られ、反抗していく。

秋元には娼婦の系列とでも言える作品群があり、この二作品が中核になっている。社会の底辺で差別された弱い者の怒りと苦しみ、悲しみを、娼婦を通して描くのがこの系列の共通点だ。執筆順では五四年のラジオドラマ「金丸ウメの服罪」[3]、戯曲「もの云わぬ女たち」[4]を起点として、「三國屋おなみ」[5]「村岡伊平治伝」「マニラ瑞穂記」を経て「常陸坊海尊」「アディオス号の歌」[6]、最晩年の「近松心中物語」まで続く。

秋元は、どこでこの鉱脈に出会ったのか。ひとつのきっかけを、遺品の一冊の黄ばんだノートから見つけた。戦後の娼婦を取材したものだった。五四年から五五年にかけて、人身売買された娼婦たちの実態を追い、NHK社会部のスタッフや、「もの云わぬ女たち」を初演した民藝劇団員らと現地取材を重ねた。背景には五六年の売春防止法制定への動きがある。五七年に施行された同法は、売春の周旋や前貸しなど助長行為は処罰するが、売春婦には婦人保護施設などによって保護更生を図り、売春を防止する内容だ。

秋元は群馬、福島、東京、神奈川で、本人や家族、雇い主、警察や行政担当関係者に会い、克明な聴き取り調査をした。醒めた目と客観データで記されたノートの行間から、売春を生んだ意識や環境へのふつふつとわき起こる怒りや本人への慈しみがうかがえる。

例えば福島県のケースの記述――家族五人。月収三〇〇〇円。戸主は日雇いで、性行不良で酒を好む。娘二人を売った代金を直接父親が受け取り、全部を酒代に消費。姉五〇〇〇円、妹三〇〇〇円。郡山市のカフェーで接待婦をする。警察の調べに対して、売られた娘たちは現在の生活の方がいいと答えた。貧農は「土地を売るかわりに娘を売る」と警察の係官は言う。

取材は克明だった――業者と売春婦の関係は、表面的には下宿人としている。「玉代」は時間遊び(三〇分~一時間)が三〇〇円、泊まりが、午後一一時以前一〇〇〇円、以後五〇〇~七〇〇円。稼ぎ高のうち四割を売春婦が取り、その中から前借り金を月割で一定額を雇い主が差し引く。

秋元は神奈川県婦人相談室のスタッフらと、神奈川県立屏風ヶ浦病院を訪問し、院長から話を聞いている。――業者は市価の二、三倍でドレスや家具を買わせ、ヒロポンを使わせる。三、四年も働いて衰えてくると、たいていは肺や腹膜などを冒されてくる。そういう抱えを一文無しのまま追い出してしまう。
同相談室の調べでは――応召した父は終戦後になっても生死はわからない。極度の貧困から美貌の母は街娼になる。父が南方から突然復員すると、翌朝母は服毒自殺した。父はそれ以後、無軌道な生活がひどくなり、家を売り、賭博に費やし、若い女給を連れ込んで子を生ませた。一七歳の娘を東京の特飲店へ前借りして売る。前借りを返済しないうちに父はこの娘を逃亡させ、吉原、横須賀などに転売した。なおも父は上海の魔窟に売ると脅したので娘は警察に訴え、父は受刑した。しかし残された家族六人は飢えが迫っていたので、引き続き特飲店で売春するほかなかった。

売春婦の結婚の対象について「青少年期に比較的不遇であり、でっち奉公などの半ドレイ的な生活を経た人が多い。似たような境遇から、売春婦に共感を持っている。一般の女性は、この種の男性を容易に理解しないので、これら二つの世界の男女の相関的な現象がある」とノートに記している。

ヒロポン中毒や、検診病院での仲間とのつき合いにより荒《すさ》み、素行が悪化する。ヒモも付いてしまう。売春生活が、純情だった少女たちの人格をいかに破壊したか。人身売買被害の様々な実例を通して秋元のノートから実情が浮かび上がってきた。

終わりに近いページにこうあった。《信頼と願望と愛。その声が私を呼ぶ。俗悪と退廃へのたたかい。貧乏へのたたかい、孤独地獄への闘い。生き難い現代に生きるという積極的意思。生きる意味の発見。庶民生活に焦点を合わせよ》

男社会へ怒る「もの云わぬ女たち」

このノートが結実したのが、三幕劇「もの云わぬ女たち」。『婦人公論』一九五四年一一月号に初出され、劇団民藝が五五年二月一〇〜二三日に東京・一ッ橋講堂で初演した。一九五四(昭和二九)年頃、北関東の貧農川部竹治一家と、東京の住宅地にある売春宿とを舞台に、二〇日間の出来事に集約した。社会に圧し殺されていた貧しい女たちが、矛盾に怒り、目覚め、ものを云うようになる。

〈あらすじ〉

病気の弟家族を入れて九人で暮らす川部竹治は、自作農になろうと無理な金策をして畑を買ったため、借金に苦しむ。本家とはいえ貧しい小作農の川部孝平は、東京で娼婦をして体を壊し里帰りした長女すみを、口入れ屋の金丸ウメに頼んで再び売ろうとする。竹治もウメに頼んで、弟の妻みねを酌婦に、その長男を奉公に出し、無断で二人の給金を前借りする。孝平の長女初子は、二年務めた紡績会社のストに参加して解雇され自宅に戻った。しかし貧しい生家に居たたまれず、紡績会社で仲の良かったみどりを頼り上京するが、そこは素人下宿を装った売春宿だった。女主人にだまされて薬を打たれ意識がもうろうとしたまま客に水揚げされたことを、初子は後で知る。売春婦の一人が病気を苦にして自殺しても何も言わない女たちに「なぜ黙っているの」と叫ぶ。みどりは初子を女主人に売った自責の念から逃がす。一〇日後、借金に困った竹治は妻せいに次女の千代を身売りする相談をする。酌婦にされた義妹のみねが帰り「店にはもう帰らない。私の給料を一年分前借りしたんですって」と問い詰める。竹治は売春まで依頼する。みねは「訴える」と怒りを爆発させる。娘を売りたくないせいは抵当の畑を返し借金を帳消しにする。役場で農政の理不尽さを訴え、「わしらはまだものが云える」と踏みとどまる。告訴されて連行される竹治を「もう二度とこんな目に合わないぞ」と泣きながら見送るせいだった。

初子、せい、みね。三人の貧しい女たちが男社会の中で変化していく。人の尊厳を血を吐くように言う初子。娘を人身売買の犠牲にしないよう畑を手放すせい。告訴するみね。三人の女たちは、社会の矛盾と腐敗に対してものを言うようになる。貧しい農村を背景にして女たちが目覚める社会劇ではあるが、女の描写がきめ細かいので、悲しみ、怒りと告発に血肉が通う。秋元は三つの相似形を描くように、因習の濃い男社会への怒りの主題を重奏する。

「金丸ウメ」の再登場

戯曲「もの云わぬ女たち」の手強い脇役である口入れ屋の金丸ウメは、すでに半年前の五四年四月にNHK第一放送で放送されたラジオドラマ「金丸ウメの服罪」に、主人公として登場している。

――人身売買をしているウメは、売春で体も心もボロボロになった一人娘光の治療費のために、なりふり構わず働く。夫が光を売春宿に売ってしまったからだ。今日も地方の娼家に、東京から娼婦を斡旋する。店には夫を亡くした女が雇ってくれるよう頼みに来ていた。ウメは自分の商売にしようと画策する。贅沢に育てられた経営者の一人娘がいなくなり、誘拐されたと店の妻はうろたえ、同業者たちと捜索を始める。一方、ウメは鉄道自殺をしようとして発見された。光が錯乱して母のウメを「鬼」と断末魔の声をあげてののしり、死んだ衝撃からの行動だった。絶望したウメは店の娘は自分が売り払ったと嘘をつく。そこへ娘から東京の叔父宅に遊びに行ったと、無事を知らせる手紙が来る。

「自分の娘がかわいいの一念で、人さまの子供を泥の中に突き落とした。自分も自分の娘も泥のどん底まで沈んだ。天罰を受けたのだ」「わしの娘は鬼のわしを許してくれなかった。ざまあみろ。大馬鹿め」とウメは泣く。

舞台は地方の売春宿。娘を夫に売られた母親が、娘の病気を治すため売る側に転じていき、娘を失う。被害と加害を背中合わせにして生きている危うさを、ドタバタ調の失踪騒ぎを織り込み、愚かな女に託して描く。罪と悔恨にさいなまれる母ウメの描写が陰影濃い。秋元の売春婦取材ノートに、「福島のデブ母さん」の記載があった。自分の娘を売った縁で売春業者と知り合い、人身売買のうまみを知って二八人の娘を甘言であざむき売ったので有名になった五〇歳の口入れ屋のことだ。ここからウメ像は膨らんでいったのだろう。

「村岡伊平治伝」へ再スタート

さて「村岡伊平治伝」。秋元は「もの云わぬ女たち」が五五年に劇団民藝で初演されてから、六〇年の劇団仲間公演の「村岡伊平治伝」までの五年間、戯曲を書かなかった。舞台の成果に不満を持ち、怒りのあまりの休筆だったという趣旨が日記には書かれていた。しかし休筆を決意したとはいえ、劇作への意欲は強く、五六年から劇団仲間の文芸演出部員になったことが、五年ぶりの戯曲「村岡伊平治伝」を書くことにつながった。

劇団仲間は五三年に、俳優座の俳優養成所事務局員・講師の中村俊一(一九二六～八〇)を中心に、生井健夫ら養成所二期卒業生一一人が集まり結成された。秋元の初期戯曲は俳優座が初演しており、秋元はこの頃から中村を知り、信頼していたのだろう。劇団演出家となった中村から、村岡伊平治という実在した女衒《ぜげん》の半生を劇化できないかと打診され、伊平治の自筆原本を標準語に書き改めた史料を渡された。平凡社から『日本残酷物語』全七巻の刊行が五九年から始まった時、劇団仲間の文芸演出部の加藤衛が、この中から底辺に生きた女性を取り上げ「残酷シリーズ」としての上演を企画したのだ。

伊平治の回想録

伊平治は一八六七年に長崎県島原で生まれ、一九三〇年代までシンガポール、マニラなどの東南アジアで日本人女性の人身売買、売春業、娼妓斡旋業、賭博場経営などを大規模にしていた。一八八六年から一九一一年までで、女衒の彼が売買した女性は五〇〇〇人以上とされる。四三年ごろフィリピン・レガスピーで没したらしいが確定されていない。

戯曲化にあたり秋元が集めた史料は、明治以降に海外へ渡航した日本人娼婦の動向や、南方で働いた日本人の生活記録、旅行者の見聞記類。《流浪した同胞女性の分布した地域の広さが、西は喜望峰から東はミシシュピー沿岸に亘り、北はウラルアルタイにまで及んでいることを知って胸ふさがる思いがあった》。決定的な史料は、中村から渡された伊平治七一歳の回想録『南方開発の犠牲』。女衒をやめて南方から引き揚げ、半生の思い出を虚実とり混ぜ、九州言葉で書いた自伝を、研究者の河合譲が標準語に書き直した抄録。一読、強く興味を覚えた秋元は河合に会い、話を聞いた。その後、平凡社に保管されていた伊平治のペン自筆原本を閲覧した。

河合は三六年に伊平治を、フィリピン航路の日本人船長からレガスピーで紹介された。伊平治は手記の出版を任せ、河合が住んでいた台湾でインタビューを受け、五〇〇枚余りの手記原稿が完成した。河合は五九年に『日本残酷物語第一部　貧しき人々のむれ』に概要を寄稿した。このうち「天草女」「天草の貧しさ」章に伊平治関連が記述されている。河合は同章を、「美しい島々の女性の忍従の悲劇と貧しさ。蜜を求めて長崎へ、南洋へと渡る女たちのその後の末路の哀れさとたくましさ」とコメントする。八二年には晴文社から『女を売るのも国のため――女衒村岡伊平治』が発行された。編集者が原本から詳細な年譜を作り、原本を一字一字判読しながら潤色を一切加えず作成し、豊富な写真も併録されたものだ。

秋元が伊平治伝に興味をひかれた理由は、明治国家の南方・アジア進出に伴い、これら地域で売春婦として働かされ、帰国も出来ずに亡くなった日本人女性たちへの鎮魂の思いだった。国家・男社会の犠牲になった痛ましい女たちへの憐憫であり、棄民をもたらした制度と思想への怒りでもあった。「安いお金で身売りした貧しい娘たちはどうしてひどい境遇に耐えられるのだろう。何か言っておかなければいけない。私は自分の生きている、呼吸している階層とは違うところは書けない」ともテレビのインタビューで話していた。ただ、悲惨さの告発だけではない。娼婦となってアジアを流れ歩く彼女たちの、へこまない活力、強さにも強い関心を持った。秋元の民衆観は一筋縄ではいかない。女だけではない。明治の天皇制軍国主義に骨がらみからめとられた伊平治の生き方に、女衒、やくざとはいえ当時の庶民の典型像として興味を覚えた。一造(「礼服」)と共通する歌が響く。底辺の貧しい男も女も国家から棄てられていく。その歌のゆくすえを冷徹に見つめた。

秋元は劇団仲間初演パンフレット(六〇年)にこう書いた。

「女衒という悪徳行為に結びついたが、私はそこに貧しい国土に生まれた一庶民伊平治の痛烈な運命を見るのである。彼の生涯は南方進出を国策とした明治・大正・昭和の日本の軍国主義の奔流を力泳した庶民の一つの代表である。私はこの村岡伊平治を通して、国家と天皇というものを考えてみた。すると彼の事業を成功させたやくざ者と娼婦というものが、天皇制国家の産みの子供たちであり、切り離すことの出来ない血縁関係によって結ばれているのを認めないわけにはいかない」

劇は一八八七年から九一年までの五年間を扱う。この間、明治国家は軍国化への道をひた走った。やがて日清戦争と日露戦争を引き起こす。過去を背景としながら、秋元の主題はいつも現在と交叉する。天皇制国家に棄てられた明治の民衆は、六〇年代の戦後成長から落ちこぼれ棄てられた民衆像に重なってくる。同時に天皇制国家の構造を批評する。秋元は一〇年後に、現在に関心を持てば持つほど、ほんのわずか一時代前の人たちがどう生きたかを考えざるを得ない、と改めて語っている。

劇団仲間での日々

劇団仲間初演の「村岡伊平治伝」は六〇年に芸術祭奨励賞を受賞した。五六年から同賞受賞の祝賀会が開かれた六一年二月までの日記をたどり、四〇歳代後半の秋元を再現する。

――秋元は入団してすぐ劇団仲間の総会に三日間出席して劇団の様子をつかみ、個々の人間も、だいたい分かってきた。若い人たちと一緒にわいわいやり合うという環境が必要だ、作家で納まりたくないし、まだそんな年齢ではない、と実感した。レパートリー会議や作品合評会は楽しかった。男性の意志的な、強さ、蓄積された力を学び成長したい、と思った。

劇団の依頼で「村岡〜」を六〇年六月から書き始めた。四幕一〇場、一九〇枚を脱稿したのは八月一一日。二カ月余りで一気に書き上げている。作品の面白さに熱中して、徹夜の執筆も疲れを忘れるほどだった。二週間後、秋元は東横ホール楽屋で劇団員に最初の本読みをしたが、はかばかしくない反応を感じた。《台本をむやみに書き直したがる演出家と役者は芸なし猿である。現在の劇作家は戯曲作品のためにのみ書き、演劇というものとは離れた場所で、架空の自己の舞台だけを幻想して書かねばならない》と失望する。労演(勤労者演劇協議会)が「村岡〜」を買わないので公演期間が短くなった。秋元が第二部の話をしても、劇団員は気乗りしない。秋元は、《馬鹿馬鹿しい話だと思う。もしか一人でも、物を見る眼のある人がいれば、村岡伊平治伝は現在の新劇界での、最高の収穫だと考える筈である》と怒りの気持がおさまらない。しかし秋元は書き終えたと同時に、昂奮も気負いもなく、平常通りの自分にただちに還ることが出来た。《作品と作者の関係において、最も理想的な状態であり、作品への充分な信頼と自信によって生まれた平常心だ》と心は揺るがない。

戯曲は『新劇』に掲載した。『群像』『中央公論』『文學界』、綜合雑誌はいずれもこの作品の掲載を断った。しかし知人の編集者は、明治は必ず見直され、次の新人作家は明治の日本と血脈をひいた表現者だろうと励ます。秋元は自作を新しい明治の認識の第一歩と信念を持った。中村の演出により劇団仲間が砂防会館ホールで初演したのは、六〇年一〇月二八日〜一一月三日。芸術祭奨励賞を受賞した。同じころ放送されたラジオドラマ「常陸坊海尊」も芸術祭奨励賞を受賞した。《痛快である。「村岡〜」受賞は当然である。「海尊〜」と共に二作受賞はちょっと愉快である。こういう時も一生のうちにはあるのだ》と喜ぶ。受賞祝賀会が、翌六一年二月に東銀座の東急ホテルで開かれ九二人が集まった。お多幸で二次会。三〇人近くなる。あと、どこで飲んだが、秋元はよく覚えていない。

伊藤巴子さんの回想

俳優の伊藤巴子《ともこ》さんは、俳優座養成所(三期)を卒業して劇団仲間に入団した。マルシャーク作「森は生きている」や「婉という女」などで主演した。フリーになった後は、話劇人社理事長として日本と中国演劇の交流に力を注ぐ。秋元が「村岡〜」を書いた時に接した思い出を、こう語った。

——秋元さんは恐ろしい人だった。でも芯はとても女性的で、男と女の違いを凄く意識していた。劇団は日本残酷物語シリーズと銘打ち三作品の上演を企画しました。第一弾が六〇年の「村岡〜」。中村俊一が秋元さんに依頼した。続けて六二年に大原富枝原作、早坂久子脚色「婉という女」(芸術祭団体奨励賞)、三番目が六七年の早坂久子作「落城記　鶴ヶ城始末」。

「村岡〜」の時は、中村に指示されて築地の波奈井旅館まで毎日原稿を取りに行った。広い畳敷きの部屋に座り、和服姿で書いていた。入口で正座して半日でも待った。二枚でも三枚でも出来ると劇団に持ち帰った。これは選ばれた素敵な仕事だと思い、苦ではなかった。戯曲が完成すると秋元さんが本読みをした。内容がすごく伝わる読み方でした。

同劇団四五年史で、劇団員の菊地勇一さんはこう回想している——六〇年八月、東横ホールで上演中の子どもの劇場終演後に、楽屋で本読みが行われた。分厚い原稿用紙を膝にのせて読み始めた秋元さんの声は凜として若かった。それを聞く中村俊一の顔は上気して見えた。

伊藤さんのインタビューに同席した編集者の松本昌次さんは、「常陸坊海尊」の演劇座初演の本読みに演出スタッフとして立ち会った。「秋元さんの本読みで戯曲をどう上演したらよいかすぐ分かった。役にふんする読み方ではない素読みだが、どこにアクセントがあるか、どう作るか全部わかった」と口を添えた。

私たちはなんて大変な芝居をこれからやるのだろう。秋元さんは稽古場には毎日来ていた。何も言わなかった。あとで中村には言っていたのでしょう。幕が開いてからも毎日来ていた。伊平治の回想場面で私は半裸にならなければいけなかった。やったら「あなた勇気があるわね」とほめられた。客は入らなかったけど旅公演は売れた。九州巡業では毎日一緒、辛かった。「(東京で)私の芝居に何故客は入らないのか」と怒っていた。芸術祭奨励賞の受賞パーティーを劇団が催したのですが、秋元さんは少しも笑わなかった。なんでこの人は笑わないのだろうと思った。

秋元さんが入団する時「私は新劇が好きです。新劇を書きたいと思います」と挨拶したことを覚えている。でも伊平治を上演後、ピタリと劇団に来なくなった。それ以前は毎公演来ていました。

〈あらすじ〉

明治二〇年の清国・天津。理髪店で実直な村岡伊平治が雑用をしている。一家八人を島原に残して二年前に中国に渡ってきた。上原中尉が来店し、伊平治の様子を見る。イギリス人の妾をしている同郷の恋人福田しお子と伊平治が再会し、一緒に日本へ帰る約束をする。しかし上原中尉が天皇のためと、軍の命令で伊平治に満州密偵の供を命じる。断りたい伊平治だが、その場から即出発させられる。

伊平治は上原中尉と満州にもぐり込む。どんな小さな町へ行っても日本の商売女や妾たちがいた。日本に帰りたいと伊平治にとりすがるが、「いつか偉くなったら、救いだしてやる」と言うだけだった。中尉は娼婦たちを国辱だが、大陸発展の捨て石にはなると言う。半年後、二人は無事に帰還した。上原中尉が餞別にくれたのは一枚の日章旗だけだった。

一年後の廈門《アモイ》。伊平治はやくざ者の顔役になり、海員宿泊所を経営する。「日本人として国家のために役に立つ人間になりたい」と彼なりの理想に燃え、命がけで日本人娼婦たち四〇人を娼館から助け出し、故郷に送り返そうと領事館に交渉する。しかし思うようにいかない。匿《かくま》われていた娼婦たちは、窮地の伊平治に恩返しをするため、自分の身を再び売ってくれるよう言いだす。手下の前科者たちも伊平治に娼婦たちを売る話を持ちかける。その金を使い、南洋開発の人柱になろう、陛下に忠義をつくそうと伊平治は決意する。

二年後のシンガポール。発足させた村岡南洋開発公司の内実はホテル兼賭博場、兼遊女屋だった。御真影と日の丸を飾り、背広姿の伊平治社長が教育勅語を朗読する。古顔や新参の前科者ら二六人が社員。伊平治は会社を拡大するため新参組に、日本から娘を連れ出し売春宿の支店網を作る提案をする。「娘をかどわかしそのうえで改心しろ。陛下の人柱になるのだ」と声涙ともに下り、奇妙な挨拶をする。

一カ月後。新参組は毎月五〇人の女を日本から連れてくるようになった。娼婦になるのをいやがる娘たちに、伊平治は「あんたたちの心の夫は私。体は売ってもいい。私が許す」と独特の詭弁で説得する。一年後の明治二四年、元内閣総理大臣伊藤博文の歓迎会をするほど会社は大きくなった。紋付き袴姿の伊平治に博文は気さくに挨拶するが、伊藤の好色な心は美女たちに向かう。伊平治が「国家のために、陛下のためになっているのでしょうか」と挨拶するが、博文は「忠誠を忘れぬように」と言うだけで引き揚げる。拍子抜けする伊平治。御真影を見て「陛下一言おっしゃって下さい」とがっくり両手をつく。伊平治の幻想の中、荒《すさ》んだ娼婦たちがよろめきながら広間を横切り、ベランダへ消えていく。

ドン・キホーテ

「村岡伊平治伝」では、滑稽な人間、伊平治の姿を容赦なく描いた。喜劇の描写、人間観察の目は深まり、アイロニーと辛辣さを増す。九六年に、中根公夫プロデューサーの発案で、この戯曲の喜劇的側面を強調し、「帝国こころの妻――村岡伊平治伝」と改題して再演したほどだ。伊平治に近藤正臣、伊藤博文に谷啓を配役した。「喜劇を書こうとしたわけではない。人間をリアルに描くと必然的に喜劇になる」と秋元は当然のように言う。

秋元喜劇には、痛烈な風刺と、悲哀と遊び心の同居したアイロニーの二側面がある。

風刺とは軍国主義、天皇制国家を体現する権力者に対するもの。視察の途中にシンガポールの村岡南洋開発公司へ寄った伊藤博文の歓迎会での描写にうかがえる。好色な博文は美しい娼婦に目を奪われ、伊平治にろくな返事もしない。ようやく引き揚げる直前に、「忠誠を忘れぬように」と言うだけだった。

アイロニーは、攻撃的な風刺の毒より徹底したリアルな目、あるいは遊びから生まれる。エーリッヒ・ノイマンは著書『意識の起源史』でこう定義する。

「アイロニーとは、すべてが戯れであり、すべてが真面目。語源は相手の思考が産まれるのを助ける産婆術。優しい威厳に満ちた悲哀感。あまりにも人間的な面をはっきり引き出す。経験の世界について道徳的で現実的な観点から人間性に力点を置いて見る。真理が固定化することを防ぐ」

秋元アイロニーは、例えば以下の上原中尉、前科者、人身売買された娘たちに対するレトリックにうかがえる。

①天皇制へのアイロニー

伊平治は、上原中尉に満州視察のお伴を強制される。国のため一身を捧げると誓え、陛下の顔を拝むのだと中尉から命令された伊平治は「天皇陛下……助けち下さい」と、涙声で思わず本音をもらし、尻をけられる。

中尉があれほど軽蔑した娼婦を買いに行く場面。伊平治はこう呟く。「中尉殿は浩然の気を養いにいらしったんだ。国辱のところへ遊びにいらした。あの女たちが国辱のわけは第一に罪人である。密航罪という国法を犯して、みだりに日本を離れ、外地に来ている。第二に、女の天職である子供を産むという義務が果たせない。これ即ち、天皇陛下に対する不忠である。第三に、貞操を金で売り、女の道にそむいちょる。第四に、彼女等は日夜、酒を飲み、享楽にふけり嘘をついて男をだます。かかる正しい生活をしない女は人間の屑である。従って日本の国辱である。しかし国辱だと分かっていれば、遊びに行っても一向に差し支えない。——ふむ。ないほどそんげんもんかな」

実際、伊平治の上海時代の手記には、お抱えの娼婦一三人に「あなた方は国家の罪人」と言い、伊平治はその理由を以下のように列挙した訓示部分がある。

一、密航。二、兵隊を造る機械を壊している。三、国家を無視している。四、国方を乱している。五、親兄弟に恥をかかしている。六、未来の夫に貞操を破り、女たちの違反である。七、犬にも劣り果てた人間である。八、普通の人間と思っているのが間違い。九、子孫を作る力を失っている。十、老後に自分のからだを責める罪を負っている。十一、人様にラシャメンとそしられる罪なり。この罪を回復する道として金銭を貯め、親兄弟に資本金を与え、国家に一銭なりとも余計に納めさせることにつとめ、しんぼうすることなど八カ条をあげ、意見書として「明治二十一年六月二十四日　村岡伊平治より　おねえさんがたへ」と書きこんで渡した。

この手記内容を秋元は戯曲の素材にしている。

半年の視察旅行が終わる場面。上原中尉は心をこめた褒美と言って伊平治に紙包みを渡す。大金を期待したが、日の丸の国旗だった。旗を何度も振ってみるが何もない。呆然とする伊平治の姿から、軍人の思いあがりと吝嗇《りんしょく》、伊平治の錯覚と思い込みが浮かび上がる。

②罪へのアイロニー

劇中、村岡南洋開発公司に寄宿している前科者たちに、日本から娘たちを買ってこいと村岡が指示する場面。犯罪の勧めともいうべき台詞は屁理屈だが、逆転の機知にも富む。

「諸君が日本へ帰って、娘をかどわかしてくることは、誘拐罪と人身売買罪を犯すこと。法律を破る大罪だ。しかし諸君のような真人間でない人間が真人間になるためには、もう一度悪事を働き、法律を破り、警察を出し抜いてそのウラをかき、犯罪を犯すことによって、真人間になることが出来るのである。ここで心機一転、娘を十人かどわかしてこい。そん上で改心しろ。法律を破り、犯罪を犯すことを、おれたちみなの父上である天皇陛下にお詫びしようではないか」。そして一同に君が代斉唱を命じる。

素材とした手記ではこう書かれた部分がある。

前科者は国家の為にならん。これに大金を持たせて事業者になし一銭でも多く国家の負債をおわせて国につくさせる。だれでも大金あれば真人間になる。悪も善に立ち返る。そのためには「前科者収容所」が必要。彼らを犠牲者に使い、南洋各地を開発させ、国家百年の大計を築こうと考えた。もう一度国法を破り、罪を重ねる必要がある。人間は善と悪との混合物。悪をのけて善となる。善をのければ悪となる。

村岡南洋開発公司九部門を、ホテル、女郎屋、奥地農業、賭博場、誘拐者、娘取引、前科者、通訳、帳場と設定したのも、手記の内容そのままだ。

③売春へのアイロニー

人身売買で日本から連れてこられた三人の娘が身を売ることを断ると、伊平治の奇妙な説得が始まる。台詞の指し示す方向が少しずつずれて、論理矛盾していくおかしみがある。

「命に替えても貞操を守ろうとする女性こそ、女のかがみと云うべきなんだ。あんたがたはその精神を一生忘れてはいかんよ。精神ほど大切なものはない。お客をとる商売を卑しいと思うようだが、大切なのは精神だよ。誰があんたがたに精神をお客に売れと云ったかね。体を売っても、心さえ汚れなければ恥ずかしいことはない。……あんたたちの心の夫は私なんだ。心の妻だと思っている。私はどんなことがあっても、お前たちを見捨てない。私が許すのだから体は売ってもいい。私は内地に残してきた家内があるから誰とも結婚はしない。ではこれで清く別れよう」。父権家長制への毒もある。

スクリーンの伊平治

映画監督の今村昌平も村岡伊平治という人物に魅せられた一人だ。彼を追跡したドキュメント映画と劇場用映画の二本を作っている。

ドキュメント映画「からゆきさん」(七三年、七五分)は、二〇一二年二月に東京の劇場、座・高円寺の「ドキュメンタリーフェスティバル」で見る機会があった。伊平治の引き締まった胸板を誇らしげに見せたふんどし姿や、シルクハットをかぶり正装した挿入写真など、南洋で自由気ままに、精力的に生きた時代を彷彿とさせる映像だ。「天草の人は隠れキリシタンを弾圧した徳川幕府に反感を持ち、倒幕した天皇に親近感を抱いた」とコメントにあった。島原で生まれた伊平治の日本国家や天皇への傾倒ぶりの一端を解く鍵になる。

映画「女衒」(八七年公開)は、今村監督・岡部耕大の共同脚本で撮影された。喜劇的なタッチで伊平治(緒形拳)像を強調している。明治天皇の逝去を知り、殉死しようと腹に刀をたてるが、痛くて果たせない滑稽な姿を見せる。あるいは最後の場面。太平洋戦争が始まる頃、七〇歳の白髪の伊平治はすでに娼館を廃業しているが、女衒根性は消えていない。彼の住む島に日の丸を先頭に上陸した日本軍の隊列を見て、伊平治は「兵隊しゃーん、オナゴのことは俺に任しんしゃーい」と叫んで、日の丸の国旗を持ち自転車に乗って後を追う。己の幻想に振り回されるドン・キホーテそのものだった。

人情喜劇「ことづけ」

湯浅芳子は秋元を「じつにユーモラス」と手紙で評した。そう。秋元はひたむきな悲劇を好んで書いたが、前述したようにユーモリスト、喜劇作家の資質も持っていた。「礼服」で母の死にあたふたする家族たちの姿は滑稽でもあった。次の一幕劇「ことづけ」(7)は人情味のある世相喜劇だ。四九年四月『現代戯曲』に掲載され、五〇年三月に佐佐木隆演出により文化座で初演された。復員兵が実際に起こした事件を素材にした。「戦後まだ間もない頃だったから、軍隊や戦地から帰った青年たちは精神的にも生活的にも棄民化して巷に農村にあふれていた。当時は集団暴力や集団強盗などは珍しくなかった」と自註に書く。下谷のアパートで一人暮らしをしていた頃、敗戦前後の軍人たちの欲につかれた醜態や、軍人がアパートにかこっていた愛人たちのあけすけな言動を目にしていただけに、若き復員兵の荒んだ姿に心を痛めていたのだろう。

〈あらすじ〉

東京に近い農村にある南俊平の農家に、五人組の素人集団強盗が押し入った。父と娘のたえを縛り、米や現金を奪って逃げた。犯人のうち津田孝太郎だけが逮捕された。組合の牛を買おうと酪農見学に行った息子の一馬が帰宅する。「組合の牛を買いに行って、自分とこの牛を盗まれた」と怒る父は新式の防犯ベルを買ってくる。夜、防犯ベルが鳴る。津田ふさがいた。一人息子の孝太郎の罪滅ぼしにただ働きをしたいと言う。留置された息子は母に会おうとはしない。恥ずかしくすまないと思うからのようだ。津田家は地主だったが、戦争中の軍による徴用と戦後のどさくさの中で、騙し取られた。

「何とまあ、お人好しの間抜けな女だ」と俊平はあきれる。一家から親切にされたとふさは泣き出す。俊平は孝太郎の気持を思いやり、ふさが自分の所に来ていると、警官にことづけしてもらおうと思う。

落語の語り口

「私の田地が助かれば、その人たち(親戚)の田畑が飛行場になりますわけでして……そうなりますと、みんな、口をきかなくなりますものでしてね」。ふさの身の上話から、地主だった津田家が、農地を軍に徴用され、戦争が終わると都会の不動産業者に騙され、村人や親類にもたかられて丸裸にされた様が描かれる。土地に執着し、他人の不幸の味をむさぼり、わが身さえよければ良いムラ社会が浮かび上がる。

しかし登場人物は好人物揃い。母は、強盗犯の息子の罪を少しでも償うために、被害者宅でただ働きをさせて欲しいと突飛な行動にでるほど思いつめる。被害者の俊平も、頑固なだけでなく、戦争中に国策に踊らされた自分を突き放す目の持ち主だ。土くさい庶民の純朴な心に未来を託す健康さがある。

落語のような語り口が庶民像を生き生きとさせる。例えば早とちりのおかしみ。俊平が不審者を防犯ベルの音で捕まえたら、詫びにきた津田ふさだった。「強盗の……私は、母親なんでございます」の答えに、「ううっ、今度はお袋まで来やがったか、味をしめたな」と怒り出す。展開の間の素早さ。俊平は人の良いふさの身の上話に怒り、あきれ、ついには同情してしまう。あまりのお人好しぶりにやきもきして「それからどうした」と聞く俊平に、「どうぞ、あなた、お怒りにならないで下さいまし」「うむ……病気には勝てないからな、今のところは仕方がねえだろう」「ありがとう存じます」。快調だ。

あるいは主客の転倒。自分に失望する俊平に、ふさは逆に意見する。「あなたも決して、やけなんぞお起こしになっちゃいけませんですよ……ね、お分かりになりましたでしょうね」「ううん、まあそうだ」と納得する俊平がおかしい。

悲劇作家ではあるが、冷静でヒューマンな人間観察者だ。「人間をまじめに描写すれば自ずからおかしみが生ずる」という考え方をもっていた。

「マニラ瑞穂記」もう一人の伊平治

「マニラ瑞穂記」(六四年)は、村岡伊平治の分身である女衒の秋岡伝次郎を主人公にした続編になる。前作の背景は日清戦争への胎動だが、今作の舞台は日露戦争前の一八九八年、九九年のマニラ。一一年間の時を挟んで、共にアジアに生きる日本人たちを描く。

この頃はフィリピン革命(一八九六〜一九〇二)の最中だった。宗主国スペインの圧政に対抗した民族独立運動と、新宗主国を目指すアメリカの野望、アメリカの占領を阻止しようとする日本の工作が渦巻く。一八九六年に、フィリピン民族の自覚を促したホセ・リサールが処刑され、アギナルドを指導者とする民族独立軍の闘いが起きた。劇中時間の九八年は、独立軍を助けるアメリカと、スペインとの間で戦争が始まり、軍事力と経済力に勝るアメリカ軍が勝つ。九九年に独立軍は第一共和制を発足させて、今度はアメリカ軍と戦い始めたが、敗北する。

当時の日本にはフィリピン独立運動を熱狂的に支持する若者たちが多くいて、志士と称してマニラに渡り、義勇軍に参加した。自由民権運動で夢見た理想が果たされなかった若者たちが、アジア各地に出奔した。しかし日本政府は、日露戦争を控えてアメリカと事を構えることを不利として、独立軍には手を貸さなかった。こういう国際政治情勢でのマニラの日本人たちを描きたい、というのが秋元の構想だった。

マニラに瑞穂の国を作ろうと夢想した若き日本人志士たち、明治政府の南方進出政策に踊らされ棄てられた庶民たち、海外進出をねらう軍人や外交官ら。三者の理想、絶望、思惑が渦巻く。

竹内敏晴の演出によりぶどうの会が、(8)六四年八月一九〜二三日に東京・砂防会館ホールで初演した。この時は一八九八年から一九〇一年までの四幕五場の構成だったが、のちに秋元は最後の第四幕(一九〇一年九月、マニラ城内、日本人妓楼・南進楼の広間)をカットし、三幕四場を決定稿にした。

六〇年に「村岡伊平治伝」を書いた直後から、「伊平治を動乱のマニラに立たせたい」と構想を温めていた。初演パンフレットにこう書く——よくよく私はこの芝居の主人公と、この手の女たちが好きなのだろう。おおざっぱで、しめくくりがなくて、野育ちのまま海外へ押し出して行った人々。その人たちの中に、日本人の根強く持っている生得の均衡、下賤は下賤のままで持っている人間的な筋目の確かさ、それに行き当たり、試してみながら、私は祖国と同胞への愛情を深くすることが出来た。前に書いた伊平治伝とこの瑞穂記で、暴れるということを少しばかり会得したような気がする。いまの時代の息苦しさと、ある凶悪な物が近づいて来つつあるという予感への、私の小さいが、やはり抵抗の姿勢だと観て下さる人があれば、望外の幸せだと思う。

両作を書いたのは六〇年代前半。日米安保条約反対闘争が敗北し、アメリカとの軍事同盟が強化されたころだ。「凶悪な物」を予感したのだろう。現代劇を書く秋元のねらいは、国家に踊らされ、棄てられながら海外でたくましく生きる日本人庶民の原像の把握にあり、富国強兵に邁進する明治の戦争のゆくすえの中に、その後の戦争への危機を重ねていた。

〈あらすじ〉

一八九八年八月の夜明け。マニラの日本帝国領事館応接間には砲撃の音が聞こえる。内乱のフィリピンでは、アメリカがフィリピンの植民地化をねらい、宗主国スペインはマニラ城内にたてこもる。応接間には高崎碌郎領事、フィリピン解放を目指す日本人義勇兵の岸本繁と平戸建三、駐在武官の古賀海軍中尉、娼婦のもん、はま、いちがいる。そこへ密入国で引き渡された女衒の秋岡伝次郎と娼婦のタキ、くにが来る。シンガポール一の大親分だった秋岡は、高崎とは旧知の仲。高崎は秋岡を改心させて店をたたませたが、秋岡は再び女衒に戻っている。領事館で秋岡が昼寝をしていると、口のきけない老婆の家政婦シズがくる。日本語も自分の名前も忘れてしまった元娼婦だ。日章旗を見ると君が代を歌う、と言うので古賀は歌わせる。高崎は古賀から、秋岡を内地に強制送還せよと命令されている。秋岡は「おれたちは日本の南方発展の人柱だ」と反論する。義勇兵の平戸と梶川弥一が来る。

古賀はアメリカの野望を予見する。日本海軍にマニラを攻撃させる口実を与えるため、梶川、秋岡、古賀の間で日本領事館焼き打ち策が半ば冗談のように話し合われる。秋岡も死に場所を求めて計画に乗る。高崎は日露開戦が近いのでアメリカを刺激しないよう、焼き打ち計画をやめさせる。しかし秋岡は梶川の頼みで義勇兵の隠れ家(マニラ瑞穂館)を用意する。古賀は秋岡を強制送還させようとして、捨て身の娼婦たちに痛烈に批判される。アメリカ軍がスペイン軍に勝ち、アギナルド率いる共和政府の樹立がうわさされる。秋岡は女たちを連れて領事館を出る。

七カ月後の九九年三月、マニラ瑞穂館は砲撃で崩れ落ち、共和政府・独立軍はアメリカに敗れた。領事館では娼婦たちとのいくつもの恋が生まれる。梶川はタキに一緒に内地へ行こうと言うが、タキは断る。いちは岸本を慕う。もんは逢い引きした古賀から夜襲があるから逃げろと密かに言われる。アメリカ軍政部大尉が、反米義勇兵を支持した秋岡の引き渡しを求める。梶川が男女の自由平等の敵として、女衒の秋岡を密告したのだ。古賀は今夜の領事館焼き打ち計画を明かす。秋岡は「この一〇年、売り買いした何百何千の女たちの声が聞こえる」と苦しむ。しかし娼婦たちは「あてらはとうに破滅している」と反撃する。女たちは秋岡と共に大尉に連れられてアメリカ軍政部へ行く。高崎はいっそのこと自分の手で燃やそうと、襲撃の前に領事館に放火する。

女と男たちの群像劇

極限状況下での密室劇に近い構成をとる。マニラの日本軍領事館を主舞台にして、スペイン軍の降伏直前の八月のある日、戦乱をさけて様々な日本人たちが集まる。同じ場所に様々な人間が行きかうグランドホテル形式でドラマの内圧をたかめる。娼婦たちの男社会への怒りの逆襲と、男女の論理と心情がからみあう群像劇の面がある。

娼婦たちの存在が劇の核になっている。たくましい生命力といじらしい恋愛模様もさることながら、失うものはない捨て身の心から生まれた、男たちへの呪いのような憎しみだ。

秋元は「自分の生きてきた階層の人しか書けない」と言っている。秋元の言う自分の階層とは、学歴無し、独身、女性、貧困。この属性のために男社会・家族の中で差別されてきたことを意味する。「マニラ瑞穂記」で、男社会への怒りと思索は、天皇制国家体制への批判まで届く射程を得た。男たちの残忍な封建体質から差別され、国家に家族に見捨てられた娼婦たちの悲痛な怒りを、わが事とすることが出来た。

登場する五人の娼婦たちを見てみよう。女衒に騙されて貧しい村から体一つで海を渡ってきた娼婦たちは、極限状況の中で恋に落ちる。濃淡四つの恋がある。もんとかつてのなじみ客古賀中尉との再会。浮草暮らしが性に合うはまは、平戸に心が動く。いちは酒と賭博に依存し神経を病むが、岸本を好きになる。タキは、相愛の梶川から一緒に日本へ帰り結婚しようと求愛されるが、将校の妾である自分をわきまえて断る。そして享楽的なくに。五人は自分の悲痛な運命を知っている。

娼婦たちの男(社会・制度)への怒りは三場面ある。

①一幕で古賀への怒りが爆発する。秋岡を婦女誘拐常習犯として、娼婦たちと共に内地に強制送還しようとしたからだ。「貧乏人を犬猫のように扱うな」「頼まれれば人殺しをするのはごろつきだ」と軍(男の)権力にたじろがない。

②三幕で雇い主の秋岡をも憎み、嘲り笑う。秋岡は自分が売った何百何千の女たちの恨みの声の幻聴に襲われ、娼婦たちに自分は生まれかわると身勝手な論理を振りかざした時だ。従順だった女たちは激しい敵意に燃え「うちらを引き落としたのはあんただ」と糾弾し、「アメリカ軍に売り飛ばそう」と逆襲する。失うもののない者の反抗は圧倒的に強い。

③娼婦のなれの果てである領事館の老いたる家政婦シズの無言、無表情の呪詛こそ最大の抗議だろう。悲惨な娼婦生活が長く、体を売れなくなると奥地で牛馬のようにこき使われ、精も根も尽きた時に高崎領事に救われた。日本語も忘れたが、日章旗を見ると君が代を歌い出す。娼婦たちの受苦を一身に集めた存在。かつて彼女を売買したかもしれない秋岡は、彼女を見て恐怖に襲われ「死ね！」と憎しみをぶつける。

男たちは劇の論理を担う。秋岡は悪人にして熱烈な理想家、手前勝手な理屈を押しとおす勘違い人間。南方進出の人柱を自認する女衒の親方であり、天皇信奉者であり、志士たちの理想を援助する熱血漢。矛盾の塊のような人間だ。一方、近代の知性を代表するのが領事の高崎碌郎。ベランメエ調で下世話を気取るが、知性と良識の持ち主。いかなる理由においても侵略を認めない。駐在武官の古賀海軍中尉が、はねあがる行動と空転する論理で、軍の意識と野望を代表する。フィリピン内乱を機に日本軍の進駐を願い、無謀な計画を立てる夢想家だ。秋岡を婦女誘拐常習犯として娼婦と共に内地送還を領事に命令する厳格な法律主義者でもある。日本人義勇兵の岸本繁、平戸建三、梶川弥一は、民族独立を助ける理想が砕けた敗残者。革命の戦略なき幻想者でもあった。

これら男社会の論理と心情が、娼婦たち被差別女性の根源的な強さと怒りにより浮き上がる。

しかし、天皇制国家の被害者としての日本人民衆は描いたが、植民地を拡げようと侵略した日本国家が、アジアとアジアの民衆、女性をどう虐げたかという加害の視点は、両作からは見られない。史料を克明に調べる秋元が、日清・日露戦争のころ日本軍がアジアを侵略し、中国大陸で、朝鮮で、台湾で民衆の抵抗を弾圧した歴史を知らないはずはないのだが。

宮本研は、やはり村岡伊平治を思わすシンガポールの娼館経営者巻多賀次郎を主人公にした戯曲「からゆきさん」(七七年)で、わずかなエピソードだが、朝鮮における抗日民族運動に触れている。日本人娼婦(からゆきさん)の夫である朝鮮人が、日露戦争のころ、日本の朝鮮植民地化に対抗した武装闘争に加わり、殺された知らせを、妻が知る場面。二〇一五年一一月に青年座公演を見たが、津田真澄演じる、このからゆきさんが、「アイゴー」と慟哭する姿に、加害者日本に対する痛切な思いを感じた。時期的には李朝末期の義兵闘争を念頭に置いているだろう。

栗山民也の目

二〇一四年四月に新国立劇場小劇場で栗山民也演出の「マニラ瑞穂記」を見た。舞台を四方から観客席が囲む形だ。後に栗山さんと話す機会があった。「三六〇度開かれた舞台にしたのは、東アジアにある領事館を設定して、高崎領事を中心にして惑星のように回っている日本人のドラマを客観的に俯瞰して見せたかった。観客には歴史の傍観者として昔を通して今を見てもらう。ことさらな現代化をしなくても今の時代に響く戯曲です」

舞台では、戯曲にある対立軸が明瞭に浮き上がっていた。

とりわけ娼婦と男の対立は、底辺の民衆の怨念と天皇制国家そのものとの対立の様相を帯びている。領事館が炎上する最後の場面で、シズは炎から守るように室内につるされた日章旗に手を差し伸べる。彼女は国の南進政策に踊らされて南方にきて、娼婦として男に騙され、働かされ、あげくの果てに奥地へ売り飛ばされて、棄てられる。国家に翻弄された女性の痛ましい象徴だ。そんなシズが、男たちが後生大事にしながら土壇場では忘れてしまう日章旗を守ろうとする。男たちに対する痛烈なアイロニーを漂わせる結末だ。

「原作は高崎がシズの手を引いて去る甘い終わり方ですが、僕は棄民の代表であるシズをブレヒト的に処理したかった。シズは神国教育を受け、日の丸と君が代だけが彼女の支えだった。領事は日の丸を残したまま逃げるが、国家の被害者であるシズが守ろうとする。日の丸をこういう形でクローズアップさせることで、軍国日本を考える。そのぐらい残酷に幕を切ってもいいと思った」と語った。

秋元は過去に題材をとっても心はいつも現代劇を書いていた。

「二〇二〇年に東京オリンピックがありますが、この戯曲が書かれた一九六四年にも東京オリンピックがあり、高度経済成長は故郷を棄てた人々に様々な歪みをもたらし、政治が人間を棄てていく。秋元さんは明治とマニラを設定しながら現代劇を書いた。日清戦争が終わり南進政策の最中に、どんどん軍国教育がなされていく。古賀中尉の頭の中を割ればきっと軍事教育だけしか詰めこまれていない。彼も天皇制国家の中で、近代化を急ぎすぎた日本人であり、崩壊する末路を迎える。娼婦たちは肉体だけが必要とされた。そんな時、彼女たちは必死に何かにしがみついていく。その必死さが明治期に棄てられた民衆の叫びのように聞こえた。女たちにバイタリティーと明るさはあるが、その背中には悲しみが張り付いている。二律背反が彼女たちの肉体の中にある。今だって君が代を歌わないと教師が処罰される時代ですからね。秋元戯曲には、無理に現代化しなくても今に通じるものがある」

人間と声が生き生きと立ち上がり、躍動していた。演出の基調音である静かな怒りとプロテストが響く劇空間だった。

第七章　リアリズムを超える

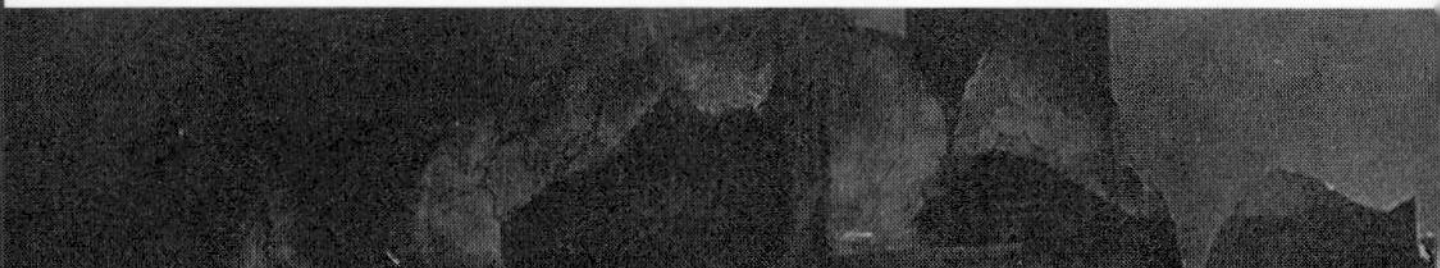

演劇座が俳優座劇場で初演した「常陸坊海尊」の舞台．1967年9月．矢田金一郎氏撮影

「常陸坊海尊」の噴火

秋元は劇作に必要なエネルギーを火山の爆発にたとえた。「常陸坊海尊」を書いた一九六四年から、六九年の「かさぶた式部考」、七五年の「七人みさき」と中期を代表する三戯曲を書き上げた五三歳から六四歳の頃が、その最も旺盛な火山活動期だった。《劇作家の主体性と戯曲の自立文学としての存在を主張し、私の頂点となった年代》と総括している。

その「常陸坊海尊」。

今は、人々が昔の伝説や説話の主人公を心の拠り所にして、日々の苦しさを生き抜こうとする発想はすたれた。ただ、過去はいつでも今を表現する宝庫。秋元は、海尊と名のる人物に、伝承の古層時間である大過去と、第二次大戦や戦後復興の現在(近・現代)の二つの時間を背負わせた。しかも敵前逃亡と主君を裏切った自分の懺悔を続けることで罪を償いつつ、同時に世の人の罪をかわりに引き受けることで人々を救う存在にした。ニュアンスに富む東北の方言を駆使しながら、懺悔と救済という二重の存在である海尊を、伝承と現代の二重の時間層に貫通、交叉させてアクチュアルに甦らせる。演劇の特性を生かし、海尊という人物に異なる時空間を担わせて象徴身とした新しい方法の創造だ。三好十郎に仕込まれたリアリズム演劇から出発しながら、新しい方法と豊かな文体を獲得して、近代リアリズム劇の方法を越えた。戦後戯曲史を画期する作品となった。

常陸坊海尊とは何者か。近しいところでは歌舞伎「勧進帳」に登場する。偽山伏の姿に身をやつす源義経に従う家来の一人。義経一行は、兄頼朝の追討から逃れるため平泉に落ちのびたが、衣川の戦いで義経は自決する。だが、戦いの前夜に海尊ら一一人は逃走することで、卑怯な逃亡者、罪深い裏切者として『義経記』(1)に汚名を残した。義経の死後、海尊は自分の罪を懺悔して東北各地を流浪し、義経の武勇を語り歩く琵琶法師となり、七五〇年間も生き延びたとする長命仙人伝説が生まれた。

この場合海尊の罪は、敵前逃亡をして主君義経や仲間を裏切る背信にある。しかし秋元は、罪障消滅という日本独自の宗教感覚を援用、強調する。「罪障消滅を願う人間の心は(略)自分が全部(罪を)背負っていく。ですからあなた方庶民の人たちは、むだに苦しんだり、自分を責めたり、後悔したり、涙を流したりしないで、もっと日常の生活を楽しみなさい。あなた方の犯した罪障は、私が背負ってしまったから、あなた方はすでに清浄無垢なのだ。わたしにまかせて安心しなさいと海尊に最後に言わせたかったんです。そういう海尊を存在させ永久に生まれ変わらせたのが、民衆だと言おうとした」(2)。海尊の背負う罪は、西欧流の罰せられるというより、庶民を救済する願いとして成立していく。

戯曲に先立つラジオドラマ「常陸坊海尊」は、六〇年一一月に、一時間物として朝日放送から放送され、芸術祭賞ラジオ部門脚本奨励賞を受賞した。六四年に同名で戯曲化(三幕七場)され、六五年に第五回田村俊子賞を受賞。六七年九月に演劇座が俳優座劇場で初演し、翌六八年一一月の再演で戯曲(脚本)が芸術祭賞を受賞した。この作品は放送脚本、戯曲文学、舞台の三分野で受賞したことになる。

実験演劇

初演前後、六八年のパリ「五月革命」を契機にした世界的な変革の嵐が日本にも及び、演劇界でもアングラと呼ばれた実験演劇が、反新劇(反ヨーロッパ近代劇)を目指して革命的な創造活動をしていた。劇作・評論家の菅孝行さんは「新劇の腹中奥深くにおいて、秋元は自力で、その新劇的な時間の単層性の呪縛を脱し、何十年も年少の、六〇年代以降の演劇の担い手たちがまさに生み出そうとしていた演劇の新たな時間構造の転位の最先端に単身合流した」(『想像力の社会史』未来社)と、アングラ世代を参照項にして、「常陸坊〜」に見られた秋元の方法の独自性と同時性を鮮やかに捉え、評価した。秋元は自分を縛ってきたリアリズムの形式を否定するというより、内在的に突き詰める地点から、超克する手法の緒についたのだ。

リアリズム演劇とは一般に、ヨーロッパにおいて一九世紀半ばから近代の個人、内面の精神を明確に表現する方法として確立していった、と言われる。主人公はかつての神や王侯貴族ではなく、市民、民衆になった。だから秋元の民衆指向は、リアリズム演劇そのもの。ただ「常陸坊海尊」で新たに確立した多層な劇世界の構造を、以後手放さなかった。母斑であるロマンを歌う心性も、その後研ぎ澄まされていく批評の力と互いに作用しあい、より香しく洗練された。海尊を書いたころの秋元は「現実と非現実、歴史と現在というものを同時性においてとらえる(3)」。あるいは「もっとも日本的だとされ、古い伝統の世界だとされているものを描くことで、日本を突き抜け、現代そのものに迫ることが、もしかしたら私にもできるかもしれないと思った」とも書く。「常陸坊〜」をいち早く評価した評論家の花田清輝(一九〇九〜七四)ではないが、前近代を批評、媒介にして近代を超えて現代を表現する方法を実践していった。異なるものを同時に見せることで、新しい位相の全体を表現する演劇本来の展開でもあった。

柳田國男の影響

秋元は六〇年前後から柳田民俗学に親しんでいく。《(柳田全集を)一日に百頁は読める。人間的に温かく深い。まことに名著である》と六三年の日記に書く。秋元は柳田の「常陸坊は高館落城の当時から、行方不明と伝えられて居た故に、後日生霊となって人に憑くに差し支えは無く、又比較的重要でない法師であって、観ていた様子を語るには都合がよかった。だから、一時的には吾は海尊と名乗って、実歴風に処々の合戦や旅行を説くことは、何れの盲法師も昔は通例であったと思うが、それが余りにも巧妙で傍らの者が本人と思ったか、はた又本人までが常陸坊になりきって、所謂見てきたような嘘をついたかは、今日となってはもう断定が出来来ぬ」(『山の人生』第一一章)という文章に目を留める。

秋元は宗教民俗学者の五来重《ごらいしげる》(一九〇八〜一九九三)との対談[4]で、柳田の著作を踏まえてこう語る。

「自分が仙人であると名乗る人が何代も何代も出てくるという事実は、即ち仙人が実在しているのと同じであると(柳田は)言う。非常に意識の深いこと。自分で自分は常陸坊であると僭称することで、いつのまにやら実在の常陸坊海尊に自分がなっていくという、人間性に隠された神秘的なおもしろさ、仮面が肉化して異次元に昇華する。そういうことを一人の人がしているのではなく、何人もの人が場所が違い、時代が違っても、どこかで、実は繰り返し生まれているのではないだろうか」

ラジオドラマ「常陸坊海尊」

六〇年に放送されたラジオドラマ「常陸坊海尊」の主筋と登場人物は、六四年の戯曲と重なる部分が多い。

第二次戦争中、東京から東北の温泉宿に学童疎開した小学六年生の伊藤豊と級友の安田啓太が、道に迷った山中で巫女のおばばと美しい孫娘の雪乃と出会う。猿の死骸のような海尊のミイラを見せられて海尊伝説を聞く。二人の少年の運命は、この出会いと、家族が全滅した東京大空襲と敗戦によって急転する。孤児となった啓太は、おばばと雪乃のもとに逃げる。一六年後、東京でサラリーマンになった豊が啓太を東北の神社に訪ねる。巫女の雪乃に下男のように仕え、雪乃の子を世話していた。雪乃が豊を誘うような目で見ると、突然啓太が転がり「海尊さまあ…」と呻く。雪乃が高く笑う——

創作の仕掛け人は、朝日放送東京支社プロデューサーであり、演出した横田雄作だった。横田は円地文子原作、秋元脚本の連続ラジオドラマ「女坂」「女面」「女舞」三部作を演出し、秋元との信頼関係は篤かった。

朝日放送プロデューサー時代に横田と机を並べた作家の阪田寛夫(一九二五〜二〇〇五)は小説『漕げや海尊』(七九年、講談社)で、創作の経緯に触れている。きっかけは、横田が五九年に東京で見た中尊寺藤原一族のミイラ調査団記録映画だ。柳田著『山の人生』を読み、海尊を名乗る長命の男が東北地方に現れていることを知った。六〇年九月には東北へ行き、山形県鶴岡市でミイラを見学、宿泊した鳴子温泉の旅館で、東京大空襲により孤児となった学童疎開児童の話を聞いて衝撃を受ける。

お膳立てはそろった。学童疎開児童の悲劇や、少し強引だがミイラと海尊伝承を重ねた企画意図と現地取材レポートをまとめて秋元に渡し、脚本を依頼。当時、柳田の著作を読み進めていた秋元は、ピンと響き、一カ月でラジオドラマ「常陸坊海尊」を書きあげた。

放送(一一月二四日)の前日、横田がスタッフ達を集めて試聴会をした。出席していた阪田はその時の感動を同書で「聴き終わってもそのまま――私には一分近くも感じられたが、誰も物を言わなかった。批評をはばかる為ではない。息を呑んで声が出なかった。傑作であることは間違いないが、それだけではなく、何か前人未到の、不思議でしかもなつかしく、聴き入った者には決して忘れられない種類の音による衝撃を受けた」と記している。

ラジオは私(豊)の回想を含めて四つの時間がカットバックされる。啓太と豊がおばばと雪乃に出会う学童疎開時代。東京大空襲で孤児になって温泉宿に残される戦争直後。一五年後に東京でサラリーマンをしている豊が昔の疎開先と啓太を訪ねる現在。おばばと常陸坊海尊が出会う伝説の古層時間だ。

私も音源資料(『ラジオ・ドラマ――音と沈黙の幻想』コロムビア)が秋元の遺品にあったので聴くことが出来た。武満徹の邦楽曲の効果と俳優の声音の変化で、ドラマの異なる時間層がカットバックの手法で互いに斬りこむ。時間は変化し、たゆたい、重なる。たとえば二人の海尊。巫女の老女が若い娘時代を思い出す場面に登場する海尊の声は、歴史のかなたから死者の声のように荘重に響く。海尊を僭称する大道芸人の声は、卑俗でいかがわしい現在形の声。人物の少年・少女時代と大人になった男・女の現在形が瞬時に入れ替わる。ラジオ表現の特性が発揮されていた。しかも親密な雰囲気がある。

阪田は作品の中で、女(雪乃)が自分に溺れる男(啓太)を無間地獄に落とす行為について、男への劫罰かと横田に聞いた。横田は「女坂、女面、女舞にあった女の業(妄執)が出ていた」と答えたそうだ。

六〇年当時の日記によれば、脱稿したのは一一月一四日。社内でテスト放送を聴き、《琵琶入りのお経の面白いことは特記すべし。こういう郷土の芸能化した宗教と民衆の結びつきを、忘れられたものにしてはならないと思う。単調な経文と琵琶とを結びつけた民衆の智慧と自由な創造性は人生を喜び生きようとするものだ。『義経記』朗詠なかなかよし》と記した。一一月二四日に放送され、一二月一二日には、阪田が芸術祭奨励賞に入賞したことを電話で知らせる。《脚本賞ならば前年度の「軽太子」の方がはるかに優れていたと思う。まあまあよかったと云おう》と秋元は矜持をのぞかせる。ラジオドラマを書き始めて一一年目にしての初の受賞だった。秋元は「とてもうれしかった。けれど海尊に限り脚本賞は意外だった。入賞するとしたら企画と演出に対する賞か、団体賞だと思っていたからだった」(『放送朝日』六二年二月号)と横田の貢献を特筆した。

四人の海尊

秋元は六〇年の放送後、すぐに戯曲化を思い立つ。『学童疎開の記録』(未来社)を書いた映画脚本家の植草圭之助を訪ねて話を聞く。柳田の『日本人物語』『雪国の春』を読み進み、六二年九月には戯曲を書き始めた。しかし《これは短時間ではどうにもならない》と中断する。植草脚本の映画「みんなわが子」(家城巳代治監督、六三年)を見て、学童疎開児童の生活場面に、何度も泣く。羽黒山から津軽半島の竜飛岬と、下北半島から平泉への二つの東北旅行もした。方言集を熟読し、津軽方言を繰り返し学習した。徐々に秋元の中で、東北の風土、人間と生活が脈打ち始めた。

作品の一つのモチーフは、フランスの画家、ジョルジュ・ブッシュの絵「祈り」であったと日記に書いている。吉井画廊社長（当時）の吉井長三（一九三〇～二〇一六）が、パリに住んだ画家ブッシュの作品を持ち帰り、六八年に展覧会を開いた。秋元は同展に足を運び、衝撃をうけている。太いタッチで積み重ねるように塗られた男が、ひざまずき両手を広げ、虚空を見上げて何事かを祈っている。日常の苦しみから逃れようとする姿に、秋元は無神論者ではあるが、救済を待つ人、希求する人の聖なる具現に心を打たれた。展覧会は海尊完成後だから時間の辻褄は合わないが、発表後にこの絵を見て、わが意を得たのだろう。それだけ作品の主題と呼応するものが強かったと推測される。

脱稿したのは六四年。上演を前提にしなかった。《これを書いていた数カ月は楽しかった。私の人物たちはイメージの舞台の上をとびまわって、思うままにおしゃべりをしていた。私は彼らと毎日毎晩たわむれたり、口争いをしたりした。書き終えたとき、私の上演は完結したようにすら感じられた》と喜びを記す。

ラジオ脚本から戯曲へ。海尊は大いなる劇的変身を遂げた。ラジオは時空間の移動が容易な特性を生かして、過去と現在、場所を頻繁に切り替える。その間に巫女のおばばの回想の形で、効果音楽の中から海尊が登場する。

戯曲では、啓太の一六年間は流浪の日々だけでなく、死んだおばばのミイラを作って投獄された体験も含む設定にした。また、雪乃の魔性に翻弄される男に、啓太に加えて宮司補の秀光を新たに作り、雪乃から逃れて旧ソ連へ密航させる。義経の海外逃避伝説に刺激されたのだろうか。新たなる犠牲者の創出は焦点を拡散させているようにも思える。

最大の違いは海尊をめぐる表現の水位だ。

ラジオでは、村祭りで海尊を騙《かた》る偽物がエピソード風に登場はするが、伝説を背負って現代に甦る海尊は一人。おばばが一八歳の頃を思い出す回想シーンに出てくる流浪の芸人だ。家に連れて帰り、雪乃の祖父となる。最後、豊のモノローグ「常陸坊海尊とは何者なのだろう。しかしどこかに生きているようである、と私は思う」で終わる。民衆が救済者を求めた共同幻想としての海尊はまだはっきりと抽象化はされていない。

しかし戯曲では多重な時間構造と海尊の象徴性が鮮やかに形象された。表現は物語、歴史、象徴の三層に重層化される。

物語層は、森の中で豊と啓太が、おばば・雪乃と出会い、雪乃にかしずいた啓太の一六年の流浪と懲役刑。歴史層は、近代天皇制に民衆が末端まで絡め取られた学童疎開と敗戦。戦後資本の復興。都会でサラリーマンになった豊との再会。この二層の時間を切り裂くようにメタファーの層を担って海尊がスリリングにせりあがる。海尊伝説が象徴する民衆の罪の意識と救済という主調音が、物語、歴史層が重なる中で奏でられる。自分の罪を悔い懺悔し救いを求めた人間が、逆に救いを与える救済者になる。人間存在の二重性、逆転を示して圧倒する。

主題を象徴する身体として、戯曲では四人の海尊が登場する。最初の海尊はラジオと同じ。若かったおばばの回想(第一幕)に、琵琶を抱いた盲目の老いたる永遠の逃亡者として、伝説の古層から現代に出現する。

二人目以降の海尊は、戯曲で新たに創出された。第二幕。終戦直後、孤児となった疎開児童たちが、地元に働き手として引き取られるのを嫌がり「かいそんさま」と宿舎の宿屋で泣く。その時、身なりこそ戦争直後の闇屋姿だが、胸に古びた琵琶をさげた第二の海尊である中年男が、「ごめんけぇー」と入って来て、語り出す。

「このたびの合戦は、進め一億火の玉となり申すたにもかかわらず、あえなく敗れ戦とは是非もなす。（略）義経公を初めとすて、みんなみの島々支那満州さうち渡りたる軍勢も、武勇つたなく討死総崩れ」

義経討死にと第二次大戦の日本軍敗走をだぶらせて物語る圧倒的な台詞だ。

三人目は、最終場面の第三幕。昭和三六年、東京で会社員になった豊が、雪乃の虜となった下男の啓太を神社に訪ねた時に出現する。妖艶な雪乃が豊を誘うのを見て捨てられたと衝撃を受けた啓太が、「かいそんさま」と呼んで気を失う。そこへ第三の海尊である定年退職者姿の初老の男が琵琶の音と共に登場して、倒れている啓太を勇気づけ、あんたも（第四の）海尊だと言う。

秋元はこう言う。「雪乃に捨てられて、たった一人になった時にはじめて彼（啓太）は、自分は海尊であるという自覚を持つ」(5)。つまり啓太は海尊に同化し、第四の海尊として罪をつぐなう懺悔の旅に発つ以外に、罪深い逃亡者の自分が救われる道はないと悟る。海尊の中に自分を発見し、目には見えない胸の琵琶をかきならしつつ出発する。

「世の人々よ、この海尊の罪に比ぶれば、みなみなさまはまことに清い清い心をば持っておるす。わしは罪人のみせしめに、わが身にこの世の罪科をば、残らず見に負うて辱めを受け申さん。わが身の罪に涙を流し、身の懺悔をばいたすために、かようにさすらい歩いて七百五十年。（琵琶）思えば思えばこの海尊が罪のおそろしさを、なにとぞ聞いて下されえ」と第三、第四の海尊は琵琶の音と共に遠ざかる。

自分の救いを求めた逃亡者の啓太が、逆転してあまねく救いを与える海尊に生まれ変わる。秋元はこの二重性を民衆が生んだ共同幻想と見る。前者の冷徹な人間観、後者の民衆へ寄せる優しさ、愛への渇仰。秋元は民衆の共同幻想と一体化し、民俗の海尊像を再解釈して象徴身にした。

秋元は啓太を第四の海尊に変身させた時、神が降りたような創作の一瞬を感じた。

「私のイメージの舞台で、啓太を地面からよろめき立たせたとき、彼の胸に琵琶のあるのが私に見えた。それを啓太に打たせて『高らかに琵琶が鳴る』と書きながら、私の身内を稲妻のように戦慄が走り、ペンを持った手も震えて文字にならなかった。私はこの終幕の琵琶の音をきくために、この作品を書いたのだ、と初めて納得した。即ち伝説の誕生を目の前に見たことなのだった」(九七年の再演パンフレットから)

《リアリズムはぎりぎりまで追いつめるとボーンと幻が出てくる。それがおかしくない。反対のものを持ちだしてもうまくマッチする。物事や事実にはっきり即さなければならない。最初からデフォルメされるのは幼稚》とも書いていた。

現実の具象を記録、分解して想像力と批評性で再構成する。この時、現実は夢や幻想にデフォルメされる。一つの純化。この作業を経た夢・幻想の形が、常陸坊海尊だった。

演劇座による初演

戯曲が完成して三年後の六七年に、演劇座(6)の代表責任者である演出家の高山図南雄《たかやまとなお》(一九二七〜二〇〇三)と、劇団の文芸演出部員の羽山栄作(松本昌次《まさつぐ》さんの筆名、一九二七〜)、俳優の灰地順さんが上演の許可を求めて秋元の自宅を訪ねた。同座のブレーンであり自作の「爆裂弾記」を上演している花田清輝が、戯曲を一読して上演を強く薦めていた。「常陸坊海尊」は六七年九月一五〜二五日に演劇座によって俳優座劇場で初演され、(7) 再演で芸術祭賞を受賞した。

秋元蔵書の中に抜き刷りの「逸見勝亮著『学童集団疎開史——子どもたちの戦闘配置』を読む」(青木哲夫)があった。評者の青木は「戦況悪化による(軍・内務省・文部省などの)急激な方針の変更とそれを糊塗するイデオロギーおよび条件とが示されている」。「空腹とシラミは学童疎開回想に必ず登場するものであるが、本書の分析はこうした食料難と不衛生、医師の不足とがもたらす帰結が何であったかを十分推測させる」とする。

柳田は学童疎開について、二四時間の生徒監視、皇国教育の徹底を特徴にあげ、「集団疎開が近代化イデオロギーの国家的教育実験」と位置づける。これらの論考が戯曲「常陸坊海尊」の中で、飢えた二人の少年と、疎開生活の中で皇国民教育をする引率教師像に濃い影響を与えていることは言うまでもない。

松本昌次さんの回想

未来社の編集者だった松本昌次さんは、羽山栄作の筆名で文芸批評をしていた。六一年に結成された劇団演劇座の創立メンバーであり、同年の旗揚げ公演「死者の時」(井上光晴原作)を、菅井幸雄と共同脚色している。未来社には五三年から三〇年間務め、花田や埴谷雄高、丸山眞男らの著作を編集した。『戦後文学と編集者』(九四年、一葉社)の著書がある松本さんは、退社後の八三年に出版社の影書房を設立した。演劇座のころ、出版されて三年間、どこの劇団も手をつけようとしなかった「常陸坊海尊」の上演を実現した。秋元との思い出をこう語る。

——秋元さんは書きながらさぐるが、第一作の「軽塵」以来、男社会に対する怒りは一貫していた。「村岡伊平治伝」も男が読めば人間喜劇だが、女への圧迫者に対する秋元さんの怒りだった。天皇制がどういうもので支えられているか、日本社会の構造として捉えた。花田清輝さんから、「常陸坊海尊」といういい本がある、読めよと言われた。早速求めて一読、凄い本だと感激して、劇団の高山図南雄、灰地順と一緒に目黒の秋元宅に行った。「何なの」「演劇座です。上演させてほしい」と頼んだ。私は当時、羽山栄作の名で、秋元さんのテレビドラマ「海より深き——かさぶた式部考」(六五年一一月放送)を、『キネマ旬報』で激賞したことがあり、初対面とはいえ、私の名を知っていた。「いいです」と即決だった。

すぐ稽古に入った。稽古場では優しく、演出の高山をたてて任せていた。が、稽古が終わると僕と高山にぶつかって来た。我々が、日本が、男が、俳優が、劇団が悪いと猛然と食ってかかる。ビールをかけられたこともある。電話で「何よ、あなた男でしょ」とよく言われた。私は未来社で長年編集者をして、多くの日本を代表する作家や思想家の本を手がけてきた。その縁で著者たちを「常陸坊〜」の公演に招待して、舞台は演劇界にとどまらない広い分野から高い評価を受けた。丸山眞男さんは「学童疎開を通していかに天皇制の教育が完ぺきに行きわたったかがわかる。山の中にいる人々にさえ網の目のように天皇制は覆っている。それを一瞬にして書いている」と評価した。私は海尊のミイラは天皇制の呪術化だと思った。花田さんは「寄る辺なき人たちに秋元の目は届いている。日本の底辺、根っこを見ている。これまでの新劇の視線は全部外国だった」と言っていた。秋元さんには気品があった。子どもの頃、兄たちが読む『資本論』を襖越しに聞いていたそうです。兄たちが逮捕され苦しい目にあったから、左翼に対する恨みがあったのではないか。

志賀澤子さんの回想

劇団東京演劇アンサンブルの女優志賀澤子さんは、二〇〇二年に東京「ブレヒトの芝居小屋」で上演した同劇団の「常陸坊海尊」でおばば役を演じた。この時の思い出を聞いた。

――ブレヒト劇を劇団で取り上げてきた演出・劇作家の広渡常敏(一九二六〜二〇〇六)に、松本昌次さんが秋元戯曲の上演を勧めた。「秋元戯曲こそ日本のブレヒトだ」と言われたのではないかしら。広渡は木下順二さんの戯曲を次々と演出した時期があり、木下さんが高く評価してくれた。木下さんと親しかった松本さんが、その縁からも薦めたと思います。「天皇制が棄てられた民にまで浸透している。これを跳ね返すのがおばばだ」と、広渡はおばば役を私に配した。役名こそおばばだが、おばあさんではない。女であることを武器に、したたかに男を翻弄する。男に対し毅然として生きている、自由でエネルギッシュな存在。辺境にいる脱落者ではあり、ここからの脱出を求めている。海尊は実はただの田舎坊主かもしれないが、坊主の中に見えないものを見た。おばばは海尊に出会う魂を持っていたと思います。

初演前後

日記から初演前後の様子を再現する――六七年夏、秋元は都内にある演劇座の稽古場へ行った。《倒れそうなおんぼろである。いつまで経っても中以下の劇団はこんな有様なのだ。本読みの通し。なんともはや、云うべきところのないほど、下手くそで、まったく様にもなっていない。終わって役者たちの質問を聞いて答えをすることはしたが、驚くほど無教養である。そしてことごとくがお人好しである》と嘆き、あきれる。九月に入っても演技はまだ役の踏み固めに精一杯だった。

初日は九月一五日に俳優座劇場で迎えた。雨の中でもともかく一階の中央部分ぐらいは座席が埋まる。終幕では、かなりよい拍手が送られた。終演後、丸山眞男は「非常に感動した」と言った。秋元は励まされながらも心中《感動したり心を労したりしないようにと、それだけを心がけている、というのが、私の実感である。希望も絶望もしたくないからだ。事を一つ終わらせたいという願いだけである》と思っていた。でも最後列のはじで見ていて涙を流していた。花田、飯沢匡も来た。原保美が眼をまっ赤にして秋元に近づき、初めから終わりまで泣きっぱなしだったと声をつまらせていた。佐々木基一は眼をうるませて、感動したと言っていたと高山が電話で伝えてきた。

千秋楽の九月二五日。芝居は初日、二日目に比べると、まあまあというところまでは来ていた。座席は満員。通算して一二〇〇人ぐらいしか入らない。それでも当日券を買って入った客が、初日の一人に始まって、千秋楽は一六人にふえた。《通算五〇人のお金を出して(驚くべきだが)自発的に(さらに驚異というべきだ)見にきてくれた人がいたわけである。場内においた戯曲集は二〇冊とも売りきれていた。第一戯曲集も二〇冊とも売り切れ。まことに微々たるものだが、パンフレットも買わないお客ばかりの新劇の弱小劇団の上演としては、驚くべきだろう》と秋元は自信を深める。

羽山が脚本料一〇万円を秋元に手渡した。二〇万円ぐらいの赤字だという。打ち揚げ会は新宿の「どん底」。《何の感動もない。早く終わって帰宅したい》と思う。

一〇月に入り、高山らが秋元宅を訪ねた。丸山眞男が秋元の顔を、仕事だけを考えてきた顔だと言っていたという。天皇制が民衆にまで浸透したのは、第二次大戦中で、おばばや虎御前、少将、山伏を追放したのはそれであることと、学童疎開という都会から地方への人口移動という文化の流れが行われたことは、日本社会史の上で、実は大きな変化であったことを、あの作品が初めて書いていると、丸山の感想を伝えた。

山梨県の清春芸術村で，丸山眞男と

丸山からは一二月に葉書が届いた。「私は不敏にして未来社の松本君から承るまでは、あなたご自身のことも御作品のことも、まったく知りませんでしたが、常陸坊海尊の上演にはほとんどショックというに等しいような感銘を受けた次第です」とあった。さらに六九年一一月の葉書には「かさぶた式部考」の舞台を見られなかった詫びとともに「秋元さんの作品があちこちで話題になり、評判になっているのを知ると嬉しく思います。と同時に新劇界の人々がいままでとりあげなかったそのこと自体を不思議に思わずにはいられません」と書かれてあった。

一一月二〇日夜、高山らが再び秋元宅を訪ねてきた。羽山も後で来た。いろいろ話がありすぎて、まとまりがつかなくなる。羽山が酔ってしまったので明け方、四時すぎに二人は帰る。《こんな夜もまた楽しい。みんな青年に返って、気楽にしゃべり合うなんて、私には何年にもなかったこと》と秋元は一人微笑む。

一一月二八日に来年の再演プランを練っていた高山から、ラストの海尊に琵琶を持たせたらどうだろうかと電話があった。それでもいいとは思うと秋元は答えた。

一二月四日に野間宏が学芸欄に海尊について書き(8)、秋元は《さすがに演劇界の連中などとは比較すべくもない》と思う。一二月七日の日記にはこう書いた。《「礼服」を家族制度への反発だとか人間喜劇だとか、浅薄な保守的な解釈しかしない人々の何と多かったことだろう。私があの作品で探求しようとしたものは、人間の存在論である。その過程に「常陸坊」が生まれたのだ。それを抜きにしてみるから巫女的などという。安価な男の優越意識は、ものの本体を歪めてでも平衡を失うまいとする。人間の存在論的追求、それが私の終生の命題であり、すべての芸術家の命題である》

何を書くか。作家の主体性は一貫している、という主張だ。

前述した対談(未公表)では、「礼服」から「村岡〜」「常陸坊〜」に至る一貫性をこう語る。

――「村岡伊平治伝」の原型はすでに「礼服」の家長、一造で書いているつもり。一造は非常にいやな奴でありながら、しかし、全人間的に生きようとしている一人の男。無力ではあるけれどある時期、ある問題にぶつかってみたときに、自分の全生命を賭けて最後の自分の歌を歌いあげようとする。そういう瞬間が人間には必ず一度はあると思う。伊平治もそうだ。「礼服」から大転換したのでなく、

「礼服」とのつながりの中で「村岡伊平治伝」は必然的に生まれた。「常陸坊～」にしても、たまたま民俗学の本を読んだから、その中に海尊の名前がでていたから目を付けた、目の付け所の勝利であると言われもするが、違う。人間はあるものにぶつかったから細切れでひょいと変わったというものでない。私は物を書き始めて時から、同じ速度で、同じ方向で歩いてきたつもり。非常に自然な、必然的な方向に自分のペースで歩いてきた感じです。

秋元は、海尊たちに最後の自分の歌を歌わせた、と言いたいのだろう。

六八年一二月一九日にNHKの夜九時のニュースが、一一月の再演舞台が芸術祭賞を受賞したと知らせた。すぐ九州の武敬子さんから泣いて喜ぶ電話があった。授賞式は年があけて六九年一月。秋元はごはんを炊き、お頭つきの煮魚と野菜で祝いの朝食を一人で食べた。

織物に秘めた女の悲しみ

「常陸坊海尊」で独自な手法を創造した秋元は、その後も堰を切ったように昔の人々が紡いだ物語を、現代のドラマに織り直した。ともに六五年に放送されたNHKラジオドラマ「きぬという道連れ」[9]（芸術祭ラジオ部門奨励賞）と、RKB毎日放送のテレビドラマ「海より深き――かさぶた式部考」（芸術祭賞）の二作だ。六八年にテレビドラマ「マギーの母ちゃん」[10]、七〇年にテレビドラマ「七人みさき」を書いた。評論家の大島勉は秋元を「放送の生んだ、放送がつくった劇作家」（『ラジオ・ドラマ音と沈黙の幻想』）と評した。

放送台本「きぬ～」と「マギー～」に共通するモチーフは、昔から伝承されてきた美しい織物だっ

「きぬという道連れ」執筆のための丹後ちりめん取材．1965 年

た。艶やかな表地とは裏腹に、女の悲しみが織り込められているのではないか、と秋元は想像力を膨らませた。「きぬ〜」では高級絹織物の丹後ちりめん、「マギー〜」では、中将姫説話にからむ蓮の糸で織った曼荼羅の物語が底糸になっている。丹後ちりめんは、北国で織る民衆の苦しみを、曼荼羅は女人往生を願う近世の人々の願いを偲ばせる。織子たちを描く時、秋元は若き日に読んだ『女工哀史』を思い出した。細井和喜蔵が女子労働者の生活を記録した本だ。忘れたものを突然突きつけられた感覚に襲われた。秋元の狙いは織物に込められた女性の苦しい忍従の悲史を描くことだけではない。人物たちが織りなす民衆の姿と、背景としての歴史、社会とを描くことだった。歴史や霊験譚、伝承を地にして、戦後を生きる女の実存と救済へと切り返し、現代のドラマにした。男は、秋元のシニカルな視線で憐れな道化のように描かれた。

東京五輪と「きぬという道連れ」

日記などから「きぬという道連れ」をラジオドラマにした創作の経緯を再現する。

——秋元はＮＨＫからラジオドラマ執筆の依頼があり、六五年六月に丹後地方のちりめん機業地へ行き、半漁半織の賃機織の民家の女たちを訪ねた。前年の東京オリンピックでは外国人観光客らに飛ぶように売れ、個人機の家でも自家用車を三台も買い込んだ。しかしオリンピックが終わると製品がだぶつき、産地では空前の操短を実施したことを知る。集団離村者が出た村の話を聞いた。冬は四月まで雪に閉じられ、男は勝負事をして冬越しをしたという。車で山間部へ登る。谷の傾斜地の狭い地域にかやぶき屋根の家々が見え、雪囲いをしてある。ほとんどが廃屋だった。白髪の老女があばら骨を数えられるような半裸で畑仕事をしていた。声をかけると、よくわからぬ言葉で、見物に来たのか、と憎々しいという目で秋元を見上げた。

一カ月後の七月に書き始めた。《テレビもラジオも、それを書くときは本職であり、大切な基本的な仕事なのだ。ひるんだり倦怠したりしてはならぬ。新人の頃、これでかつかつ衣食ができた時の、あの心に戻りたい》。八月三〇日に完成する。《作家は的を一つしか持たない。それに向かって弓を引き、矢を射込むのだが、演出家とか役者の思考はパチンコの玉で、偶然当りに丸がころげこむ。それをあてにして、いくらでもパチンコ玉を送りこむ》と、その日書く。一一月二八日夜に放送を聞く。かなり面白い、しかし、誰もきいていないだろうと秋元は予感した。

ラジオドラマは、経営する機屋が倒産して、丹後の山道を夜逃げする竜吉ときぬ夫婦の物語だ。登場人物は、丹後ちりめん織りの機屋竜吉・きぬ夫婦、お婆、機屋のお内儀《かみ》、役人の五人。

——竜吉は東京オリンピックを当て込んでちりめん織を大量に作ったが、思惑が外れて倒産した。妻きぬと二人、遠縁を頼り山里の村に身をひそめようとする。逃避の道々、竜吉はちりめん機織二五〇年の悲史を、当時の人物になりきり芝居のように語る。二人は平家の落人伝説がある谷底の村に着き、春まで雪に埋もれてしまう村で冬ごもりしてくれと竜吉はきぬに頼む。しかし、村に住むのは山《やま》姥《んば》のようなお婆だけ。恐怖のあまり竜吉は逃げ出す。残されたきぬは、お婆に「冬の間一緒にちりめん織りましょう」と言う。雪中、戻ってきた竜吉に借金を少しずつ返して迎えに来てと戸を閉める。

古典文芸の綾錦

ラジドラマ「きぬ～」が六五年一一月に放送された後、七〇年に同題の戯曲(11)が雑誌『辺境』に初めて掲載された。七四年に劇団民藝が初演した。

戯曲は、ラジオドラマと大筋は同じ一幕劇の小品だが、人物を三人に絞りこんだ。戯曲には古典の詞章や伝説が、以下のように五点引用、埋め込まれて、言葉の綾錦のような織物になっている。

①謡曲「羽衣」と羽衣伝説

ラジオ台本の冒頭に流される謡曲「羽衣」は、三保の松原の羽衣伝説に基づいた世阿弥の鬘《かつら》(女)物。原曲は月の世界の住人である清らかな天女(シテ)が、漁夫(ワキ)から羽衣を返してもらった喜びの舞が主題になっている。戯曲では京都府丹後市峰山町に残る羽衣伝説を取り入れる。秋元戯曲の設定は、倒産による夜逃げという極めて現世的な逃避行だが、舞台は月の光に照らされた松風の吹く丹後の山道。原曲の古雅なイメージに彩られる。劇中「それ疑いは人間にあり、天に偽りなきものを」と「羽衣」の一節も使われている。

②謡曲「山姥」

戯曲では、世阿弥作の謡曲「山姥」の一節を、ばんちゃんが謡い、舞う。同曲は研究書によれば謡曲「安達原(黒塚)」のような、旅人を食べてしまう山中の鬼女ではない。姿こそ鬼女だが、時には人間を助ける。自然の中におかれた人間の本質的な存在とされている。地謡の詞章「そもそも山姥は生所も知らず宿もなし……柳は緑、花は紅」を、秋元はばんちゃんの台詞に生かす。万物に区別は無く、自然と共にある老女の生きる姿にばんちゃんを一体化させる。竜吉は人を食べる鬼女と恐れて逃げるが、きぬは謡曲の文意である女の生命力に共鳴して残る。きぬは、竜吉に自宅へ戻り倒産の後始末をきちんとするようにさとす現実感覚と、ばんちゃんに共鳴するように自然と共に生きる根源的な女の生命力との両方の感覚を併せ持つ。舞台のクライマックスで山姥に扮した黒田が、序の舞と同じように能の所作で舞うのも、底糸としての謡曲世界が現代劇に出現する瞬間だ。

③語り「平家物語」など

劇中、竜吉は、ちりめん織り二五〇年の苦難の歴史を、文政の百姓一揆を背景に藩役人の調子で武張って語る。きぬも四〇歳ぐらいの江戸時代の女房になり、ちりめん織物問屋の横暴を嘆き、身投げする様を語る。すると竜吉は身投げした女の息子になり、農民たちの団結を訴える。竜吉役(初演では宇野重吉)ときぬ役(同、樫山文枝)の俳優が、それぞれ他の登場人物を演じ分け、語り分けていくスタイルをとる。また竜吉は、背負った高価な品ゆえに、幕末の勤王崩れの侍に強殺されるちりめん飛脚の悲劇を、コロスと共演しながら語る。宇野の陰影深い話術の聞かせどころだっただろう。また、平家落人村に一人住むばんちゃんは、平家物語巻一一「檀浦合戦」を語る。

④歌舞伎「八百屋お七」

丹後山中に逃げ込んだと言い伝えられる江戸の寺小姓吉三郎の名を名乗る浮気なよそ者が、「お七そっくり」な若い織子を口説く。本郷駒込の寺小姓吉三郎と、八百屋久兵衛の一人娘お七の幼くもひたむきな恋を描いた歌舞伎「伊達娘恋緋鹿子・櫓のお七」をもじった設定だ。

⑤浦島太郎伝説

きぬは竜吉を、竜(竜吉)宮城に行く浦島太郎になぞらえる。竜宮城が過疎化した落人部落であり、たった一人住むお婆が乙姫様という皮肉な設定にした。秋元の所蔵資料に天橋立観光協会が出した案内書『丹後の宮津——史跡と名勝をめぐる』(岩崎英精編集、一九六三年)があった。取材日記に岩崎の協力を得たとあるから、同書の「お七寺—大乗寺」「浦島太郎の話」「棚機姫の伝説と磯砂山」の項目を参考に現地を歩いたのだろう。

現代の道行

このように戯曲「きぬ〜」は、謡曲や語り物、歌舞伎、伝説など古典文芸類の断片を引用して後景に織り込み、時間に奥行きと、古雅な手触りを与えている。しかし秋元はあくまで現代劇を書くのであり、戦後日本の経済繁栄とは裏腹に農村で進行した過疎問題、オリンピック景気後の不景気と倒産を前景に配する。戯曲が日常のリアルな前景の地平を越えて抽象性が強まるのは「常陸坊海尊」と同じく、このような古典文体の援用による。

秋元は企画意図として、男女の立場からの自己主張の微妙な食い違いをきめ細かく描きながら、それにも拘らず男女を結びつけている愛情、「道連れ」意識を浮かび上がらせようとする、とした。

道連れを道行とすれば、郡司の学説は戯曲と重なる。「時間を空間の中に封じ込めるのが、道行の場合の舞台の意義」、「道行は、現実のある地点から地点への旅行でも移動でもありえない。そこには、実際の時間がない。むしろ時空を超越した、もう一つの現実の世界とは次元の違った両方をつなぐ場所と契機が必要なだけだ」(『かぶきの美学』七五年、演劇出版社)と分析する。

秋元版「道行」で、女は別の次元へ飛翔し、男は現実のレベルに留まる。雪がとけたら、現実の世界に生きる男は女のもとに果たしてもどってくるのかどうか。「うちの道連れはあんたや、あんたの道連れはうちやで」というきぬの台詞には、愛情、諦め、哀しみが込められる。母なる女の前に男はうろうろし行きはぐれる。

宇野重吉による初演

戯曲は劇団民藝が七四年五月三一日~六月一一日に東京・砂防会館ホール公演などで初演した。稽古の時、宇野重吉の解釈がひどくちがう、と演出の渡辺浩子から電話があった。秋元は話を聞きながら、宇野は古い時代の男の意識から抜け出られない、解釈などは作品の前には一時的な力しか持ち得ない、その役者をどうだまして動かすかが演出なのだ、と電話口で話す。東京初演の舞台を見て秋元は舞台美術を担当した安部真知に電話した。電話魔なのだ。竜吉の服装について不満を言うと、実は最初のプランは背広だったし、きぬもスーツだったという。宇野が文句を言ってとりやめ、ああいう労務者スタイルになったそうだ。夜逃げと被災者、浮浪者の区別が役者にはない、と秋元は怒る。しかし、一一日の東京千秋楽には《まあまあという出来。宇野・樫山がややよくなったためだ》と胸をなでおろす。渡辺の話では、宇野が徐々に作品の本質に歩みよってきたそうである。役者の頭の中身になっている観念性よりも、体で覚えた役者の本能が勝ちを制すると信じていたことに間違いはなかった、と秋元はわが意を得た。

樫山文枝さんの思い出

――秋元さんが稽古初日にした朗読に感動した。ト書から最後の台詞まで全部を朗読した。何の抑揚もないが、余計なものは一切なく、作家の求めている世界観がそくそくと伝わってきた。作品がまるごと見えた。山道を歩く場面で、竜吉の足が懐中電灯で照らされて、歩くたびに「左が消えて右が消えて」ときぬが言う。その台詞の読み方がリズミカルで素晴らしかった。

傾斜舞台に上から垂らした何本もの白いロープは、機織りの生糸を象徴しているのですが、照明で木にも、山道にも見える。ロープをくぐり抜けるたびに、深い山道を上下する二人の姿が浮かび上がる美術でした。きぬは人生の苦しみを知らん顔して受け止めている。自分の気持を表さず、直接には物を言わないで、時には童女のよう。詩人のような空想癖がある。竜吉のことをどうしようもない男と承知しながら苦さは無い。機屋に嫁に行くと、自分で自分の生き方を決める女の思い切りのすごさがある。人生を引き受ける女性の強さですね。秋元さんはきぬにご自分の生き方を重ねていらしたのでは。

大好きな役ですが、当時私は出来なかったのではないかな。人気者(註：NHKテレビ連続ドラマ「おはなはん」六六年に主演)が舞台をやり始めて、やっと女優として評価され始めた頃です。最後の結末を最初から計算しているとの当時の秋元さんの指摘は、今聞いても重い。その後結婚して、肝の据わり方も違ってきた。今思うと舞台が甦り、もう一度やりたいと思う。

宇野先生は責任を全うしようというタイプ。竜吉のだらしなさ、恰好悪さが気に食わなかったみたい。最後に竜吉だけ村から逃げるのが嫌で、逃げたくないと演出の渡辺浩子さんを困らせていた。秋元さんの批判した服装ですが、宇野先生はよく終戦直後の汚れを出していた。替え上着を着ていたが、首に巻いた手ぬぐいを使って劇の流れの中で仕方話をした。浩子さんは細かいことは言わない。大きく世界を摑もうとする。生まれたて、天真爛漫な人だから、思っていることを正直に出す。女性の演出家が珍しい時代だから、裏方の人とも闘いはあったと思う。浩子さんは、命を削って書いている秋元作品にぞっこんだった。宇野先生もパリ帰りできらめいている浩子さんを高く買っていた。私も浩子さんが声をかけてくれる女優になりたかった。

舞台で宇野先生は竜吉をひょうひょうとしてお得意の音色でやる。私はこれからという新人。開幕五分前までだめを出された。ついには舞台の上でも、客席に聞こえないようにだめを出す。

秋元さんは、学歴、女性、独身というコンプレックスを自ら仰る。物書きにとり学歴のないことは大きなハンデだとは思う。でも逆に見れば、小学校卒の人があれだけのものを書くのはすごいですね。女であることは武器。男に対するシニカルな目線は、分かるわ。でも秋元さんの文体は、うらみつらみが下品にならない。優雅ですね。古典を下敷きにした古雅があるのですね。きぬに女の生き方を凝縮したと思います。

現代の説話「マギーの母ちゃん」

奈良時代の絵織物、曼荼羅に描かれた中将姫の受難と救済説話が、テレビドラマ「マギーの母ちゃん」のモチーフ、底糸になった。戦後の東京で、娼婦だった母が黒人との間に産んだ娘マギーに中将姫伝説の再来を願い、重ねる物語だ。秋元は中将姫をデザインした広告や説話のさわりを効果的に使っている。

〈あらすじ〉

昭和二一年夏、復員した竹中弥吉は岐阜県山間部の道端で倒れていた娼婦らしい妊婦の正乃を見かけ、万屋を営む自宅に連れ帰る。黒人との娘・和子を出産した正乃は、中将姫御一代記を口ずさみ、懸命に働く。蓮の糸で曼荼羅を織る姫は、紡績工場に勤めていた正乃の守り神だった。昭和二六年夏、母たちに疎まれて東京に流れてきた弥吉一家は、闇市で露店を出す。正乃の脇では五歳の和子が、母から習わされたブギやひばりの流行歌を歌う。混血児のため学校ではいじめられている。「お前は大きくなったら中将姫になるんだよ」と母は、安アパート六畳間で言い聞かせる。昭和三三年夏、和子は音楽と英語が得意な中学生に育った。母は娘に「お前は曼荼羅を織る」と言い聞かせる。昭和四〇年夏。ステージでマギーを芸名にした和子が歌う。ステージママの正乃が付き添う。邸宅にはファンが押し寄せる。四二年春。ステージで歌うマギー。脇で見る弥吉。病床に伏せる正乃。昭和四二年秋。マギーはステージで歌う。「あの人は戦争に行っちゃった」

戦後の曼荼羅幻想

曼荼羅は、昔の戦乱の世で貧窮と不安の中にあった民衆が極楽往生を願い、生前にそれを確信するために作り、浄土をイメージするのに大きく寄与したという。秋元がモチーフにした中将姫曼荼羅は、奈良県葛城市の当麻寺に残る奈良時代の遺品だ。絹糸製だが、蓮の糸で織ったと伝承される、ほぼ四メートル四方のもの。中将姫の説話では、中将姫が極楽成仏する蓮絲曼荼羅に描かれた阿弥陀浄土を見ることによって、来世を求め、救いのシンボルとして中将姫の霊験譚を信仰した、とされる。当麻寺と中将姫の結び付きは曼荼羅信仰にとともに普及、定説化した(『古寺巡礼奈良　当麻寺』)。

秋元はテレビ「マギー〜」執筆のため、六七年三月に飛驒・高山地方を取材した。その様子を日記から再現する。

——高山から野麦峠越えを試みたが、積雪でジープが進まず、途中から徒歩で登る。山また山の荒涼たる眺め。一番低い鞍部が野麦峠。峠からさきは諏訪までの行程が待ちうけている。そのような難路を踏破した者の中には、山の向こうに新しい生活を求めたい、知りたいという冒険心、若さの前進性があったことを見のがせない。当麻伝説を移植した尾張曼荼羅寺(現・江南市)を訪ねる。濃尾地方一帯を賑わした中将姫伝説と曼荼羅信仰、江戸時代の尾張地方の機織産業の隆盛、野麦峠越えの機織り娘たち。秋元の頭の中をモチーフがぐるぐると駆け巡る。

七月一八日に書きあげ、翌六八年二月二九日に、NHK名古屋放送局制作により総合テレビで放送された。秋元は放送直後の日記で、演出家への激しい怒りを書いていた。純愛路線の演出に決定的な不満を持ったようだ。

マギー母子は曼荼羅の描く浄土とはほど遠い戦後の混乱した社会の底辺をはいずりまわり、マギーの歌をヒットさせて芸能界で成功した。中世の説話を回路にして、現世に救いを求めた秋元版の戦後民衆流離譚へと転生していったのだ。

放送劇の「きぬという道連れ」と「マギーの母ちゃん」は「常陸坊海尊」に比べると、主人公は古層時間を背負いながらも、あくまで現在形に生きる。「常陸坊海尊」の象徴化の純度、深まりは例がないものだった。

第八章 戦後に甦る和泉式部伝説

映画「式部物語」撮影中の監督・脚本の熊井啓
(右)と秋元松代

一本の電話

「常陸坊海尊のような話は九州にありませんか。一時間ドラマとして書いて欲しいのですが」

一九六五年三月。秋元がテレビドラマ「海より深き―かさぶた式部考」(1)を書いたきっかけは、福岡市にあるRKB毎日放送のディレクター久野浩平さんからの電話だった。ラジオドラマ「常陸坊海尊」は、朝日放送から六〇年一一月に放送され、脚本が芸術祭ラジオ部門奨励賞を受賞した。秋元はRKBにはすでにテレビドラマ「山ほととぎすほしいまま」(六四年一〇月)を、演出・久野、制作・武敬子コンビの依頼で書いていた。「海より深き〜」は久野さんの電話からわずか八カ月後に完成し、六五年一一月二一日に放送された。武さんによれば「かさぶた式部考」の題名を番組スポンサーが嫌い、副題にしたという。六九年には「かさぶた式部考」と改題された戯曲が『文藝』に掲載、毎日芸術賞を受賞した。演劇座が同年に高山図南雄の演出で初演している。(2)

「海より深き〜」の題名は、息子に寄せる母の愛を意味することは言うまでもない。副題のかさぶた式部とは、恋多き王朝歌人であり、日記作家だった和泉式部が、「恥多きかさ病み」となり各地を漂泊した伝承からきている。それにしても論文であるまいし「考」とは意味ありげな題ではある。

「かさぶた」とは言うまでもなく傷からの細菌の侵入を防ぐ生体保護反応。「かさ」は江戸時代、梅毒の別称だった。九州の日向・法華嶽《ほけだけ》薬師寺に伝わる和泉式部伝説によれば、かさを病んだ式部が同寺で百日参籠して平癒した。その後山を下って、病気に悩む民衆の身替わりにかさを病み、再び山で治すことを代々繰り返し、民衆の苦しみをわが事として救済したという。

秋元はこう書いている。

「どろどろの血膿の蓋であるかさぶたを負うものは、いつも社会の底辺にあって生産を支え歴史を支えていながら侮蔑され忘れられて行く人々である。かさぶたの終らない限り、かさぶた式部の漂泊も、大友伊佐（著註：「海より深き〜」の主人公）の漂泊も終るときがない」（全集五）。

似た題名の戯曲に、井上ひさしが書いた、東京裁判三部作の完結編『夢の痂《かさぶた》』（二〇〇六年）がある。音楽劇の形で天皇の戦争責任を問いながらも、国民自身をも無責任ではなかったかと批評する。歴史を問い直す機会であった東京裁判を無関心でやり過ごした国民自らの責任への刃だ。主語の曖昧な日本語文法も素材にして、主体を曖昧にしてきた日本人の戦争・歴史責任を問う。「あの途方もない夢の、厚い痂を剝がして、その瑕《きず》を見ようと試みた」と井上。瑕とは戦争の惨禍であり、痂とはそれを隠し覆う、忘れやすい無責任な体質を持つ日本人民衆の思考、体質を意味した。

恋の歌人、和泉式部

秋元の書きたい主題は、七章で触れた「全生命を賭けた最後の自分の歌」ではないが、一貫している。伝承に託された民衆の苦しみと悲しみ、喜び、怒り、あるいは太古からのおおらかな性の「自分の歌」だ。「かさ病み式部」伝承こそ、汲めども尽きぬ泉だった。と同時に、《式部伝説は今では全く過去の語草《かたりぐさ》として、ごく少数の人々に記憶されているにすぎない。自分だけの面白さにひきこまれて行けば、必ず大きな誤算が来ることは分かっていた》と冷静に計算している。

近藤みゆき訳注『和泉式部日記』、山中裕著『和泉式部』などの論考では和泉式部は、以下のような人だ。

九七七年から九七九年ごろ文章道の官僚、大江雅致《まさむね》を父とし、介内侍《すけのないし》を母として生まれた。二度結婚している。一八歳の頃に和泉守橘道貞と最初の結婚をした。夫の官名を取って和泉式部と呼ばれ、小式部内侍が生まれる。最愛の娘は後に再婚した母と別れ、「大江山いく野の道の遠ければまだふみも見ず天の橋立」と詠んだ。式部は文学に関心の薄い道貞と不仲になり、色好みの貴公子、為尊親王と恋におちる。しかし、彼の二六歳の死によって終わる。次は弟宮の敦道親王(帥宮《そちのみや》)。四年間の幸福な愛の生活を送るが、帥宮は二七歳で死去する。『和泉式部日記』は彼との切々たる恋愛歌物語だ。この恋模様は、派手な二人が賀茂祭に奇抜なしつらえを施した車で繰り出した奇行として『大鏡』に記されている。複数の男と同時に交際するかと思えば、帥宮とのひたむきな愛。離別した道貞への断ち難い愛執。恋愛の歌人だった。

二九歳頃の式部は娘の小式部と共に藤原道長の娘、中宮彰子のサロンに出仕した。紫式部も出仕しており、文才を競った。式部はここでも恋の浮名は絶えなかったが、一〇一二年頃、道長の家臣藤原保昌と二度目の結婚をする。二〇歳年上の和歌をたしなむ武人で、任地である丹後に従った。小式部は二十五、六歳の頃、母に先立ち亡くなる。式部は一〇三四年に五八歳ぐらいで亡くなったという説がある。式部の誕生地や墓所といわれる伝承が全国に散在する。それだけ恋多き王朝歌人に寄せる人々の関心は深かったのだろう。

百人一首「あらざらむこの世のほかの思ひ出に今一度《いまひとたび》の逢ふこともがな」で知られているが、研究者は式部の多面性を指摘する。恋愛、信心、孤独な母心を歌った。

恋愛歌人ぶりは、次の歌に躍如する。

物思へば沢の蛍もわが身より　あくがれいづる魂かとぞ見る

くろかみの乱れも知らず打ち臥せば　まづかきやりし人ぞ恋しき

仏教への信心が篤かったとされる。旅の聖である性空上人に献じた「くらきよりくらき道にぞ入りぬべき　はるかに照らせ山の端の月」が後世、生涯の代表歌とされた。

若くして愛娘に先立たれた逆縁の母は、悲しみの絶唱を残す。

とどめおきて誰をあはれと思ふらむ、子はまさるらん子はまさりけり

などて君むなしき空に消えにけん、淡雪だにもふればふる世に

恋の情熱から老母の孤愁へと、式部の歌の振り幅は広くて深い。テレビ「海より深き〜」では、千年の時を経て奔放な情熱は新興宗教の美しき教祖智修尼のコケットリーに、愛娘に先出たれた孤独と憂い、母性愛は、老いて息子の大友豊市と離れる母伊佐に投影される。

執筆順では「常陸坊海尊」のラジオドラマ台本を書いたのは六〇年、テレビドラマ台本「海より深き〜」は六五年と、五年間の経過はある。海尊と式部は武人と歌人という対照的な立場だが、庶民の苦しみをわが身に背負う同じ伝承に包まれている。この中世の漂泊者二人が、秋元の心の扉をたたいたのは同じころだった。

「九州へ漂泊したという伝説の和泉式部を、いつかは書かなければならなくなる、ということは『常陸坊海尊』を書くときから思い続けていた。（略）この二人の漂泊者は、歴史上では式部の方が一

八〇年ほど先きに生れていて、歌人と武士という違いはあっても、貴種流離譚という土壌の中から育った姉と弟のようなものとして私には感じられていた。二人ともその壮年時代を京都を中心にした畿内で名を成しているが、出生地も、その死の年月日も、埋葬地も定かではない。記録の上では消滅したのち、一人は不名誉な逃亡者として、一人は瘡という恥多き病を負って、他国を流浪する伝説の人として甦っている」(全集五)。

忘れてはいけないこと

遥か昔からの人々の記憶は、歌や舞、伝承・伝説として実ってきた。この古層の非現実な時間と現実世界を鋭くクロスさせ、現代のドラマとして「一気に表現する」(秋元)。この蒼い瞬間を幻想として現前に見せる現代劇が「常陸坊海尊」であり、「かさぶた式部考」がそれに続いた。

「かさぶた式部考」での現実・現在とは、六三年に三井三池炭鉱で起きた世界最大規模の炭塵爆発事故。死者四五八人。生存者のうち八三九人が一酸化炭素(CO)中毒後遺症患者として苦しんだ。六〇年前後には九州・筑豊地区で炭鉱爆発事故が頻発していた。国家のエネルギー政策が生んだ犠牲者たち。歴史や民衆におおいかぶさり、残った傷跡が、秋元の目にはかさぶたとして映った。非現実とは、「恥多きかさ病み式部」の漂泊伝承。民衆意識の底をさぐりながら、炭鉱爆発事故の被害者家族像と重ねて、現代を告発するシャープな現代劇を書いたのだ。

まだ、私たちは三・一一による福島原子力発電所事故の惨禍のただ中にいる。しかし、経済を優先し、人の命を犠牲にするエネルギー政策が生んだ三池炭塵爆発事故についてどれだけ認識し、学んだのだろうか。秋元と同時代の劇作家木下順二の言葉に「忘れてはいけないことを私たちは（私たち日本人は、というべきだろう）余りに忘れ過ぎる」がある。これは戯曲「沖縄」を書いた時の心覚えの言葉だが、「かさぶた式部考」も日本人がかけがえのない犠牲を忘れていくことへの、秋元流怒りの演劇だ。秋元にとり炭鉱労働者への差別は、「村岡伊平治伝」「マニラ瑞穂記」と同じく国家によるもう一つの棄民物語だった。題名の「考」の所以はここにあると思う。

再び柳田國男

式部の伝承はなぜ生まれ、どう伝えられ、受け入れられたか。秋元の筆は、民俗学者柳田國男（一八七五〜一九六二）の著作や宗教民俗学者五来重との対話に刺激されながら、民衆の願いの奥へと分け入った。

柳田が和泉式部を見る目はシニカルだ。「女性と民間伝承」（『柳田國男全集』八）で大意こう書く。

――和泉式部は決して非凡な人傑でも何でもない。境遇と時代とに特色があるのみで、学問も文才も共に一通りであるのに、どういう訳か後世になるほど、次第に有名になろうとしている。定家卿が選定したと伝える百人一首がかるたになるまで盛んに行われたことが、一つの原因である。才女で少しく臆面のない和泉式部。いかにも活発な、少しは出過ぎるという質の才女だ。

しかし柳田は式部伝承を生み、育てた当時の民衆の思いには目を凝らす。

――伝説の和泉式部は若狭の八百比丘尼、または大磯の虎などと同様に、大相もない旅行家であった。和泉式部の葬処と伝振《つたふ》るものは、有名な京の誓願寺の誠心院を始まりにして、日本に一五カ所ある。九州のほとんど行き止まりの日向法華嶽寺の麓の里にあるものなどは、この山が性空上人留《りゅうしゃく》錫の霊地であっただけに、土地の学者はその史実なることを認めた。三国名勝図会《ずえ》の文を抄出すると、法華嶽寺の薬師に参籠すると「数年の宿痾《しゅくあ》忽然として平癒し、玉貌瓊《ぎょ》姿に復し再び京都に帰る」とある。後年再びやってきて、この国に没したといって、鹿田野という村に墳墓がある。そうして法華嶽寺には和泉式部の琵琶と髪掛柱、式部谷・腰掛松・身投岡・杖取丘阪等の故跡を存する。上﨟が悪疾に悩んで、都を離れ旅に流寓下《りゅうぐうか》という話は、いかなる理由からか最も例が多い。(「桃太郎の誕生」『柳田國男全集』八からの抜粋)。

智修尼の背景

秋元は対談した宗教民俗学者の五来重の著書「高野聖」(『五来重著作集』第二巻所収、二〇〇七年、法藏館)から触発されている。以下、大意を引用する。作中の智修尼像と信徒一行を率いるおめぐり行のヒントになる見解だ。

五来は聖と俗の近縁性をあげる。修道僧の唱導や語り、絵解きなどを売り物にした勧進行為そのものが、聖から世俗性へ転落する契機をはらんでいる、と見る。「原始宗教では死後の霊魂は苦難に満ちた永遠の旅路を続けるので、これを生前に果たしておこうという巡礼が、原始宗教者としての聖の遊行性(廻国性)となる。神や祖霊は巫女のような古代宗教家を憑依として、信仰圏や子孫の間をおとずれあるくという信仰は、熊野比丘尼の遊行や虎御前・和泉式部の遊行伝説になったし、万葉集の遊《う》行女婦《かれめ》のような漂泊の巫女から転じて、遊芸者の発生につながる」とする。柳田著『山の人生』にも

「高野聖に宿かすな、娘とられて恥かくな」と俗聖の記述がある。若く美しい智修尼は旅のつれづれに若い男の心と体を弄ぶ。この俗聖ぶりを五来説は示唆する。

勧進の方法である唱導や絵解きは「物語のストーリーのおもしろさとともに、美辞麗句をつらねて大衆を魅了しなければならない。勧進の唱導が庶民になぐさめをあたえ、心をゆたかにした功績はまことに大きい」とする。智修尼が式部の功徳をありがたく語る絵解き場面に生かされる。

お滝場シーンで智修尼は信者たちの前で念仏を唱え、滝入りする。五来は聖の苦行と呪術性を指摘する。苦行とは禍の根源となる罪と穢れを、身を苦しめることによってあがない去る信仰で、みそぎや水垢離《みずごり》の行為に結びつくとされる。念仏に表れる呪術性とは「滅罪と鎮魂の呪術。庶民のすでにおかした、あるいは前世におかしたかもしれぬ悪因から、必然的にくる悪果(現在当面している病気や災害)を説いておびやかし、それをまぬがれるための仏教的作善《さぜん》、社会的作善をすすめる」ことと五来は言う。かくて現代に羽ばたく秋元の想像力は、古層に根をおろした。

三池炭鉱争議の探訪

秋元の心には、六三年の三池炭鉱爆発事故以前から、炭鉱とそこで働く人々、家族の悲劇が、現代技術の生んだ傷のように痛みを増していた。五六年一一月にはＮＨＫのラジオドラマ「ある炭坑夫の手帖」を書いている。そして六〇年七月の三池争議現地での見聞が、「かさぶた式部考」の助走になった。

諸家の研究を孫引きして、戦後日本の復興政策のシンボルだった石炭産業の消長を要約する。

採炭最盛期の五二年には福岡の筑豊、三池、北海道の石狩、福島の常磐炭田など全国の炭鉱は九〇〇を超えた。採炭量は五七年には五二〇〇トンと戦後最高を記録。政府の誘導により、復員兵や引き揚げ者、強制連行された朝鮮人ら大量の労働力が石炭産業に流れた。しかし、安価な海外炭が輸入されるようになり、政府は石油へとエネルギー政策を転換していく。六〇年に入ると、所得倍増計画による急激な経済成長は、エネルギー革命の速度を速めた。国家は六二年には石炭政策大綱を決めて閉山方向へと大きく舵を切る。採算性の低い中小炭鉱はなくなり、多くの人々の生活基盤が奪われた。このエネルギー転換史上、最大のヤマ場が三池炭鉱争議だった。

三池鉱業所(一万五〇〇〇人)は、三井鉱山が明治政府から払い下げを受けて経営していた日本最大の炭鉱。存続するために合理化と人員整理が強行され、五九年から六〇年に大労働争議が起き、「総資本と総労働の対決」と称された。中労委(中央労働委員会)斡旋を組合側が受け入れた。

秋元は中央公論社からの「文化人派遣」の依頼で、六〇年七月の二日間、三池争議の探訪をした。争議収束の現場にいたが、「文化人」の立場は、いたたまれないような心の負目になった。

三池炭鉱の炭塵爆発事故

争議から三年後、六三年一一月九日に三池炭鉱の三川鉱ベルト斜坑で、世界最悪の炭塵爆発事故である三池炭鉱事故が起きた。死者は四五八人。生存者のうちCO中毒後遺症患者が八三九人出た。背景には、炭坑構造の改造がなされないまま坑道が伸び、採炭機構が複雑化していく過程で、新しい災害である炭鉱爆発が頻発するようになった構造があるとされる。研究によれば、八三九人のうち七〇〇人余りは事故から三年後に「治癒」と医学的に診断されて、後遺症は否定された。患者が訴える症状は、補償金ねらいの詐病に限りなく近い、ないしはノイローゼ、労組がもたらした、とする説が三井鉱山と医師側から出された。秋元は憤る。

《一人の医師が、彼らの中には働かないで補償をもらおうとする者があり、その生活態度は乞食にも劣ると侮蔑的に語っていたのを聞いたことがある。しかし病理もまだ把握されていず、的確な治療手段も立てられない側の者にそんな言葉を使う資格があるだろうか。乞食にも劣る生活態度に追いやった側が、権威でもある如くに犠牲者を詐病視することを、私は「科学」や資本社会における迷信、呪術性だと思う。過去の未開時代やその名残にだけ迷信や呪術性があると考えるのは傲慢な錯覚でしかない。今後もどんな迷信や呪術が姿を変えて私たちの前に現れるか分かりはしない》

患者の長期追跡調査をした熊本大学神経精神科の原田正純医師らはこの「治癒」を全面的に否定した。「CO中毒は人間社会が作り出した病気」とする原田医師は、水俣病事件と三池CO中毒の両裁判で患者の医学証人となった。

「間歇型のCO中毒として中毒後にいったん良くなってから、一〜三週間してから再び意識障害や症状の悪化が見られることは、一九一六年に東大の三宅鉱一が報告しており、一〇〇年も前から明らか」と原田は論じる。三宅は間歇性病型として「急性本瓦斯《ガス》中毒ノ際ニ昏睡、痙攣《けいれん》等ノ諸症状ヲ発シタル後、其等症状ハ直チニ去リ、其後意識明瞭トナリ、外見上、殆ド普通ノ状態ニ復帰シ、後、再《ふたたび》、数日ヲ経て著明ノ精神症状ヲ発スルモノナリ」としている。「ガス患」は人格ががらりと変わる。子供っぽく、落ち着きがなく、意欲がない。頭痛、物忘れ、めまい、不眠などの自覚症状が起きるという。

「海より深き〜」の息子豊市の一時的回復、さらなる症状の悪化は、このような医学上の裏付けをとった上での描写だった。炭鉱問題に深入りすると創作の妨げになると警戒しながらも、現実に事故が頻発している零細鉱山での事故の被害者の想定で、大友一家を描いた。大友は大友宗麟からとった姓だ。三池炭鉱は九七年三月三〇日に閉山し、一〇八年の歴史を閉じた。

「海より深き」の取材行

秋元は「海より深き〜」取材のため、六五年六月に久野と共に法華嶽寺へ行った。《昔は薬師堂に三年も四年もおこもりした女性が多かったという。百万遍、念仏踊り、比丘尼の語り物について考えてみる。歌から始めたいと久野も云う。方言を使いたい》と書く。秋元は和泉式部誕生譚のある佐賀県杵《き》島《しま》郡の福泉禅寺《ふくせんぜんじ》へも行った。同寺には式部自筆伝承の望郷の歌が残されていた。

　ふるさとに帰る衣の色朽ちて　錦の浦や杵島なるらむ

九月には民間信仰の霊場であるロケ地の候補として、飯塚市の近く、篠栗《ささぐり》にある霊場、常喜院へ行った。お滝場のあるトタン張りの参籠所で、白衣の中老の女と中学二年の娘が秋元の目に留まる。娘の胸に白い痣《あざ》がある。三五人ほどの巡礼がくる。うち、男は二人。美しい女住職が引率する。帰りしなに流し目で秋元らを見る。秋元は参籠所に泊まり、お滝がかりを体験した。その後、大牟田市の三池病院などへ行き話を聞く。ベッドの被災者たちは手芸品を作るか、放心したように天井を眺めている。大牟田市の炭住街を訪問した時にこんな話を聞いた。朝、妻が炊事場のガスに点火すると、夫は爆発当時の幻覚と錯乱を起こし、戸を蹴破って一〇〇メートルも走ったそうだ。

この取材で目や耳にした痣や流し目、手芸品、幻覚、望郷の歌はドラマに生かされる。

炭住で暮らす上野英信

秋元が炭鉱の人々について最も意見を聞きたかったのは作家の上野英信(本名上野鋭之進、一九二三〜八七)だった。復員後に京都大学を中退して九州の中小炭鉱で坑夫として働きながら文学活動を始めた。閉山後も住み着き『追われゆく坑夫たち』などを書いた。詩人・評論家の谷川雁(一九二三〜九五)らと筑豊の炭鉱労働者の自立共同体・サークル村を結成し、機関誌『サークル村』を刊行、同誌から石牟礼道子(一九二七〜)らが輩出している。秋元は石牟礼と水俣病闘争の中で交流していた。上野とのインタビューを、日記にこう書いている。

《筑豊文庫着。上野(英信)さんが出てこられて、ようこそと、大きな手で握手を求められた。幾年か前、東京のチッソ本社前のハンストをお見舞いに行ったとき以来で、年齢を重ねられてさらに立派になられたという感じである。住いは炭住一棟(一軒六畳一間を五軒)を打ち抜いたもので、二軒分が書庫で、ぎっしりと炭鉱関係の本や古い資料が並んでいた。夫人によると私の訪問は山代巴さん以来の二人目の国賓とのことだった。まず乾杯しましょうと、居間へ招かれた。

私の知りたがっていることは、英信氏が炭坑夫たちを見、感じとっているところの根源は何かということだったが、私もうまく言えなかったのでまとまった会話にならずに終わった。もともと、これは端的につかめるような事柄ではない。日本という国と日本人の心性の深層に迫る方法論として、まだ私にも漠としているものなのだ。英信氏は坑夫たちの戦友愛と言っておられた。差別された人々が坑内では扶《たす》け合《あ》わねば仕事にも生活にもならない。それは女性を含めての平等感なのだろう。地上の生活圏では差別と貧困に迫害され続けたが筑豊に流入し地底に潜ってからは、すべてが平等なのだ。炭坑の労働は自然とのたたかいであると。アメリカ・南米に移住した坑夫たちは、だいたいうまく行っているそうだ。これも同じく自然とのたたかいだからであろうと。(長男の)朱さんの車で送って下さるという。英信氏も助手席に乗りこまれた。飯塚市の観光ホテルで下車した》

テレビドラマ台本

テレビドラマ・映画プロデューサーの武敬子(一九三〇〜)さんに会ったのは、二〇一三年二月、東京都新宿区市谷の自宅マンションだった。半世紀前のことと首を傾げながら、自著『たけさんのプロデューサー物語』(一九八八年、朝日新聞社)をめくって記憶を甦らせてくれた。

武さんは五五年にラジオ九州(現・RKB毎日放送)東京支社に入社。五八年には制作したラジオドラマ「ある初恋の物語——遠いギター・遠い顔」(谷川俊太郎・作)が民放祭番組コンクール(文芸番組部門)最優秀賞に選ばれた。以後、秋元作のテレビドラマは「五年間に五本お願いした」と言う。

——東京支社ではプロデューサーとしてラジオをやっていました。でも福岡本社にいる先輩の久野浩平さんから「テレビをやらないか、とにかく九州の本社に来い」と声をかけられた。私は好きな作家とだけ仕事をしようと思っていた。朝日放送での秋元さんのお仕事を見ていてお目にかかりたいと思った。有楽町の喫茶店でお会いし「仕事をしたい」とお願いした記憶があります。

秋元さんとの最初の仕事は、六四年のテレビドラマ「山ほととぎすほしいまま」でした。福岡県小倉に在住した女流俳人の杉田久女の生涯を原型にした。兄の秋元不死男さんが高名な俳人でもあり、久女の女弟子（橋本多佳子）とも親交があったので関心を持ち、いつか書いてみようと思っていたとかで、快諾してくれた。秋元さんはとにかく小倉中を歩きまわった。私は東京の古本屋で資料を漁り、久女の長女の方に話を聞く段取りをした。そのインタビューでの秋元先生は、素晴らしかった。長女は静かに泣き、私はどうしたらよいか分からなくなってしまったが、先生は終始穏やかで少しも乱れなかった。小倉取材に同行したのは主に久野さんたちだが、取材ってこんなに大変なんだ、めちゃくちゃ多いと思った。あれだけ取材する作家は少ない。単発テレビドラマとしては異例の厚みだった。一〇倍は取材し、使うのは一割。秋元さんの場合取材とは、材料を取るというより、すでに有り余る材料を調べており、その上でイメージや言葉として何を残して、何を捨てるかを決めるための作業のようでした。

局内はとにかく「芸術祭賞をとれ」という雰囲気。久野さんは、ヒロインの杉田久女と秋元さんは似ていると言っていた。秋元さんとは、それから親しくさせて頂いた。

翌六五年の「海より深き〜」では、秋元さんは九州だけでなく色々な所を歩いて取材していた。私は相当に手を抜いたが、久野さんらスタッフと一緒に歩いていた。配役ではまず北林谷栄さんが、「常陸坊〜」のときも凄い取材をしたはず。どこに行けば何を知ることが出来るかよく知っていた。自然と決まった。あの人以外にいなかった。気むずかしい方でした。ロケは博多の近くで撮影した。

秋元先生はもしかしたら天才じゃないかと思ったから、距離をおかないとこちらが食われて終わると初めから用心した。それでも相当な失敗と誤算をした。このため時々私は自己嫌悪に陥り「相手は天才だから仕方ない」と自分に言い聞かせた。創作というものの底知れないパワーにきりきり舞いにさせられた。ほんとうに秋元先生の、あの才能と知性あふれるエネルギーは常人のものではなかった。

一〇年ほど前に亡くなられた時、なんだか力が抜けてしまった。一つの時代が終わった。見事なほどエゴイスチックな完全主義者でした。でも人の優しさや悲しみにとても敏感な人。純粋で心がきれい。普通の人同様の欲望もありながら、誇りと自信に満ちた穏やかな方。生き生きした言葉と実にアッと思わせる諧謔が印象に残る。「かさぶた式部考」が毎日芸術賞を受賞したパーティーの時に、敬愛する人たちで「秋元松代被害者同盟」と名乗り、祝杯をあげた。亡くなられた後も思い出す人です。目黒のご自宅マンションにはよく行った。手前にダイニング、奥に一部屋。小さな慎ましいお部屋でした。今考えるとちゃんとお話ししたことがない。後悔している。

「海より深き～」のテレビ台本(全五五カット)を参照しながら録画映像を見た。要旨を再録する。

――村の道を和泉教会の数人の比丘尼が、尼式部の歌を歌いながら行く。

ふるさとに　帰る衣の　色くちて　錦の浦や　杵島潟《きしまがた》　弥陀の救いも　有明の　海より深き

親の慈悲

九州・玉島村の小農、大友伊佐の家で、息子の豊市は、少年のような目で自作の尾長鶏の細工を眺めている。働いていた鉱山が一年前に炭鉱爆発事故を起こし、CO中毒後遺症で脳に障害が残った。事故直後は赤子のようだったが、勝気な嫁のてるえの看病で、少し良くなった。母の伊佐は豊市に楽しげに語りかける。伊佐は、てるえのすすめで小さい鉱山で働いたばかりに、事故が起きても組合の支援が受けられないと嫁にこぼし、口喧嘩になる。豊市は、伊佐が家の中で起こしたコンロの炭火の臭いをガス爆発と錯乱して、外に飛び出す。

　公民館の前で和泉教会おめぐりの一団が旅装を解いている。薪小屋に身を隠し、おびえる豊市は、全身白衣の装束で身を包んだ和泉式部の末裔と称する智修尼を覗き見る。美しい智修尼は豊市を見つめ、冷笑して去る。発見された豊市は美しい生き仏にあったと妻に言う。妻は愛人の庄三の家に出かける。信徒は伊佐に、本山である日向の朝狩山でお籠りをする旅への同行をすすめる。豊市は喜び、伊佐も同行する。朝狩山の山参道をよじ登る信者たち。先頭は智修尼、後に豊市がいる。参籠所に坐る智修尼の背後に、和泉式部の一代記を描いた絵馬がかかげられている。病んだかさぶた式部の旅姿、若き頃の宮廷の美女だった式部像。智修尼は絵解き物語と歌を口誦する。やがて智修尼はお滝がかりの装束になり滝入りする。豊市は「痛ましか」と滝に飛び込み尼を抱きかかえて参籠所へ走る。智修尼は豊市の胸へ顔をつける。お滝場で信者たちは伊佐に「修行を穢された」と怒ると、必死の形相の伊佐は滝に入る。「豊市の心ばお救い下はるとなら、わたしにもっと重か罰をおあて下はりまっせ。わたしのかさぶたは豊市、豊市のかさぶたはわたしでござるまっす！」

　豊市は記憶を一時的に取り戻す。泣いて喜ぶ母。智修尼は信者たちに「豊市さんは世の人々のうくべき天罰をその身に受けたお人。ああたがたの身替りとなった」と言う。参籠所で幹部が信者たちに豊市の奇蹟を「母の愛の勝利」と、信仰奇蹟物語として講話する。聴衆たちは感動して涙を流す。山の中で智修尼は戯れの愛の言葉で純真な豊市を惑わす。二人のラブシーンを目撃して当惑して引き返す伊佐は、山道でてるえと出くわす。てるえは智修尼に「いやらしか」と血相変えて抗議し、豊市を連れて帰ろうとするが、仏の弟子になると拒否される。てるえの逆上を見て、豊市の後遺症が再発してしまう。伊佐は家に帰るよう豊市に言ってくれと智修尼に懇願する。智修尼は冷然と去る。伊佐は、てるえが妊娠しており、不倫を見破る。しかし豊市と仲良く暮らせ、何も信じていないと伊佐は泣く。智修尼に同行を拒否されて茫然としている豊市の手をてるえは引っ張る。豊市と別れて山に残る伊佐。「倅《せがれ》は、仏も式部も母もいない、嫁のいる世界で良くなってほしい」と呟く。山を下りるてるえと豊市。伊佐とてるえは互いにいたわり合い、伊佐はたった一人参籠所に坐る。――半年ぐらい後、炊事場でかさぶた式部のようにやつれた伊佐が、かまどの火を無表情で燃やしている。参籠所では「母の愛は海よりも深く尊かちゅう証拠ですたい」と男が講話をしている。山道を伊佐はかまどにくべる枯れ枝を拾いながら歩く。

三つの特徴

テレビドラマの「海より深き~」には以下の三つの特徴がある。

①歌の力

「ふるさとに　帰る衣の　色朽ちて……」。旅姿をした比丘尼が、現世の苦しみを抱え、救いを求めて尼式部の歌を歌いながら行く。現代の信者たちなのに、往古からの時空間を超えてやってきた旅人のようなイメージがある。この主題歌は、秋元が作詞した。佐賀県・福泉寺に残る式部の望郷歌とされる歌から発想した。秋元は戦争直後に短歌誌の同人になるほど傾倒していた時期があり。歌の心、韻文の力をよく知っていた。

式部がすごした王朝圏からの引用を韻文の世界とし、炭鉱爆発により虐げられた貧しき家族が暮らす現実を散文世界とする。しかも散文では、苦心して自分のものにした九州の方言を駆使して地方に暮らす人の血肉が加わる。韻文と散文・方言。王朝歌人と民衆。二つの世界を言葉で遭遇、融け合わせたのだ。秋元版の劇的方言については第九章で述べる。

②原型としての人間関係と性格

劇は、典型場面で、典型人物が、凝縮された台詞で衝突することから生まれると、秋元は考えていた。典型人物とは、豊市をめぐる母伊佐、妻てるえ、智修尼の三人。「母と子というもっとも端的な、それ以下には省略の効かない人間関係を基本線におき、和泉式部の後裔と称する伝説と実在の間を生きる女性を登場させ、子供のCO中毒後遺症という難病で両者を結び付ける」案を早くから日記に書いている。

まず登場人物の生活全体を徹底して書き込むサブノートを作る。三好十郎の教えだ。典型としての三人の女性像を、秋元日記を参考にして見てみよう。

伊佐　母の心を意味する題名に明らかのように、主人公は伊佐であり、主題は豊市に寄せる母性愛だ。夫は若くして戦争で死に、一人息子の豊市は炭鉱事故の後遺症で精神を病む。家の実権をにぎる嫁てるえからは疎まれている、貧しい農家の姑。豊市が一時的に記憶を回復した時は信心する気持も出たが、再発してからは何もだれも信じなくなる。怒り、悲哀、憂愁と諦めの気持が支配する。そして諦めは人生と自分を直視する覚悟を伊佐にもたらす。だから秋元は「三幕目の伊佐は、一幕の伊佐に戻ってはいけない。絶望が考えられ、感じとられることが必要であり、伊佐をして行動の主体とさせねばならない」と出演者に助言した。つまり伊佐は、最愛の娘小式部に先立たれた式部の母性を受け継ぐ存在ではあるが、式部のような宗教への信仰はない。後半は無信心者の宗教への不信、怒りに囚われる。

てるえ　秋元は「外向性で活力のある肥後の女を出したい」と考えた。現実的で勝気な嫁であり、愛人の子を身ごもる。しかし豊市を捨てる気はなく、嘘をつき、不倫の子を生み育てて家庭の形は守ろうとする。「必ずしも財産のせいではない。彼女にとって、豊市のような夫はある方がよい」(秋元)。この妊娠は伊佐に見破られるが、身勝手で、したたかなてるえは、美貌の尼に女として激しいライバル意識を持ち、嫉妬を燃やす。

《てるえの扱い方が難しい。いやな女にしてしまうことは「現代的」ではあろうが、人間の不幸に対する侮辱であり、社会の歪みと不正に対する安易な批判、即ち妥協と無責任でしかない》。《三幕目のてるえは絶望の果てに、絶望と敗北の自認による回心がくる。民衆の永生を代表する生ける精神の不屈さである》。《演出家たちは「てるえ」を合理主義者だと思っている。こんなのは合理主義でもなければ理性的な性格でもない。日本人的な現世主義と打算性にすぎない。貧弱で痩せた女なのだ》

智修尼　和泉式部六八代目を名乗る和泉教会教祖。美しく驕慢な現代の遊行人。宗教者としての自分の力を実は信じていない。聖地への巡行では、旅の気まぐれから、豊市を誘惑し、いたぶるように体を与え、冷酷に拒絶する。女性の美に敏感で、同時に厳しい目を注いだ秋元が好んで描く一つの典型女性像だ。「常陸坊海尊」の巫女雪乃と同系列に属する妖婦。聖の裏側に淫乱な俗を持つ魔性の女。浮かれ女と言われた情熱の歌人和泉式部のコケットリーを引き継ぐ。

③民衆の救済幻想

秋元は民衆が負う苦しみや罪をひとしなみに「かさぶた」と表現した。「海より深き～」のお滝場シーンでは息子と一心同体の伊佐が、息子の罪をまるごと引き受けようと祈る。この母性を「かさぶた」と形容する。昔も今も戦争や貧困などの苦しみにあえぐ民衆の心の底に流れる救済への願望、幻想を「かさぶた」とする。秋元はこの執筆を自分の「母や祖母を訪ねる旅」とも形容する。母や祖母はその時、民衆一般の謂いとなっている。

戯曲「かさぶた式部考」へ

「海より深き～」がテレビで放映されたのは六五年一一月。それから「かさぶた式部考」と題して戯曲化、初演され、戯曲が毎日芸術賞を受賞したとの知らせを受けた六九年一一月までの四年間の苦闘を日記から再現する。

——秋元がテレビ「海より深き～」を見たのは六五年一一月二一日だった。重要なシーンをいくつかカットしてあったため、がっかりする。しかし、一二月に芸術祭賞を受賞して再放送を冷静に見ると、深い感動が秋元を襲う。画面の切れ味のよさ、よく才気を抑えて表現に集中力を発揮したと久野演出に感心する。《日本のテレビドラマが始まってから、これは最優秀作品の最高唯一と云えると思う》と日記に書き、武さんに電話する。自らを激情家と自覚するように感情の振れ幅が大きいのだ。武さんは「秋元作品が演出家の才気と自負を抑えた」と受話器の向こう側で声を弾ませた。後にNHK芸能局長からRKBに対し、テレビドラマ研究のため「海より深き～」のフィルムを借りたいと公文書で依頼があった、と秋元は喜ぶ。

翌六六年一月に港区芝の東京プリンスホテルで芸術祭賞受賞パーティーが開かれ、訪問着で出席した。会場で武さんは涙を拭いていていた。贈られた三色のスイートピーの豪華な花束は、帰宅後に自室に飾った。

六八年夏から、戯曲にすることを考えた。しかし書けない。自分の仕事の効果について意識的になることが原因ではないか、と思う。一二月になりようやく序幕が書けそうになったが、もっとよく固め、そして解放すること、意図だとか、設定だとかいうもののいやらしさがある、と書き出した原稿を破いた。六九年一月。《私は仕事をする以外に何の価値もない女なのだ。それは私の誇りとしてではなく、永劫の悔いとしての自覚なのだ。私は二年に一本ぐらいしか書けないし、収入もない。原稿を渡せばせいぜい五万円ぐらいの収入である。どうして食べて行けるのか。私はひとりで生きたいのだ。ひとりで生きたいために、私は女としての可能性も要求も捨ててきたのだ》と日記に書く。

毎朝、(肥後)狂句集と方言資料で熊本弁をトレーニングしてから仕事に入る。肥後民話も読む。楽しい。くまもと辞典と首っぴきになる。下品なことが例証に多くあげられてはいるが、言葉が分かると勇気を感じてくる。言葉を自由に使えるようになること、それが人間を描くことであると改めて痛感した。二月九日、やっと肥後地方の言葉が使えるようになった。狂句集と辞典を入手したのは一月三〇日だから、一〇日間で目途をつけたことになる。二月後半、筆が走り始めた。注意しなければならない。何か追い立てられ追いかけられているように書いている。追いかけてくるのは、作中の各々の人物たちだ。主題が簡潔であることで、作品自体を明確に見渡せ、速度が加わってきたのだろう。調子に乗っては軽くなるおそれがある。しかし用心深ければ勢いを失う。秋元は自問自答しながら筆を進めた。三月一五日。秋元は三幕のシーンを何日も頭に浮かべて各々におしゃべりをさせた。その状景に、ようやく親しみを持ちはじめた。やはりこれだけの時間は必要だったのだろうと思う。

四月四日に終ページまで書き終わる。一七九枚。三幕六場。《はじめに書くつもりだった処までは、やはり書けなかった。とにかく今の私にできる処までは力をつくしたと思う。実に虚しい。空洞だけが風をうけて鳴っている。孤独感などというものが、いかに甘っちょろいか》と。書き出してから半年ほどかかって完成した戯曲「かさぶた式部考」は、六九年六月の『文藝』に掲載されて毎日芸術賞を受賞した。同月には演劇座が高山図南雄の演出により俳優座劇場で初演した。

秋元は五月に演劇座の稽古場で読み合わせた。《なんともさまになっていないが、これで押して行くほかない。有名劇団やスター相手より、どれだけいいか分からない。高山氏は心憎いばかりの構成である、と。一幕の展開はすばらしいとのこと。演出家が作品に惚れこんでくれたことは何よりである》と思う。

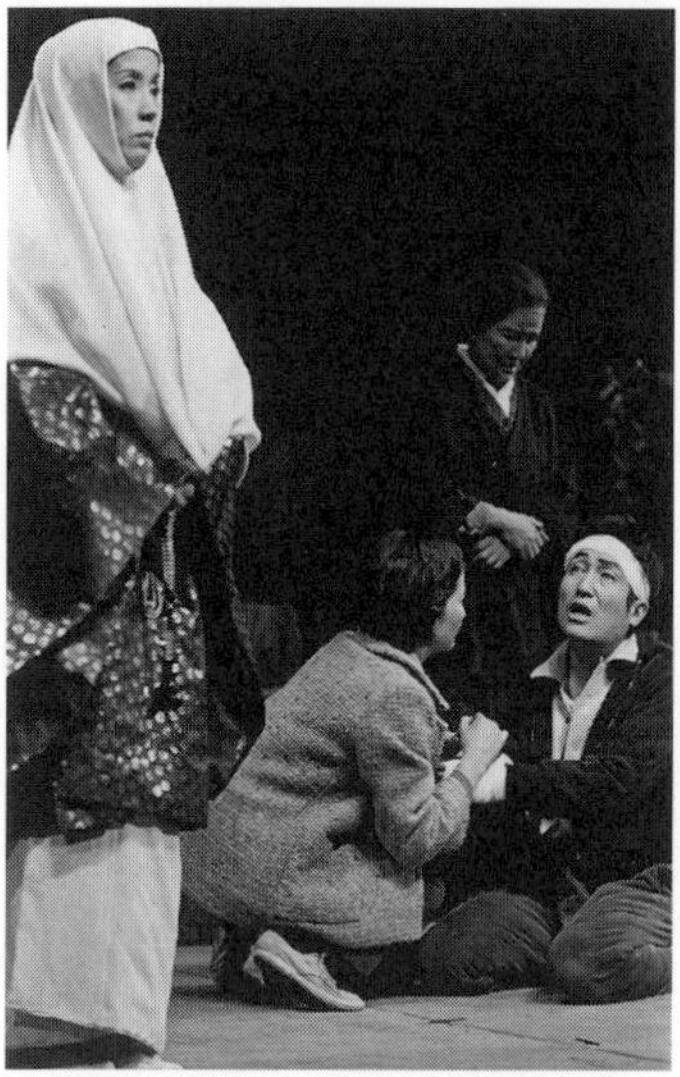

劇団民藝公演「かさぶた式部考」奈良岡朋子(左端)と北林谷栄(右から2人目). 中野英伴撮影, 劇団民藝提供

六月二七日に俳優座劇場で幕が開く。初日はテンポが出ていない。見ていて肩がかちかちに凝る。ロビーに置いた掲載誌『文藝』三〇〇冊は売り切れた。七月四日に千秋楽。俳優たちに支障が出なかった、感謝しなければならない

と思う。一一月二九日に毎日新聞から毎日芸術賞受賞の知らせを受けた。

女三態

テレビ台本「海より深き〜」(五五場)と戯曲「かさぶた式部考」(三幕六場)に共通する主題である母の愛と民衆の救済は同じだ。ストーリー展開、状況設定、人物キャラクターの造形も、ほとんど変わらない。しかし、時間などの制約からテレビでは書かなかったことを、戯曲では膨らませている。また逆に智修尼の滝入りシーンは、映像と違って舞台ではリアリティーがなくなると割愛された。二作の主な相違は以下の三点。戯曲は『秋元松代全集』第三巻に収められている。

①戯曲では、智修尼を慕い翻弄される豊市の恋敵に、精神を病む若い男の信者、夢之助を新たに配した。智修尼は豊市より以前から若い男を求めており、二人の若者を同時に慰み者にする設定により、魔性の女ぶりを強調する。

②豊市が一時的に記憶を取り戻し再発する原因は、テレビと戯曲では違う。テレビでは滝入りしている智修尼を豊市が抱きかかえ、参籠所で抱擁してから記憶が一時的に回復する。憧れの女性をこの身に抱いている幸福感からだ。しかし豊市の帰宅をめぐり、伊佐とてるえの口論を目の当たりにして再発する。

戯曲では、夢之助が嫉妬から豊市を谷に落とし、その衝撃から一時的に記憶を回復する。しかし智修尼のもとにいたいという豊市の求愛を冷然と拒否されて再発する。回復も再発も智修尼の残酷な遊び心による。

③最後の場面。テレビでは伊佐が、豊市・てるえ夫婦と別れて朝狩山参籠所に炊事婦として一人残った半年ぐらい後。かさぶた式部のようにやつれた伊佐がかまどにくべる枯れ枝を拾いながら山道を行く姿で終わる。

戯曲では、伊佐が炊事婦として一人残る一年後の参籠所。初旅の信者の女が伊佐に、息子がカドミウム被害にあい寝たきりになったと打ち明ける。伊佐はかまどの火を焚く。赫々と燃え上がる炎に伊佐の顔が照らされる。ここで秋元は一人生きる母の覚悟を浮かび上がらせるように描いた。母は悲しいが、孤独を選ぶ諦念は強く、突き抜ける。この炎の設定について演劇評論家の渡辺保は、秋元とのやり取りを含めて「声と身体性のゆくえ」(『二一世紀文学の創造6』二〇〇二年、岩波書店)にこう書いている。

「赤々とかまどの火が伊佐の顔を照らし出す。この(民藝再演)渡辺浩子演出が秋元松代は気に入らない。(略)しかしどこがどう悪いのか私にもわからなかった。そこで秋元松代に率直にそういったらば、『そんなこともわからないのか』とまた怒られた。あの火が伊佐を自由にするのだという。息子の災害、嫁とのいさかい、そういう桎梏から解放された伊佐が赤々と燃える火によって自由になる。そのもっとも大事な瞬間がうまくいっていないじゃないか(略)貴重な示唆をふくんでいる。なぜならば、伊佐は黙ってかまどの前に坐っているのであって、言葉も動作も何もない。能の居グセと同じである。それでも自由ということが観客に伝えられたとすれば、それこそが(母を演じた北林谷栄の)身体性ということであり、(略)その(核心の)一瞬を書くために粉骨砕身してきた秋元松代が怒ったのもムリではなかった」

深い母性の伊佐、魔性の女智修尼、手強い民衆の女てるえの女三態のドラマともいえる。

熊井啓が映画化

熊井啓監督(一九三〇〜二〇〇七)は、戯曲「かさぶた式部考」をもとに九〇年に映画「式部物語」[3]を製作した。同年のモントリオール世界映画祭で最優秀芸術貢献賞(準グランプリ)受賞した。熊井の著書『映画の深い河』(一九九六年、近代文藝社)によれば、映画「地の群れ」(井上光晴原作、一九七〇年公開)を製作中に、九州の炭鉱地帯で豊市一家のような悲劇を知った。閉山が続き、生活に困る離職者たちの間で新興宗教が浸透しはじめていた、という。炭鉱を映画ロケで訪れた時には、坑内爆発によって起きた火災消火のため、多くの遺体を残したまま注水する様子を呆然と眺めている家族たちの姿が、大友豊市一家の姿と重なって見えたそうだ。熊井は豊市の精神障害の原因を、戯曲と違い工事現場の火災事故にした。炭鉱はほとんど消滅し、工事現場の火災事故によるCO中毒患者の数は年々増えていた時代の変化がある。

「私は病名やその原因にあまりこだわっていない。これは世界中どこでも、普通の人間に突然起こり得る不幸であり、人から疎まれたり差別されたりして、社会に適応できなくなる状態を象徴している。(略)広島・長崎の多くの被爆者たちが後遺症に苦しみ、差別されたように、チェルノブイリにも、『かさぶた』を負った無数の伊佐や豊市夫婦がいる」(同書)。

ドラマの時間も、豊市をめぐる三人の女の愛、性愛の葛藤に主眼を置き現在形の物語にした。伊佐の母性愛、豊市の憧れに近い愛を翻弄する智修尼の性愛、そして不倫の子を宿しながら豊市と別れようとしない妻の現世的でエゴイスティックな夫婦愛だ。母は最後に独居を選び、朝吹山で小屋番をする。天井から吊るされた豊市の折った折鶴のアップ。それを見つめてほほ笑む母。家族三人の記念写真。抒情のトーンが濃い。

美貌の智修尼は聖の女ではあるが、男をサディスティックにもてあそぶ魔性の女でもある。豊市をかきくどくと黒髪がばさりと乱れる。式部の歌「くろかみの乱れも知らず打ち臥せば　まづかきやりし人ぞ恋しき」を連想させる。ラップで般若心経を唱える若い男の信者も式部の性愛の奴隷だ。炎のモンタージュ映像で心の暗闇を照らし出す。山火事のように草原をなめ尽くす炎は、豊市が遭った作業事故を暗示すると同時に心に疼く性愛への欲望か。本堂内の無数のロウソクの灯に照らされて恍惚とした智修尼は豊市と体を重ねる。たいまつが乱舞し、かがり火の中で信徒の前に登場する智修尼は秘教の教祖のよう。戯曲にあるアニミズム(精霊信仰)の世界が出現する。

誓願寺と誠心院

能には式部を主人公(シテ)にした謡曲の「東北《とうぼく》」(別名「軒端梅《のきばのうめ》」)と、「誓願寺《せいがんじ》」がある。両曲とも式部は和歌を修めた功徳で成仏し、歌舞の菩薩となる。

「東北」は、式部が色恋の煩悩から解脱するさまを描く夢幻能。舞台となった東北院は一〇三〇年に建立され、元禄年間に左京区浄土寺真如堂町の現在地に再興された。本堂前に謡曲に因んで軒端の梅と名付けられた古木があり、季節になれば白い花を咲かせる。

「誓願寺」は、歌舞の菩薩となった式部の霊が登場し、極楽世界となった誓願寺を称えて、寺の由来を語る。音楽が鳴る中、雪のように降る花。袖を翻して序の舞を舞う。舞台の誓願寺(京都市中京区新京極桜之町四五三)は、新京極の繁華街にある。式部は娘の小式部内侍を亡くした苦しみから救われる道を求め、誓願寺で四八日の間籠もり尼となり、庵をむすび、この地で往生したと伝えられる。式部の庵を移したのが誠心院(中京区新京極通六角下ル中筋町四八七)とされ、境内には正和二(一三一三)年五月の年号が刻まれた式部の墓とされる高さ約四メートルの宝篋印塔《ほうきょう》が立っている。

色恋からの解脱を謡う「東北」、娘を失った母の悲しさが漂う「誓願寺」。式部の分身は前者が智修尼に、後者が伊佐に転生した。

秋元は作品を書くにあたり誓願寺と誠心院を訪ねている。宝篋印塔を拝観し、勧進比丘尼たちが式部伝説を持って全国を旅したのではないかと思いを馳せる。私も二〇一四年晩秋に京都へ行った。新京極の雑踏を歩くと、誠心院と誓願寺が商店街の中に埋め込まれているようにある。誠心院の門をくぐると、式部の一代記を描いた絵巻が何枚か飾ってあった。智修尼が絵を使って講話した場面を思い起こさせる。ビルに囲まれた奥の墓地に宝篋印塔が立つ。すぐそばにあった誓願寺に詣で、東北院まで足を伸ばした。本堂前に梅が枯れ枯れと立っていた。古木に流れる式部情熱の樹液。春の夜になれば梅(恋)の花の姿は見えぬが、香しい匂いをただよわすと詞章(凡河内躬恒の歌)にある。

春の夜の　闇はあやなし(わけのわからぬもの)梅花
　色こそ見えね　香《か》やはかくるゝ(隠れようがない)
(古今和歌集)

第九章 「七人みさき」の天皇制

「七人みさき」の酒盛りでごちそうになる秋元松代(右から 3 人目). 高知県香南市にて, 1970 年 3 月

天皇制批判、禁忌の愛である近親婚、過疎問題。秋元は山奥の閉ざされた現代の過疎村を舞台にした「七人みさき」に、この三つの主題を仕掛けた。方法も源氏物語と平家物語の古典文芸、仮面や地霊など土俗のアニミズムを濃厚に纏《まと》わせる華麗で精緻な文体を駆使した。

光源氏を思わせる主人公の光永建二は、村では近代の天皇のように政治大権と宗教的権威を併せ持つ「秘境の天皇」だ。テレビ脚本では過疎の村を救うため観光地化を計画したが、異母妹藤との禁断の愛の果てに、嫉妬した愛人から刺殺される。戯曲では禁断を犯した罪をあがなおうと、刺されて瀕死の身ながら自害する。いずれにせよ野望半ばで、統治する聖なる世界は崩壊して政治権力者はいなくなる。

だが宗教を司る祭祀王の力は、建二から神社の司をする藤に託されて生き延びる。後述するが戯曲を書いていた時、政教分離を定めた現憲法では天皇の私事、私的行為である宗教的な慣行「剣璽《けんじ》動《どう》座《ざ》」が、公的に復活する動きがあり、祭祀王としての天皇の全面的な復権につながると、秋元は危機感を持ったのではないだろうか。

《私の才智の限りを注ぎこんだ極めて人工的、技巧的な古典劇である》と本人は書く。が、往古の香りをただよわせながらも、高度経済成長がもたらした過疎問題を背景に置き、共同体で住民を臣下のごとくまつろわせ君臨する兄妹に、天皇制のアナロジーを重ねた現代劇だ。《劇作家の主体性と戯曲の自立した文学としての存在を主張しようとしている》と自負する。

「七人みさき」は、一九七〇年にテレビドラマ(四六場面、九五分)に書き、同年一一月にNHKから放送され、芸術祭優秀賞を受賞した。七四年、この脚本をもとに戯曲(四幕六場)を完成し、『文藝』七五年四月号に掲載され、七六年二月に読売文学賞(戯曲賞)を受賞した。同年三月には劇団民藝が渡辺浩子の演出で初演した。(1)

題名のみさきとは魂、怨霊の意味だから、一見怪談めく。モチーフを得たきっかけは、秋元が七〇年三月に高知県赤岡町(現・香南市の一部)の路地で偶然見聞した酒盛りだった。地元の人が「七人みさき」とよぶ、御霊信仰、厄除けの素朴な宴だ。この時の写真(2)(本書二五三頁)を見ると、地面の上に筵を敷いて、正座した七人の女性が酒盛りをしている。秋元は迎え入れられるように加わり、女性の一人から酒を注がれ、両手で持った茶碗で受ける。後ろには、平屋建ての簡素な民家が並ぶ。この素朴な酒盛りから、華麗な「七人みさき」の劇世界が生まれたのかと思うと、改めて秋元の想像力の豊かさを感じる。見聞を日記に書く。

《辻に筵を敷いて男一人をまじえた女たち十人ほどが酒を飲んでいる。何かと思っていると、七人みさきと言って、旧正月に女が死ぬと、七人の女が死ぬという言い伝えがあり、その厄除けに、辻で女たちが酒を飲むのだという。盃を出されたので、飲む。オジャコの軽くいったのが重箱に入っている。これもおいしい。面白いことに行き遭ったものだ。(略)赤岡の浜辺の街区を歩く。私を引きこみ、誘いこんでやまない。海に向いた南に小さな空き地を作った家々は、屋根もひくく床もひくい。粗末な作りでありながら、安らかに暖かく、窓々はその奥の人を感じさせる。窓が小さく美しい。もしかしたら、私の生まれた処のような気さえするのだ。単なる旅行者の感傷だろうか》。秋元は、この見聞を読売新聞夕刊(七六年四月一日)に「木米の茶碗」と題して寄稿した。

しかし最初に秋元の胸中に作品の種がまかれたのは、赤岡の七人みさきに出会う二年前の六八年七月、やはり赤岡だった。幕末土佐の異端浮世絵師・絵金こと弘瀬金蔵(一八一二〜七六)の絵を、旧知の名古屋NHKの沖野瞭ドラマプロデューサー(一九三四〜)たちが赤岡へ撮影に行くのに同行した。絵金が在住した同町には絶頂期の屛風絵が三〇枚以上あった。血潮が飛ぶ凄惨な歌舞伎場面を極彩色の泥絵具で描いた肉筆絵を見ては、妖しさに興味を覚えた。絵金の絵はテレビ脚本では使っているが、戯曲では使っていない。佐多稲子との対談で、「光永建二が血みどろで自殺する場面は、潜在的に絵金の図柄を私はここで表したな、と思い当りました」(劇団民藝初演パンフレット)と語っている。

この取材については、随筆「土佐取材記(一)〜(四)」(全集五)で詳細に書いている。安徳天皇遷幸伝説の流布している山や、生活の底に古代性がある山村、不幸があると先祖が手作りにした木彫りの若い女面(百姓面)を谷川へ流してかかわりを断つ習俗があった村などを見聞した。「若い美しい女を投身させることを考えていた。死体はあがらなくても、木彫りの百姓面は浮きあがるのではないだろうか。災厄を惧れて秘かに流すという面。下流へ流れたその面を若い男が拾う。災厄は新しい憑依を得て生きかえるだろう」(「韮生さんぶん」)と、古代の生活に思いを馳せながら発想の手がかりを得た。

沖野瞭プロデューサーの思い出

秋元の取材に何度も同行し、親交の深かった沖野さんに本郷の自宅で、話を聞いた。

——上司から秋元さんの名前を聞き作品を読んでみたら台詞が強く、思いが深かった。こわそうだったが、お会いしたらなぜか気があった。当時、秋元さんは「山ほととぎすほしいまま」の上演問題で俳優座との間がこじれ、(3)心が沈んでいた。話をしていて孤独な人だなと思った。上司から大事な人だから急ぐなと指示されていたし、熟すまで待つべきと判断した。月一回ご飯を食べた。「沖野ちゃん、ご飯食べようよ」と甘えてくるほどになった。三、四回訪ねた後なにか本を書きませんかとなったが、こちらにアイデアがあるわけではない。「先生、旅に行きましょうよ」と父の縁で高知県の話になり、秋元さんから絵金の話が出た。赤岡を歩いた。肉筆画を旧家のボロ倉庫のほこりだらけの箱の中から出してもらった。絵柄は化物屋敷ですよ。ポツリポツリとアイデアを漏らし始めた。締切りの期限はつけなかった。秋元さんは書きだすと早いが、パタッと止まるとかなり長い。場面のウエイト、展開が変わったのでしょう。練ってもらった。

赤岡町を歩いていた時、人気のない真昼の道で立ち止まった秋元さんは、何かの気配に身を浸すように佇んだ。話しかけても返事をしない。一種憑き物がついた状態。どこか巫女的な人で、その世界に入ってしまう。長い沈黙のあとで幼児のような邪気のない笑顔になると「私はこういう所で生まれたのよ。きっと前世はここの子供だったの」。一時間ほどたってから絵金の感想を聞いても、スーッと上を向いていて、心がこちらになかった。

二度目の赤岡町行きで、秋元さんが地元の人に入り込んだ辻供養の「七人みさき」の写真は私が撮りました。秋元さんは出された食べ物を手にのせて食べていた。こういう所に溶け込むのが実にうまい。苦労しているから東京風を吹かさない。三〇〜四〇分坐り込んだ。楽しそうだった。テレビにした作品は、演出家にデモーニッシュなものがなかったのが残念でした。

後に七一年初め、再び憑依したような秋元さんを目にした。越後の瞽女《ごぜ》を題材にした「北越誌」（NHKテレビ、七二年一〇月放送）の高田市取材に同行した時でした。高田市の瞽女屋敷取材のあと、海沿いの道を柏崎に向かった。瞽女たちが歩いた道をたどり、人影のない小さな村を歩く。浜に近い松林で小さな石仏が点々と並んでいる墓地に行き当たった。秋元さんからふいと言葉が途切れ、ふーっと表情が消えた。これは入ってはいけないと、離れて見ていた。目に焦点がなくぼんやり立って、ひとりきりの世界にいた。完全に憑依している。私には見えないものと心を通わせて、話し、その人々が生きた風土に身を浸しているようだった。ふっと顔が和んで「私、ここで生まれたの」と言った。女性を人格として大切にする人を好んだ。こわがられていたが、可愛い人で、はしゃぐと小娘みたいにキャッキャと笑う。コンプレックスを逆のバネにした生き方だったと思います。

テレビ脚本「七人みさき」の完成

秋元は赤岡で七人みさきの酒宴を体験して三カ月後の七〇年六月三〇日に、テレビ脚本「七人みさき」を完成した。土佐方言に苦労したが、分かってくるにつれて、気分が落ち着く。秋元はまだよく見えぬ登場人物に、「お前たちの心を私に語ってくれ」と呼びかける。そして自分にこう言い聞かせた。勇気を出してどさどさと書いていくことだ、大胆に、無造作に投げ出す気持になれ、と。

脚本を読んだ武敬子さんから「不気味でモダンな作品」、久野浩平さんからは「怖れおののいた」と電話があり、胸をなでおろした。しかし、九月に試写を見た時は怒った。《いい点ひとつとしてない。ワキ役の大助を出しゃばらせている。この角度からしか、作品を理解できなかったのだ。七人の女を描かねば意味の大半は失われてしまう》。一一月八日に放送された。今度は冷静に見られ、よい点にも気が付いた。沖野さんから芸術祭優秀賞に入ったと電話があったのは同二〇日だった。

テレビ脚本は戯曲とは後述するように異なるところもあるが、基本の物語は同じだ。

――光永建二は、山奥の影村と日浦村の大山林地主であり、村人から関白さまと呼ばれる。村を支配し、彼にあこがれる村の女たちを愛人にする。源氏物語の光源氏と重なる人物像だ。女性遍歴を重ねながらも、血がつながっていないと思い込み、異母妹の藤を内心深く愛し、藤も彼を愛している。建二は平家の落人伝説がある影村を陸の孤島の宣伝文句で都会人に別荘地として売る計画を立て、測量のため徳島から測量技師の香納大助を影村に招く。大助は村の路地で筵を敷き七人の女たちが酒盛りをする「七人みさき」に出会う。小松ろくの亡くなった妹の供養をしていた。姉妹とも建二の愛人だった。大助は藤が養女になった壺野桐の家に泊まる。藤は建二のいいつけで安徳帝の魂をお守りする神社の司をしている。壺野家で藤が大助を誘惑して体を重ねる。大助は建二に藤と結婚したいと了承を求めて祝福されるが、藤は愛する兄への怨みと悲しみに沈む。

愛人あおいは建二の子が欲しい。神社で行われる子授け行事で一度はあおいが勝つが、藤の企みで負ける。藤と建二は互いの愛を告白して夫婦になる。桐は二人は異母兄妹と明かす。建二は、女面をつけたあおいに祭りの宝剣で刺される。死のうとする藤に「生きていけ」と諭して息絶える。あおいは投身自殺する。藤は子供らに石を投げられて追われ、大助と別れて村を去る。

四年間の苦闘

放送して二年後。七二年六月一七日に戯曲にすることを決意した。九月三〇日には「気張らずに、すらりと始めること。いい作品を書こうとするから、いけないのである」と思う。しかし七三年は難渋した。土佐方言の学習を突破口にようやく七四年一二月に書きあげた。七六年の民藝による初演を含めたこの間の日記(七三年二月〜七六年六月)では、創作の苦しみを赤裸々に綴っている。

七三年。《混沌として、なお、まつわりついている。いちど形を与えたものの難しさである。私を動かす、とらえる衝撃が必要だ。それは必ずくる。ただ、いつ、どこから、どのようにしてか、それは予測できないというだけだ。じっと忍耐づよく待ち伏せし、獲物にとびかかるのだ。目標などというものを持つな。そんなものが必要ということ自体が、衰弱であり、マンネリズムではないか。浅薄なプロ意識ではないか。以前の経験則は捨てられるべきでしかないのだ》

七四年。書き始める。《(二月)土佐方言を学習。気分が落ち着くので助かるのがいい。しかし、汚い言葉である。美的な音韻がない。虚心に、言葉を通してその土地と人々とに接している自分を見出す。方言集は、いま私の愛読書になった。方言の勉強。ときどき言葉のおもしろさにふき出す。主体的な欲求と、意図と、うちから流れるものなくして、一字一行も書けないのは当然ではないか。方言の学習終わる。(九月)とてもきれいな省略のきいた序幕である。こういう序幕ができてしまっては、続けてみる以外にはない。やっと仕事が進みはじめた。私でない人間を書いてはいけない。材料を大幅に省略すること。力の限度内で。好奇心の持てないことは避ける。一幕の人物を大切にする。(一〇月)仕事が私を生き返らせた。私を生かすものは私だった。私における実生活は、とても貧しく、対人間的には不毛でしかない。そのような貧寒が、私の源泉であることを知れば、この実情と相対していくだけだ。悲しければ悲しむがいい。傷つけばいい。侮辱されているがいい。裏切られているがいい。譲歩と妥協だけはするな。(一一月)佐多(稲子)さんにでんわ。本のお礼。仕事が苦しいことを話した。佐多さんも同じだという。随筆集は、何か凄みのようなものがにじんでいる。心を打たれるが、まさかでんわでは言えなかった。言葉に対する私の愛、それだけが私を確かめる手段だ。この何日間か、作品がともかく形をなして行くようになってから、酒が全然ほしくないようになった。地震があった。長い横揺れだった。この作品が書きあがるまで、無事にと思う。作品が完成したとしても、どうせケチくさい評価か、シミッたれた文句をつけるやつばかりだろう。そんなことは皮相な一時的な現象にすぎない。それが歴史をも作るが。私は自分のために書くだけだ。歴史もいらない。生活は、しばらくは何とかなる。今の暮らし方を続ければいい。作品を書くのだ。寒く暗い日だ。ガスストーブを出して、部屋を暖めて、少し元気をとり戻した。貧しく狭い住居だ。しかしこれでいい。勢いが乗ってきた。こうなれば、ためらっているわけにはいかない。長い間、苦しんできたこともムダではなかったと思う。少しすらすら行きすぎるかも知れない。自分の力業でやり抜くことはできない。自分の力以上の、それ以外の、何かが私に啓示を与えるかもしれない。調子がわるく一枚も進まず。頭が混迷している。もの悲しく気が沈む。こんなとき、何気なく雑談のできる知人でもあったら、と思う。そんなものは、今までにもなかったし、これからはさらに望み得ないだけだ。(一二月)この作品は、私の才智の限りを注ぎこんだ極めて人工的、技巧的な古典劇である。「常陸坊〜」や「かさぶた〜」の世界に戻る幸福は、作家として失った世界なのだ。そのような幸福は、も早、私の裡にも、外の世界にもないのだ。四幕。流れるように想が湧き、すべての登場人物が、自在に私の指揮に従う。ようやくほんとうに、ようやく、ここまで到達した。神よ、あと数日の命を与え給え。ふと不安が横切る。しかし書くことで鎮静と充実がくる。時々、涙が流れるのは、「藤」のせりふを書くとき》

一二月一四日に脱稿する。《午前九時頃から仕事。終幕の終わり近し。苦しみはなく、自由と喜びがある。深夜十二時半、書き終わる。非常に静かな気持だ。作品を書きあげたという実感とはちがって丁度、旅を終えて帰宅したようである。喜びでもなく、不安でもなく、しかも充足の感じが、たしかに私に語りかけている》。《あとは方言のまちがいを、正月すぎに検討することにする。それで終了である。戯曲というのは、大変な仕事だと改めて思う。私の詩心を磨くこと。それが私の仕事であり、生きるということなのだ。書き上げたのだから、さらに勇気をもって、生きたい。生きられる処まで生きて、仕事をしたい。快い目覚め。戯曲を書き始めて二十五年。こんな充実感と平静さは、初めての経験である》と暮れを過ごす。

七五年。初演する劇団民藝の稽古にやきもきする。《夜、(渡辺)浩子にでんわを入れ、観世(葉子)さん抜擢については、賛否半ばになろうが、それでいいと思うこと。これならばと思う女優がみつからないのだから、これがだめでも諦めはつく。若さの花に望みをかけるしかない、と話しておく。浩子が観世さんをつれて来訪。宮川で夕食。感じは悪くないが、幼い。少し冒険すぎるという気はする。読売文学賞は望みないな、とふと思う。人徳がない、というやつかな。性別、無学歴、貧乏、グループがない、親分がない、政治の無関心。そんなものが合算されるんだろう。ひどいもんだと思う。酒のほか、語る友もいない。涙が流れて止まらぬ。無念だ。ただ無念の思いのみ。しかし、これでいい、そうも思う。一生、差別され、反感と孤立の中で、私は書くだけだ。その方が私にとってはいい環境かもしれない。作品は、いつか時を得て真実を語るだろう》

七六年二月。戯曲が読売文学賞を受賞した。

《読売新聞文化部よりでんわあり。「七人みさき」戯曲部門で文学賞と決定の由。ありがたく頂きます、と返事。やっと来た、という感じ。党派も人脈もない私に、こんなに遅くだが、きたことはきた。うれしくない頃にもらったのも、いいことかも知れない。浩子からでんわあり。(略)演出家は、列車の運転手のようなものだ。発駅から着駅まで、レールの上を定時に規則どおり走ればいいのだ。私のいう楷書で書く演出というのは、それだ。それ以上のことはしてくれるなというのだ。読売新聞社の新社屋へ行く。業績に対して賞を出すなどとは僭越だがということ、永久に残る業績というような言葉もあった。褒詞《ほめことば》の常にはちがいないが、そういう誇張された観念語がそれほど空疎に思われない自分に、耳をそばだてる思いがあった。(受賞祝賀会会場の)ボンへつく。お客さんたちが見えられた。発起人の佐多、戸板、田中千禾夫、宇野さんたち。網野菊さん、足がわるくほとんど会合には出られないのに、よく来て下さった。高田一郎、堤清二の諸氏。七十四名》

二次会を沖野さんが段どり、渋谷のカツ屋でした。秋元と佐多は、記念の色紙を書かせられた。

雪国もあり　南国もあり　春の夜(松代)

江戸っ子をぬきにしているご謙遜(稲子)

七六年三月。民藝の初演の幕が開いた。《「ろく」のムシロ織りを、ワラ打ちに替えたのはなぜか知らないが、浅ヂエでビンボースタイルにしたのだろう。ビンボーで統一する(作品の解釈を)という話に、私はおどろいたが、こうまで古くさい農村劇の観念性には原寸主義には唖然とした。芝居はなんとかみられる程度にはなった。佐多さん、一分の隙もないと。芝居がまとまってきたのは、奈良岡(朋子)、北林(谷栄)、草間(靖子)たちの後輩への演技指導の力だ。奈良岡さんにでんわ。藤のことについて本人に助言を依頼。幕切れのところ。夕刊に尾崎宏次氏の劇評[4]。いつもと違って、はっきりと直截でいい。田中千禾夫氏の礼状。「戯曲の単行出版は劇作家の基本的人権確立の土台に御座候」。この人にして、この文字あり。胸うたるるものあり》

この年、秋元は、佐多が川端康成文学賞を受賞したので授賞式とパーティーに出席した。和服に角帯姿の草野心平がいたので挨拶する。「あなたは美しい、とても美しい」と草野は言い、口をきつく結んでみつめた。美しいうるんだ目と、秋元は思う。「もちろん、うれしかった」とも。

方言の力

ここらで秋元が使ってきた劇的な、つまり秋元が造語した方言について見てみよう。初期作は方言のにおいはそれほど強くないが「芦の花」や「もの云わぬ女たち」で北関東小都市や農村の土地柄を出す。「山ほととぎすほしいまま」は北九州の小倉言葉、「村岡伊平治伝」「マニラ瑞穂記」では、からゆきさん出身地の島原など九州のお国言葉、「常陸坊海尊」は東北の言葉、「かさぶた式部考」では九州。そして「七人みさき」では土佐の言葉をベースにしている。この後に書いた「近松心中物語」や最晩年のNHKテレビドラマ近松シリーズ三部作では江戸期上方の言葉を自在に操る。

なぜ東京育ちの秋元が、自家製の方言辞典をつくるほど苦しんで方言を使うのか。学習した方言の抵抗感が逆に言葉の選択を厳密にするようだ。前述の未公表対談に秋元の考えがある。

「日常、その人たちが使っている言葉というものは、非常に深い歴史的背景がある。しかも、大変重い生活の歴史というものが含まれている。例えば『常陸坊〜』『かさぶた〜』を書く場合は、私は東北人になりかつ九州人にならなければ書けないと自分では思う。その手がかりは方言。方言、言葉から入っていく以外に、私には手段はない。それは最も的確な一つの入り道だと信じている。民衆が日常使っている生活語である方言は実に含蓄が深い。その方言一つの意味が分かることによって、その地方の人たちの生活感情、そして日常的な生活のニュアンスのほぼあらましが、想像できる。

今はテレビ用語が標準語にされている。とんでもないこと。日本の方言の中には大変美しい言葉が無数に存在している。それを中央の都会にいる支配的立場の人がどうして抹殺していくのだろうか。明治政府以来の役人政治における言語統制がいまだに行われている。ということはその地域にいる人間を無視している。ひどい話です。民衆の生きた言葉を尊重しない限り、民衆をとらえることは不可能。方言には歴史が風土が、生産形式がかかっている。そのようなものをもっと繊細に、こまかく念入りに認識する必要がある」

ここには方言に対する秋元の考えのほぼすべてがある。秋元は方言を忠実に再現、使用しているのではない。マスターした上で、劇中人物にふさわしい台詞として加工する。田中千禾夫は同じ劇作家として「秋元の方言は、相対的な人工方言であって、それを操作する美意識、風土の濃い湿り律動の弾力と流麗とが、主要な秋元戯曲を決定づけている」(『劇的文体論序説下』七八年、白水社)と見る。

田中は様々な文体を綾織のように駆使した秋元版方言の極致を「七人みさき」とする。「人工方言の枠を尽くしたというべきであろう。この意味で文体的には完成した作品。方言は写実的土臭さで息づくもので、その限りでそれなりに良き効用を果たすこと、それによって秋元は勿論、有能な少なからぬ作家によって活用されることは云うまでもない。しかしこの作品のように、その土臭さを止揚した独特の方言は、以上の通念の適用を許さない。それは土臭さに頼らねば得られぬ現実性から脱し、もっと純粋な、謂わば象徴的な土臭さに由る現実性の次元に変貌しようとしているからである」(同書抜粋)。厳しい言葉選びと、具象から抽象へ昇華すること。秋元方言の強さだ。

観世葉子さんの思い出

初舞台で「七人みさき」の藤に抜擢された観世葉子さんは、観世流シテ方能楽師八世観世銕之丞《てつのじょう》の長女。桐朋学園の演劇コースで渡辺浩子から演出の授業を受け、七六年に劇団民藝に入団した。渡辺に連れられて秋元の自宅マンションへ行った時の思い出をこう語った。

——小一時間ほど居ましたが、こわいというより緊張していたので、話の内容は何も覚えていません。私からはなにも質問しませんでした。秋元先生がだめだと言ったら配役出来ないと事前に言われていたが、面接の後、何もなかったことはよかったということのようです。藤に配役が決まった時、とにかくぼーっとしていて、そのことの重大さがわからなかった。ただ単純に芝居が出来るのだという楽しさがあった。戯曲はいま読み返すと難しい本です。藤は結構凄い役なのでしたね。でもその時はそう思わなかった。本能のままにしていた。本来相手の台詞を自分に落してから言うのに、相手の台詞をちゃんと聞いていなかったと思います。台詞の語頭がいつも同じ、と言われた。

救いになったのは、『源氏物語』がベースなので、そういうことになじんでいたこと。父のもとで、能は子方を中学生までやっていました。隔絶された中で育ち、声も大きかった。近親結婚など普通の人々と違う人物は、私が普通と考えていた能の世界に近い人物たちでした。周りの人と違う雰囲気を持っていたのかもしれません。今、藤を演じたら、妙に表現しようとして良くないと思います。

秋元先生の本読みの事は覚えていません。いかに私は緊張していたかですね。宇野先生から目線を注意された。多分私は相手を見ないでしゃべっていたのだと思います。ぼんやりしているたちだから、研究生の時、滝沢修先生が「その妹」と「山脈」の本を渡してくれたのですが読んでなく、怒られたことがあります。あとで思うと役をつけてくれるつもりだったのですね。民藝は七六年から九八年まで居ました。「どん底」のナターシャ、「アンネの日記」のお姉さんをやりましたが、民藝リアリズム以外の芝居もしたかったので退団しました。

秋元先生は今思うと情熱的な人でした。こちらも情熱的に門を叩けば返してくれたかもしれない。その時はあまりに子供で、もったいないことをしました。すごく立派な感じを受けました。相手に「〜

民藝公演「七人みさき」，観世葉子(左)と奈良岡朋子(右)，1976年．劇団民藝提供

のうては」「〜のう」と呼びかける。秋元方言は古語に通じる面白さ、自然な美しさがありました。私にとりスタートの芝居。大きな声でがむしゃらにやった記憶しかありません。

舞台見たまま

私は九一年に再演された蜷川幸雄演出の舞台を見た。収録ビデオも参考にして、見たままの形で再現する。

第一幕。現代、南国の隔絶山村の影村。対岸の日浦村との唯一の交通路である吊り橋が、谷川にかかる。宮中の几帳を思わせる紗幕の奥の社から不気味な赤い月を背景に壺野家の女衆頭門脇げんが現れる。日浦村の当主光永建二が「七人みさき」の宴のために進呈した酒を届けるためだ。中央に敷いた筵で、後家のろくを亭主役に村の女六人で酒盛りをしている。建二に捨てられて自殺したろくの妹を弔うためだ。ろくも建二から捨てられた。げんの娘で今の愛人あおいもいる。村の男は都会へ出稼ぎに行き、あおいの夫も三年も便りがない。

やがて宴に建二の妹、藤がくると、女たちは宮中の臣下のごとく頭を下げる。名古屋から来た測量技師の香納大助が通りかかり、宴に加わる。うきの夫は名古屋へ行き、便りが絶えている。ゆうの夫は半月で戻ると知らせがある。すえは後家。影村の小山林地主、門脇忠二郎（通称中納言）が来て、大助のリュックに括りつけられた女面（後述）を見咎める。ろくが谷川に捨てたもので、あおいがもらう。ろくは建二進呈の酒を、地霊に捧げるように地面に注ぐ。

第二幕。壺野家。荘厳な音楽と共に几帳の紗幕が上がる。建二は、影村を都会近くに移転させる計画を抱き、大助に立案を依頼する。血はつながらないと思い込む兄建二と妹藤は、互いに激しい恋心を秘め、ついに藤は愛を兄に告白する。建二は藤の手の上に自分の手を置く。建二を訪ねてくる忠二郎役の坂口芳貞がふてぶてしい中年の生活者のにおいをまき散らす。

第三幕。うきの夫治平が里帰りするが、うきは夫への不信と不仲に悩み自殺する。あおいは自宅で、建二に結婚してくれと泣きつくが、妻に自殺をされ結婚はこりごりと断わられる。あおいは母のげんに、建二が愛しているのは藤だという。うきに自殺されて半狂乱の治平は、あおいを襲う。乱暴されたあおいを見つけたろくが手に持つ紙袋から蛍が舞いあがる。

祭りを控えた夜の壷野家。斎女の藤が迎え火を焚き、藤の母、桐が合掌していると建二がくる。藤は兄に愛を再び告白し、神社でお籠りをしているから夜に来るよう誘う。

建二は大助に、村の吊り橋を落とし古代の秘境のようにして都会人に売る計画を明かす。これに反対する帰郷者の不穏な動静を、忠二郎が建二に報告する。藤に恋した大助は求婚するが断われる。しかしげんが娘あおいへの盲愛から、藤が籠る社の合鍵を、藤からだと偽って大助に渡す。山の方から底深い不気味なもの音が響き、禁忌愛の破局へと宿命を啓示する音楽が高まる。

第四幕。夜、神社拝殿に藤を訪ねて大助が来る。建二が来ると思っていた藤は驚くが、求愛を受け入れる。訪ねてきた建二は騙されたと怒るが、藤は今夜、建二に嫁入りする覚悟だったと短刀を見せる。二人は禁断の愛を告白し、本殿で床入りする。

宝剣渡御《とぎょ》の列が通る。装束姿の藤もいる。建二から藤との結婚を聞いたろくは、二人が実の兄妹なのを知っており、秘密は明かさずに止めようとする。しかし建二と藤は寄り添う。「私はもう兄ではない。お前も妹ではない。二人はまっこと恋人ではないか」「あまり幸せで、怖ろしゅうなります。あなたを破滅に陥《おち》いたのではないかのし」「もしもそうなら、罪も破滅も、実に美しゅう充ち足りた天罰よ。穢れも喜びも許されてええのぢゃ」女面をかぶったあおいが建二を宝剣で刺す。死にいく建二は、ろくから藤が実の妹と知らされる。自害しようとする藤を押しとどめ、自ら頸動脈を切る。藤は「祭はつづけます。見失うた神々のために」。祭の法螺貝《ほら》の音が山谷に反響する。

「いろごのみ」と「好き者」

登場人物の名前からわかるように、源氏物語の作中人物が戯曲に投影されている。建二は光源氏がモデルであり、折口信夫《おりくちしのぶ》(一八八七〜一九五三)の源氏物語論でいう王者の稟質《ひんしつ》「いろごのみ」と、好色の「好き者」の両側面がうかがえる。ろく、ろくの自殺した妹、あおいの三人は健二の愛人だったし、建二の妻は戯曲では嫉妬から毒を飲んで自殺している。このような女性遍歴は単なる「好き者」ではある。しかし過疎の村を治め復興させる考え方や、巫女でもある藤との純粋にして罪深い愛の精神性は「いろごのみ」の王者も連想させるのだ。

折口は「源氏物語における男女両主人公」の中で、臣籍に降下した光源氏について「源氏という人は、その時代の理想的な生活を、理想的に書き表したものなんですから、これの型は天子より他にありません」(『折口信夫全集』八)と見る。秋元は天皇の同格者である光源氏を現代に生き返らせる発想で建二を描いた。

折口は光源氏の凛質と言動を「いろごのみ」という言葉を使い、古代の伝承の中ではぐくまれた英雄の理想像として説く。「古代には古代としての、国々の生活力の問題があった。自分の国を栄えしめる為には、他国の神を併せ持たねばならなかった。（略）その為の誤りない方法は、国々の神に仕えている最高の巫女を妻とする事であった。巫女と結婚し、巫女を迎える事は、同時にその国々の神を、宮廷に迎える事になる。（略）その貴人が国々の高巫を幾人も併せ持つと言う事は、国々の神を併せ持つと言う事であり」、「このむと言う語は、好色の好ではなく、古くから選択すると言う意味である」（同全集一四）。

あるいは「色好みの人物を書くということが、日本の過去のいちばん偉大な人物を書くことになる。世の中で一番高い、一番神に近い生活をしておって、外側の姿も内らの世界の智慧も非常に優れている人間が行う一番大切なことは何だというと、色好みです。我々はこれを非常にいけないことだと近代的に考えております」（「源氏物語における男女両主人公」同全集八）。また折口は宮廷貴族の一夫多妻を念頭に置いて、色好みと、好色者を意味するすき者を区別して考えた。好色者は性欲的な人間であり、藤原道長がそうだったと発言している（「源氏物語研究・座談会」同全集一五）。

折口の最晩年の弟子だった古代国文学研究者の西村亨は「（折口は）好色にあたるのがすきであり、いろごのみはより高い倫理性に裏付けられていることを言っている。折口信夫のいろごのみ論の白眉は、源氏物語の主題に据えたところにある。これによって光源氏の恋の遍歴に倫理的な意味を与え、この人物の理解に確然たる立場を作った。いろごのみの男のもつ純粋でおおらかな人格の発露と（光源氏を）みている」（『折口信夫事典』西村亨編）。

秋元の日記には折口の名はまず見当たらない。しかし折口語彙「いろごのみ」を参照項にして、妹にして巫女である藤を愛する建二像を描いたのではないか。女性遍歴からみれば好色なすき者の性格は強い。しかし、異母妹との禁断の近親結婚は、タブーを犯すという意味で、父の後添いである義母と愛し合う源氏の背倫を想起させる。人間を混沌たる矛盾の存在と表現してきた秋元にとり背倫は、至純な愛に反転する要素を持っていた。単なるすき者を越え、秋元の古代に寄せる夢でもあり、近代の合理主義を乗り越える強い光源になった。

背景の源氏物語

ほかの登場人物にも源氏物語の作中人物（括弧内）が重なる。源氏物語の登場人物紹介などは、「源氏物語の人びと」（『国文学』九一年五月号、学燈社）から引用する。

光永建二の愛人は、壺野藤（藤壺の宮）、ろく（六条御息所《ろくじょうのみやすどころ》）、あおい（葵の上）の三人。他に愛人ではないが、藤の養母である壺野桐（桐壺更衣）、はな（花散里）、すえ（末摘花）、ゆう（夕顔）、うき（浮船）ら村の女たちが、建二の周囲をめぐる。

壺野藤は、異母兄の建二と愛し合う。義理の息子光源氏と背倫の愛を交わした藤壺の宮がモデル。光源氏の亡き母桐壺更衣と似ており、深く慕情を寄せ、母性・エロス・女性願望の対象となった。罪の子（冷泉帝）までなすが、出家して三七歳で崩御する。光源氏の生涯を決めた運命の女性だ。

ろくは建二との子を流産したことがある。憑霊的な能力を持つ六条御息所がモデル。六条御息所は光源氏に愛されたが、正妻の葵の上との争いから、彼の情熱が自分から離れたことを知る。怨みと屈辱の思いが募って生き霊になり、出産間近の葵の上にとりつく。葵の上は男子（夕霧）を出産するが息絶える。ろくはあおいから「生きながらの御霊のよう」と恐れられる。ろくは戯曲では建二と藤は異母兄妹であること知っており、死ぬ間際の建二に明かす。

役名からすれば六条御息所はろくのモデルだが、憑依する力や巫女的性格、男を誘惑するエロチシズムを考えると、壺野藤のモデルでもある。二人とも六条御息所の分身か。若き日に王朝文学を耽読した素養から生まれた人物設定だが、前述(第五章)したように円地文子原作の「女面」を連続ラジオドラマに脚色した時に、巫女の持つ霊感とエロスに改めて感じ入り、着想したのではないだろうか。

あおいは建二の現在の愛人。一六歳の時に政略結婚させられた光源氏と死ぬまで心がつながらなかった正妻葵の上がモデル。血筋や整った容貌など最高のものだったが、潔癖な性格などが災いして、光源氏とは仲が疎遠だった。あおいは建二と藤との愛情を知り、嫉妬から建二を宝剣で刺殺し、投身自殺する。この死に方に、六条御息所にとり殺された葵の上の運命が宿る。

あおいがろくに嫉妬し、建二を興ざめにする自宅場面で庭先に蛍が飛ぶ。謡曲「葵上」にこんな地謡(六条御息所)がある。「人の恨みの深くして、憂き音に泣かせ給ふとも、生きてこの世にましまさば、水暗き、沢辺の蛍の影よりも、光る君とぞ契らん」(わたしの恨みが深くて、今はつらい想いに声を上げてお泣きなさるとしても、あなたは生きてこの世にいらっしゃるのなら、暗い水面を飛ぶ沢辺の蛍の光よりももっと輝かしい、光源氏とずっと契りをかわすのであろう)。秋元は、この詞章を隠し味にしたのだろう。

藤の養母である壺野桐は、テレビでは異母兄妹の秘密を女中のげんに明かす。名前だけだが、光源氏の母桐壺更衣がモデルともいえる。低い身分でありながら桐壺帝の寵愛を一身に受けて彼を出産したが、他の妃たちの怨みを買い、心労から夭折する悲劇の母だ。

禁忌の愛

ドラマの主題はまず、テレビ脚本、戯曲とも禁忌の愛としての近親婚だ。母こそ違うが実の兄妹である建二と藤との愛を、背倫と至純の混沌として描いた。戯曲の方が藤の情感は濃く、建二を誘惑する。近親婚を二人に暴露する運命の預言者役は、テレビでは壺野桐、戯曲ではろくだった。テレビでもろくの祭祀行為を最後に置き、彼女の存在は重い。

人の根源の罪を問うギリシャ悲劇を好んだ秋元は、すでにラジオドラマで古代天皇家の近親婚を描いている。「赤猪子の恋」(5)(五六年)と、「軽の太子とその妹」(6)(五九年)だ。二作品とも秋元がラジオドラマで活躍した後期に書いた。秋元は戦時中に防空壕などで「記紀歌謡、万葉集、古事記伝などを、渇いた者が泉をむさぼり飲むようにして読んだ。戦争体制下の出口のないような生活の中で、それらの古典の壮大な詩と劇詩に魅了され、魅惑されていた。その時期に吸収したものが十年あまり後になって、このような二つの作品になって甦ったようである」(著者自註)と思い出す。戦火の中で養った物語る力と方法だった。

ラジオドラマ「赤猪子の恋」

「赤猪子の恋」は、五六年八月二五日に中部日本放送から放送された。原典は『古事記』雄略天皇の条にある「引田部赤猪子《ひけたべのあかいこ》」項。「原典ではもっと単純な物語だが、単純であるために、いっそう心を捉える物語である」(著者自註)と書いている。『日本古典文学全集・古事記』(校註・訳者は山口佳紀、神野志隆光、小学館刊)によれば、雄略天皇をモデルにしたのが大初瀬の帝。古代では天皇の多妻は許されており、雄略天皇は乙女たちに精力的にプロポーズした王として多くの妻問い伝承が残されている。原典は簡潔で、大初瀬の皇子が引田部の村長の誇り高い娘赤猪子を見染める川の畔と、八〇年後に再会する宮中の二カ所を対比させる。

秋元はこの古事記の世界を借りて、若き高貴な男女の恋を瑞々しく甦らせた。身勝手な男のたった一言を信じ、忘れ去られたまま身を清らかにして待つ愛に生きる女と、身内との権力闘争に生きる男。昔と今。生者と死者。夢と現実。明快な構成だ。帝の夢の中には、妹でありながら兄の軽の太子と禁断の恋をして島流しになり悲しみのあまり自殺した衣通姫《そとおり》も登場する。愛そのものの化身である純粋な赤猪子の「あなた様を恋い慕って、命を終る赤猪子は仕合せでございました。私の恋は、死にはいたしません。いつまでも、どこかに生きております」の台詞には、秋元の愛に寄せる詩が結晶する。秋元は愛の観念に対して、一方では乙女のように憧れ、純化する。おおいなる愛の普遍への道も探った。しかしもう一方ではリアルに醒めていた。愛は、厳しく、寂しく生きる孤独の覚悟と表裏一体の感情であり、最大のモチーフだった。

翌五七年四月、演出の佐藤年さんから「赤猪子の恋」が昨年度の民放祭コンクールで一位受賞というしらせを聞く。秋元はそれまで七年間ラジオドラマを書いていて、賞をもらったのは初めてだった。

ラジオドラマ「軽の太子とその妹」

続いて「軽の太子とその妹」は、五九年一一月二五日に中部日本放送から放送された。「赤猪子の恋」を演出した佐藤さんから同じく古事記から題材をと、依頼があったのは五七年暮れ。五九年一〇月に一週間で書き上げた。題材は古事記・允恭《いんぎょう》天皇の条。同じ母を持つ皇太子の兄と皇女の妹が禁断の恋をして、流刑地で「共に自ら死にき」という古事記中でも、最大の悲劇のラブロマンス。秋元は「赤猪子の恋」で亡霊として登場させた衣通姫を悲劇のヒロインにした。禁断の愛の苦しみと喜び、罪を毅然として受け入れ死んでいく兄妹。「ずっと遥かな昔、まだ人間が神々たちと一緒に暮していた頃には、私たちのような恋は罪ではなかった。(略)その遠い遥かな血が、どうして今になって、私たち兄妹の間に甦ったのだろう。(略)ほの暗い血の中へ還るほかなかったのだ」と兄の台詞に古代のロマンを響かせる。秋元はこの台詞に愛着が深く「七人みさき」で死にゆく建二の台詞で再び使う。

好評だった「赤猪子の恋」に比べて、「軽の太子とその妹」は芸術祭に参加しながら認められなかった。秋元は近親婚という大胆な試みをした主題が、まだ世の理解を得るためには時期尚早だったと、自註で述べている。

仮面と地霊

近親婚の世界の底を深くする装置として、仮面と地霊という土俗のアニミズムを効果的に使った。取材での見聞もあったが、テレビでは神楽の女面、戯曲では家の守りの百姓面である仮面を使い、女の怨念や運命の象徴として、人を不気味に操り、動かす。仮面は本来悪魔払いや雨乞いの神事のために使われる咒具《じゆぐ》であり、神や霊の具体的な依り代とされるが、テレビでは殺人を犯し、自殺するあおいの運命を予言するように家の神棚に飾られ、近親婚が明かされる桐の部屋では枕元に掛かる。

ろくは仮面を川に捨てる。妹が建二の愛を失い絶望して自殺したため、その呪いを払おうとしたのだ。大助が拾った仮面をあおいが手に入れ、かぶって建二を殺し川に身を投げる。テレビでは最後に、仮面は谷川の泡立つ水面に浮き上がり、冒頭の場面にプレイバックする。ろくの妹の供養から始まり、あおいの死で終わる。仮面は女の怨念の連鎖の記号となる。

また、深い山々に棲む地霊の存在を暗示する。戯曲では、ろくは七人みさきの酒盛で残った酒を地面に吸わせ、地霊崇拝を思わせる。蜷川演出の定番ではあるが、月が、不吉な象徴として赤く染まる。月への崇拝表現でもある。亡くなった人の魂や山の地霊が人を呼び、恋し狂う山の音を不気味に鳴らす。地霊たちのうめきやささやきを表現する一種の擬人法か。戯曲では、遍路の夫婦が要所で登場し、土俗の民衆宗教が強調されている。

天皇と民衆

秋元は「七人みさき」の主題を天皇制批判に置いた。《天皇とそれに隷属する集団を書きたい》とまずは思ったのだ。隷属する集団とは、日の当たる隣村日浦村とは通婚もしない、対極の差別された恨みのこもる影村の村民たち。この村民が、「村岡伊平治伝」や「常陸坊海尊」で描かれたように、近代天皇制に心身共にがんじがらめになった民衆であることは言うまでもない。

しかし戦時下では、秋元は当時の民衆の例にもれず「天皇の子」だった。終戦の八月一五日、三四歳の日記に《慟哭久しく畏くも陛下の子たる実感にむしろ放心す。陛下のご傷心にただ流悌を以て答え奉る》と書く。その後秋元は、天皇制批判の筆をなぜ、どう強めていったのだろうか。

批判の契機は、自身の過ごした家庭生活から芽生えた。女性を家に縛り付ける古い規範や考え方を折あるごとに押し付けられたと、日記でしばしば書いている。封建的な家制度に反発し、自立しようとする女性の視点から戯曲を描く時、制度とその考え方を批判するようになるのは当然だった。「軽塵」(四六年)や「礼服」(四八年)など終戦直後から書き始めた初期家庭劇にうかがえる主題だ。

さらに六四年にはテレビドラマ「山ほととぎすほしいまま」は、批判の矢面を家庭から俳句結社へと広げる。結社のカリスマによる支配と秩序を、あからさまではないが天皇制国家の支配構造のアナロジーとして取り上げた。家長とカリスマ。ともにミニ天皇が、場所こそ違え、近代天皇制国家の秩序を再生産したと見た。

次は近代国家制度そのものの罪を、娼婦を入射角にして描く。娼婦は国家制度の底辺で圧迫された女性の苦しみの象徴となる。五四年のラジオドラマ「金丸ウメの服罪」や戯曲「もの云わぬ女たち」などだ。続く「村岡伊平治伝」(六〇年)と「マニラ瑞穂記」(六四年)では、天皇制国家の覇権主義を痛撃する。からゆきさんの名でよばれる娼婦たちを、明治の軍国が覇権を求め侵略したアジアの場に置く。彼女たちの逞しい生命力を描き込みながら、主題は国家に利用され捨てられた日本の貧しい女たちの悲しみと怒りだった。しかし、アジアの人々に対する近代日本の加害者の側面が抜け落ちていたのは、前述したとおり。そして戦時下国民への天皇制の呪縛を描いた「常陸坊海尊」を経て、村落共同体に君臨する「秘境の天皇」の特性を描く「七人みさき」に到達する。自身の家庭生活から、現代の天皇制への危機感にまで、秋元の筆は深められていった。

祭祀王

近代の天皇は宗教的権威と、政治・軍事大権とを一体に持っていたが、敗戦で政治・軍事大権を失った。しかし宗教学者の村上重良《しげよし》は著書『天皇の祭祀』(七七年、岩波新書)で天皇は「祭りをする人であり、この国の最高祭司としての宗教的権威を、ながく承けつたえてきた存在であった。(略)象徴天皇制のもとでも、歴史を貫く天皇の祭司王権の基盤は消滅しなかった。皇室祭祀は天皇の内廷行為、すなわち(法に規定されない天皇家の)私事として、ほぼそのまま存続した」とみる。

象徴天皇が私事である宮中祭祀の務めに使命感を持ち続けていることはよく知られている。二〇一六年八月八日にテレビで伝えられた「象徴としてのお務めについての天皇陛下のおことば」の中に、「天皇の務めとして、何よりもまず国民の安寧と幸せを祈ることを大切に考えて来ましたが」というお言葉に、祭祀とその継承こそ天皇の使命とするお気持がうかがえる。原武史放送大学教授が指摘する(『アエラ』二〇一六年九月一二日号)ように、憲法上では天皇は国事行為のみを行うことが規定され、これに忠実に従えば宮中祭祀や行幸はやらなくていいことになる。にもかかわらず、まず大切なのは祈ること、祭祀の務めと受け取れる。「矛盾があるとおもいませんか」と原教授は問いかけている。

秋元の危機感とは、現代天皇の私事である儀式を通して祭祀王の権威が、政治的に利用されて公的に復権し、民衆の意識の中に刷り込まれることへの怖れだったと思う。戯曲が書かれたのは七四年末。村上の同書に先立つ三年前の認識だ。危機感の戯曲表現が、戦後の場面なのに、戦前の践祚《せんそ》(皇位を継承すること)儀式中で、皇位のしるしとされる神器《じんぎ》を新天皇が継承する「剣璽《けんじ》渡御《とぎょ》ノ儀」を連想させる宝剣渡御の列を登場させたことだ。

テレビ脚本、戯曲とも場所はともに安徳天皇が落ち延びた伝説の地であり、かつての国家神道の末社を思わせる「安徳さま」神社。しかし催される行事は、テレビでは民俗的な子授けの行事だが、戯曲では宝剣渡御の列。神社名といい渡御の言葉からして「剣璽渡御ノ儀」を連想させる工夫だろう。

戯曲は第四幕神社場面。宝剣渡御の列で宝剣を捧げている桐から、神職の藤が拝礼して宝剣を受ける。ろくが「御宝剣渡御のおん儀、つつがのう相済みました」と言う。直後に嫉妬に狂ったあおいが、宝剣で建二を刺す。藤は建二の最期の指示に従い、「祭りはつづけます」と言い村に残り祭祀を続ける。政治権力者の兄は殺される。しかし宗教的権威は妹に託されて滅びない。

なぜ行事は戯曲で書き換えられたのか。この変化を説明できる一つの動きがある。天皇家の私事である剣璽動座の儀式が、七四年一一月に二八年ぶりに復活したことだ。戯曲完成の一カ月前だった。

剣璽とは、三つの神器のうちの二つである宝剣と御璽《ぎょじ》(=まがたま)を合わせた呼称で、ふだんは皇居内に置かれている。御鏡とともに「皇位とともに伝わる由緒ある物」とされる。剣璽動座とは、天皇が一泊以上の旅行をする時に宮中から随行した侍従が剣璽を持参する儀式であり、戦前までは必ず行われていた。戦後はしばらくなかったが、七四年一一月に天皇・皇后両陛下が伊勢神宮に参拝した時に私事として行われたのだ。

一方、「剣璽渡御ノ儀」は戦後の皇室典範では「剣璽等継承の儀」と名前こそ変わったが、内容はほとんど変わらないまま引き継がれた。八九年一月七日に昭和天皇が亡くなった時は私事ではなく、閣議決定により憲法で定められた国事行為とされた。秋元の創作イメージは、天皇の私事である剣璽動座↓戦前の国家儀式である剣璽渡御↓フィクションの宝剣渡御へと連なった。かくて平家落人伝説のある秘境の村の神事は、天皇即位の儀式のアナロジーとなり、その祭祀性と村人を呪縛する力が批評される。

三番目の主題である過疎問題の現実の深刻さは論を待たない。

ラストラン

秋元が最晩年を過ごした神奈川県茅ヶ崎市の介護付き有料老人ホームに入居した二年後の九一年六月。自作の芝居が三本同時に東京で再演された。「七人みさき」が銀座セゾン劇場の蜷川幸雄演出と、演劇集団・円、村田大演出による新宿・シアターサンモール公演の二本。それに松竹製作のサンシャイン劇場公演「山ほととぎすほしいまま」(堀井康明・演出)だった。中でも蜷川演出の舞台にとても期待して稽古場に足を運んだ。一カ月の間に自作三本。八〇歳の胸に、なんとしても乗り切らねばならない、生涯の最終コースを走るのだ、との思いがよぎる。セゾン劇場とサンシャイン劇場が千秋楽を迎えた日、《ともに成功なのは幸運だった。生きていてよかった。これで劇作家としての生涯にも、まとまりがついてきた》と満足する。稽古開始の四月から千秋楽の六月まで、ラストラン三カ月の秋元を日記から再現する。

——四月になり、蜷川から本読みをしてくれないかと打診された。「声が続かないと思う」と断る。蜷川には製作者の中根公夫を介して、「七人みさき」では天皇を書こうとした、光永建二＝天皇と伝えた。蜷川はとても喜び、効果音楽に隠しテーマとして君が代を入れることにした。通し稽古を見に行き、俳優たちは声をいっぱいに使うので台詞が割れて、言葉の愉しさがないという課題を感じる。しかし、ここまでまとめるのは一通りでない作業だったろうと、秋元は改めて敬服した。

六月七日、セゾン劇場の初日。平安時代を模した几帳風のぼかしの白と紫の八間の幕(紗)。樹の魂、精が暗示されている杉の古木の装置。秋元は冒頭から朝倉摂の装置に目を捉えられた。主役の近藤正臣はよくやっていたが、脇役の坂口芳貞の忠二郎が良かった。名取裕子、新橋耐子、神保共子、市川夏江、根岸明美、皆それぞれに適役だった。押切英樹の香納大助はもう少し大人の男でありたいと思った。秋元は琵琶を好きでなかったが、この舞台音楽の使い方なら大変いいと感服した。息もつがせない緊迫感があり、終幕の盛り上がりはギリシャ悲劇の舞台に劣らないほど鮮烈と思った。

六月三〇日に千秋楽を迎えた。秋元は客席で、一瞬も気をそらさずに冷静に見た。台詞の一行一行、書いた時の心が甦る。神経は研ぎ澄まされて、針のようにとがる。鋭い鎌のような刃が視線にはある。効果音、すばらしい音楽。最後の盛り上がりにはやはり昂奮はした。「だが、いまいちの観がある。なぜだろう」と思う。カーテンコールがあって終わった。終わったのだと秋元は噛みしめた。

この戯曲は念力で書き終えたようなものであり、能力の頂点だったという自負が、秋元にある。しかし、演出家に蜷川を得るまで何十年間も、自分の戯曲は貧寒な新劇世界に屈曲しているほかなかったと、内心悔しがる。《凡庸と能力欠如と、集団保守主義によって陋断《ろうだん》されてきた日本の新劇世界は、やっと今、戯曲作品を優位とし中心とするという正規の常態を恢復したのである。(まだ完全な恢復とはいえないが)時すでに私の最晩年である。そして民衆はあいまいに無気力に、活力を失いつつある。しかし私はやはりひとすじの流れとしての真の活力が潜んでいることは信じたいのだ》と日記を結ぶ。

第一〇章　蜷川幸雄との出会い

劇中歌を語り合う，左から蜷川幸雄，美空ひばり，秋元松代．東京・目黒区にて，1980 年 7 月．著者撮影

出会い

演出家の蜷川幸雄が、二〇一六年五月一二日に肺炎による多臓器不全のため、八〇歳で亡くなった。彼こそ、新劇界に失望していた当時六七歳の秋元に、奮い立つ力を与えてくれた演出家だった。東宝製作、蜷川演出の帝国劇場公演「近松心中物語」(1)(一九七九年)が最初の出会いだった。「元禄港歌」(八〇年)、戯曲では絶筆となった「南北恋物語」(八二年)の江戸三部作を書きあげた。秋元と蜷川、陶酔をかきたてるロマンチシズムと、世界を批評するリアリズムとの複眼で、民衆の原像を追い求めた二人の劇詩人の出会いだった。

秋元は七八年八月に東宝から近松門左衛門の作品をもとに新作を依頼され、「近松〜」(四幕八場)の構想を練り、四カ月で脱稿した。じっくりと書き進むタイプの秋元にしては異例の速さで、初めての商業演劇の戯曲を書いた。七九年二月から三月まで帝国劇場で上演され、千秋楽にはダフ屋も出るほど大ヒットした。商業演劇の常識を破り、演出家だけでなく配役も新劇俳優を中心にして、スタッフも様々な分野から人材を結集した。表現の純度と実験性が高く、しかも多くの大衆に支持された。公演は全国主要都市に及び、二〇〇一年の明治座公演で一〇〇〇回になった。戦後の商業演劇界で、この作品と肩を並べられる舞台は、市川猿之助(三代目)と松竹が製作したスーパー歌舞伎シリーズぐらいだろう。地味な新劇界で長く過ごしてきた秋元は、自作が大劇場で群集場面や作りこんだ美術、音楽、豪奢な照明による豊穣な世界として立ち上がるのを初めて目の当たりにした。

「ロミオとジュリエット」から始まった

「七九年の『近松〜』は、七四年の『ロミオとジュリエット』(日生劇場)から始まっていた」と二舞台とも照明を担当した舞台照明家の吉井澄雄さんは言う。シェークスピアの後追い心中劇「ロミオ〜」は、演劇集団櫻社を解散したばかりの蜷川と東宝との出会いであり、客席にいた秋元松代との最初の出会いでもあった。主演は市川染五郎さん(現・九代目松本幸四郎)と中野良子さん。仕掛人は、フランス政府給費生として留学を終えた東宝プロデューサー中根公夫さんだった。

中根公夫氏と秋元松代(「近松心中物語」千秋楽の日，帝国劇場ロビー，1979年3月)

「パリで見たフランコ・ゼフィレッリ演出の『ロミオとジュリエット』がすばらしく現代的な舞台だったので、日本で演出してもらう企画を立てた。実現寸前までいったが駄目になった。俳優も劇場も押さえている。こうなれば若手の日本人演出家に頼もうと社内で論議し、蜷川さんにお願いすることになった。当時テレビドラマの『水戸黄門』に出演しており、京都撮影所まで会いに行った。最初は、あの下手な役者で大丈夫かな、と思ったぐらいだったが、話すと一種の天才だとすぐわかった。ボッティチェリやブリューゲルの絵画を例に挙げ、ベローナの広場に大群衆を登場させる演出プランをダーッと話し始めた。演出の仕事そのものである、台詞、ト書きをビジュアルに起こしてくるイメージ力が素晴らしい。古典を現代劇化したい私たちの方針にピッタリだった」と思い出す。

蜷川演出版「ロミオ〜」の舞台には、古代闘技場を思わせる半円形の三層の装置（朝倉摂、一九二二〜二〇一四）がそそり立ち、広場を囲む群集が登場する。「フェリーニの快楽と頽廃に満ちた映画『サテリコン』の、大地震により崩れ落ちるローマのアパートを想起させる場面でした」と中根さん。三層の装置が、身分階級や様々な生活の重層されたイメージとして、後に「近松〜」冒頭の遊廓場面に変奏される。

当時、この公演を見た秋元は日記に、《若い観客が押しかけている。芝居は面白かった。中野良子が上手い下手はぬきでよくやっていた。ただしせりふが、男たちのすべてがワレ声で、言葉の面白さが全くない。あえて無視したらしい演出だ》。中根さんは以後七八年にかけて蜷川演出による斬新なシェークスピア劇やギリシャ古典劇を次々と東宝の大舞台で企画、実現した。「リア王」「オイディプス王」「王女メディア」「ハムレット」。そして日本古典が俎上に上がる。「近松心中物語」の誕生だった。

秋元は、東宝からの招待で蜷川演出の舞台は欠かさず見ていた。《商業演劇の人々は自由な発想をする。新劇のちぢこまった閉鎖的な世界の人間にはみられないものがある》と思う。《日生劇場でオイディプス王を見る。少し分かりやすくなり過ぎていたが装置、照明、群衆の処理が良かった。（略）蜷川幸雄さんに会う。シャイな感じがいい。平幹二朗のメディア、コロスの処理が良く作品が凄絶。とてもよかった》。また《新橋演舞場で玉三郎の梅川。すばらしく美しい。清純であでやかな舞台》と日記に書く。切なく愛に殉じる梅川。「近松〜」のヒロインは、すでに秋元の胸中を深く捉えていた。

「近松心中物語」誕生まで

中根さんは「古典劇の演技体系である様式と、新劇のリアリズムの両方を壊して、全く新しい様式は出来ないかと企画した。一七一〇年代の近松作品初演のころにたち戻り、人間の感情、住居、衣装、職業、音楽を考証し、その上で演劇的嘘をつく。商業演劇の固定したパターンをすべて洗い直したかった。新劇の仲間内で祭り上げられている秋元さんを、大衆の次元まで広げたかった。だから帝劇だった」と当時を語る。

六七歳。秋元の集中力はすごかった。九月以降、近松の世話浄瑠璃本を読破し、上方語の勉強をする。近松は時代物を中心に約一二〇編書いている。うち、世話物は二四編。中でも心中物が多い。曽根崎心中、心中重井筒《かさねいづつ》、五十年忌《ごじゅうねんき》歌念仏《うたねんぶつ》、冥土の飛脚、大経師昔暦、博多小女郎浪枕、心中天の網島、心中宵庚申、心中二枚絵草子、今宮の心中、心中刃は氷の朔日、生玉心中、心中万年草、卯月の紅葉、卯月の潤色《いろあげ》。

《これで心中物は一通り読了した。冥土と天の網島が傑作である。女としてよく描けている筆頭は梅川》。近松の心中物を、大戦中に防空壕の薄明かりの中で耽読していた秋元だ。義太夫に《圧政下にひしがれた庶民芸術であるところの風韻をしみじみ知った》秋元は、当時から古典の均整美をこよなく愛していた。西鶴も読み進む。『日本永代蔵』『世間胸算用』を再読し《辛辣なものが優しさを思わせる》。がんじがらめの封建身分制度の中で、勃興した商人や町民たちが廓で謳歌する。金がらみの色欲に走る人間模様を、冷徹に見ていた西鶴のリアルな目も愛した。近松とても「世間に多い心中も銀と不幸に名を流し、恋で死ぬるは一人もいない」(「長町女腹切」)と有名な文を残しているように、現実はしっかと見ていた。しかし近松の筆の赴くところは、心中で恋愛を成就させる昂揚した瞬間だった。近松と西鶴という二枚のレンズを得て秋元は想を練った。

西鶴に寄り添いつつ、近松処刑物の「冥途の飛脚」(2)と、心中物「緋縮緬《ひぢりめん》卯月《うづき》の紅葉《もみじ》」(3)、後編の「跡追心中卯月《うづき》の潤色《いろあげ》」(4)の三本にした。近世の劇をどう現代劇にするか。秋元は次の三点に留意した。

まず音楽。蜷川の発想を受け容れたのだろう。《三味線音楽を使わないということが、想を立てる上での軸になるかと思う》と。音楽は森進一の演歌になった。

森演歌について蜷川は著書『蜷川幸雄・闘う劇場』(九九年、日本放送出版協会)でこう書いている。

――心情より論理的なプロセスで音楽を決めた。近松の世界は元は人形浄瑠璃の世界だから、音楽的には浄瑠璃、義太夫によって成立している。しかし昔からこの部分がどうにも処理つかなかった。出来上がった秋元本を前にして、どうやって自分の世界に近づけようかと考えた時、義太夫の音はなぜあのように喉を締め付ける様な音なのだろうか、と疑問に思った。日本人の美学というか、当時の日本人の心情をすくうような音ではなかったのか。義太夫語りは悲嘆の声のように聞こえる。その旋律が当時の流行唄として大衆に支持されたのでは。現在、声を絞り出すように歌っているのは演歌。とくに森進一。義太夫＝森進一の構図が出来た時「解けた」と思った。思いつきではなくその時代と観客の関係を考え、現代に置き換えがありうるという発想だった。

次は散文体。秋元は近松浄瑠璃の韻文世界を、観念的な言葉も交じる現代の散文世界に置き換えた。演劇評論家の渡辺保さんは、蜷川による演歌の発案を秋元の散文の台詞と対比させて「このせりふ――

言葉と、歌―音楽の二重構造であり、これこそが『近松心中物語』が現代における『語り物』の再生の構造であり、せりふによる現代劇の『近代』と『語り物』の『前近代』の統合」(「声と身体性のゆくえ」『二一世紀文学の創造6』)と評価した。

そして構造。凄絶な心中ではあっても一組だけでは愛の世界を借りた人間の全体像は描けない。もう一方に対照的に滑稽で人間くさい哀切なカップルを配する。二つの中心を持つ散文の楕円世界だ。秋元は「冥途の飛脚」の忠兵衛と梅川を、捕縛された原作と異なり、極限に追い詰められた純愛を心中して貫く悲劇のカップルにした。原作の冬の時雨の設定は、豪奢に吹雪が二人の鮮血で染められる雪原に置き換えた。一方「緋縮緬卯月の紅葉」と「卯月の潤色」の少女妻お亀と与兵衛夫婦には、哀しいほどの喜劇味を刷く。原作では与兵衛が後追い心中する。しかし秋元版ではお亀だけが死に、与兵衛は惨めに生き残る。これが今も変わらぬ人間の真実だ、と筆を留める。原作の浄瑠璃三本を換骨奪胎し、撚り合わせた。片や破滅美の悲劇、片やペーソスのにじむ人間喜劇。民衆を温かくリアルに見つめる秋元の目だった。

秋元は一一月から書き始める。《作品の人物が話したがって騒ぐ。(略)終日全力疾走(略)神に祈りたい気持》。一二月に脱稿。《蜷川君と会う。原稿最終部分について再考する必要を感じた。(略)原稿料全額で二〇〇万という。安いものでおどろきである(略)主題歌を作ってみる。中根君くる。歌は素敵だと喜んでくれた》。大晦日の日記は《従来の私にはなかった触覚で現実をさぐったとも思う。今まで見えなかったものが見え、鋭く働いたという気がする。一生の中には、こんな一年もあるのだ。近

松、西鶴に出会った。非常な力走もした。……私は生きた。まだもうしばらく生きる》

稽古場

明けて七九年一月。《帝劇九階稽古場で本読み。約二時間。蜷川君はいい演出者だ。劇作を始めてから気の合う演出者に初めて出会った。本読みを終えて、作品が私自身から気持よく離れた》。この本読みの時の録音が残っていた。テニヲハの訂正をまじえ淡々とした声で、一気に読む。俳優のしわぶきさえ聞こえない。自作への自信が静かに溢れ出ていた。《東宝稽古場へ電話。昨日すでに蜷川君が怒鳴りまくっているという。(略)ゲラの校正ほぼ終わる。やはりいい作品である。涙が出てときどき中止》。

私も帝劇初演のための稽古場へ取材に行った時に、群集場面を細かく演出している蜷川さんの姿を見た。「もっとリズムを皆と違えないと目線がとれないぞ」「人生の論理を発見できなければ役の論理も発見できない」

群集とはいっても一人一人が固有の人生を持って生きている。だから画一的な動きなどありえない。客席から顔や姿がよく見えなくても、一人の登場人物として役を生きろ、という叱咤だった。

「梅川と忠兵衛は愛に突入して、わずか数十日間で心中してしまう。この愛の加速度をつけるためにはナチュラルな時間ではなく、演劇的な時間処理をしなければならない。民衆は自分では心中出来ない。自分が梅川になれたらいいなと応援し、幻想を持つ。神話が生まれてくる基層には民衆の悲しみの感情がある。舞台にその堆積がないと駄目」と稽古の合間に語った。民衆の悲しみこそ二人の共通した磁場だった。それをどう官能表現するか。蜷川演出のキーだ。

初演の舞台

二月、初演を帝国劇場で見た。関係者の思い出や証言、上演資料を含め、舞台を再現する。

・第一幕その一　大坂　新町　通り筋

真っ暗な場内に流れる「騒ぎ唄」。途中から森進一の哀傷迫る、口説きの歌声が響く。「恋はさまざま　恋はさまざま」。客席通路から登場する人形師の辻村ジュサブロー(現・寿三郎)が、出遣いする自作の遊女梅川の人形が、ほのかな光りの中に浮かび上がる。

辻村さん。「人形で幕を開けるのは秋元さんにとって意外だったのではないか。近松といえば人形浄瑠璃だから最初に現代の人形を出そうと蜷川さんは考えたのでしょう。現代の人形が近松世界へ誘う。様式を保つために紋付で出遣いをした。秋元さんとは最初から妙に気が合った。『お姉さん、元気』と私が声をかけて抱き合うものだから、皆私に秋元番を押し付けた。見かけは怖そうだけど気さくで純真無垢な方。どちらかと言えば子供のような人。お仕事ゆえにたくさん人を見てきたからシニカルでもあった。私は人形師だから美しく飾った外見ほどあてにならないものはない、と思っている。目の奥に潜むものが大切、今の人は人形にしようとしてものっぺらぼうになる、顔が一番醜いと言うと、そうなのよ、あなたよくわかるわね、と話が通じる。孤高ではあったが孤独は感じなかった」

新町は、江戸吉原や京都島原と並ぶ格式ある遊廓地帯。舞台では正面揚屋の柏屋二階座敷だけがぼんやりと浮き上がり、二人の太鼓もちが、暗いオレンジの照明の中、お大尽の前でゆるやかに踊る。廓の淫靡《いんび》な頽廃感がゾクッとするほど漂う。「騒ぎ唄」の終わりと共に家々の灯がすべて入り、三方を家屋で囲む朝倉摂のボックスセットが全容を現す。朝倉は生前、私のインタビューで「蜷川さんの希望もあり、スピーディーな場面転換を出来る装置を心がけた。照明の魔術で現実と非現実の世界が交じり合って、私の知らない色や形が出てきた記憶がある」と思い出した。

突然、交錯する光りの中に街路の群集が浮かび上がる。民衆のエネルギーと猥雑さこそ蜷川が愛してやまない表現だ。「掛合唄」の終わりで音楽の調子が変わり、客席中央通路を使い、揚屋入りの九重太夫が花魁道中で登場する。光り道の照明。劇中歌「それは恋」がかぶさり、馴染みの遊女と遊び呆けた与兵衛が登場する。そのエリアだけがうす青い照明。パッと光りが当たり、姑のお今が婿の与兵衛を連れ戻しにきた。群集のストップモーション。

蜷川演劇、お馴染みの三大要素である、花、音楽、群集が、冒頭から炸裂する。蜷川演出は劇のメッセージとイメージを伝えるために、観客を舞台の嘘に巻き込むために、冒頭とラストシーンに勝負をかけてくる。劇の理念と美を観客の視覚や聴覚に訴えかける。

花。女たちのすすり泣きと共に屋根や庇、到る所に咲く彼岸花が赤く妖しく見えてくる。「彼岸花に当てるスポットライトだけで三四台用意した。彼岸花は二人の恋の象徴、通奏低音。恋が昂揚すると照明が明るくなり、普通の世話の演技になると照明は沈む。彼岸花は最初は屋根だけだったが稽古の進行と共に増えていった」と照明の吉井澄雄さんは語る。演劇は目に見えないものを、心を、ビジュアルに見せる。妖しく甘美に、不吉な死の予感をこぼして過剰に咲く彼岸花。廓に咲いた刹那の恋の象徴は、性と金の泥沼に茎まっすぐにスックと咲く。体は売っても心は売らぬ、間夫《まぶ》に心を捧げる遊女の心意気か。

音楽。森進一が歌った演歌。

冒頭の「騒ぎ唄」、そして主題歌「それは恋」。森はルイ・アームストロングのような太くたくましく嗄《しゃが》れたハスキーな声だが、演歌の基本である高音が高く抜けている、とされる。庶民の悲しみや苦しみを、絞り出すように表現する切迫感がある。男と女の情、恋の悩みの口説き歌こそ演歌の本領だ。「それは恋」は従来の森進一節より、澄んだ高音で愛のテーマを美しく洗練させた。森の最愛の母が自殺したのは六年前。七九年二月には渡辺プロから独立し「仕事は半分に減った」状況であり、内心深く期するところが劇中歌の美しい絶唱になったのではないだろうか。

揚屋女主人役の緋多景子さんは、森劇中歌の力をこう思い出す。「稽古場で初めて『それは恋』をテープで聞いた。大和平群《へぐり》谷場面の出だし。歌いしの『朝霧の』の部分では、平幹二郎さんが笠の代わりにポリバケツの蓋をかざして出てきた時は大衆演劇ではあるまいし、と皆笑ってしまった。でも中ほどの『あふれさせたもの　それは恋　わたしの恋』あたりになると、『あーこんなに合うんだ』と感動のあまり皆シーンと静まり返り、鳥肌がたってきた。すごい。森さんも蜷川さんも平さんもすごい、と感嘆の目を向けた」。二〇一六年一〇月。「舞台の上で死にたい」と言っていた平は、彼らしく現役のまま八二歳で急死した。

吉井さんは、蜷川がしばしば背景に音楽を流すのを、体質からきていると見る。「『ハムレット』の時は驚いた。バッハのホ短調ミサ曲をいきなり大音響で流してくる。歌舞伎的な音楽の使い方。センチメンタリズム。でも彼はどこかで自分の感性を信じている。それしか信じるものがないのでは。秋元さんは人間への救いを求めている。人間をどこかで信じている。孤独だから余計信じている。しかしこの本は梅・忠の近松ストーリーを知っていなかったらあまりにも唐突。経緯が何もなく、いきなり心中に突っ走る。お亀・与兵衛は経緯が書いてある。でも大衆性とレベルの高い芸術作品に仕上げ、しかも客が来た。商業演劇としては画期的だった。私と蜷川との共同作業は、『ロミオとジュリエット』から。私のプロの仕事を認めてくれた。『近松〜』でジュサブローの人形、彼岸花、すすり泣く群集と彼の基本テーマが出揃い、商業演劇でやれる意義、土台が出来た。作者、スタッフ、キャストの三拍子がそろった。商業演劇であの作品を抜く舞台は、以後出来ていない」と語る。

群集。廓の街路にひしめく人々。

ここには金がらみで色を求める庶民の欲望とエネルギーが渦巻く。武士階級に取って代わるような商人階級の金、経済力がこの囲い込まれた悪所で絶大な威力を発揮する。どんな身分の人でも金さえあればお大尽さま。欲望の限りをつくせる。しがない庶民はそんなご大層なことは言わないで見世女郎を求めて、色欲の街に集まる。「群集を(現状否認の異議申し立てをする)ノイズとしてではなく、冒頭に大勢の人々がいて、たまたまその中の誰か一人に光を当てたらこういう話だったという、『物語を支える世界を示す存在』と位置づけた」(『蜷川幸雄・闘う劇場』)。忠兵衛のような女に狂った公金横領犯、店の金を流用した与兵衛のような逃亡犯らが、廓の雑踏にまぎれ込み、たまたまこの二人がクローズアップされたという見立てだ。二人は状況そのものになった。

・同その二　大坂　新町の端　槌屋の店先と塀外

梅川と忠兵衛の見初めが、のちの心中場面を用意する。忠兵衛役の平幹二朗さんは、ここで女に気を奪われて忘我になる歌舞伎の羽織落としの手法を使う。滑りやすい縮緬の布地で、少しなで肩にする工夫をした。劇は屋外と屋内で同時進行する。槌屋店先の格子が遊女たちを囲う檻のように見える。

平は改めてビデオを見てこう思い出した。

「最初読んだ時は、人間的弱さのある与兵衛の方が面白いな、と思った。でも忠兵衛は美しく恋を咲かせて散っていく。歌舞伎ではないけれど、歌舞伎が持つ様式の精神が底にある。新しい様式をさがさなければならない。たとえば腰。低く落として商人らしくした」

吉井さんは照明プランをこう話す。

「梅川と忠兵衛の出会いはリアリズムのオレンジ色ではなく、強烈に青白く硬質な光りを二台で交差させる照明にした。どこかに架空の美しさがあった方がいい。二人が目を合わせた瞬間に光りが変わる。光りの速度と二人の動きが合う。あまりに合うので客にはわからない。二度目の出会いにも光りの道が出来る。商業演劇であのあいう光りの使い方が出来るのは、僕にとり転機だった。格子の前に横位置の光りの道が出来る。奥に女郎たちがしどけなくいる。ピンスポットも最高の明るさ。つまり極めて通俗に作ったが、蜷川は当然という顔で何も言わなかった。忠兵衛がのれんをくぐると同時に光が消えて最初の淫靡な光りにもどる。中根プロデューサーは偉かった。帝劇の照明器具を新しく一〇〇台くらい買ってくれた。一〇年後スーパー歌舞伎の照明となり、今は劇団新感線の基本照明になっている」

・第二幕その一　大坂　淡路町　亀屋忠兵衛店の場

障子、壁、襖すべてが紗。それぞれの生活を障子や壁を通して重層的に見せたいという演出プランだ。平さんは商人らしく体を殺して演じる。店に訪ねてきた友人の八右衛門から、梅川に身請けの話があり、すでに手付けの金も支払われたと聞く。身請けとなれば三〇〇両の金が必要だ。

・同その二　大坂　久太郎町心斎橋筋　傘屋長兵衛の店の間

老舗の古道具古物商らしく重々しい古式の道具類が置いてある。お亀と与兵衛夫婦が登場する。お亀は一五歳なので箱入り娘のような派手な扮装と振る舞い。廓に通いこんだ与兵衛に焼餅をやいている。そこへ幼馴染みの忠兵衛が梅川の身請けに張り合うため、手付けの五〇両を借りに来て、人のいい与兵衛はやけくそ気味に貸してしまう。もう家にはいられない。

与兵衛役の菅野菜保之さんは「この状況ではたぶん僕も与兵衛と同じ行動をするだろうと、大変共感した。地でやっているのではないか、と言う人もいたぐらいでした。人が良くどじで意気地なし。与兵衛には作者の人間観が出ていますね」と言う。

お亀役の市原悦子さんは、こう思い出す。「この作品は私にとり何かを天が恵んでくれたような気がします。娯楽的であり芸術的で美術的。皆が結集して三拍子そろった。万人が喜ぶ生の舞台。ああいうのがあるのですね。私は申し分ない舞台で生き生きと飛び跳ねた。お亀役は最高でした。とにかく菅野さんと全く打ち合わせしなかった。それを見た山岡久乃さんが来て『悦ちゃん、(太地)喜和子みてごらん。あんなに平といろいろ打ち合わせているじゃないの。抱かれ方、死に方、姿勢をあんなに研究している。あなたも菅野のところへいきなさいよ』と言われたぐらい。何なのか、向こうも来ない。行き当たりバッタリで、どうにかなる心境でした。死を前にして乱れる心が約束事になるのが嫌だったのでしょうね。若いから全力でやっていたので右手の骨が二本折れた。でも池に石を投げるのは百発百中でした。左手だけでひもを使い二階から降りた。生き生きと初々しく、幼く愛らしい。それでいて自分に溢れる気持に溺れていくナルシシズムで、命をあんなにまでもてあます。結果はせつないが、あたしの与兵衛と愛を確かめて喜びに満ちて死を選ぶ。若さの残酷さと理屈抜きのはかなさの花が生き生きと咲く。生命力の盛りの時なのに、後先構わず花火のように散っていく。だからこそ悲劇なのですね」

・第三幕　大坂　佐渡屋町　越後屋座敷

封印切りの場。死という言葉を最初に口にしたのは梅川だった。「体は売っても心は売らぬ」。金のため不特定多数の男に身を任せる遊女の生きがいは、間夫という名の愛人。「忠さまと金ゆえに縁切って、ほかの客に根引されては、もう生きるたよりものうなってしもうた。いっそ死んでしまいたい」。しかし同時に、ライバルに対抗して無理な身請け金の工面をするのではないかと忠兵衛を案じ、廓の住替えまでして自己を犠牲にしようとする。「はい。親方さんには迷惑はかけられませぬよって、わたしがどこぞへ住替えして、そのつぐないは致します。たとえ宮島の舟女郎に身を売っても、あなたにひけはとらせとうない――。女がこないな広い口きいて、腹立てて下さんすなえ」。この場面の太地の演技は女郎の切なさを見事に昇華した。忠兵衛の身を案じて体を絶え間なく繊細に震わせる。神経そのものの束が痛覚の中で身をよじるようだった。

家族を助けるために身を売る。貧しい庶民の究極の選択。遊女はボロボロになって若死にする。まして、大坂・新町のような洗練された遊廓と違い、港の荒くれ男たちに粗末に身を売るような舟女郎になれば行く末は見えている。心もこわれるだろう。切ないまでに美しい梅川が、もし舟女郎になったならば――。惨めに果てるその後の運命。金万能の廓、ひいては江戸社会の風潮と、借金に縛られた女郎の貧しさを想像させる悲しくも残酷な台詞だ。与兵衛には「金がかたきの世の中」と言わせている。西鶴の辛辣な目に誘われて、秋元の抱えていた鬱屈が吹き出した。忠兵衛は公金横領を打ち明ける。

平は思い出した。「恋に生き、恋に死ぬ。封印を切ってからは暴走してしまう。本来、封印切りはきれいにするものだが、裾も胸もはだける。恋のプロセスはドラマ前半に様式を入れ込み、後半は情熱的に暴走する。僕のような俳優座出身者は恋の情熱だけを抽象的に出そうとしてしまう。梅川はいわば椿姫のような運命の女。『お前はわしの世界や』という抽象的な台詞が、お客に感銘を持って届かなければならない。気障《きざ》やくすぐったく思われたらダメ。大劇場の観客を引き込む強さが必要。リアルではなく拡大していく仕方をベースに心に届くようにねらった」

吉井さんの証言。「封印切りの後二人が抱き合う時も、出会いと同じく白い光り。梅川は白い光りの道を歩く。あまりロマンチックでないからいい。ピンクとかハッピーな色ではなく、どこか悲劇の匂いがする現実的でない強い光りにした。対照的なのが、槌屋で最初の子守唄の時に女の子が拭き掃除をしている暗い照明。暗い光りに救われぬ民衆への蜷川の思いがある」と言う。

緋多景子さんは「『命さえあれば、また花の咲く時節もあるものや』の台詞の時は、喜和子と二人で手を取り合って舞台で本当に泣いた。三〇年たってもあの場面の台詞がすらすらと出てくる。本当に思いのこもったいい本だったのですね。身請けが決まり賑やかな手打ちの時の台詞は、色町育ちの私の発案でした。格式のある『打ちましょ、よいよい、もうひとつ』。私のお清は忠兵衛の公金横領を見抜き、二人の死を予測しているのを一瞬の真顔で演じたつもり。初日は封印が汗で緩み事前に切れてしまった。平さんの楽屋へ行ったら、左手でうちわをバタバタあおぎながら怒っていた。プロデューサーが平身低頭していたのを覚えている」と思い出す。

・第四幕　その一　大坂　久太郎町心斎橋筋　傘屋長兵衛の表

家に無断で五〇両を忠兵衛に貸した与兵衛は、追われる身となって出奔するが、そこはどじな駄目人間。ザンバラ髪で宿無しの野良犬のように戻って、お亀にこっそりと会う。お亀は別れるのはいやだと、与兵衛の手を引いて二人で家を捨てる。

・同その二　大坂　蜆川《しじみがわ》堤(同じ夜更け)

お亀と与兵衛が心中しようとするが失敗する。ススキの原。オケピットに緑色の浴用剤を溶かした本水のプール。屋外シーンを際立たせるため、黒紗をおろして、照明で雲を映し出す。光りの道はない。

菅野さん。「俳優座ではじゃじゃ馬だった市原悦子さんは元気が良くて、さあどっちから池に飛び込むか、目がギラギラしていた。池に飛び込むのを三度くらいつかみそこなったが、彼女は脚力が強く踏みとどまる。生き生きと死んでいくのが哀しかった」

・同その三　大和平群《へぐり》谷付近

大詰め。梅川が育った在所。たった一人の肉親である母は一〇日前に死んでしまい、心残りはない。枯れ松一本と数個の野仏、彼岸花。上手下手から吹き上げる雪が、死のロマンをかきたてる。「あなたに会うたればこそ、わたしはこの在所で生れたままの女に還りましたのや。愉しいこと、嬉しいことばっかりやった。わたしほど仕合せな女はありまへんのや。そう見えますやろ。（にっこり笑う）」

庶民、孤独、愛――叙事詩の骨法に則り、現代の義太夫節・演歌と人形に誘われるように甦る。秋元の心を占める哀しみが、遠い昔の夢の世界から響いてくる。

私はこのラスト場面を見るたびに、戯曲を読むたびに胸を衝かれる。秋元の、愛のために死んでいく者にかける憧憬に近い至純な感情と、未練で生き残る心弱き人間への優しさが、二組の男女の運命に投影される。理想美とリアルな人間把握。二つの観照が交差する。秋元と蜷川が出会うべくして出会い、スパークする瞬間だ。

ある時は心許なく　疑いに思い乱れて　ある時はおそれにゆらぎ　悲しみに我を忘れて
その故に愛の祈りを　あふれさせたもの　それは恋わたしの恋
（作詞・秋元松代、作曲・猪俣公章の劇中歌「それは恋」）

森進一のしのび泣くような高く澄んだ歌唱が流れ、降りしきる雪を浴びて、心中する梅川と忠兵衛が舞台奥から登場する。ゴーッと音をたてる地吹雪の中で、青白い強烈な照明が、十字砲火のようにクロスして二人を浮かび上がらせる。舞台上の雪は四〇～五〇センチ。関西公演ではついに客席まで降らせた。

「近松心中物語」平幹二朗(左)と太地喜和子. 1979年2月, 帝国劇場. 東宝演劇部提供

梅川は妻としての最初で最後の務めを果たすように、脱いだ二人の草鞋《わらじ》の雪をいじらしく払い、きちんと揃える。「お前はわしの世界や。わしの命や」。叫びながら忠兵衛は、緋色のしごきで梅川の首を絞める。海老反りになって息絶える梅川。死体の手足を吐く息で温めた後、自ら刀で喉をかき切る。迸《ほとばし》る鮮血。

平は思い出す。「心中場面で喜和子の手

を握ると冷たい。出の前に氷で手を冷やしたなと言うと、『分かってくれた』とほほ笑んだ。彼女は当時、歌舞伎の芸に傾倒していた。女の手が冷たい方が、男は愛しさが増す。そんな歌舞伎役者のたしなみが頭にあったのでしょう。でも、初演中日で(ぼくが)腰痛になり休む破目になった。ぼくは映画『情婦マノン』が好きで、砂漠で女を引きずるシーンがある。舞台で無理な形に抱いて凄惨な感じを出したかった。喜和子を抱き上げた時に痛めてしまった。自分が言い出したので途中でやめられなかった。いつも動じない秋元さんが、あんなにオロオロしていたのを初めて見た。再演でようやく責任を果たしたが、喜和子はぼくの演技についてきた。かわいい人で、抱かれ方にしても身をすぼめて腕の中に入る。全身を預けてくる。ぼくの体が大きいので彼女の顔を客席から見えるように抱いた。歌舞伎は心中を絵にもっていくが、これはドラマで終わる。劇の底にはお金をめぐるテーマが仕込んであった。作家の眼力を感じました」と語る。

蜷川は太地が公演を重ねるごとに歌舞伎の様式演技を取り入れていくことを苦々しく思っていた。新劇俳優の歌舞伎に対するコンプレックスが、演技から新鮮さを奪い、パターン化していくことへの危惧だった。

舞台は暗転し、ござを抱え乞食坊主姿の与兵衛がトボトボと姿を現す。妻のお亀は自刃したのに、どじな与兵衛は心中に失敗し、放浪する。お亀の亡霊に誘われるように後追い心中を図るが、首を吊る枝が折れてまたもや失敗。「わしは、よくよく、だめな男や。死ぬこともようでけんのや。かんにんしてや。(略)済まんけど、寿命のくるまで生かしといてや」。そう言って雪の中をとぼとぼと去る。

滑稽にして哀しい中年男。劇の一方の白眉だ。一転して、群集が行き来する廓街の雑踏。舞台冒頭の群集場面が最後に再び幻想のように出現し、与兵衛が紛れ込む。かくて世界は円環する。

菅野さんは語る。「音楽で盛り上げる演出は菊田一夫と似ていた。最後の場面は、本では立ち上がって与兵衛去る、とあったけど、蜷川さんの工夫で最初の遊廓の場面に戻した。輪廻になった。秋元さんは『いやー恐れ入った。大した発想だ。このほうがいい』と感嘆した。幕切れでピンスポットを浴びながら坊主姿で与兵衛の言う最後の台詞『済まんけど、寿命のくるまで生かしといてや』には、秋元さんの人間観が出ている。後追い自殺をする近松の原作とは違い、ハッピーエンド。その間に暗くなった舞台に序幕の揚屋町が飾られる」

決定稿の最後は「幻影の揚屋町と群衆」で終わる。

緋多さんは思い出す。「蜷川さんの群衆への演出は最初から神経が細かかった。だから最後の場面に生きた。私は秋元先生に憎まれて、嫌われて、すごく怒られて終わった。怒りの紐がほどけないうちに亡くなられた。ドクターストップがかかり『近松〜』の大阪公演を辞退したのが原因。怖い人だった。それでも甥のテレビプロデューサーが自殺した時は会話があった。大尊敬する作家です。(目黒の)油面の狭いアパートまで喜和子ちゃんと一緒に行ったことがあるけど、靴箱にまで本が入っていた。ドロドロしたところと純粋な部分の落差が極端でした」

市原さんは「秋元さんは女性の尊厳を守りぬく人。女を認め、女を謳歌する。しかも闘争的ではなく凜として見る。純粋でしたたか。物申す女性の強さがある。一見静かだが、気骨の強さ、激しさがある。劣等感というが誰しも同じ。秋元さんの劣等感は社会に流されない強さがある」と今も、尊敬の思いを込めて熱く語る。

吉井さん。「最後の歌が入って梅・忠が心中する時はリアルなものはどこかへ吹っ飛ぶ。白い光りの洪水です。長谷川一夫が見たらきっと嫉妬するでしょう。あの時の喜和子はきれいだった。明るくするほどどんどんなまめかしくなる。最後の民衆の中に消えていく演出は、蜷川さんも最初は考えていなかった。人形で閉めようとしていたのではないかな。舞台稽古であのアイデアが出た。あれで蜷川さんの民衆史観の演出コンセプトが一貫した。単なる思い付きではない。創造現場ではあるとき神が宿るものです」

中根さんはフランス映画「天井桟敷の人々」の最終場面を指摘する。カーニバルに主人公が紛れ込むシーン。「すごい蜷川演出だった。これで個人のドラマを越えて民衆の神話世界になった」と感嘆した。演劇評論家の扇田昭彦(一九四〇〜二〇一五)は「劇の終末は与兵衛を中軸として円環をなして冒頭につながったのであり、これによってこの劇全体は、与兵衛をめぐる大きな幻想劇の趣をおびてくる。つまり、逆にラストシーンからみてみると、この劇の全体は、もはや梅川・忠兵衛のような正統的な悲劇を演じることが決してできない一人のしがない男が、夢想のうちに思いうかべた一編の幻影劇とみなすことも可能になるのである」(『新劇』一九七九年四月号)と評価した。

対照的な二組の愛の結末。美しく、優しく、苦く、そしてシニカル。秋元六七歳の作品だが、これまでの作家修業の中から汲み上げた清冽で醇乎《じゅんこ》な詩心と、自分にも他人にも厳しい姿勢を崩さなかった人生体験で得た冷徹で皮肉な観察眼が溶け合う。国文学研究を目指した若い時から古典に傾倒していた秋元にとり、この作品は近松の恋愛世界に想を得た、西鶴の辛辣な現実把握に慰められた、わが心の旅の大きな里程標でもあった。

蜷川幸雄は語る

蜷川は初演前の私とのインタビューでこう語った。「秋元戯曲の女たちは共通して激しい希求を持つ。この激しさとストイックさは、今の社会で破滅や不幸とつながっていく。私たちの近代が何を犠牲にし、何を捨ててきたかを証す。祖母や母や妻たちへの痛恨を込めた鎮魂歌をいま誠実に伝えることが自分の演出だと思った。人間を全体としてとらえる演劇の主張であり、父即ち男の目でしか捉えられてこなかった世界を、父と母、男と女としてトータルに捉えなおしていきたい」

しばらくしてから、蜷川に、彩の国さいたま芸術劇場で再び話を聞いた。「秋元さんの作品は『常陸坊海尊』や『七人みさき』を見ていた。秋元さんの師である三好十郎を含めて作品も演劇界での位置も孤立した印象があり、商業演劇で堕落したと言われ孤独だった僕に向いているかな、と思った」

蜷川は高校生の頃、教室を抜け出しては新劇を見まくり「反権力の意思の強さに共感して」秋元の師である三好十郎を訪ね、「先生のもとで演劇を学びたい」と直談判したことがある。問われて、「獅子」や「浮標」など三好の戯曲は読んでいるが芝居は見ていないと答えると、「見てないということは、女だったら誰とでも寝るということだよ。本当に芝居をやりたいなら、しっかり見てから来なさい」と諭され、うなだれて帰ったそうだ。(5)

蜷川は、なぜ心中物であり、秋元松代だったのか。

「秋元さんにお願いしたのは、なぜ日本の民衆は心中を美化して語り継いできたのか、明らかに見えてくる戯曲をやりたいと思っていたからです。七三年に宮本研の『櫻ふぶき日本の心中』を見たのが呼び水になっていた。心中といえば近松。近松の心中物を集めて一本に出来ないか。女たちの生と性。民衆演劇がある。しかし浄瑠璃をうまく解決できない。でも秋元さんが書くならいいだろう。孤立した人々、土俗的な芝居は、秋元さんの文体と合う」とインタビューに答えた。また自著『蜷川幸雄・闘う劇場』で「(金で成り立つ廓の世界で)愛の物語を追求していくと、その愛は必ず金と、制度としての貧困の問題につき当たって破れ去っていく。『近松心中物語』で僕は、そのことをやりたかった。『心中』という、政治的言語から最も遠いように見えることを扱いながら、根源的な貧困と資本の世界に縛られている人々の世界を描こうと思った」と問題意識を明らかにする。

しかし脱稿した戯曲を読んだ時、蜷川は戸惑った。演劇評論家長谷部浩さんの質問に、「この戯曲には普通の演劇の作り方では成立しにくい、恥ずかしい台詞が沢山あるんですよ。その台詞にリアリティを与える作業が実は大変なんです」。あるいは「単なるセンチメンタルなラブストーリーに思えてしまう」(6)と答えてもいる。

蜷川の私への言い方は「秋元さんは愛に対して憧憬を持っていた。だから『お前はわしの世界や』みたいな観念的に愛を美しく歌い上げる台詞がある。こんな台詞が浮かないように、現実的な重圧である人々の生活を紗越しに透かして見せたり、彼岸花のオブジェを見せたりして処置した」だった。演出ではラストシーンへの注文や、花や音楽、装置で民衆劇としての重しを付けた。

七九年、六八歳。秋元の新年は、《ごく最近になってようやく私が自然な感情で老年と言うものを受容れてくるようになったのを悟った。それが悲哀や後悔ではなく自然さの柔らかい触覚である心が安らいだ。作品を書き終えたことで、生を確認したことが、老年を受容する自然さになったのだろう》と明けた。

同年二月二日の開幕から三月八日の千秋楽まで、舞台に喜び、怒る日々を日記にこう書いた。《六時初日開幕。大人の客が多いのがうれしかった。九時終演。封印ミス。六本木楓林でスタッフ会食。このスタッフは好い仲間である。帰宅一時頃》」(二月二日)。《今夜の芝居は粗雑きわまりなく、白けた隙間風が吹いている。役者というものは持続力と再現力がなければならないが、あるのは自己顕示欲ばかりだ。芝居のダメさに気付いたのは朝倉摂さんだけだった》(同七日)。《太地がようやく遊女らしくなった》(同二〇日)。《平さんギックリ腰で立てず、夜は休演に決定したと。二〇日に行った時、平さんの腰はどうかと、蜷川さんに訊ねたが、私の変な直感に少々気味悪くなった》(同二一日)。《本田(博太郎)君と言う無名の人を代役とする由。序幕であぶれ者をやっていた男。すぐ行くことにした。出演者が本田君を盛り立てる意気が微妙な熱気となる。とくに梅川の変化に驚く。まさに見世女郎の哀切さと美しさを現した。(太地は)昨夜は一晩中泣き明かしたという》(同二三日)。そして千秋楽を迎えた。《帝劇の前は当日券を買う客の長い列。七〇〇枚すべて売り切れ。入場できない客四〇〜五〇人。ダフ屋が出ていたという。カーテンコールで森進一が歌った。私には花束。よき千秋楽だった。二次会は六本木。太地さんが女優になってよかったという》(三月八日)。

千秋楽の後、しばらくたってから、《今度の近松公演で新劇界の卑小さと貧しさが見えたことで、劇作家はどうあるべきかを知った。商業演劇の資本体制が、観念的な新劇を結果的には追い抜いた。新劇の世界での作家侮蔑と傲慢な思い上がりを改めて知り、そのことによって、私は劇作家たる誇りの何かを悟る事ができた》。

大晦日の日記には心の高ぶりと達成を書いている。《今年は長く感じた一年だった。一月四日の帝劇稽古場での、二時間の本読みで始まった。二月〜三月の公演の成功は、私が劇作家として生きた三十余年間に於いて、最も幸福な上演だった。演出家ほかスタッフの協力と融合による次元の上昇は、商業演劇界でも新劇界でもかつてなかった成果を収めた。脚本と演出の見事な均衡があった。脚本の優位と主体性を生かしたのは演出家に蜷川氏を得た為である。私の劇作家としての自立性が確立したと言ってよい。迷蒙と無定見と低俗の中にあった商業演劇に(新劇も同様だが)衝撃を与えた。戯曲と劇作家の優越を私は示す事が出来たと思う。言説でなく具体的実行において。その見返りのように嫉視と敵意も新しくなった。昔の知人というものは、現在の私を見たくない。多くの人間はその凡庸と低俗地獄の囚人である。私もまた同様なのだ。ただひとつの救いは、私にはその地獄を地獄として見、それを超えたい希求がある》

秋元のマンション

秋元が住んでいたマンションを訪ねた。東京都目黒区中町の目黒第三コーポ四〇七号室。目黒通りから、油面の小さな商店街に入る。行きつけの銭湯「和泉湯」は、キッチュなデザインマンションのような建物に建て替わっていた。地蔵堂や下町のような小さな商店街を通り過ぎ、最初の路地を左折する。秋元が懇意にしていた角の八百屋「いちふじ」は、マンションになっていた。五階建ての古びた第三コーポが目に入る。エレベーターは無いので階段を四階まであがる。薄暗い照明の下、踏みしめるように毅然と一歩一歩階段を上がる秋元の後ろ姿が見えるようだ。

心も体も背筋がピシッと伸びていた。「近松心中物語」が上演された七九年春。秋元は同じ目黒区に住む菅野菜保之・吉野佳子夫妻、太地喜和子、中根公夫さんらと近所の寿司屋で飲み、「喜和子のマンションで飲みなおそう」となった。一杯機嫌の皆が道でタクシーを待っていたら、通りがかった男性が秋元さんに「お婆ちゃん、機嫌がいいね」と声をかけた。「お婆ちゃんとは何だ」とこの人の頬をピシャリと叩いた。菅野さんたちがあわてて謝ると「いやー、元気でいいね」と苦笑されたこともあったほどだ。年寄り扱いされるのをとても嫌がり、怒った。虎の尾を踏んだ編集者がエレベーターの中で殴られたこともある。そんなことから気難しい、怖い人と噂されもした。

社会面記事

後日談がある。初演から二年たった八一年六月。東宝演劇部から、私の職場である朝日新聞学芸部(当時)の自席に電話がかかって来た。早急に秋元松代の話を聞いて欲しいという。東京會舘の一室で会った。物事の筋目には厳しい人とは聞いていた。この時、秋元のまっすぐな怒りに初めて触れた。

話の内容は、フジテレビ系で六月七日夜に放映された関西テレビなど制作の西沢裕子脚本、中山三雄演出のドラマ「近松心中物語・恋の雪景色」には、東宝の舞台「近松心中物語」の重要部分が無断で利用されている、とした東宝と秋元の抗議だった。

「放映当日、新聞のテレビ番組欄を見て、おや、これはと思った。題名が同じだし、主要な俳優も平幹二朗、金田龍之介と同じ。その夜ドラマを見たら、私の創作部分が混合されている。無断利用されている」と、秋元は静かに切り出した。無論、秋元戯曲は「冥土の飛脚」など近松門左衛門の浄瑠璃三本を素材にしているが、人物や設定に秋元独自の創作がある。例えば最後の梅川・忠兵衛の心中場面。原作では二人は時雨の中追っ手に捕縛されるが、秋元戯曲では吹雪の中の凄絶な心中にしている。その設定がそのままテレビに使われている。「近松作品は誰がどう利用しようと、国民共有の財産だから自由。しかし先行作品に対しては慎重であって欲しい」

題名からしてそのまま使用している。「タイトルについて日本の著作権は抜け穴だらけで迷惑してきたが、同一の題を避けるのは作家なり、制作側のいわば常識の問題。制作側が同じ題名を使うのはいかにもあざとい。大衆を愚弄している。もし今回のことをうやむやにすると、誰かが『七人みさき』とか『常陸坊海尊』を使用してもいいことになる。法律で罰せられなければ何をやってもかまわないというずるい考えが横行する。法律の目さえくぐればいいとする悪徳な政治家や実業家と同じ態度を、文化に携わる人までしていいのか」。「著作権法では、入場料をとらない場合は作家の同意を必要としないとされている。それでは作家の私に何の断りもなく、どんな形でも、何回やってもかまわないことになる。日本文芸著作権保護同盟に中止を申し入れてくれと言われても、幕は開いている」。もう怒りはとまらない。私はせっせとメモをとった。社会面に書く気になった。

東宝と秋元はテレビドラマを制作した東阪企画と俳優座映画放送株式会社に対して「東宝公演の題名、主要な配役、クライマックスシーンが酷似している」と内容証明付きの抗議文を郵送した。東宝側では「帝劇開場七〇周年記念に今年一一、一二月に予定している再演舞台は興業上損害を受ける」とした。俳優座映画放送株式会社側に聞くと「時間的に間に合えば、せめてタイトルだけでも変えられたのだが。気がつかず申し訳なかった。安直とすればそうかもしれない。礼を尽くして謝罪したい」という返事だった。

記事は翌日の六月一七日社会面に掲載された。「テレビに舞台盗まれた」「フジ系『近松心中物語・恋の雪景色』」「劇作家が抗議文」「死の場面など酷似」の見出しがついた。秋元はこの間の気持を、日記にこう記した。

《山本健一君と会って、問題の経過と意見を話した》(六月一六日)。《四時、まだほの暗い。青果を読む。七時半、朝日新聞の社会面にトップで記事が出ている。内容もまあまあであろう》(同一七日)。七〇歳の秋元はこう記す。《傷つき易くなる、ということは、私が近年とくに自身の上に気付くことだがこれは確かに老年が孤独と同義語であるのを語っている。みずから警戒せねばならぬことだ。他からの冷遇に老年者は生きながら殺されていく。老人には早く死んでもらいたいのが人間の暗い欲望の一つであるとすれば、それを撤回させることは不可能であろう。だから傷つくことが多くなっても、それがなんだ、と言えるようであれ》

八二年四月に名古屋の御園座で再演した千秋楽。《みんなとは手じめしてから別れの挨拶をしよう。本当に、よい仕事で巡り会えた人々だ。こんなことは生涯にそうたびたび出会うことではなく、いつまでもこのことは忘れないでおきたい。名残惜しいが名残を残して別れるのも良き別れだ。これでちりぢりになり、それぞれがまたちがった形で出会うこともあるだろう》と日記に書いた。

新キャストを得て、九八年に明治座で再演された時、朝日新聞夕刊に、遅ればせながら劇評を書いた。(7)

蜷川は生前、「近松心中物語」を初演の演出のまま、二〇一七年一月に埼玉県の彩の国さいたま芸術劇場と横浜市のKAAT神奈川芸術劇場で再演する予定だった。現代の若い俳優たちの配役を考えていた。しかし彼の死により中止された。この公演には伏線がある。八九年に蜷川が秋元に出した一通の手紙だ。「来年は『近松心中物語』をもう一度新しい気持で演出させていただくつもりです。平さんをはじめ出演者がどんどん上手くなり様式的になってゆくのは俳優の宿命なのだとは思っても、『近松心中物語』にある、ある種の若々しさ、無名の人々の悲劇、制度の重圧等々を考えると、ぼくは若い人々を主役にして今一度新鮮な演劇にすることこそ、この優れた戯曲に対する礼というものだと考えています。装置等は変えるつもりはありませんが、今からその稽古の日を考えるとワクワクします」と書いてあった。

テレビドラマ「北越誌」

秋元は「近松〜」に引き続き、東宝の依頼で翌年八〇年に「元禄港歌」[8]を書き、同年八〜九月に帝国劇場で初演された。交易港の大店に年に一度来訪する盲目の女旅芸人である瞽女《ごぜ》[9]が巻き起こす愛の運命悲劇だ。数日間の出来事に凝縮してひた押しに書いた。

秋元の執筆の常ともいえるが、まずラジオやテレビドラマの先行作を書き、のちに戯曲化する。「元禄港歌」の先行作は、やはり瞽女を主人公にしたテレビドラマ「北越誌」[10]（七二年にNHK放映）。近世の身分・性差別や、民間宗教、経済、交通という社会構造を押さえながら、神話や説話、謡曲の多層な文芸世界を巧みに引用して、虐げられ、差別された民衆の救いを描いた。

「北越誌」のモチーフは、秋元が七一年冬に、越後高田瞽女座元の杉本キクエを訪ねて聴いた(11)「葛の葉子別れ」だった。失明の闇の中でこそ見える情愛の世界がそくそくと秋元の胸に迫った。直後の七二年一月、テレビ新日本紀行で「〝ごぜ〟の道」を見て「北越誌」の構想を固め始めた。《ストーリーを極限までウラにかくしての表現がほぼ押せるという見通し。清冽と簡潔。エロティシズムと宿命。差別。共同幻想としての男(女から見て)》と主題を日記に書き留める。テレビ脚本は、二月一一日にほぼ完了した。《渋滞がない。把握がしっかり行われたためである。哀切な美しい作品になった。涙が止まらない》。四月一三日にNHKで七五分のオールラッシュを見た秋元は、《健康優良児の作ったテレビドラマ》と落胆する。《もっとも感動して書き上げた作品が、映像として無感動に作られたというのは、なぜだろう》と愕然とする。しかし帰宅して「葛の葉子別れ」のテープを聴き、《心を引き裂かれるような語りと三味線》に感動する。

テレビの録画映像を見た——雪におおわれた昭和一八(一九四三)年冬の夜。瞽女の守山糸栄《いとえ》が越後の自宅で、養女の瞽女初音と旅の支度をしている。男と逢ってきた歌春が戻る。翌日三人は旧家の瞽女宿に荷を下ろし「葛の葉子別れ」を唄う。若い農夫の上田和一郎が糸栄を訪ね、連れてきた妹カナエを瞽女にして欲しいと頼む。和一郎は美しい初音を見つめる。翌朝糸栄ら三人は旅立つ。初音を一途に見送る和一郎。歌春を追う若い男も後に続く。

三人は本間信之助の屋敷に泊まる。糸栄は冷笑を浮かべて、仏間で信之助の亡き妻に「葛の葉子別れ」を供養する。息子の信秀は信之助と糸栄との子供なのだ。翌日、歌春は男と駆け落ちする。信秀は初音と愛し合う。信之助は、信秀と初音との逢瀬を知り、自分と同じことを息子もしていると怒り、昏倒する。

雪中、カナエを先頭に歩く糸栄と初音。召集された和一郎が途中まで見送る。やはり召集された信秀も後を追ってきた。糸栄と初音に一緒に身を隠そうと言うが、糸栄は、それでは信秀を殺すことになると断る。初音も、わたしたちの行く末は、恋の終わりをみるだけでござりますと、糸栄のあとを追い、遠ざかる。

秋元は「北越誌」で、信秀に母と名乗れぬ糸栄との親子の愛に加えて、四つの男女の愛ともつれを描いた。①信秀まで産んだ糸栄と本間信之助との秘めたる愛、②信秀と初音の愛、③初音に心を奪われる和一郎、④歌春をそそのかして瞽女を辞めさせるやくざな男の罠。

趣向は、葛の葉の浄瑠璃と似ている。近世瞽女組織の戒律の中で生涯独身を貫く盲目の女旅芸人の禁断の愛と孤独の世界を、人を愛し人と交わったばかりに、愛する夫とも、わが子とも別れなければならなかった狐の化身の異類婚伝承世界に重ねた。タブーの愛という枷《かせ》で劇を締め上げた。糸栄がわが子信秀にこんな台詞を言う。「わたしも初音も、葛の葉の女でござりやんす。千年の昔から、人交わりをとめられた女の名でござりやんす。(愛したことは)ほんとうでござりますとも。なみの世間のお人よりも、はるか真実かもしれんのし。真実だすけ、葛の葉の女の恋は、いっとき限りの恋でござります」。運命の連鎖が東北の民俗世界で繰り広げられる。

私が杉本キクエの語る「葛の葉子別れ」のCDを聞いたのは、二〇一〇年二月に東京・武蔵野市立吉祥寺美術館で開かれた「斎藤真一展——瞽女と哀愁の旅路」だった。

我は畜生の身なるゆえ　今日は信太に帰ろうか　明日はこの家を出よかと　思いし事は度々あ

れど　もっといたならこの童子　笑うか這うか歩むかと　そちに心をひかされて　思わず五年暮らしける　我が身の化様現われて　母は信太へ帰るぞえ　母が信太へ帰りても　今にまことの葛の葉姫がおいでぞえ　葛の葉姫がおいでても　必ず継母と思うなよ　でんでん太鼓もねだるなよ　蝶々とんぼも殺すなよ

ひそやかな情感と艶、哀愁。三味線のきっぱりした音色に乗って繰り返される、押しつけがましさのない節まわし。語るとも、唄うとも聞こえる。老女が冬の夜に語る昔話のように、心にしみ込んでくる懐かしみがある。

「元禄港歌」を執筆

「北越誌」テレビ放映から七年後。秋元が戯曲化を思い立ったのは、「近松〜」の初演直後の七九年四月だった。七、八月に大阪ことばの学習をする。一一月に藤沢遊行寺へ行き、感動しながら境内を歩く。徐々に主題に近づく感じはある。しかし「近松〜」の成功で、思考が鈍ってきたと自覚する。八〇年三月に蜷川と会う。「北越誌」のテーマに非常に乗り気を見せたので、基本的な方向は線が引ける。「単純化が徹底しているので、演出も役者も大変だが挑戦にこたえたい」と蜷川が電話で話す。蜷川、朝倉摂の二人は、舞台となった室津港(兵庫県たつの市御津町)へ行く。中世には山陽道の遊女町として「室津千軒」の繁栄を誇り、お夏清十郎の悲恋物語でも知られる港だ。「元禄港歌」脱稿は六月二二日。構想から一年余りかかった。《すばらしく丈高い作品だ。どこも手など加えるところもない。完璧に書き上げてある。美しく慄えている樹木のような作品である》と自賛する。

劇中歌に美空ひばりの歌唱が決まる。七月一日に東宝旧館稽古場で一〇〇人以上が集合して本読みをする。七月一五日に美空ひばりと初めて会う。小柄で、気さくな極めて親しみやすい印象を受ける。録音どりに入る。《言葉についての感覚のよさ。声の深さ。さすがに大歌手である》

この後、秋元にインタビューした。

——母と子だけが主題ではない。元禄時代は、日本が封建社会から近代へ移る出発点になっている。現代と同じく華やかな面もあるが、影の部分で階層の差別が制度化され、江戸時代を通じて深く根を下ろす。その最初の時期として元禄時代に着目した。時代が華やかであればある程、社会での差別の問題は、元禄から現代まで根を張っていると思う。

今回も誰かに歌ってもらおうとは思っていなかったが、一任した。美空ひばりに頼むというので諾としたが、本人が承諾するかしらとは思っていた。彼女の歌のにおいが好き。きれいに歌って迎合するのではない。まっすぐ自分の道を歌っているよう。私は名もない庶民の心の声、思いを言いたかった。親子や男女の愛についてもきつい身分差があり、登場人物の強い枷にした。あるいは盲目である故に結婚できない、ような。そういう時、人間は何を求めるのだろう。人間にとり必要なものは何か。しかも時代は元禄という華やかで、今の時代に似ている中で、心の世界を探ってみたかった。私は細かいト書きは少ない。台詞もできるだけ簡潔にする。作品の読みが深く正確な蜷川さんの演出なので安心して書けた。出演者は最初から全部わかっていたので、書き始める前は少し負担だった。でも作品の方向が決まってからはむしろ励まされた。これを書いて作品を書く上の心構えが少し変わってきた。時代物の自由さを感じた。瞽女の話はいつか書きたいと思っていた。作家は一番書きたいものを書かなければいけない。前作(「近松〜」)のときは、関西弁をヒイヒイ言いながら勉強したけど今度はだいぶ慣れました。この作品を書くために、一遍上人[12]の足跡を訪ねて、加古川の寺と藤沢の遊行寺にも行き、念仏を聞いた。和讃や念仏衆を随分勉強したけどついに分からなかった。

もともとは「近松〜」のパートツーとして「お夏清十郎」を書こうとした。しかし発展しなかった。自分の意思ではどうする事も出来ない人間の状況があるのではないか。個人の意思を超える人間の関係性ですね。謡曲「百万」[13]がイメージとして浮かんだ時はうれしかった。

蜷川にも稽古場でインタビューした。

――美空ひばりさんの歌は、言葉によってニュアンスを違えてくる。猪俣(公章)は、ひばりの歌はうまいだけでなくプラスアルファがあると言う。俳優よりデリケートで、声のゴブラン織りみたい。念仏、和讃、謡曲、瞽女唄。すべてをひっくるめて歌謡曲。僕らの芝居にひばりさんが出るなんて、新劇では考えられない。こんなダイナミックなことが起きている。ひばりさんの歌には隠された民衆史がある。母親の羊水のように、ものすごく優しく包み込む。そこへ実に骨太な秋元戯曲がクロスすると、力学が巨大になる。稽古場で皆に「歌に負けるな」と言う。この芝居には隠された民衆史、母の欠落、人間の侮蔑のテーマが埋め込まれている。ギリシャ悲劇みたいな古典的な骨格がある。ライオンと格闘するようなもので、日常的な動きができない。秋元作品には様式と民衆観があり、緊張を強いられる。海と、夢の世界である母。多義的な世界。濃密に多層化しており、素知らぬ顔をしている。秋元さんの血のうねりがある。とても恐ろしい作品だ。台詞の中に様々なものを込めなければならない。観念とナチュラルの両方で行かなければならない。戯曲は芸術だが、舞台には芸能が必要になる。男はどこか観念的で女に負ける。歴史的な縦軸としての女の系が通底する。

舞台では椿がポトリポトリと落ちる。この世で昔から今に続いている時間の縦軸がほしかった。何百年前も今も咲き、落ちる椿の花。生きている椿の音。椿は春の前触れであり、死と情熱の象徴。葉だけで一六万枚用意しました。

〈あらすじ〉

元禄時代。播州の栄えた港町で、廻船問屋の大店、筑前屋が羽振りを利かせる。美空ひばりの劇中歌が流れる。

船を出しゃらば　夜深《よぶか》に出しゃれ　帆影みるさえ　気にかかる
北に朝鮮　釜山港　南に琉球　るそん島
（作詞・秋元松代、作曲・猪俣公章）

職人の和吉らが、問屋町の若者らと喧嘩になる。遊び人の筑前屋の次男万次郎もいる。江戸の出店から五年ぶりに戻った律儀な長男信助と、墓参の母お浜が通りかかる。乞食のような悲田院法師(14)を先頭に、差別されて生きる念仏信徒の群れが小役人に追われていく。

三味線唄の音に乗って、瞽女の座元《ざもと》糸栄、初音、歌春らが登場する。

筑前屋の仏間で瞽女たちが「葛の葉子別れ」を弾き語る。信助は初音に「白狐のくわえてきた赤児」と言われ育ったと話す。初音は信助に「糸栄は、子ォを産んだことはないか」と問われるが、答えずに明朝、岬の唐崎寺《からさきでら》で逢いたいと言い残す。同じ夜、裏屋敷で万次郎と歌春が逢い引きをする。歌春は和吉との縁談が持ち上がり、万次郎との縁を切ろうとするが、忘れられない。お浜は実子の万次郎から歌春を遠ざけるために和吉との縁談を進める。平兵衛と糸栄との間の子である信助を店の跡取りにしようとする平兵衛に逆上し、その秘密を口走る。

一夜明けた同寺阿弥陀堂。悲田院法師と信徒たちが和讃を唱えつつ去る。歌春は万次郎への思いを断ち切り、和吉の嫁になる決心をした。信助は、「私は葛の葉の白い女狐、あなたは見知らぬ旅の人。二度と逢えない」と言う初音を愛する。母の心を隠し通そうとする糸栄に、母を感じながら別離の言葉を言う信助。目に見えない運命の糸は三人の瞽女と、信助、和吉をゆっくりと導く。

筑前屋では万次郎が同寺に奉納する能楽「百万」の稽古に励む。平兵衛は自分の死後は店を信助に託そうとし、江戸に戻らずに自分の元にいるよう告げる。しかし信助は万次郎が家督を継ぐべきであり、自分は分家させて欲しいと答える。万次郎と歌春の仲を知った和吉が血相を変えて駆け込むが、平兵衛は追い払う。万次郎を外出させないため、演能は信助がするよう命じる。

翌日の同寺能舞台。信助が「百万」のシテを務める。「親子の道にまとわれて。なおこの闇を晴れやらぬ」。信助と代わったのも知らずに「万次郎思い知れ」と和吉が、劇薬をシテの面に叩きつける。和吉に刺された歌春がよろめきながら来る。駆けよる万次郎に「会いたかった」と呟き絶命する。初音は、劇薬で両目を焼かれた盲目の信助にすがる。「真暗な世界になってわしにはお前がよう見えてきた。こないな運命《さだめ》に遭うことは、遥かな昔から、足音も立てんと忍びよっていたのやないやろか」。初音は「私もあなたの禍の因になったひとりや。罪深う生まれてきたとも知らいで、あなたと逢うてしもうた。こないな女は、生まれてこなんだらよかったものを」。お浜に手を引かれた糸栄は「いつかお前に会うて、ひとこと詫びを言わねば、死ぬにも死なれん思いで生きてきた。信助、これが、罪深い母の手ェや」。「わしは両の眼《まなこ》を失うて、母と女房をもろうたのや。親父様、育てのおっ母様のご恩はよう忘れまへん。けど、もとの信助は死にましたのや。わしはこの母と女房の棲家やという、千年の森へ去なしてもらいとうござります」。泣くお浜と平兵衛。悲田院法師と信徒たちが自害した和吉と歌春の死骸を担ぎ、和讃を唱えながら歩き出す。

開幕

初日の八〇年八月二日が近づいてきたが、秋元の心は躍らない。「新劇界の無知と貧寒さへの憤り」が、これまでの秋元を支えた。今は東宝での成功により憤りはうすめられたものの、空虚感があった。通し稽古。椿の林の素晴らしさに目を奪われる。《太地喜和子が実に初々しく可憐な瞽女初音になっている。市原悦子もそれなりに良い。泥臭さを出そうとしている。山岡久乃もやはりお浜に配役してよかった》と安心する。初日はほぼ満席。《やっと自分の作品を客観的に冷静に見られた。なんと残酷なドラマだろう》。劇場に行かない日でも、夜九時の終演時間になると祈るような一瞬をささげた。蜷川は劇場につめっきりだった。芝居がだれるどころか、次第に良くなって行くのはそのためだ。千秋楽の九月二八日。《芝居はとても熱気があってよかった。平(幹二朗)さんも太地さんも泣いていた。これで別れなので終幕して舞台で打ち上げ。赤いバラをもらう。場内係の人々が拍手で送ってくれた》。二カ月の公演が終わった。

秋元は自作を「繁栄の陰にあって、権力からの距離の遠い者ほど、現世の歪みを負って生きることは元禄も昭和も基底において変ったとは思えない。歴史をみることは、現在と過去との対話であるという意味でも、この作品を元禄期において捉えた」(帝国劇場初演公演パンフレット)と語っている。

三つの特徴

秋元・蜷川コンビがもたらす舞台の特徴は以下の三点だ。

①神話性の縁取り。

蜷川演出の特徴は、当時「花と群衆と音楽」と言われた。この三要素が、芸能の祝祭とロマンを多層に彩る。「近松〜」の彼岸花に相当するのが、「元禄港歌」では椿。幕開きから終始舞台の三方を群生した白い椿が囲む。人の手が入ったことがないように生い茂る森。あるいは巨大な花の額縁(装置・朝倉摂)。美空ひばりの情感したたる劇中歌が流れ、辻村ジュサブローが出遣いで信田妻の白狐の人形を操る。天空から射すような幾筋もの光(照明・吉井澄雄)。劇の高調と共に落ちる赤い椿は時間の謂い。人の世にはいつ何が起きるかわからない禍事を形象する。椿の艶やかさは、薄幸の瞽女たちの美でもあった。

また、ギリシャ悲劇「オイディプス王」(ソフォクレス作)を思わせる信助の失明。オイディプスは自ら目を突き刺すが、信助は和吉から劇薬をかけられ両目が焼《や》け爛《ただ》れる。ザンバラ髪の、目隠しのような包帯の下から鮮血が流れる。血の涙を流しているようだ。腰の低い商人から受苦の盲人へ、リアルな写実から様式の大きさへ。台詞も格調を帯びて朗唱する。演技様式の幅をダイナミックに行き来する平幹二朗の役者ぶりが大きかった。初音役の太地喜和子(初演)、富司純子(再演)の哀切な美しさは、今も目の裏に焼き付いている。太地は薄幸の女性の情感を演じさせたら、並ぶものがない。

オイディプスは、父を殺し、母と交わる罪を犯した一人の男が、自分探しの果てに罰せられる。王を待ち構えていたのは、罪の闇ともいうべき自分の真実だった。人は宿命から逃れられないのだとすれば、信助の親子再開は失明によってでしかあがなわれない。ただ同じ失明者である初音と結ばれ、苦しみは喜びの世界に反転する。「常陸坊〜」から続く、神話類をベースにした劇時間の多層化だ。

②民衆へのおもい。

二人に共通する民衆観の象徴が、悲田院法師とその信徒一行の行列だ。悲田院法師は、遊行の宗教家、一遍上人を想定して書かれている。取り締まりの役人や人々の差別に耐え、ひたすら念仏や和讃を唱えて遊行する。この世の苦しみや不幸を一身に引き受ける。冒頭と最後に登場し、舞台を締める外枠になっている。差別は昔も今も心に巣くう大きな悪ではあるが、劇の精神を担う登場人物は善人ばかりで、悪が人物に託されない。悪はむしろ時代(意識)や制度という巨悪の剔抉《てっけつ》にかかった戯曲だ。

時代を超えて、いつも苦しみの海の中に生きる民衆への共感と鎮魂の気持が、秋元の胸の中には渦巻く。社会的弱者にして表現の強者である瞽女たちの位置づけも「北越誌」と共通している。

③大団円としての愛の世界。

人間の心の根底にある闇や業、エロスをじっと深く見つめる秋元だが、作風は愛と憎しみをもつれあわせながらも結局、ロマンの世界に回収していく。カタルシスにも似た自己救済のようでもある。

「元禄港歌」の愛憎とは、「北越誌」より複雑になり、七組の愛と五組の対立がからむ。愛は、①糸栄と信助、②平兵衛と信助・万次郎、③お浜と万次郎の、親子の愛。男と女の愛が、④信助と初音、⑤平兵衛と糸栄のかつての愛、⑥歌春と万次郎、⑦和吉の一方的な歌春への愛。対立は、①仮面夫婦の平兵衛とお浜、②お浜の糸栄への嫉妬、③お浜の義理の息子信助へのわだかまり、④歌春殺人に至る和吉の万次郎への憎しみ、⑤和吉が万次郎と間違えて信助の目を焼く暴行。上位レベルに、これら愛別離苦の煩悩にとらわれる人々を優しく包む悲田院法師の慈しみがある。

最後はすべての生と死を包み込む大いなる海。失明した信助を真ん中にして糸栄と初音が三人で、小舟に乗り漕ぎ出ていく。対立や憎しみは、理由や動機を越えた大きな愛に包まれていく。合理のリアリズムとは違う、神話の大いなる力であることは確かだ。

新橋耐子さんの回想

再演でお浜を演じた新橋耐子さんに会った。舞台では裏切った夫への冷ややかな感情、夫の子を産んだ女への嫉妬や憎しみ、実の息子への溺愛ぶり、大店の跡取り娘らしい矯慢さと様々に変化する女心を、リアルに強いタッチで演じ迫力があった。秋元作品にはすでに「近松心中物語」「七人みさき」、映画「式部物語」などに出演している。

「秋元先生の台詞は一言一言濃い。女の皮肉も上手に出ている。お浜は夫を愛してない。夫にしがみつくのは癪に障る。凜としてプライドが高い。女たちは虐げられているが、魂まで売らない。秋元戯曲はト書きが少なく、役者を自由にさせてくれる。あとは演出家とのぶつかり合い。作家と折半してうまく逃げるより仕方がない。台詞も少なく凝縮され、裏がすぐ読める。役者にとり、書かれているのは、作家の腹の精神のカスよ」。「秋元先生の目の奥にはメラメラと燃えているすごみがあった。人の業を見据えようとしているみたいでした。まだ先生の作品に出ていない時、たまたま芝居の客席が隣り合わせになった。まっすぐした姿勢で芝居をご覧になっていたが、ある瞬間に、杉村先生も時々そうでしたが、メラメラした目で私を見た。射すくめられる感じでした。後に稽古場でお会いした時、『先生にはエロスの神様がいる』と無遠慮に言うと、平然として『そうよ』と答えた。私のあくまで想像ですが、先生はある時ある人に捧げた。それがみのらなかった後は、一方では少女のような至純な愛、どこかに星の王子様でもいるのではないかとロマンチックな愛を信じ続けた。同時にもう一方では、愛欲の業を見つめていたのではないかしら。作家特有の好奇心あふれる冷ややかな観察だったかもしれない。愛はロマンと業みたいな欲望の両方がないとつまらない」

「先生はフォワグラとかこってりした食べ物が好きでした。パーティーであまり肉ばかりでもと思い、サラダをお持ちすると『またあれにして』とフォワグラをご注文なさる。濃厚なものを好むと心の中にたまる。私が不思議なのは先生はためたエネルギーを創作行為で解消しているのか。謎があった」

「先生は社会派の作品を書くけど、視点の当て方が、ただの社会派とは違う。底がドロドロ、ヌメヌメしている。判断の白黒がはっきりしていて立ち位置がぶれなかった。そこが役者とは違う。『元禄港歌』では、表現の難しい差別の問題をすっと上手にやる。スマートで素敵。悲しくて濃くて、悲惨で、こっけいで。先生の戯曲の中では一番好きです」

「最後に信助の目がつぶれて、底意地悪かったお浜の態度が変わる。何も書かれていないけど今まで自分たちの生きてきた世界が裂けたのです。今までのようには生きていけない。新しい展開に向かって対峙して船出する信助親子を見送る。実子であろうがそうでなかろうが、糸栄とも同じ母として分かりあえる。女同士でしか分からない母性と母性の理解です。長男と次男を同じように可愛いと見せなければならない。今は継父や継母たちが簡単に子を殺す。信田妻の狐や動物より劣る。人間の生態系が壊れてしまった。最後を私は大団円とは見ていません。三人が乗ったのはノアの方舟。半分が泥船であり、信助と母の糸栄はそれを知っていた」

新橋さんは、台詞には書かれていない裏側のサブテキストを想定し、女の自分に重ねる鋭い直感と、ベテラン女優ならではのキャリアで読み解く。方舟に乗る糸栄・信助親子は、自分たちを待ちうけている人生の不確実さを、滅亡を知っていたのではないか。信助は失明の苦痛、苦悩によって人の生の不可解さを知り、浄化の境地に達した。ノア洪水直後の荒廃地が二人の前に広がっていた。

二〇一六年の再演

「元禄港歌」は二〇一六年一月に東京・渋谷のシアターコクーンで再演された。八〇年の初演からは三六年たっている舞台なので、初演の記憶をまさぐりながら一六年の舞台評を朝日新聞に以下のように書いた。

豊穣にして哀切な言葉と美空ひばりの劇中歌。繁栄の陰にある被差別への怒り。秋元松代作、蜷川幸雄演出の「元禄港歌」は、愛の情感で客席の心を揺さぶり、社会の暗部へと目を向かわせる。初演から三六年。古典が持つ根源の力に似た命がある。

愛別離苦。江戸時代の交易で賑わう港の大店で、運命悲劇が、数日間展開する。

盲目の女旅芸人、瞽女一行が大店へ来訪したのが発端となり、幾つもの愛と憎しみが生まれる。大店の長男(段田安則)と実母の瞽女糸栄(市川猿之助)の母子再会。長男と瞽女初音(宮沢りえ)との宿命的な恋、瞽女歌春(鈴木杏)をめぐる次男(高橋一生)と職人(大石継太)の三角関係、女房お浜(新橋耐子)を裏切り、糸栄に長男を生ませた大店の主人(市川猿弥)の仮面夫婦ぶり。愛と憎しみの輪舞の中心にオイディプスのごとく、劇薬で目をつぶされた長男が顔を血に染めて立つ。

初演と比べて二人の母性が前景に出た。踊りで鍛え抜いた猿之助の女形芸の所作と姿形、台詞が揺るぎない。情念の強さが鋭く立ち上がる。親子名乗りの場は、もう少し哀れさが欲しい。お浜役の新橋は、前半の冷ややかな嫌みや、実子次男への溺愛ぶりの写実演技の腰が強い。最後、旅立つ長男を送る場面で、エゴの愛の妄執から解き放たれて、大きな母性愛に立つ風情が突き抜ける。宮沢は澄んだ高音で薄幸の愛を響かせた。段田はリアルな巧《うま》い造形だが、決めどころは様式味を増したい。

格差社会の強まりのせいか、差別されて生きる悲田院法師(青山達三)に率いられた念仏信徒一行の悲しみと怒り、救いへの願望が直接感じられた。

愛憎、光と闇、宿命と脱出、神話と現在。相反する価値がぶつかり融合する。様式芸と写実演技の兼ね合いが難しい戯曲だ。

第一一章　八ヶ岳への移住

清春芸術村の貸アトリエ「ラ・リューシュ」の前で，
南アルプスを眺める秋元松代．山梨県北杜市長坂町

清春芸術村

秋元が、最後の戯曲「南北恋物語」(1)を九八二年に書いたのは、山梨県北巨摩郡長坂町(現・北杜市)の清春芸術村(2)清春荘一〇六号室だった。八一年一二月に旧知の吉井画廊社長(当時)の吉井長三から、長年の夢を実現した同芸術村の話を聞いた。長期滞在できる個室アトリエもある。南に富士山を遠く望み、西に南アルプスの甲斐駒ヶ岳、北に八ヶ岳が見える。五〇本の桜が春には白く咲きこぼれるという。八一年末から新年にかけて九日間滞在してすぐ気に入り、一月末には移転して、八九年まで八年間滞在した。最初の朝(二月一日)を、《甲斐駒は雪煙のごとき白煙がまといついている。山も谷も冬の清潔さでしずまりこもっている。移転第一日の朝佳し。十時火の見の鐘で眠る》と日記には書いている。東京の自宅マンションには時々帰った。

秋元は吉井とは東京・築地の波奈井旅館を仕事部屋にした頃から、知人の編集者に紹介されて行き来し、吉井の結婚式で仲人をしたほど交友は深く、長い。「若い時からはっきりと、ハキハキ物を言う人だった。うるさいけど、思いやりがあり、優しい。でも酒が入ると人が変わった。何を言われるかわからないので、酔っている時は近寄らないようにした。絵が好きで、お金がないからと、小さなものがあると買っていった。コレクターではない。新しく気に入った絵があると交換した」と言っていた。

芸術村の林間には野鳥が囀《さえず》り、オオムラサキが舞う。《こんな時が来るとは思わなかった》と、静かで美しい日々の喜びを何度も日記に書く。滞在中に「南北恋物語」と、NHKテレビドラマ「心中宵庚申」「おさんの恋」「但馬屋のお夏」の三本を書いている。これ以降ドラマは書いていない。七年間の清春滞在は、創作の最後の焔が燃えた時期だった。

中根公夫さんは「秋元さんは以前から清春のような芸術村に移住する事に憧れていた。目黒のマンションにはエレベーターがなく、自室の四階まで階段を上るのがきつくなったこともある。寂しくないのかと聞いた。そんなことない、これまでも寂しさとの闘いだったと言う。清春へ行って、枯れてはいなかった。でも美しい自然だけに囲まれ、微妙な人間臭さがなくなり、作家としては危険な環境だなとは思った」と思い出す。

秋元が住んだ清春荘一〇六号室はその後、どうなっているだろうと、二〇〇九年秋に訪ねた。JR中央本線長坂駅から車で一〇分。梅原龍三郎アトリエの隣に、秋元の過ごした平屋建ての建物があった。全六室の棟割長屋のような居住スペース。一〇六号室は角の部屋で、南北の二室を台所とふろ場のある通路でつなぐ。寝室に使った北側の部屋は、同村学芸員の資料室になっていた。秋元が月や星、碧空を眺めた天窓から射す陽光が相変わらずまぶしい。自炊した台所と、愛用した小さな風呂場は、薄くほこりをかぶっていた。南側居室は前庭に面し、窓からは樹影がのぞく。離れた広場を囲む桜の古木越しに、火の見の鉄塔が見えた。カーンカーンカーンカーン。かつて正時ごとに鳴った鐘の音は、秋元にこの地で暮らす寂しさと安らぎを与えた。

「南北恋物語」の執筆

「男に挑戦する女を描いてもらいたい」と、東宝と蜷川から依頼されたのは八一年七月。秋元はこの言葉に内心うんざりした。《私はかつて男に挑戦したいと思ったこともなければ、挑戦したこともない。男は挑戦の対象とするほど、強くも偉くもなく、優秀な生き物でもない。挑戦されたかのように思うのは、男たちのうぬぼれと、負け惜しみと虚栄心である。なによりも非思考の上に座り込んでいる男たちの守旧的な自己満足のためである。そして男をいい気分にさせておくために、女たちはそれを支持したりおだてたりする。そうしないと女たちにとって都合が悪いから》と。

近松の次に四世鶴屋南北(一七五五〜一八二九)の作品に想を得ることは東宝側の希望だった。八一年夏から準備を始め、筆を起こしたのは八二年七月二六日。三カ月後の一〇月二二日には脱稿した。構想からは一年三カ月ほどになる。作品イメージの閃きを《かすみ網を張って待ち伏せをする》ように準備を本格化させたのは八二年二月だった。

この日からの創作の苦闘を日記から再現する。

秋元はいくつもの南北作品を読み継ぐ。「盟三五大切《かみかけてさんごたいせつ》」(3)がピンときた。《よく描けている。この源五兵衛は異常性格に近い。百両という金は浪人者や庶民や素町人にとっては道理も人間性もかなぐり捨てるほどの大金だったろう。それを奪い合うブラックドラマで、近代劇に近づいているのが面白い。底をついた虚無感だ》。そして決定的だったのが「東海道四谷怪談(4)」。《序幕が実にうまい。南北七一歳の作というが、まさに自在な筆致である。巧まずして笑いが生まれている。黒い笑いであって、不気味でなく驚くばかりの徹底味である。これは日本を超える大作品である。この夏は私の正念場になろう。南北の七一歳に負けぬようにと思う。ただ感嘆のほかなし》と同じ七一歳の秋元は思う。

奔放、饒舌な南北の作品群を読み込んだ秋元は、《もういい。南北を機縁として南北の世界を超えなければ南北に挑む意味は失われる。今はその世界を冷静に俯瞰して抽出しなければならぬ処へ来たのだ。「近松〜」の時のように、作品世界への共感と陶酔と詠唱に心身を浸しきって書くということはできないだろう。哲学が必要なのだ。私の別の鉱脈を南北世界へのドリルとして掘削しなければ成功は望めないと思う。これは新たな私の冒険だ》と決意を新たにする。

秋元は丁寧に江戸語辞典を読む作業に移った。しかしのどかで美しい清春の自然の中で、書けない。かつての飢餓感と生の不安が去ってしまったのか。年齢による衰えか。能力の限界が来たのか。創作を促す飢餓はそれほど外的条件によって存在したり消失したりするものなのか。するとそれは作家のそれではないのだ、と思い詰める。夜一〇時半、あまりに寂しくなり、目黒の自宅へ電話した。呼び出し音が鳴る。誰かが受話器を取って応答するような気がして、ひどく胸騒ぎがした。ベル一〇回。誰も出なかった。――《誰もいないのだ。懐かしい空間がそこにあった。生々しく、まるで生ける人間の何者かがそこに居るような、おどろきよりも、もっと衝撃的なある距離をへだてた無距離の空間がつきささった。それは私自身である》と孤独に立ちすくむ。大劇場の舞台でのべ十数万の客を吸収することを前提にした戯曲の困難さ。六月末、秋元は電話で中根さんに「書けるかどうかわからない」と不安を口に出した。すぐ、中根・渡辺両氏が清春に来た。「盟三五大切」と「四谷怪談」を発想の母体にすることに話し合いはしぼられてきた。もう一度、南北に還るべきか。いっそ全く方向を転ずるか。書けないのは、主題への燃焼がないか、人物たちへの愛がないからと自己分析する。でもとにかく先へ進まなければならない。《南北を離れなければならぬ。私の文政時代。つまり現代を。私の現代を》。かき集めるように取り込んだ知識や常識などを早く忘れ、自由を得なければならない。

ひらめいてくるもの、自由なもの、拡がり、包みこむもの。祈りのほか、私にはない、と。最初の約二〇枚を書く。《私にとってこれは最後の作品になるかも知れない。だから臆病になるな。思い切って書くしかない》と言い聞かせる。

九月二三日に完稿した。《ひどく雑なつまらない作品のように思われ、索莫としてくる。いつの場合にも、こういう状態が来るのだが》、《作品を一つ完成したという実感などは何もない。まるで抜け殻のように空虚だ》とも。一〇月四日に帝劇で顔合わせの後、稽古をみる。最初の場面で《ベートーベンの第九が出て、三味線音楽に入る。非常に面白く卓抜な着想である。歌には前川清を使うという》と蜷川演出への信頼は厚い。書き終えた秋元は、《神よ、私に命を与え、お護りくださった。ありがとう。感謝いたします。故障なく一段階を超え得たことを、感謝し、奢ることなく自重し静かであれ》と祈る。

六日後の開幕を前にした一〇月三〇日の通し稽古。秋元も稽古場にいた。《実感的にいえば、こんなつまらない芝居を自分は書いてしまったのかということだ。そしていつの場合も実はこうなのだ。終わって、これで充分と話しておく》。そのあと東京會舘で私のインタビューに応じた。

秋元が語る南北

秋元は終始、穏やかな口ぶりと表情だった。

――南北になじんだのは最近です。昔から読んで長いお付き合いのある近松作品は、善悪がはっきりしている。情念に関するものを悪に、義理や社会秩序を善にしている。情念の余儀なさを非常に哀切に描くのがうまい。それに解決を与えるのが義理とか秩序。恋を破滅させたり死なせたりするのが、近松の持つ均整美、古典の持つ魅力です。

しかし私は、南北には長い時間をかけていない。彼の作品は大変奔放、縦横自在に何でも持ち込んでいるでしょう。それに振り回されてしまう。南北の活躍した文化文政期は動乱の始まる直前の時期。もう黒船もロシアの船も来ている。異様な反動を示した大変派手な時代でしたね。江戸は貧富の差が激しくなり、政治家と結託した人がうまいことが出来た。今の時代と似ている。江戸市民は芝居の世界で勧善懲悪より、悪の復讐、勝利を好んだ。南北は五七歳の時、文化八(一八一一)年に四世鶴屋南北を襲名しますが、この頃から文政期にかけて、五〇代後半から七〇代までが充実している。

「東海道四谷怪談」と「盟三五大切」を発想の手がかりにした。この二作が、一番完成度が高い。文政八(一八二五)年にこの二大名作を書いている。しかも七一歳の時。感嘆するより仕方がない。私の前二作は様式性の美しさを目指したが、今度は江戸市民のある群像を書こうとした。蜷川さんに傾倒しているので、彼がいなかったらこういう作品を書かなかったわね。南北の世界もある種の美の世界なんですよ。ただ表れ方が違う。徹底度において美しい。私には南北的饒舌さはない。民谷伊右衛門の悪を書けない。持って生まれた資質なんでしょうけど、どこかで未来を信じたい。(主人公の)左門と小万は殺せない。一生懸命殺す方法を考えるより、一生懸命生かしたい。今の民衆はそういう考え方を必要としているのではないかしら。私も蜷川さんも根は民衆。二人とも民衆を殺したくない、生かしたい。

たまたま三本そろったが、近代としての現代を知るためには、江戸をもう一度再検討しなければいけない。マイナス面だけでなくプラス面の評価をしたい。日本、日本人の文化を知る上で手がかりになる。江戸は足踏みしたけれど引き伸ばされた近代のように見える。

私の作品は南北でなく東西にもなっていない。約《つづ》めて言えば才能が貧しいのでしょう。そこに私のかなしみがある。もっと大きな器を持っていればそんな事にならないと思う。

愛し、殺す

二幕八場の構成で、以下の三組の人物たちが色と金をめぐり愛し、殺し合う。①青山左門、愛人の芸者小万、かつての愛人船頭新七との愛の三角関係、②浪人浪岡忠三郎、娘のお玉・お糸姉妹、お玉の夫最上伊兵衛の浪宅一家四人の悲劇、③元盗賊の鈴虫の権三と、弟の強欲な金貸座頭堂山検校兄弟の破滅だ。

〈あらすじ〉

江戸文政の頃。二年前に出羽六郷家ご金蔵から、五〇〇両が盗まれた。当番役の忠三郎と伊兵衛は責任をとり、今は長屋での浪人暮らし。盗賊を捕まえれば元通りに召し抱えるとの約束を頼りに、忠三郎は盗賊を探索する。伊兵衛と忠三郎の娘お玉は恋に落ち、夫婦になった。鈴虫の権三一座が見世物興行をしている両国の盛り場で、乞食たちが、物乞いをした忠三郎を縄張り荒らしと取り囲む。忠三郎は権三を下手人と見て身辺捜査をしていた。虚無的な剣の達人、旗本の次男坊左門が通りかかり、一閃にして乞食たちの髷《まげ》を切り、去る。

本所の棟割長屋の浪宅。伊兵衛が傘張り内職をしているとお玉が帰宅して、父が盗賊の目星をつけたと知らせる。そこへ堂山検校の弟子三人が貸金の取り立てに来る。権三は六郷家から盗んだ金で弟の堂山に検校の位を買ってあげていた。小万は産婆おさんに預けてある新七との子・万之助に会いに来て、新七と再会する。

浅草寺裏田圃で伊兵衛と左門が夜釣りをしていると、権三は忠三郎と、手引き役のやくざも殺す。左門が権三を威圧し、胸に人殺しの証拠の切り傷をつける。権三の情人で料理茶屋菊いづみ女将お紺と、娘の小万親子も通りかかる。父忠三郎を探すお玉・お糸が、父の死体を見つける。

色若衆の兄弟は堂山検校に仕えながら、借銭の厳しい取り立てで自殺した親の仇と狙っている。堂山は小万に執心だ。左門を菊いづみの宴席に招き、兄に切り傷を付けた男かどうか確かめようとするが、見破られる。小万が庭にいると、千石船の元舵取りの新七が猪木船で堀割へ乗り入れ、「親子三人で暮らそう」と言うが、断る。小万は左門と恋に落ちる。

小塚原焼場で忠三郎の遺体を前に、伊兵衛、赤子を抱いたお玉、お糸がいる。父の仇討ちを迫るお玉に対して伊兵衛は「わしは強い侍ではない」と断る。絶望したお玉は「あなたはこの世でただ一人のおかたじゃ」と懐剣でわが子を刺し、「私の命も、私の恋も、終わりは致しませぬ」と自害する。伊兵衛が後追い自殺しようとすると、お糸が叫ぶ「もう、誰も死んではなりませぬ」。左門と小万は連日の逢瀬をしている。実は小万は左門の身を案じて、彼から身は引くので手を出さないようにと、母お紺を通して堂山に言ってある。

柳橋の料理屋で堂山と左門、取り持つお紺がいる宴席に、権三が小万を連れて来る。左門と堂山一味とのすさまじい殺し合いが始まる。権三は情人のお紺を殺し、左門は用心棒を殺す。堂山を殺した色若衆兄弟を、権三が殺す。そして左門が権三を殺す。「虚しい。もう、刀は持たぬぞ」とうめく左門。

大詰めは長崎の寺門前広場。小万一座が来て、左門が歌い、小万が踊る。六十六部(巡礼者)になった伊兵衛が見物する。唄が流れる――人はいとしや嘘にもまるる　散らであれかしひとつ浮世に　いのちは一度おもいやさしく

鶴屋南北作品と「南北恋物語」

「盟三五大切」と「東海道四谷怪談」二作と、秋元の「南北恋物語」を比較してみる。

秋元は蜷川演出を念頭に置き、群集を主役にする考えがあった。しかしドラマは青山左門と芸者小万が牽引している。左門は「盟三五大切」の源五兵衛がヒント。江戸・中村座での初演では、源五兵衛を演じたのは実悪の名人五世松本幸四郎だから、きっと冷酷な殺人者ぶりだったのだろう。しかし左門は、ニヒルな剣客ではあるが、恨みと殺しに徹底出来ない。武士であることに嫌気がさし、最後には小万一座の芸人にドロップアウトする内面がある。演じた平幹二朗は役の性根をつかもうと、台詞を大きく様式的に謳うかと思うと、世話台詞に急降下する。調子と間《ま》に苦心した。

小万は「盟三五大切」の小万と違って男は騙さず、殺されずに左門との愛を貫く。新七との間に子を作ろうとも男をあてにせず、自分一人で育てる。世の制度や道徳観に縛られない強くて美しい女なのだ。それでいて愛する左門の身を心配して秘かに身を引こうとする自己犠牲の心を持つ。小股の切れ上がった気風《きっぷ》のよい江戸前芸者、小万を加賀まりこがすっきりと演じた。

一方、最上伊兵衛・お玉夫婦のモデルは、「四谷怪談」の民谷伊右衛門とお岩だが、伊兵衛は女を踏み台に再び仕官しようとする上昇志向もない。生活に疲れた消極的な男だ。こんなマジメ亭主を持つお玉は、ひたすらありうべき愛を思い、愛を失うぐらいならとわが子を殺し自害してしまう。幻想の強迫観念を持つ女性。市原悦子が武家女房のきっぱりした線を出し、仕草も凜然とした強さがあった。お糸はお岩の妹お袖。平淑恵の初々しくも哀切な姿が目に焼き付いている。鈴虫の権左は、名前からして南北ピカレスクお馴染みの直助権兵衛がヒント。南北作品では転んでもタダでは起きないふてぶてしさを持つ。宿命に戦《おのの》き自害するが、憎めないブラックな笑いもある悪人だ。金田龍之介は太めの体形もあり、ねっとりとしたしたたかな悪人像だった。弟の堂山検校思いに、人間味を見せた。

南北の二作品からは登場人物以上に、劇構成の影響も受けた。幕開きの両国の盛り場は、「四谷怪談」の序幕「浅草観世音境内の場」に見られるように世話狂言の定番。主な人物を登場させて紹介し、伏線を張る。「四谷怪談」で二つの殺人が起こる「裏田圃の場」が、秋元では二人が殺される「浅草寺　裏田圃」。秋元版の殺し、殺される「柳橋・万八楼」場面は、「盟三五大切」の綿密極める連続殺人のト書きがある五人切りの場を彷彿とさせる。

しかし、このように南北と秋元戯曲の異同を言っても、秋元の本意からはずれるだろう。秋元は南北作品を換骨奪胎、血肉化して、現代に近づけようとしたからだ。

本人も自分の資質上、南北特有の悪と冷笑を徹底出来なかったと語っている。女の凄みのある業より哀切の美学。純愛物、愛の観念劇の色調を帯びた。これは東宝での三作に共通する傾向で、江戸三部作というより愛の三部作といった方が相応しいぐらいだ。人物像が甘いと言えばそうだが、これは作家の資質にかかわること。しかし「南北恋物語」の場合、文化文政期と今の時代を重ねて批評する現代性、時間の多層構造がさほど成功していない。あるいはこの方法を脱皮しようとする秋元のあくなき挑戦の始めかもしれないが、戯曲創作の終わりでもあった。「登場人物を愛せない」と秋元は創作中に日記で正直に呻くが、ここらが作品の足を引っ張ったかもしれない。蜷川演出は例によって同化と異化の激しい衝突を視覚化したが、効果は十分ではなかった。

中根公夫さんの思い出

「南北恋物語」の後、東宝から戯曲執筆の依頼はなかった。二〇〇九年冬、中根公夫さんを東京の自宅に訪ねた。

——今考えると私たち企画側が安易でした。近松をやったから南北をやろうと考えた。蜷川さんは「いいねえ」。秋元さんも企画当時は、南北を一度はやらなければいけないと思う程度で、詰めて考えてはおられなかった。だから最後まで書きあぐねていた。脇で見ていて死ぬ苦しみをしていた。秋元さんと南北の作風との相性が悪かった。南北を書く必然性、モチベーションがないまま上演だけ決めて商業演劇のものにしてしまった。「近松〜」が大ヒットし、再演もやり、もう一度再演をしたいと大河内豪さん(故人、当時帝劇支配人)が言った。私は反対した。もう一本書けるうちに書いてもらおう。再演ならいつでもできる。新作でも近松と同じ配役にして担保しておけば、書けなくなっても取り換えられる。危険性が少ない、こちら側は気を大きく持った。しかし、秋元さんは迷っていた。一幕の半分を書いて投げ出した。でも作家というものは書く時はいつも苦しむ。もしかしたら傑作ができるかもしれない。先生はもう七〇代。時間との競争だ。間に合う限りは苦労して書いてもらおう。いくら良くなくても普通の人の作品よりは良いだろう。しぶとくせっついた。

先生の機嫌は慢性的に悪かった。清春芸術村で隣室に滞在していた阿部謹也先生が「どうせ書けるでしょう」と言ったら、秋元さんが「一〇円玉を入れれば原稿が自然に自販機から出てくるものと思っている」と激怒したことがあった。行き詰まった秋元さんに一度、テレビのものを戯曲にしたらどうか、と言ったら、怖い顔をして「戯曲を書くのは原爆が爆発するくらいのエネルギーをかけるのよ」と言われた。「近松〜」が成功したのは、秋元先生の強固なリアリズムと文楽の様式の挟間の剣が峰を伝った優れた演出の成果です。ヨーロッパのリアリズムと日本・アジアの様式の尾根道を渡るのが我々の演劇だし、蜷川さんの資質に向いていた。「南北〜」が終わり、蜷川さんとは評価についてはお互いに触れなかった。秋元さんの、年齢による力の限界を見た。書くことに確信を失ってきた。でも、すごく純粋な人。無性に懐かしくなる。軋轢はあっても後味は良かった。高潔な魂の持ち主で、人間の卑しさや俗っぽさに対しては徹底的に怒った。

岡本義次さんの思い出

当時演出補を務め、今は東宝演劇部プロデューサーの岡本義次さんは、こう記憶している。

――演出補だったので、舞台上で泥を使った裏の苦労ばかり覚えている。蜷川さんは浅草裏田圃をちゃんとやりたかった。黒沢明映画のように、江戸の道はぬかるみになる舞台を目指した。蜷川リアリズムの極致です。泥を使うとセットも衣装も汚れてしまうので、泥量をセーブしたら、こんなの俺の芝居ではない、と言われた。蜷川さんとは『ロミオとジュリエット』から『恐怖時代』まで演出補をやりましたが、イメージが迸り、氾濫する状態で演出していた。秋元さんが書いている時に一度、清春へ行った。例によりすごい気迫で南北を調べていた。打ち合わせの後は酒盛りになる。秋元さんは弱音を吐かなかった。第一幕をもらった時面白いと思った。「近松心中物語」と違って原作はないし、登場人物のキャラクターも立って、巨悪もいた。活劇場面も楽しかった。しかし最後の着地点が見つかっていなかった。唄がずらずら並ぶだけで、演劇的状況になっていない。皆でアイデアを出し合った。山岡(久乃)さんが「でも大丈夫よ。蜷川さんだから一晩あったらきっとアイデアが浮かぶわよ」と言ったのを覚えている。「近松〜」初演の頃は、我々も商業演劇の前線で闘っている、という高揚感があった。でも、今の若者に見せてもあまり面白がらないでしょう。

平淑恵さんの思い出

お糸役で「南北恋物語」に出演した文学座の平淑恵さんに、二〇〇九年冬、東京・新宿で会った。

——新人だった私は役を書いて頂くので緊張していた。でも先生を訪ねて清春周辺をドライブした時に打ち解けて、日舞の名取の名を付けてくれるようお願いした。「そりゃ春がいいわね。瑞春でどう」と、とても優しく心を開いてくれた。稽古場では蜷川さんにしごかれた。台詞の声が出ない。灰皿は飛ぶわ。蜷川さんに怒られて怒られて。嵐徳三郎さんと「大丈夫よ」と手を取り、励まし合った。本泥は足を取られるし、抜くのに大変。つい大股になると、着物着て大股になるな、とダメだし。でもあの作品はもう一度やりたい。自分の中でも華やかな時だったし、事の重大さに気づいてなかった。

清春に訪ねた以外先生と交流はありませんでした。先生は喜和子のもの、という感じでしたし。

秋元は平が訪問してきた八二年一月のころを日記にこう書いている。

《一〇日　平淑恵が着く。同一二日　平さんは帰る。送った三井さんの話では、平さんが泣いていたというのでびっくりした。なぜかと訊ねてみたら、私が寂しいだろうと、切なくなったらしいという》

二月。《清春が住みがたいものになったら、また出ていくだけだ。本や荷物などは、庭に積み上げ油をかけもしてしまえばよいではないか。それが生きるということであり、生きるのは私だ》

この日記部分のコピーを平さんに読んでもらった。

——「私が泣いたと日記にお書きになったのね。感激して泣いたかもしれない。清春荘に他の人がいなかったし、何かそういうことを感じたのかしら」。本を燃やすという件で、平さんの瞳からはみるみる涙が溢れでた。「先生の心境は凄くわかる。結婚しようとしないと、人間の孤独は変わらない。私にも虚構の世界を作り出す幸せはある。でもその分、一人になった時に孤独感が強く襲ってくる。『本を燃やす』で泣いてしまったのは、先生のそんな心を感じたからかもしれない。モノを生み出す苦労は純粋で、すごく激しい」

再び清春で

清春芸術村のスタッフは、秋元のことを覚えていた。ほとんど部屋にいて、夕方になると巡回してきた販売車で買い物をする。仕事に倦んだ時だろうか、桜の下をしばしば散歩していたそうだ。

秋元の目と心には清春の麗しい四季がしみ込んでいた。《春は碧いろの空、あまねく照る朝の光。そして風にゆれやまない緑の起伏。山々は紺青に、頂の雪を輝かせている。青嵐の朝がきている。午近くになると夏を思わせるような白い雲が西から東へ動く。

夏は朝。山々は紫を帯びた緑の全身を見せて聳《そび》え立《た》つ。樹々はざわめき、匂い立っている。オオムラサキが舞ってきて肩にとまり、優美な翅《はね》をゆっくり開閉させる。濃い紫の斑と褐色と赤のほっそりした肢軽くたおやかで豪奢な姿を目の当たりに見た。こんな美しい自然の中にいて、心が渇くのはどうしたことだろう。

秋は風の音。樹木が鳴り、荒い雨の音に秋の訪れを知る。ストーブを点けると心が楽しくなる。セーターを着て庭へ出てみると樹も草も風に揺れている。芒《すすき》が大きく動く。山の方で風の音が深く起きる。

冬は雪。二月。庭が雪とともに昏《たそが》れて行くのを茫然としてみていた。軒から積雪の落ちる音がする。人の足音のように暖かい。三月。空は澄み渡って、小さな池は結氷している。白梅、咲く。その花の枝の遠くは甲斐の雪山である。青い空に雪かがやく。胸のひらく時がくる。水仙がここかしこに蕾を持っている。神をたたえ、ひとときの幸せを心に刻んでおきたい》

秋元は私のインタビューに「清春芸術村は寒くて不便ですが、自分一人でやっている。私、さみしいのと寒いのは好きなんです。さみしければさみしいほど人々が懐かしく、人々の良さが分かる。これが最後、最後の作品と自分に言い聞かせながら書いたが、いつもそんな気持だった」と答えていた。

第一二章

旅する心 評伝「菅江真澄」

秋田県鹿角市十和田錦木の稲荷神社にて．
1974 年 12 月

菅江真澄の自筆本

ああ、ここに菅江真澄《すがえますみ》(一七五四〜一八二九)がいる。美濃紙にびっしりと墨で書かれた真澄の几帳面な細字を見て、そう思った。

秋田市金足の秋田県立博物館で開かれた「菅江真澄、旅のまなざし」(二〇一四年九月六日〜一一月九日)展に行った。旅日記形式の紀行、随筆、地誌などの真澄の著作の中から、国の重要文化財に指定されている『菅江真澄遊覧記』(1)などの自筆本一一〇冊余りが展示されていた。

美濃紙を半分に切り、さらに二つ折りして自分で綴じた旅日記帖には、丁寧に書かれた文字が印刷されたように美しく並ぶ。博物館の話では、江戸時代に美濃紙の裏に縦罫線の入った下敷きを入れて書いたため、文字列と文字の大きさが揃うそうだ。木々の紅葉や淡い桃の花、墨絵風の雪景色。挿入された彩色画の色も全くあせていない。本物の迫力に息をのんだ。

江戸後期の紀行家、菅江真澄は、三〇歳で故郷の三河(愛知県東部)を捨て長旅に出たまま、七六歳で久保田(秋田)領内で死んだ。四六年の流浪のうち後半生の二八年間は秋田に落ち着いたが、昔の文人が旅することを憧れた道奥《みちのく》(東北地方)や、松前藩が一部しか統治していなかった未知の蝦夷地(北海道)を、日記帖や絵筆を携え歩いた。ほぼ半世紀、生涯独身のまま旅に生き、異郷に死ぬ人生だった。

この間に書いた著作は、七〇冊余りの旅日記形式の紀行『菅江真澄遊覧記』や、随筆と地誌など計二〇〇冊を越える。旅日記には、江戸時代の名もなき人々の暮らしや心、風習が克明に記録されている。明治末になって柳田國男が民俗学のかけがえのない宝として高く評価したことで知られるようになった。

二冊の真澄評伝

秋元は真澄の評伝を二冊書いている。『菅江真澄　常民の発見』(一九七三年、淡交社。以後、淡交社版と表記する)と、『菅江真澄』(七七年、朝日新聞社。以後、朝日版と表記する)。戯曲ではなく評伝を、しかも同じ人物を二度も、真澄の長年の旅程を危険な雪中単独行を含めほぼ完全に踏査をしてまでなぜ書いたのか。『遊覧記』を傍らに、二冊の評伝を読み進むと、秋元の心情が、そくそくと伝わってくる。評伝では、名もなき人々に寄せる真澄の視線、態度を平等という言葉で何度も称揚している。平等な視線とは民衆への愛、慈しみ、悲傷。それは秋元が劇作を通じて描く民衆への視線と重なる。真澄の旅を追体験して評伝を書くことは、自身の終生の主題だった民衆像の再発見、確認であり、家族、旅、故郷などを考える自分探しの旅でもあった。後述するがそれは近代リアリズム演劇から出発した秋元の内にある、母斑、呪縛ともいえる「近代」の確認でもあり、私には移動(旅、転居)を媒介にして、自分の内なる「近代」を批評する旅だったように思える。

菅江真澄の肖像．秋田県立博物館発行(2014年)「菅江真澄，旅のまなざし展」図録より

二〇世紀ポルトガルの詩人・作家、フェルナンド・ペソア[2]のこんな言葉がある。

「劇作家としては、自分が感じることを、まったく無縁な表現のうちへと自動的に変換する。そして、存在しない人物を感情のうちへと再構成する。この人物こそが真にこの感情を感じるのだ。私から生まれながらも、私自身――それはただの私だ――が忘れてしまった様々な感情を」(3)

秋元は初期戯曲では自分を濃く投影した人物を描いていたが、やがて人間存在の根へと筆を深めていく。自分などはとるに足らないという思いも持っていた。秋元戯曲の人物は、ペソアのいう「存在しない人物を感情のうちへと再構成する」それへと変容していった。

しかし戯曲とは違い、江戸の旅日記と作者真澄を、足と心で読み解いた二冊には、秋元の裸の自意識が出ている。再びペソアの言葉に戻るなら「どんな旅も、旅人たち自身だ。私たちが見る者は、見られたものではなく、私たち自身でできているのだ」(4)

秋元が真澄手作りの自筆本を初めて見たのは、淡交社版を書きあげる一年前の七二年秋、同県大館市の栗盛《くりもり》記念図書館(現・大館市立中央図書館)だった。《写真版では感得できない現実感が、じかに迫ってくる。挿図の細密な描写、色彩のこまやかな感覚、対象への愛情の深さ、優しさ――とくに優しさと暖かさが伝わってくるようだ》と感動を書いている。

真澄の仕事

柳田國男や真澄研究家内田武志らの論考、秋元の取材などで、次のような真澄像が浮かぶ。

謎が多い人だった。誕生からして一七五三(宝暦三)年説と翌宝暦四年説があり、享年も秋田市寺内に立つ墓碑には、「卒年七十六七」と記されている。生地は三河吉田宿(現・愛知県豊橋市)と推定される。本名は白井秀雄、通称は英二など。郷士、神職というような階層の旧家出身の次男で、旅行と歌と文章が好きな多感な青年だった。一三歳ぐらいの時には富士山へのぼり、甲斐の国を廻る。一六歳の頃、単身名古屋に住み、薬草の知識を得て、八一(天明元)年に岡崎へ帰る。母が死去し、八二(天明二)年には郷里を中心に遠州、駿河、京都、伊勢まで旅をしている。

そして八三(天明三)年。白井秀雄の本名で、故郷を捨てて遊覧記の旅に出た。旅日記は三〇年間、一八一二(文化九)年まで七〇冊余り書いた。他人に読ませることを意識して旅先で推敲し、世話になった人に寄贈するため、あるいは後世に残すためか自身で写本まで作った。四〇冊は定住した久保田藩校明徳館に献納保存された。和歌を得意とし、行く先々で和歌を応答、即詠、指導して知己を広めた。薬草の知識を生かした医療行為と共に謝礼を得る旅費の糧となった。

旅日記は、秋田市に定住した一八一一(文化八)年から激減する。増えた随筆類が一〇〇冊近くと写生帖、秋田領内地誌がある。旅に出る前年の天明二年から書き出した写生帖は、おおらかな画風だ。生活を絵で図解した「勝地臨毫《しょうちりんごう》」は一一冊。晩年には絵師とまで言われるほど熟達していた。

最後の光芒を放つ著作が、未完ながら秋田領内地誌「雪の出羽路」一四冊と「月の出羽路」二五冊。真澄の理解者だった藩主の佐竹義和《よしまさ》から一一(文化八)年に地誌作成の内命を受けた。これも真澄ミステリーの一つだが、壮年期のある時期から、黒い宗匠頭巾を常用して、どんな場合も脱がず、「常被《じょうかぶ》りの真澄」と呼ばれた。義和の前に出仕した時も頭巾を被ったままだったという。内命から四年後に義和が急逝し、作成は中断された。二四(文政七)年、七一歳の時に再開し、亡くなる二九(文政一二)年まで、真澄は晩年の歳月を地誌作成に尽くした。

地誌は、最初の構想では、出羽を六郡に分け、おのおのを雪月花になぞらえる。実地踏査と住民の談話を調査採集、記録、編纂した実証的な調査であり、規模の大きさから秋田版ビッグデータになるはずだった。「雪の出羽路」一四冊と、「月の出羽路　仙北郡」二五冊まで書き上げ、仙北篇は完成まで一冊を残すのみとなったが、病が真澄の体を蝕んでいた。二九(文政一二)年七月一九日、調査のため滞在していた仙北郡神代村梅沢(現・仙北市田沢湖梅沢)の胆煎大石清右衛門宅で死去した。七六歳だった。遺体は親交のあった角館町伊勢堂の神明社鈴木別当の家に移された。鈴木家で死去したとする説もある。友人たちは遺骸を秋田市の旧寺内村、古四王神社の末社田村堂の神官、鎌田正家《まさやか》一族の墓地に運び、葬った。現在は寺内共同墓地内になっている。真澄は生前、ここに葬られることを友人の正家に依頼していたという。

故郷を出て四六年間の旅は終わった。柳田は遺骸が角館から秋田に運ばれたことを「死しても旅した」と悼んだ。

『菅江真澄遊覧記』の足跡

真澄の著作を集大成した全集には、一九七二年に未来社から出版された『菅江真澄全集』がある。原文のままの一一巻と研究・索引の別巻二巻の計一三巻。遊覧記と言われた旅日記形式の紀行は、第一～四巻に五一篇が収められている。

また、現代語訳の『菅江真澄遊覧記』全五巻が六七年に平凡社から東洋文庫として出版されている。全集に比べ収録篇数は少ない。

初巻の「いなのなかみち」は、一七八三(天明三)年三月半ばに、信州伊那谷の城下町飯田へ到着したところから始め、五月末に信州の東筑摩郡・洗馬村本洗馬《もとせば》(現・塩尻市宋賀)へ着くまで。本洗馬では知り合いの洞月上人が住職をしている青松山長興寺へ行き、近くの釜井庵に一年一カ月滞在した。滞在中に姥捨山へ月見に行った見聞を随筆「わかこころ」で書いている。

翌八四(天明四)年秋に信州を発ち、初めて東北地方へ入って書いたのが「あきたのかりね」。雪の東北の正月模様を最初に書いたのが「おののふるさと」。「そとがはまかぜ」では、天明飢饉での人肉食など凄惨な見聞が克明に記録されている。飢饉が去り、「かすむこまかた」では、二〇〇年以上も昔の正月を詳しく伝える。「はしわのわかば」では奥州の座頭たちの生活に興味を持つ。

八八(天明八)年、念願だった蝦夷地へ渡り松前港に入った日記が「そとがはまつたひ」。以後、同地を去る九二(寛政四)年まで、在島四年の見聞を「えみしのさえき」「ひろめかり」「えぞのてぶり」に、アイヌ民族の生活ぶりも含めて記録した。蝦夷地の四年間は、日記を書き始めた一七八三(天明三)年から、秋田に定住して日記をほとんど書かなくなった一八一一(文化八)年までの二八年間の旅の折り返し点になると、秋元は見ている。

蝦夷地から下北半島の港に上陸し、霊場恐山を何度も登っている。「おくのてぶり」では下北の村の正月風景を、「ゆきのもろたき」では、厳冬期の暗門《あんもん》の滝見物を記録した。「つがるのつと」は座頭、イタコ、村の女の杓子舞の歌の記述が躍動する。柳田は前述の「おくのてぶり」と共にこの「つがるのつと」の二作を最も高く評価する。「ゆきのみちおく　ゆきのいでわじ」は、津軽から秋田への旅。柳田が「驚くべき冒険」と感嘆した豪雪期の白糸の滝見物記が「ゆきのあきたね」。後述するが秋元も豪雪期に現地を訪ねて遭難を覚悟するような状態に陥った。「おがのさむかぜ」で、一八一一(文化八)年の正月のナマハゲの行事や男鹿大地震を書く。春には金足村小泉の豪農、奈良喜兵衛家に寄寓し、藩主佐竹義和に謁見した。「のきのやまぶき」「かつてのおゆみ」「つきのおろちね」を書き終えた。この一一年、秋田城下に書斎を持ち、故郷の三河を出発した一七八三年から二八年間に及ぶ漂泊の旅を終えた。

旅を追う『菅江真澄　常民の発見』

秋元は淡交社版を書くにあたり、真澄三〇歳から五八歳までの旅日記に主眼を置いた。一七八三年から一八一一年までの二八年間の旅を指す。

淡交社から「日本の旅人」シリーズの一冊として執筆を依頼されたのは一九七二年五月。同年一一月から翌七三年六月まで五回、通算六週間の東北・北海道取材旅行をした。七三年六月末から書き始め、同年一〇月六日に書き終えて一一月に出版された。一年半での完成だ。本人の旅行メモによれば、真澄の旅日記を追った五回の旅は、以下の日程だった。

①七二年一一月一〇~一八日　秋田市の真澄の墓、大館市の栗盛記念図書館、青函連絡船で函館へ渡り、松前、江差。下北半島の恐山に上り帰京した。

②七三年二月二八日~三月七日　秋田県湯沢市から田沢湖、角館、深浦、小泉村奈良家、湯《ゆ》の岱《たい》・杣温泉、阿仁《あに》銅山、秋田市。

③七三年四月二三、二四日　長野県塩尻市洗馬・青松寺、飯田。

④七三年五月九～一六日　秋田、男鹿半島、大館、大滝温泉、花輪、八幡平、太良《だいら》廃鉱、湯ノ沢温泉、湯の岱、花岡、田沢湖駅、神代、角館、八郎潟、秋田。

⑤七三年六月二八日～七月一日　秋田市内。

秋元は書き終えた時、文章はなかなか立派だが面白味が少ないと自ら著作を評した。執筆中に他人の紀行を参考に読み、《旅と自然と歴史の前に対峙するものとしての現代人の姿勢が、みな卑屈で、気取りがあり、みみっちく、うす汚れている。これが現代の人間であろう。とるにたりない自分などという卑小なものをたいしたもののように思いこんでいるのだ》と手厳しい。漂泊だの放浪だのというのも、いい加減に手垢だらけになった、とも自戒する。ただ、この著作を書き上げたことが精神の健全さをもたらしたと感じる。《実感に即して事実に裏付けをしながら、実在した人間に迫ろうとしたことで、私は芝居者の被毒から脱出していたのだ》と。

全六章の淡交社版は、挿入されたモノクロの豊富な写真が、ファインダーをのぞく秋元の旅する姿を想像させて興味深い。

序章で真澄の生涯と遊覧記を概略する。次章「道奥への旅」では一節が「『伊那の中路』以前」。本洗馬で「そこからさきの真澄の三十年の足跡を考えると、茫然とするような遠さと不安を感じる」と思いを馳せる。三節「葡萄峠越え」は真澄が長野から越後へ抜けた日記「くめじの橋」を追体験した記だ。

「道奥の黄金の山」章では、一節「雪の越年」では「あきたのかりね」を取り上げ、秋元は鶴岡、羽黒山、酒田、象潟《きさかた》、本庄、矢島街道を踏査する。二節「わたしの『秋田のかりね』」では、秋元は雪の中、角館・神明社を訪問する。終焉の地である神代村梅沢、廃山になった阿仁銅山などを回る。三節「天明の飢饉」では津軽藩の飢饉で目撃した野ざらしの人骨や人肉食を記録した凄惨な日記「楚《そ》堵賀浜風《とがはまかぜ》」の跡をたどる。「蝦夷島巡遊」章では一節「島渡り」で、海峡を渡る「率土《そと》か浜つたひ」を扱う。「下北と津軽」章では一節「下北の四季」で真澄が在島四年の蝦夷を立ち去り下北へ行く「於久能宇良《おくのうら》く」。厳冬期の危険な旅日記「をふちのまき」に、秋元は真澄の緊張した美しい文体を見る。三節「十三湖・深浦・暗門の滝」で、真澄が雪の中探訪した暗門の滝を秋元も訪れる。

最終章「雪の出羽路」では二節「太良鉱山・釣瓶落峠《つるべおとし》」で、廃鉱となった太良鉱山の荒涼とした風景を目撃する。三節「雪の森吉山麓」は、後述するが柳田が「驚くべき冒険」と評した豪雪期の白糸の滝見物を、秋元も敢行する。豪雪の中、遭難しかける緊迫の取材行の記だ。四節「米代川・比内付近」で秋元は、草に埋もれかけた路傍の首の落ちた石地蔵を見て「時は変遷してとどまらないものであるのに、まったく停止したものにも思われる」と感慨を記す。五節「八郎潟・男鹿半島」で八郎潟の氷下漁を書いた「氷魚《ひお》の村君《むらぎみ》」、円熟した筆の「男鹿《おが》の秋風」などを扱っている。

真澄が秋田に定住する機縁となったのは、豪農奈良家に仮寓したことから。私も国指定重要文化財に指定されている旧奈良家住宅を訪ねてみた。江戸後期の四二四平方メートルある広壮な豪農の住宅だ。家の中に入ると、黒光りする広い土間の上を柱が縦横に組み込まれている。真澄が滞在した部屋として、博物館のスタッフが二〇畳ほどの上座敷に案内してくれた。和式庭園に面した二方には縁が廻され、床の間と大きな仏壇がある。静かな書斎という雰囲気だ。真澄は日記に「軒の山吹」と題して、この地域では三月に建物の軒に山吹の花枝を葺く美しい風習を記録している。

「天明三年の春、三十歳で故郷を出てから、二十八年間におよんだ旅は終った」と秋元は五節を結ぶ。六節「終章」で真澄の死を描く。秋田市寺内大小路の小高い丘にある寺内共同墓地の墓に詣で、偲ぶ記を書いている。

あとがきで「(真澄を把握するには)真澄の紀行を、自由に読み自由に味わうこと以上のものはないとおもう」と筆を置く。

人間に迫る『菅江真澄』

淡交社から出版された二年後の七五年、朝日新聞社から評伝シリーズの一冊として依頼された。同年九月から七六年七月まで、以下の日程で四回、通算二六日間の取材旅行をしている。

①七五年九月二八日～一〇月三日。岡崎―飯田市―塩尻―洗馬(釜井庵、熊谷家、長興寺)―姥捨―久米路の橋―善光寺―戸隠―妙高高原―北国街道―松代―帰京

②七五年一一月七～一四日。水沢―前沢―弘前―尾駮《おぶち》沼

③七六年六月七～一〇日。八木山越―湯沢―院内

④七六年七月一二～一九日。暗門―下北―洞爺

執筆を始めたのは七六年七月三〇日。出だしに難渋し、突破口に柳田の真澄論を再読する。淡交社版との重複を恐れるのは《一種の怯惰《きょうだ》である》と思う。七七年四月に脱稿し、翌五月に出版された。七五年九月の取材開始から一年八カ月。《長いこと、ともかく努力はした》と日記に書いている。

全一〇章のうち一章「あきたのかりね」では、真澄が雪の焼山越えした全文を掲げて真澄の旅をリ

アルに体感させる。雪の中、秋元もこの峠道行を一人で二度試みたが引き返し、三度目に地元村役場の協力で実現した様子を淡々と書いている。「道奥という、まだ古代の自然と生活を残した風土を尋ねて、歴史と人間と生活の根源を探りたいという思想は、彼が少年時代に学問の手ほどきを受けた豊橋の名門で国学者の植田義方《よしえ》(一七三四―一八〇六)によって最初に目を啓かれたものだった」、「彼の著作はわれわれの祖先の歴史と生活と感情を知らせてくれる」と、真澄の旅を通して人間や暮らしの根へと認識の歩を進める。

六章「尾駮の牧」では、ロシヤ使節アダム・ラスクマンが、漂流民の大黒屋光太夫を護送して根室港に来たことに注目する。飢饉や大地震の記述にも秋元は敏感な反応を見せる。

秋元は、淡交社版で取材を出来なかった真澄旅行の地を朝日版の取材で訪ねて、ほぼ全旅程をカバーした。真澄日記を取り上げるのに際し両書で重なった日記は多い。淡交社版は真澄の旅に主眼を置いたものだが、朝日版は取材を重ねる中、人間真澄を見る目が深まっている。後述するが、最後に真澄の墓に詣でた時の秋元の筆が、二冊の違いを如実に物語る。

五つの視線

真澄はなぜ家族と別れ、故郷を捨て、退路を断ったまま四六年間の旅に生き、異郷の地で死んだのか。その決意というか情熱の源は何か。秋元は彼の心情に自分を重ねて、以下の五つの観点から読み解いている。

①家族そして旅

秋元は真澄の家族観について「故郷や家族は暖い保護者でもあるが、保守的な監視者でもある。愛情という相互規制から離れて、彼は自分の真に欲しているものは何かを見極め、内心との対話を突きつめたいと考えたのではないかと思う」(朝日版)と推測する。これはほとんど自分の家族観を言っているようなものだ。亡くなった父に代わり兄が家長として君臨していた家族から脱出し、家族の中で圧迫された女性として、自立を目指した生き方を作品にした。自分とは何なのか、独立した主体はどこにあるのか。繰り返される自己への執拗な問いは、家族といえども他者として排除し憎む表現となった。私戯曲風の初期作の女主人公たちに、そのモチーフは強く表れる。

そして旅がもたらすこと。

真澄は生涯妻子を持たずに旅を続けた。独身を通した秋元にも旅への渇きにも似た衝動があった。旅に出る時はいつも自宅の机上に遺言書を置いた。

遺品に「取材記の整理表」と題した一冊のノートがある。六一年の津軽・下北の旅から、NHK函館から依嘱されて菅江真澄の足跡を辿った八〇年の北海道の旅まで。この一九年間、一泊二日から二週間を越す旅まで四六回の旅を記している。個人的な旅は少なく、放送局、新聞社、出版社から依嘱された取材行が多い。二冊の真澄評伝を書くため、東北、北海道を踏破した旅も含まれる。

真澄は、柳田の表現に従えば毎年違う家で雪の正月を迎えた孤独な旅人だ。旅には新しい人や土地との出会いと別れが必ずある。秋元は旅を「淡いゆかりで出会い、必ず通り過ぎて行く者として別離が予定されている故に無私な人間関係の節度に支えられている」(淡交社版)と考える。だから旅に生きた真澄を「彼は邂逅と別離という接点でしか人間関係を受け容れない」人と見る。と同時に、優しさを知った人とも。旅先で老女から両親がいるなら戻れといわれ、恥いる真澄。「旅は、給《たぶ》、から出た言葉だという。自然の与える恩恵と人間の慈悲心なくして旅はあり得ない。彼が(略)その志向に倨傲《きょごう》にならず、貧農の年老いた女の言葉にも謙虚に耳を傾けたのは、彼が旅というものの本質を知った旅人だったからであろう」(淡交社版)と、真澄の心を思いやる。

秋元も旅の本質を自然や人から受ける恩恵ととらえる。秋元は、旅でも生活でも人の優しさや好意の「給」は素直に受けるが、決して人に依存しない。自身の生き方を旅行者の如く、《通過していく人間になれ。根をおろすのは、私自身の場所に対してだけである。詩心と共に生きる場所》(七三年二月)と思い定めている。

通過する旅の属性である出会いと別れを、愛と死のメタファーとしてロマンチックに重ね、七三年の日記にこう書く。

《旅と恋と死は、ある近似性と共通性を感じる。不安と期待と諦念と抵抗とが混在しながら、あとへ戻ることは不可能だと思う以外にない。未知への方向、充溢と渇き》、《旅は人を恋うる心と同じだ。人を恋して、心に秘め隠しておく。それが形に現れるとしたら旅しかない。愛は、私の裡にあるだけでなければならない。求めれば愛は濁り歪むだけだ。愛は知られてはならない》

秋元が旅を好んだ理由はまだある。一つは孤独感だ。「地図一枚にみちびかれて行く孤独が楽しい」(淡交社版)人だった。もう一つは、断捨離、シンプルライフへの思いか。佐多稲子との対談で「旅は自分にとって必要最小限のものしか持たない。生きるために必要最小限のものとは何か。人間にとって、ぜひとも必要なものは何かを確認するための行動、それが私の旅であり、旅は、私自身が生きていくことを再確認する方法」(劇団民藝「七人みさき」公演パンフレット)と話している。

人は通過する存在だからこそ、別れがあるからこそ、他人への思いや出会いをかけがえのないものとして記憶できる。秋元は転居が多かったせいもあるが、周期的に身の回りの品を整理していた。時間も生き方も純化したい。生活のもたらす濁りや夾雑物を人一倍嫌い、表現活動に命をそそぐ。そのために潔い生き方が必要であり、旅がもたらしてくれるものだった。家・家族からの脱出と移動への思いの中に、秋元は自分を見つめていった。

②民衆と常民

真澄と、彼を旅行道の師と仰ぐ柳田は、民衆(常民)の暮らしと生活文化、心のありようを追い求めて歩き、共感し、克明に記録した。柳田は真澄日記をこう評価する。「此紀行の大部分は遊覧記を以て呼ばるべきもので無かった。(略)彼としての特長は何に存するかといえば、第一には世に顕われざる生活の観察である。あらゆる新らしい社会事物に対する不断の知識欲と、驚くべき記憶である。(略)小さき百姓たちへの接近である。しかも学問以外の隠れたる目的の絶対に無かったことは、彼の一生の淋しさからでも証明せられる」(『信州と菅江真澄』)。

秋元は、真澄の視線が向かった先を「僻地の風土に生きる農民や漁民であり、山村の杣夫《そまふ》や鉱夫の生活であり、流浪する盲人、遊芸人、漂流民の運命に対してである。取るに足りないもの、働いて死ぬだけのものとして見すごされて行く民衆の生活と感情に、真澄の視線は、もの静かな深い共感をもって注がれている(5)」と自分の視線を重ねる。民衆を創作の磁場とし、現実と虚構の二つの世界を往還する目だ。

秋元は淡交社版の副題を「常民の発見」とした。常民とは、発見とは何なのか。

歴史学者の色川大吉は著書『柳田國男』(講談社)で、柳田民俗学のキーワードである「常民」を「民間伝承を主として担う文化概念」とした。日本の基層文化を保持、継承する稲作民を核にした定住民一般が「常民」。一方、民衆という概念は「支配・被支配の関係を前提として党派的な思想性を引き出す政治的な概念」とする。基層文化の伝承者と、政治権力の被支配者の二者に区別した。

では秋元はどうなのか。書き遺されたものを読むと庶民という言葉も使っているが、「民衆」という言葉への思い入れは強い。「常陸坊海尊」や「かさぶた式部考」で、流浪の宗教者に基層文化の担い手の装いをさせてはいる。しかし権力に虐げられた者の救済願望を担うわけだから、色川の言う民衆という言葉の方が似つかわしい。

常民については、秋元は柳田から示唆を受け、定住する者を第一の常民とした。家を持たない流人や宗教・芸能の漂泊民を、芸能文化の伝承者であり、同時に社会制度からはみ出し、時に権力から圧迫を受ける階層として第二の常民と理解した。「常陸坊海尊」のおばばや山伏たちだ。

二冊の評伝では、真澄日記の中から江戸後期の常民と、それ以上に同じ時期の第二の常民である流人や漂泊者の描写記録を多く引用し、彼ら彼女らへの共感を隠さない。時々自分を第二の常民とみなす口吻さえ洩らす。

秋元が真澄日記中から引用し、二書で論じた第二の常民は、こんな人々だ。

――(真澄が)姥捨山へ月見に行った途中立ち寄った麓の八幡宮での物乞い、物売り。旅宿で知り合う旅の俳諧師や修験者たち。あるいは対馬生まれの放浪者。朝鮮に渡って言葉と文字を覚え、通訳をしていたらしいが、いささかの罪を犯したために、今は流浪する。八幡平近くの小さな温泉村では、同じ湯に来合わせた老いさらばえた狩人から、各地を流浪して農民を相手にインチキ商売をした報いで零落した話を聞く。

とくに真澄が記録した漂泊芸人たちは秋元の心をとらえてやまない。首にかけた長数珠をすり鳴らしながら戸口で祈禱を唱えるイタコの物言い。「つがろのつと」では、狂言仕立ての杓子舞いの記述に関心を持つ。秋元は、「雪国の遅い春がゆっくりと近づいてくると、旅の遊芸人や盲法師が訪れて来る。(略)(村人たちが)盲法師に盲法師の愚かな死を語らせるという素朴さと残酷さを感じさせる農村生活の情景である」と真澄の記録に反応する。

私が秋田県立博物館の真澄展へ行った時、入口に一冊の真澄日記が特別展示されていた。なまはげの習俗が鮮やかな絵と共に書かれていた。秋元は男鹿半島の取材旅行で、観光客の言うままに呻り声を上げたり刃物を振り上げたりして写真をとられていた観光用のなまはげに、形骸化した習俗を見る。

遊女の存在は女性差別の典型としていつも秋元の胸中で疼いていたが、彼女たちをめぐる真澄の採話には当然、心に響く。

娘をもった親がみな遊女に出す温海《あつみ》温泉の習俗。男鹿半島の港では、船宿の夜の暗闇の中で遊女たちが船客に相手の顔も分からずに身を任せ、明け方に別れる。宿の女主人だけが双方を知っている。

あるいは女の哀話。下北の港で、幕府の役人を接待し終えた晴れがましい人たちの中を、人目を避けて去っていく密通した女のみすぼらしい姿。銅山で真澄は、鉱夫に連れられてきた女たちを記録する。鉱夫は坑内労働で病に侵されて早く死ぬので、女たちは一生のうちに七人も八人もの夫の死に立会いながら年老いていくそうだ。

秋元はこう書く。

「遊女は一つの例にすぎない。常民の世界からふり落とされた者に対するとき、彼の筆はごく自然な平等感覚とでもいうべきもので対象を書きとめている。(略)身分や職業や貧富による差別、さらに男女の性別による二重構造の差別のはなはだしかった時代に、真澄の人間に対する平等感覚は、まれな資質といいえよう。そして偽善的な感傷主義にもおぼれない。彼の知的な性格と頭脳によるものである。おそらく彼は、同時代の人々の狭量な固定観念、差別思想の愚かしさを見ぬいていたのだとおもう。彼の生得的な知性はもちろんとして、旅というものから学びとった自由人の持つ優しさであろう。人間の悲しみと憂苦を知る人としての真澄にふれると、言い知れぬ親しさと敬意を感じないではいられない[6]」

秋元は、真澄同様さりげなく第一の常民のなかに溶け込む。北海道の小さな漁村の磯辺を訪ねた時だった。「私も磯に坐って(熱帯魚用の)小石を拾い、老女の空缶に投げこみながら話を聞いた。(略)さきの長い者はここには住まないという[7]」。彼女の自然な態度に、地元の人は警戒心を解いた。真澄が北上川の片岸で道にうずくまり、子供から兎と田螺《たにし》の話を笑って聞いたというエピソードを連想した。

秋元は評伝を書く時、柳田の真澄論[8]から大きな刺激を受けている。七三年六月の日記に《終日柳田集を読む。言いようもなく温く人間的な文章に心を慰められて暮らした》。《『雪国の春』を読む。実にすぐれた大文章であり哲学書であり、なによりもこれは人間についての詩である》と感動を隠さない。『雪国の春』は、柳田が東北の地を実際に歩いて見聞した文化や風土について書いた東北文化論集だ。この中に、真澄の生涯と遊覧記の全容を簡潔にまとめた『真澄遊覧記を読む』編がある。「この風雅人の旅の日記を見て、何よりもまず目に立つのは田夫野人の言葉、彼らと何の心遣いもなく、自由に立ち話をした見馴れぬ遠来の客の旅姿であった。(略)特段に家々の奉公人とか女や子供とかの、物言い挙動に注意する人であった」と柳田は真澄像を描いていた。

③実地踏査

秋元は『真澄遊覧記』を読み進めながら好奇心と情熱をそそられた。さらに真澄が旅行した地をたどり、「空の高さと緑の濃い重なりを眺めながら歩いていると、感情というものを持たずに生まれてきたような、ぼんやりとした自分に気がつく。自然のままの自然の中にいると、いるというだけで充たされている」、「東北の山岳は嶮しく重々しいものでいて、呼びこまれるような優しさのあるのを不思議だとおもう」(いずれも淡交社版)と、忘我を書く。

秋元の踏査と取材行の方法は周到で粘り強い。神経の緊張と細密な注意力が張り詰める。だからこそ《偶然とも考えたくなるような微妙な啓示と出会いがある》。

旅の先達である真澄の方法に共感する。「精密さと現実感のつよい記述におどろく。(略)(擬古典の)不自由な文体を使って複雑な民俗行事や民衆の日常生活を事こまかく表現した手腕と熱意は、やはりひと通りのものではない」。「疑問を追求し自分の目で確かめ、新しい裏付けを求めて完全を期していく彼の実証主義精神と方法が彼の真の面目のあるところ」(いずれも淡交社版)。ルポルタージュの手法に感嘆する。

真澄の旅は用意周到ではあったが、なぜそんな悪条件を押してまでと思わせるほど、危険に対してひるまなかった。溢れるような探求心と好奇心がある。秋元は真澄が豪雪期に敢行した三度の旅の勇敢さに驚いている。南部領尾駮の牧、津軽領の暗門の滝、そしてハイライトは秋田藩での白糸の滝だ。真澄日記「ゆきのあきたね」では、一八〇二(享和二)年一二月、四九歳の真澄が山奥にある白糸の滝に雪をかきわけて見に行った記述がある[9]。

——一二月四日になった。小又の沢の奥にある白糸の滝が、雪に流れ落ちる風景を見たいと、(森吉山の麓から)しっかりした男たちを雪ふみにさきだたせてここを出発した。(小又川沿いに遡行すると)二〇メートル近い大木を二本わたしてある丸木橋に雪が深くかかっており、なかばまですすんだがゆれうごいて、雲の上をふんでゆくようである。あまりの危なさに冷汗がでて、思わず案内人にとりすがり、たすけられ、かろうじて渡ることができた。五日朝雨具に身をつつんで出発した。山坂の雪の路は夜半の雨に溶け、なめらかに凍って踏んで行くのも危ないうえに、頂上と思われるところから垂《たる》氷《ひ》がくだけて落ち、それに石も転がり落ちて身体もくだかれそうな心地がする。急いで過ぎようとしたら、すべってころび、仰ぎ見ると雪は水晶をはりめぐらした壁の様に凍りきらめいて見え、登ることはとうていできまい、やめようと思ったが、案内人に励まされて進んだ。雪に手をつき、ひざをついて登る。ほぼなかばまで来たかと下の方を見ると、その高さははかりしれないほどで、荒川の水のふかく流れるさまには、胆を冷やした。六日。白糸の滝を見に行こうとしたが大雪に道はすっかり埋もれているので三人の路踏みをたのんで小舟を出した。かろうじて岩の上にうちあてて、危うくおりた。案内人のかんじきの後をしるべとして、雪をかき小坂をつくって木の梢や柴を折っては敷き木の枝を渡ってたどった。白糸の滝が落ちていた。黒い岩面に白い糸筋がたくさんみだれかかっており、山の姿もいちだんとおもしろい。雪がかかった梢はちょうど花盛りのように見られた。吹雪に身をうたれて目がくらみ、袖が凍ってしまったので、帰ることにした(『菅江真澄遊覧記』第四巻「雪の秋田根」より)。

秋元は真澄が雪踏みの男たちを雇うなど、用意周到な旅をしたことに「自然の条件に無謀にたたかいを挑んでいるのではない点に、旅の達人としての真澄の細心さがよく現われている」(淡交社版)と感心する。秋元も七三年二月末から一週間ほど雪の中、この白糸の滝近くを取材で訪ねている。淡交社版「雪の森吉山麓」章と『秋元松代全集』第五巻「雪の宿」にその模様は書かれている。一時は雪山で遭難するかもしれないと思ったほどの危険な単独行だった。

日記(七三年三月五日)にもこう触れる。《湯の岱。バス終点。ここから除雪してないので歩く。一人の歩幅だけ足跡のある道を崖にそって橋を渡り、約十分ほど歩く。真澄の雪中の難行も、かくやと思われた。しかしこの山峡の雪景の中、約一時間は、この旅での圧巻だった。旅館は一軒のみ。四時一〇分着。前に渓流。雪の崖に、大杉二本。森吉町小又湯の岱。杣温泉旅館。杣菊治。部屋の名は「ななかまど」。五時すでにうすやみとなる。雪ふり出す。夕食ふき、なめこ、おいしい。味噌汁、とくにおいしい。宿の娘はやっと愛想よくなった。私を何者かとおもったのだろう。杣旅館の夫婦ことによし。旅において人間はそう悪人には会わないのではないか。人間はなまじ相手を知り、相互関係を生じたとき、その狡猾や悪意の根が芽を吹く。過去なく、未来なし。旅は現在である。現在であるとき人は自由だ。自由は善意と連帯感と、自信と責任感、勇気と、協力と施与《せよ》とを、すなわち、人間における、喜ばしきもののすべてを解き放してくれるのではないか》。

④真澄と秋元の方言

秋元が戯曲で方言を本格的に使い始めたのは、第九章で述べたように「村岡伊平治伝」(六〇年)からだ。その地域の言葉の正確な再現ではなく、ベースにしながらも工夫を加えた秋元方言だった。秋元は真澄の遊覧記を読み進めていくうちに、彼が地方性豊かな方言を採集、記録し、意味や語源を註記する態度に強く共感した。秋元の方言学習は主に方言辞典の読破・学習に依ってきたが、地方の人の心を表現するには方言が不可欠と、改めて自信を深めたに違いない。

真澄は信州から東北へ入る時から方言に興味を持ち、村人の会話を日記に詳しく記録し、本文中に注釈も書いていた。例えば遊覧記「あきたのかりね」中の西馬音《にしもない》(秋田県雄勝郡羽後町)で開かれた市の見聞部分。鮭の頭をこっそりと万引きした者に、主人の女が詰め寄り、荒々しく言い争う場面を記録している――「どす! 盗人」「がアぬすみたり。此代の銭いだせ」「はたらずともやるべし」

真澄は「どす」を「人をのりたる(ののしる)詞」、「がア」は「下摺女などのつねの詞なり」と本文中に註記する。現代語訳だと「馬鹿どろぼうめ」「お前が」の意味になる。また「はたらずとも」は、責めなくても、の意味で「かかるふるきこと葉の残りたるを」と、古風な言葉が残っていたのを興味深く記している。

真澄は、郷里の国学者植田義方から、古代の自然と生活を残した風土を訪ねて、歴史と人間と生活の根源、基層を探る思想の大切さを教わったとされる。そんなモチーフに裏打ちされた観察だった。秋元は人と生活の機微だけでなく、生き方の根源をさぐる方法としての真澄の方言観に共感したのだろう。

西馬音での見聞記述について秋元は「真澄には初めて接した雪の中の風物民俗だった。生々した好奇心で細やかな記録を始めている。言語感覚の柔軟な彼は民衆の日常語、方言に興味と親愛をもって随処に書きとめている。それは話言葉の主体である里人たちを、その生活と感情を通して捉える方法になっている。これは彼の生得の能力でもあろうが、人間の生というものの哀しさを覚ったことのある者の持つ優しさである。旅行者の優越感でもなく、物珍しさを喜ぶだけの好奇心でもなく、記録しようがための写実的記録でもないので、二百年後もわれわれに語りかける魅力を失わない」（朝日版）と書いている。真澄の記録する態度は秋元の取材態度そのものだし、自戒でもあった。

秋元は東北の言葉を半分も分からなかった。秋田県の村で開かれていた市に立ち寄った。売り手と買い手の交わす言葉が分からず、分からない表情をしないように意識するから一層悩んだ。この悩みは「寒さとか吹雪とか交通の不便さなどは物の数でもない。しかしまた、思いがけない面白味と含蓄のある方言をうまく捉えて理解できた時の楽しさもある」（淡交社版）と醍醐味を書く。

このように秋元方言の源は、真澄の言葉に対する感覚、態度と共通していた。

⑤感傷と自恃

二冊の評伝の違いが最もはっきり出ているのは、秋元が秋田市寺内にある真澄の墓を訪ねた時の最終章近い記述だろう。

淡交社版では終章をこう結んでいる。

「著書に、秋田の国びと真澄、と署名したものがある。この地に眠ったことは、孤独だが自由な魂にとって、本望だったにちがいないとおもう。私の墓参した日は雪模様の寒い日だった。（略）枯葉の散る音も波立つ海も、すべてがよきものとして眺められた。しかし眼前の風景を超えて、雪原を踏みながら歩いて行く一人の旅人の後ろ姿がみえる。夢は枯野を駆けめぐるように、彼は今日もどこかの空の下を旅しているにちがいない」

朝日版では「男鹿の寒風」章でこう記述する。

真澄の墓所に隣接して「こおろぎ」と呼ばれた人々の共同墓地があった。そのころ乞食、夜さまよい出る女、浮浪の遊芸民らを蔑称してこおろぎと言った、と触れ「真澄はここをおのれの骨を埋める土地として選んだ。(略)坂を登ると、疎らな松林のある台地に『菅江真澄之墓』と刻んだ灰青色の墓碑がある。彼の、乞丐人《こつじきにん》真澄という、自己確認には悲痛な、そして不屈な自恃の誇りがある。彼は流浪民や賤民を愛し、その仲間たちのところへ還った。『浜風吹越して、松のこゑいと淋し』(10)」。また最終章「伊那の中路」結末で「彼の旅は、平凡から歩いて非凡に至る可能を今も語りかけている。ふと佇む時、急がず渋滞しない旅人の静かな足音が聞える」と結ぶ。

「旅に病んで夢は枯野をかけ廻る」。淡交社版には芭蕉の有名なこの病中吟が顔を出す。この無常観、感傷に対して朝日版には芸能史における歴史認識がある。

真澄は、自分の家は菅原道真の庭番白太夫《しらたゆう》を祀ったとしている。白太夫とは「遊行布教師の祖(11)」である。秋元は、真澄を「白太夫を守護神と頼み、天地と一身のほか何物も持たない遊藝浮浪民や河原者や賤民、漂泊者に自己の投影をみた真澄は、まさしく白太夫の血筋の末である」(朝日版)と表現する。遊行とは、真澄の自己確認である「乞丐人」の言葉にもうかがえる。仏教用語でいう名所を歩き、食物を乞い、簡素、清貧の遍歴をして解脱を求める遊行者たちだ。孤独と自由を愛する誇り高き旅人という点で、真澄は彼ら彼女らの同行者である、と秋元は思う。歴史と風景。朝日版で秋元は第二の常民である遊芸民らへのレクイエムの中に、白太夫を先祖とした真澄と重ねて墓地の風景を記述した。

墓を訪ねて

真澄が一八二九(文政一二)年に死んだとされる仙北郡田沢湖梅沢字森腰の大石家を訪ねた。JR田沢湖線の神代駅。無人駅だった。車で約一〇分。「親郷肝煎屋敷」の表示が立つ大石家は、約一ヘクタールの広大な敷地に土塁と堀を廻らし、うっそうとした杉木立に囲まれていた。道路に面した庭角に菅江真澄絶筆の碑がある。今の当主大石淳さんが二〇〇二年に建てた。「或る古記に」に始まる碑文は、真澄の署名こそないが地元の寺の縁起が書かれ、絶筆とされる。大石さんの話では、真澄滞在当時の当主大石清右衛門が、真澄宛てに書いて提出した梅沢村の概略を記した調書の控えも残っているると写真を見せてくれた。真澄はこの調書を見たであろうが、自分の筆でまとめることはできないまま息を引き取った。最後の取材地が梅沢だ。真澄が滞在した屋敷は一七七〇(明和七)年に建てられ、一九六〇年に解体された。敷地跡に今は雑草が茂っている。写真(一九三一年撮影)で見ると曲屋の大きな茅葺きの家で、藩主巡行の時は本陣となったという。

二つ隣の角館駅にある神明社境内には、石段のぼり口に自然石の「菅江真澄終焉之地」碑が立っていた。どちらで死んだのか定かでないが、梅沢で死んだ後、角館の友人宅に運ばれ、秋田に遺骸が移送されたとする見方が有力だ。

菅江真澄翁墓。灰褐色の自然石にそう刻まれた墓は、秋田市西郊、寺内大小路一三七の寺内共同墓地の一角にあった。碑面には菅江真澄の名を囲むように、地元の友人の国学者鳥屋長秋《とやのながき》が作歌した万葉調の長歌が彫られている。

友たち　あまたして　石碑立る時によみてかきつける　三河ノ渥美小国ゆ

雲はなれ　ここに来をりて　（略）　菅江のをちか　おくつき処

墓石の側面には「文政十二年七月十九日卒年七十六七」と刻まれていた。脇には秋田市教育委員会による顕彰の説明板も。墓の側面を守るかのように、真澄が死後を託した地元の神官、鎌田正家《まさやか》一族の墓が並ぶ。

私が真澄の墓を訪ねたのは、穏やかに晴れた秋の日だった。JR秋田駅からバスで一五分。古四王《こしおう》神社脇の紅葉した林の間の小道をたどる。小さな伽羅橋を渡り、急な石段を上った高台に墓地はあった。はずれに立つと秋田運河(旧雄物川)が、鈍く白く光って流れている。緩やかに羽根を回転させる風力発電の塔、こまちスタジアムのドーム屋根が運河の向こうに見えた。

柳田國男はこの墓に立ち「墓木はすでに挟《きょう》となり、知友は与《とも》に去って黄土に就き、その子孫も昔を忘れんとしております。たとえば寂寞たる寺内村の砂丘に登ってみましても、かつては柩を揺るがして慟哭したろうと思う鎌田正家の一門の者も、ことごとく今は小さな一塊の石であります」(『百年後の批評』)と感慨を残している。

孤独と自由を愛した遊芸の民の末裔を認じた真澄。同じ魂を持ち、「演劇の毒」を浴びた秋元にとり、真澄は時を遠く離れた存在でありながら近しき人だったのだろう。

最終章　勝つ

「近松心中物語」打ち揚げ会会場にて．札幌市の札幌グランドホテル，1997 年 10 月

終の棲家

海岸沿いの松林近くに、五階建ての瀟洒な建物が陽だまりの中で白く光っていた。秋元の終の棲家となった神奈川県茅ヶ崎市汐見台にある介護付き有料老人ホーム、ビバリー・コート茅ヶ崎(現・ソノラス・コート茅ヶ崎)だ。二〇一五年の早春に訪ねた。

「秋元先生はダイニングルームでは、いつも壁際の一番奥のテーブルに座り、お一人で食事をしていました。入り口に背を向け、男性的な雰囲気でした」と、同ホーム事務職員の石田和子さんは思い出す。石田さんは同ホームが開設された翌年ごろから今も勤めているベテラン。最初はダイニングでウエイトレスをしており、秋元は「あゆみちゃん」と親しく声をかけていた。アイドルだったいしだあゆみと同じ姓なので、そう呼んでいた。二人が写った遺品の写真を見たが、石田さんの少女のような清楚な美しさが秋元の心を慰めたのだろう。

観劇で上京する時、石田さんを時々誘った。最寄りの辻堂駅で洋服やアクセサリーを買うので、相談相手に同行もしてもらった。「ちょっと気難しく、人の好悪がはっきりしていた。私なんかには近寄りがたい存在でしたが、なぜか気に入られました」と言う。ある日、秋元のテーブルから食器を下げようとしたら、即詠した短歌を手元の紙に書いて渡してくれた。今もその紙を大切に持っている。

今日こそはわれにやさしき日であれと　願ひつつみる曇り日の空
曇り日の空に一條の明るみあり　それを信じて生きたしと思う

秋元が同ホームに入居したのは八九年二月、七八歳の時。前年秋に都内の日産玉川病院で食道潰瘍の手術をして、長野県茅野市の諏訪中央病院に移った。退院後の山梨・清春芸術村での一人暮らしは不安になり、食事・ケア体制の整った同ホームの三一三号室を購入した。入居して一二年後の二〇〇一年四月二四日に肺がんのため九〇歳で亡くなった。

秋元が住んでいた居室は入居者がいるので、五階のモデルルームを見せてもらった。洋室ワンルームの窓からは松林越しに相模湾を一望でき、富士山や江の島が見える。秋元が保存していた当時の入居金一覧表によれば、三一三号室は一人入居金四二三〇万円。居室部分四五・五八平方メートルとバルコニー四・七三平方メートルの広さ。一四・二畳の居間にミニキッチン、風呂、トイレ、洗面所などがついている。一人暮らしには十分快適な空間だ。秋元が時々行ったという展望室は、五階と屋上の中間にある。入居した当時、ここから壮大な空と海を眺めた。荒れた海、半月が中天にある夜明けを見に行ったこともあった。哀しく寂しかった。そんな時、秋元は老いの身を重ねて釈迢空《ちょうくう》の歌を思い出している。

かくひとり老いかがまりてひとのみな　憎む日はやく到りけるかも

展望室には階段でしか登れない。入居者たちの姿は見えなかった。

生きること、書くこと

《私は何者だったのか。戯曲を書くのが好きだった。それだけの人間である》。老人ホームで暮らしていた八五歳の心境だ。秋元にとり書くことは生きることそのものだった。

しかし創作戯曲は、NHKテレビドラマ「但馬屋のお夏」を清春で書き上げた八六年、七五歳の時点で書けなくなっていたと、後に回顧している。八七年当時は、まだ書けると思いこみ、自らを激励したり疑ったりしながら、苛立ち悩んだ。《書こうと思い、書きたいと思ってそれが踏み出しきれずにいる私自身を正直で、作家らしい感覚だと今にして思う》と、回想する。老人ホームで暮らし始めた頃は、《一年でも二年でも生命と力を保ち、作品を創りたいと願う。神よ、薄幸だった父よ、母よ、兄たちよ、私を護《まも》れ。あなた方の命を私は生きようとしている》と祈った。昭和を背景にして美空ひばりの一生をミュージカルにすることや、長崎で被爆死した妹を鎮魂する旅を起点とした自分史などいくつかの著作プランを温めてはいたのだ。結局、最後の著作は九二年に出した随筆集『それぞれの場所』(早川書房)になった。同社の演劇誌『悲劇喜劇』編集者高田正吾さんに強く勧められた。同誌には若い時から寄稿しており、高田さんとは長い親交があった。

　秋元は若き日を思い出す——目黒のマンションに住んでいた頃だった。《幸福になるために書きたい。私の手立てはそれ一つしかない》と思いながら、新調したレインコートを着て雨の中を目的もなく歩いた夕方。自室バルコニーから狭い居室と本棚を眺め、《自分はよくやってきた方なのだ。学歴もお金もなく、徒手空拳でやってきた。自分がせめて労らってやらねばならない筈だ。私は私の世界に戻ることだ。灰色の何も棲息しない石室の中だ。爽やかに飢え渇くところだ。女であってよかった。男だったらこうはいかない》。《私は鬱病の一種かもしれない。原因は仕事のためと、年齢と独身とであろう。鬱病になった私には、まだ救いがあることは確かだ。彼らは鬱病になるほどの精神の活力を持たず、自己肯定と老衰と硬化の中で、明るい満足があると思い込みながら、空虚に安住しているだけなのだ》と、孤独の中で自らを奮い立たせていたのだ。

八〇歳代、茅ヶ崎での晩年は、静かに澄んだ心と激情が渦巻いた。

《昔のいやな人間たちとの間に起きたいやな事柄の思い出が次々と湧き出してくる。怨恨、憎悪、侮蔑、怒り。私は黒塚の女(1)のようになるのだ。許さない、私は許さない》と怒る。現実の欲望もなくなってはいない。老後の生活設計が整った九〇年。《株が底値である。買いたい気もするが、やめる方がよい。未練がましさと金銭欲が私にも再度やってきたようだ。手術直後の惨憺たる日々。やっと遠くなれば、またしても現世的な欲望に目が行ったりする人間の心というもの。いい加減なものとしての自分。生きている証拠か》と自嘲する。バブルの株価の上昇時に保有株を売り抜けた才覚が、秋元の目黒のマンションと介護付き有料老人ホームの購入を可能にしたのだ。

無心な心もうかがえる。

《無学と頭の悪さと、私は物心つくころからこれと闘ってきたのだ。何十年という長さに亘ってたたかった。そして今にして知る。何もよくはならなかった、ということを。本来持っていたもの以上にはなれないのだ。ただ以下にならぬようにすること、それが勉学というものかと思う。無闇にどんよくに読むことをやめよ》。茅ヶ崎駅近くの市立図書館にはしばしば足を運んだ。書棚を見ながら、《自分がどれほども読んでいないのを感じる。よくこれでやってきたと思う。生涯の終わり近くになって、無学の穴埋めをやっている。それも愉しいと言えることである》。

老い

老人ホームに住むとは、老いと、病と、死を隣人にすることと覚悟はしていた。食堂で入居者たちが、食べられなくなったらおしまいだと言い、一心に食事する姿を見て、《老いというものを絵に描けばこうでもあろうか》と思う。感情が激すると、《すぐ背後に死を伴っていながら、米や魚を食べている姿はかなしい。涙が出てとまらなくなりそうになり、いっそ大声で泣きたかった。生きていたくない》と落ち込む。若い時はあんなに瑞々しく詩を歌った心が、硬くなってきたと覚る。《自分が非情な心を持ち始めたのを感じている。もっと若いころの私は湿り気があふれていた。いまは乾燥し非情になり冷たくなった》

ある日、親しい入居者の死亡告知がホームの壁に張られた。突然の死に強い喪失感に襲われる。《命はこんなに果敢ないものだろうか。不意打ちにくる孤独。これが老年というものなのか》。自室で香を焚き、経文のテープをかけて一人合掌する。秋元は昔から親しかった人の死を知ると、自室で長谷寺の読経を録音したテープを聞くことにしていた。《愛憎も虚しく、すべての帰するところへ人は赴く。陽明るく静穏な真昼に聴聞する読経は清澄限りなく、ここにひとりいて、故人を送るこの時を尊しと思う。死者には永き眠りを。墓地の夜が思われる》と。そして《自分が死んだら骨になってから一晩でもよい、この部屋に安置してもらい、ここでの知人だった人々に焼香してもらって永訣としたい。いつの間にか居なくなり、忘れられていくことは、敢えてしなくても自然にそうなることだ》と、日記に無常の心を綴る。

死の思念は抽象だが、老いの自覚は具体だ。入浴の後、《鏡に映る老体を見て、ああいやだなと思う。そして不承不承、老いという文字を思い浮かべ、苦いものを飲むように飲み下すしかない》。東京で芝居を見て、ひどく疲れて帰宅する。《こんなにしんどく感じるというのは、もう東京へ出たりするのは、無理かもしれないということだ。そう思っただけで悲しくやるせなく、もう生きて甲斐なき身であると思い、泣きたくなった》と沈む。本を少し読みにくくなったので、眼鏡の度数を変えてもらおうと診察を受ける。眼科医は眼鏡を新しくしても、もう調節は不可能と言う。小学生のころから左目が不自由で体もそう丈夫ではなかった。そういえば吉田小学校尋常科の卒業写真では、「男女櫻組」で、左目に眼帯をしている秋元が写っていた。気力だけでやってきた秋元は、本を読めるところまで読んでおこうと、むしろ奮い立つ。毎年正月、老人ホーム近くの道路に出て、箱根駅伝の走者たちを声援した。若者たちの躍動する姿に命の輝きを見たのだろう。

老いの身に睡眠は安らぎをももたらす。秋元は精神安定剤のリーゼを睡眠薬代わりに常用していた。《まずまずの眠が与えられた。私のような放埒な無自覚無計画なままで生きてきた者にも、睡眠は神の与え給う慰めであると思った。眠は寛容な迎えの手である》と感謝する。

こんな夢を見る時もあった。美しい少女が二人、そりに乗って雪の中を走る。そのうちの一人が秋元だった。まるでチェーホフの短編小説ではないか。

一番嫌いなのは、住むところがないという夢だった。秋元は、貧しかった青春時代にさすらうように転居を重ねた。壮年になり脚本家、劇作家として自立し名を成したが、目黒から清春、茅ヶ崎の老人ホームへと移り住んだ。流れ藻のように漂流している、という感覚に捉えられていた。ホームの居室ベッドでこう自問自答する。なぜ、どうしてここに居るのか。ここへ流れ着いたとしか思えない、と。朝、茅ヶ崎の海岸を散歩しながら、砂地に残した足跡をふと振り返る。生涯の足跡のようにも見える。《よくここまで歩き通し、生きてきたというべきだ。お前はともかくもよくやったと言いきかせても良いと思う》。それでも、いやそれだからこそ、家がないという恐怖の夢を八〇歳過ぎて見るのだろう。人は少しも変わらない、という秋元の抜きがたい人間観がそれをもたらした。

深夜目覚めると、愛用のトランプで一人遊びをした。清春の頃は無念無想になれるので雑巾縫いをした。縫った雑巾を太地喜和子にあげたが、まだ残っていたので石田さんに進呈した。

買い物の楽しみもあった。晩年は秋元戯曲の再演が大劇場で続き、華やかな場への出席が増えている。八〇歳代にしてスーツを新調する。あるいは装身具を買う。横浜の高島屋で指輪を買った。《生まれて初めて身につけたが何とも言えないほど感触がよい。女がなぜ指輪が好きか、やっと今にしてわかったような気がした》と何度も指を眺めた。掃除嫌いで料理好きの秋元だが、いつも台所に立つ主婦と違い、手は荒れていない。以前、俳人の橋本多佳子が大理石のようと誉めてくれた手だ。

かつては原稿の締切りにいつも追われていた秋元だが、茅ヶ崎では何もしないでぼんやりと過ごす日々が多くなった。《今日も司馬遼太郎を読んで一日暮らした。気ままに、軽い荷を付けただけの自分になって野放しの動物のように生きている。こんな日が生涯に来たのである》。ただ生きているだけに生きて、なぜいけないのか、と思う。

四時間の手術

若い時に肋膜を患ったが、壮年期に入ってからは大きな病気はしていない。しかし八八年九月二〇日、玉川病院で四時間に及ぶ食道潰瘍の手術を受けた。《よく私の弱い細い神経が耐え得たとすら思う。いや耐えたのではなく、半ば痴呆になってさまよっていただけで、耐えたのは肉体と生理だったのだ。肉体と生理は、理性も思考もないものであって、実は理性や思考を代行し得るものなのではないか。私の中で勝ったのは肉体と生理で、私の教養(と思っていたもの)、私の理性(と思っていたもの)、私の経験(と思っていたもの)の総和は完ぺきに敗れたのだと思う。人間はこういうものだったと、また今日も知る》と日記に書く。

手術前からナーバスになった。隣のベッドに寝る同室の老いた患者を見て、《幽鬼の如き趣き。生きようとする意欲の凄惨さを見る。気味悪さを見る。本能の恐ろしさを見る》と心乱れる。正岡子規の『病牀六尺』(2)を病床で再読する。自分の病気のつらさなど子規に及びもつかないが、《自分の肉体そのものの上に病苦や圧迫やいらだちの実感を覚えつつ読む。そのような病める人が、口述して書かせたという意力というか、能力というか、ただ感嘆のほかなし》と劇作家は書く。

手術の後。《人手の介助なしでは生きられない病者になっても、それは生への回路として、あるいは死への通過として忍ぶほかはない。人はこうしたものだったのだ。死はそう遠くなく来る。それは悲哀と絶望を曳きずりながらの一日、一年である。次第に短くなり終わりに近くなるものとしての何年かを持つに過ぎない。今私のわずかにつかんでいるのは、その年月を懸命に思いをつくして生きてみようとしているだけである》。《体力に気力に抵抗力を失って自信を持てなくなって、すべてを受け入れ、忍従する以外にないことを知り、ひたすら謙虚に、傷つきやすくなって言葉少なく、ただ周囲をそっと見回しているだけである。行動できないこと、意欲を持てないこと、前途を諦めて現在だけを受け容れること、それが病者のおかれた位置である》。諦めと屈辱。そんな闘病の日々を見つめる。

そして再度、九七年に神奈川県の大船中央病院で乳がんの手術を受けた。初期だったので大きな手術ではなかった。麻酔を打たれた秋元の顔の前に、タオルの幕が降りてくる。秋元はいつしか心に念じていた。「かいそんさま」。

死神の幻覚

《死を思うとは生を知ることである。生の貴重と、去って再び来ないものについて思うことである》と、晩年を迎えた秋元は死について書き留めている。

死神の幻覚を一度見ている。八八年の食道潰瘍手術を受けた深夜だ。麻酔が覚めて目を開くと、誰かが秋元のベッドに横向きに腰かけている。その人間の左手が秋元の手に触れる。《感触はとても温かく、柔らかく、優しさの懐かしい感触で、それが死だというものだと、私は知った。死はこんなに優しく温かいのかと、初めて知り、大きな安らぎの感情で一杯になった。その安らかさでまた眠ったようである》。《あの死の触手を絶えず感じた術後の苦しく恐ろしい日々から、徐々に、着実に恢復した今の私を、素直に、謙虚に喜びとしなければ、やはり偏向ではないだろうか。そのために力を貸してくれた人々に感謝しよう。私の生命力に感謝しよう》と、すぐそばにまで来た死を想う。死の風景はずっと以前にも見てはいた。《いずれそう遠くなく死ぬのだなと思う。すると眼前の嘱目するすべてが微妙にいっときに色彩を変えるのを感じる。そう感じている自分を見ている自分がいる。すると物音のなくなった嘱目の世界がまた色彩を変えて、セピア色を帯びる》

黒々と口を開けて人の行く手を待つ洞窟。秋元は死をそう想像して恐がった。《日昏方《ひぐれがた》のもの憂い時間、まるで突然のように死の怖れにとらえられて総毛立つような叫び出しそうな、息の詰まるひと時に落ちる。私は遠くなく死ぬのだ。怖ろしく、せつなく、つきとばされるように涙が流れ始めた。夕食にダイニングに行き、食事をしながら涙が流れた。私は死ぬ、なぜ――。しかし、死ぬのだ》。《いつかは、あの（自作の村岡）伊平治の舞台も二度とは見られなくなるのだ。実感的にそれに気づくと、やはり突然眼下に淵のひらいたような思いがくる。あの芝居そのものも、もう再度の公演はないだろうし、私自身も存在しなくなるのだ。やがてそう遠くなく――》

しかし、やがて死の観念を受け入れていく。

《自分の死を抵抗感なく思うようになった。しばらく前（一年ぐらいか）までは自分の死がいずれ来るのだと思っても、虚しいほど遠いさきのようにしか感じられなかったものだ。それが、そんなに先のことではないのだ、と思うようになり、抵抗感がなくなった。（略）これまで友人関係になってきた人は何人もあるが、今になってみると私は孤独だった。しかしそれとは別にその人々誰彼に私は決してよき友人でなかったことを思い出す。そして今さらのように済まないことだったと、後悔する。思い出に浮かぶ誰彼……。みなよい人だった。私のために、どれほど傷ついたことだろう。どうか許してもらいたい》

老人ホームにある美容室に予約したのに、順番がなかなか来ないので苛立つ。《こんなことで、どうするか。死のくるまでは私の毎日は花道の毎日ではないか。どの日も花道への道程だ》。美容室の鏡に映る自分を見て、《人相の悪さにがっかりする。これではいかん、と思う》と反省する。

近くの海浜の公園まで日課のように散歩していた。途中、飼い主が散歩させているりりしい姿の犬に何頭か会う。よぼよぼと今にも死にそうに足許がおぼつかなく歩く犬も見かける。この老犬に明日も会ったら話しかけてみよう、と秋元は散歩の帰りに思った。

九〇歳で秋元は亡くなった。清春に移住したばかりの頃、芸術村の食堂で、顔なじみになった学者から、あなたは九〇歳ぐらいまで生きるだろうと言われた。《困ったものだ》と当時の日記に書いていた。その時はきっと苦笑していたのだろう。

最後の日記帳

秋元の最後の日記帳は、二〇〇一年四月五日から、亡くなる三日前の四月二一日まで。達筆な文字は変わらない。むしろ前年の二〇〇〇年五月八日から一一月七日まで、神奈川県鎌倉市腰越の聖テレジア病院に入院して、ようやく退院した後の一一月一二日から再開した日記の方に字体の乱れが見えた。何かと不自由だった入院生活に苛立ったのだろう。

最後の上京であり外出になったのが、死の三週間前の四月三日。各地を巡演していた「近松心中物語」が明治座で一〇〇〇回を迎え、記念公演が行われた。秋元は、この大きな節目には出席したいと体調を整えてきたのだ。大事を取り、初日にも行かなかった。三日は客席から観劇し、幕が下りると同時に車椅子に乗って舞台袖から舞台に登場した。「書いた当時はまさか一〇〇〇回の公演を重ねるとは夢にも思わなかった。支えてくれたのはたくさんのお客様です。厚くお礼申し上げます」と満員の客席にあいさつした。自信に満ちた声だった。舞台上で梅川を演じた高橋恵子さんら出演者から祝福を受けた。舞台袖に待ち構えていた製作スタッフの林美佐さんに「私の一世一代の晴れ舞台。これで思い残すことはない」と話しかけた。林さんは当時、秋元の芝居を国内外で精力的に上演した舞台製作会社ポイント東京の社員で、九三年から秋元と連絡を取るようになっていた。

四月五日の日記は、記念公演の余韻を伝える。《一〇〇〇回公演の行事を無事にはたして帰ったのだ。運命よ、ありがとうというべきか。とにかくほっとした。二二年前、初めて「近松心中物語」を書きおろしたときには、この作品がのちに一千回も上演されるようになるとは、夢にも思っていなかった。人々の協力があったせいもあり、時の勢いもあったただろうが、ただただ夢のような思いである。ともかくよかった。すんで何よりだった》

死を覚悟したかのようなその後の日々。食べることが面倒になる。《寿命がちぢまってきたことか。プライドを失わず毅然として生きよ》と自分に言い聞かせる。自室では、半生にわたる貪欲なまでに勉強した本の抜き書きやメモ、取材した資料の山を、一枚ずつ見ては、四つに引き裂き、廃棄用の袋に投げ入れた。

四月一九日、《過去の私の足跡には過ちもあったろうし、不足の点も多かったが、一生懸命だけはやってきた。それが私なのだ。だから最後まで一生懸命に生きるがよい。それが私であり、私の生涯なのだ》。四月二〇日、《この万年筆は硬くて書きにくいが、何とか手に馴れるよう、ここで使っている。使いやすくなるようにと。午後林(美佐)さんから電話あり。この人はいつも気持ちのよい人だ。この日はこの人のでんわがたったひとつだけのよいことだった》。四月二一日、《朝食、おいしかった。休み休み帰る。入浴。髪も洗ってもらう。シーツ取り換えなど。ブラウスを替える。昼食穴子どんぶり。午後歩行訓練。下まで郵便物をとりに行く。カード会社の解約届けが来た》。

一九四一年から六〇年間、ほぼ毎日書いていた日記は、この日で終わる。

二〇〇一年四月二四日

四月二二日早朝、同ホームの金子看護師から林さんの携帯電話に連絡が入る。朝食をもどしたので鎌倉市の聖テレジア病院に救急搬送した。落ち着いている、今日来なくても大丈夫だ、と。林さんと中根(公夫)さんは、顔だけでも見に行こうと午後五時ぐらいに病院へ行った。入院している三階の個室に向かうと、病室の方から秋元が看護師を怒鳴っている声がした。「元気だ。こわいよー、帰ろうか」と二人は胸をなでおろした。病室に入ると「あら、来てくれたの。大丈夫よ、明日検査したらすぐ帰れるわ」。嬉しそうな声には張りがあった。朝日新聞と話が進んでいた朝日舞台芸術賞の部門賞である秋元松代賞の創設や、筑摩書房の『秋元松代全集』のことを話すと「まだまだ頑張らなくちゃいけないわね」と、ベッドに寝ながらそう言った。

容態に急変があったのは二日後の二四日。明治座公演の千秋楽前日だった。昼前、林さんの携帯電話に「亡くなりました」と連絡があった。臨終は午前一〇時四七分。「えーっ、おとといあんなに元気だったのに」と茫然とする。二人は昼過ぎに病院に着いた。死に顔は澄んだように美しかった。明治座公演を終え、三〇日に東京・千日谷会堂で告別式が行われた。喪主は甥秋元近史の妻、美樹枝さん。「葬儀の祭壇に、何本もの青竹が飾られた。真っすぐ天に向かうその様に、いつも背筋をぴんと伸ばしていた孤高の劇作家の姿が重なって見えた」と、五月二八日付け朝日新聞夕刊「惜別」欄は伝えた。

林さんはこう思い出す。「私にとり神様みたいな存在でしたから、おつきあいには最後まで緊張しました。女性が様々な差別を受けていたお若いころから、一人の人間として、表現者として純粋に一生懸命生きてこられた。常に闘ってこられた秋元先生の人生はとても力強く、作品に対する自信は絶大でした。先生たちが頑張ったから、今の女性たちが働ける。子持ちのシングルで働いていた私にとり人生の大恩人でもありました。先生は生涯独身を通され、決して弱気なことをおっしゃらなかったが、入院中に一度だけ自分も家族を持ちたかったと、もらされた」と偲ぶ。秋元は死後の著作権継承者に林さんを指名していた。

私は勝つ

「いつか私は勝つ、必ず私は最後には勝つ、ということですかね」。死の三年前、秋元は朝日新聞のインタビュー(九七年一二月一五日夕刊)で、山口宏子記者に笑いながらそう答えた。山口さんは「とても怖い方だと聞いていたのですが、お目にかかった時は、優しく、心を開いてくれたように感じました。当時、私は三〇代。こちらも仕事をしている女だということに好感を持ってくださったのかもしれません」。秋元の声には張りがあり、堂々としていた。フェミニズムが一般に言われる以前の、日本で伝統的に日常にあった女性への差別と闘い、自分の作品が男社会の中で正当に評価されないことへの激しい怒りを持ち続けてきたのだろう、と山口さんはインタビューしていて思った。同時に、厳しい言葉を口にしながらも、怒りをユーモアで包んで伝える語り口の明朗さが印象深かった。

戦後を代表する劇作家という評価は定まった。今、まさに勝っておられると話を向けた。「五〇年かかりましたね。こんなにかかるとは思わなかったけれど、今に見てらっしゃいと思ってました。そう考えると、いろいろなことが客観的に見られる。そこが芝居を書く人間なんでしょう、何ごとも『劇的なことが起きている』と見られるのですよ」と語る。確かに四四年六月五日の日記に、《こんなことでまいるか。誰が絶望するか。よしきっと私は勝つぞ》とある。三〇年後の七四年の日記には《勝負は長い時間ののちにつく。自分のためによく生きることが私に残された最大の課題だ。自分のために、というのは、個の自己と人間の歴史とが結ぶか結ばないかを実証したいということだ》と書いている。戯曲を書き始めたのが四六年。最後の戯曲が八二年。最後のテレビドラマが八六年。四〇年の時間をかけての勝利だった。わが人生を振り返り、劇作と人生で勝ったと素直に思えたのだろう。

戯曲は初演だけではない。再演で再び勝つ喜びもある。すぐれた戯曲は不死鳥のように時間を超えて生き、甦る。九〇年代は、前述したように秋元ルネッサンスと呼ばれるほど再演舞台が続いた。秋元は《私は現世から一歩ひいているが、作品は今も生命を得ている》。あるいは《作品は生き返った。生きて立ち上がり、人々に語りかけた。堂々たる蘇生である。私は八二歳まで長命したことを、今喜びとともにふりかえる。私の作品は生きていた。私も生きていた》と、作家であることの幸福を噛みしめた。

とりわけ一〇〇〇回を超した「近松心中物語」全国公演は、秋元の晩年の命を奮い立たせた。この上演料収入も秋元の老後の生活を安定させたのはいうまでもない。《いずれ勝つのは私である。この芝居(「近松〜」)はいつ見ても、また何度見てもあきない。よく描けた芝居であり、良き演出である。新しい古典となった。プロデューサー中根、演出蜷川との一期の出会いでもあった。企てでもこういう連繫は得られない。幸運というべきである。私の生涯における確固たる成功である》と九六年の日記で自分の運命に感謝している。九六年の「村岡伊平治伝」を「帝国こころの妻」に改題した舞台に対しては、《若い血液(演出の金《キム》盾進《ジン》)の投入によって作品が蘇った。これが戯曲というべきだろう。作者として、驚きと喜びを新しくした。明治座の盛況といい、運命がやっと私に向いてほほえんだ、という実感がある。遅く、遅く歩み寄った幸運である。一か月の間に二カ所で千秋楽の打ち上げがあり、いずれも有意義なよいものだった。こんなことは前後に二度とはないことだろう。私の運勢も八〇歳代にして報われたといえると思う。生きてきてよかった。生きるのは苦しかったが——》と日記に喜びを隠さない。

自分の作品がヨーロッパで迎え入れられたことに、これまで予想もしなかったと感動する。八九年の「近松〜」ベルギー・アントワープ市立劇場、イギリス・ナショナルシアター連続公演の成功だ。《私にとっては栄光である。この一つによっても、私はもって瞑すべきかもしれない》。ロンドン公演の初日、秋元の居室に中根さんから、ブラボーの連呼と大拍手だったと電話が入る。秋元の目は涙でにじんだ。後に老人ホームの集会スペースで、秋元は何人かの入居者と一緒にロンドン公演のビデオを見た。《作品全体の雰囲気、品格、きん持の強さ、情感をゆする力、それは稀有なものと言ってよい》と自信を深めている。さらに「かさぶた式部考」が熊井啓監督により「式部物語」のタイトルで映画化された。《運命と人とに感謝しなければならない。私は劇作家であってよかったのだ》と改めて思う。

人生に勝つ

老人は皆そうとも言えるが、晩年の秋元は一日一日をとても大切に生きた。《負け犬のように生きてはならぬ。小さな勝利を手に入れつつ、一日を生きよ。生涯の花道にあることを忘れるな、人はすべてそうだが、みなひとかどの名優なのだ。名優は花道を往く》。若い時は劇作の仕事を、経済的に報われないと危ぶんだ。しかしたった一度だけの人生。ドラマを書いて一生を終わりたいという思いが消えなかった。《今持っているわずかな手持ちの金を旨くやりくりして行くほかはない。惨めな老年を、芸術家の生涯の終りのように云う者もいるが虫のいい感傷だ。少しでも資産を確保して老年のための用意をしたい》。秋元は株に投資し、バブル期に高値で売り払い、蓄財に成功した。商業演劇での再演による上演料も増えた。

老人ホームの白室で読書をしていて、窓の外を見たりしている時にこう感じる。《そうだ。今のこの暮らしは、私が小学四年生ぐらいの頃、夢に描いた望ましい暮らしをそのまま現実にしたものではないか、と気づく。そうだ、ほんとうにそうなのだと思う。人里離れた丘のふもとの、桃の花などの咲くところで私一人の住む家があり、そこで本を読む人に、私はなりたいとしんそこから思ったことを覚えているのだ》。窓からは桃の花は見えない。しかし白砂青松、穏やかな海が眼下に広がっていた。

自分の一生をこう振り返る。《才能はあったがそれほど大きな才能とはいえなかった。ただし特色を持っていた。そこそこ老後を生きられるだけの金銭は得たが巨富でも大金持ちでもない。資産もない。頑健ではなかったが、病弱というほどではない。遺伝的な悪疾もなかった。幸福といえばいえる。男や子供を持たなかったが、とくにそれを不幸とは思ったことがなかった。ひとりはいいものだった。狭いが、筋を通したといえよう》と。

劇作と人生双方で「私は勝った」と素直に思える自分を肯定する秋元だった。

秋元を語る永井愛さん

朝日新聞社は演劇やダンスなど、優れた舞台芸術の成果を顕彰する朝日舞台芸術賞を二〇〇一年に創設した。〇八年の八回まで続き、休止した。秋元は最晩年になり、後進の演劇人を励ますために自分が賞金を醵出した賞を考え、中根公夫さんと相談していた。戦後、自分が深く関わった劇団演劇座内部で秋元賞を設けたことはあった。中根さんは朝日新聞社と相談して、部門賞として秋元松代賞が実現した。芸術性と大衆性を併せ持つ演劇を顕彰する趣旨の賞だった。亡くなる直前の秋元はとても喜び、賞金(毎回一〇〇万円)を提供した。しかし死去により、授賞式には出られず、代理人として中根さんが贈呈し続けた。

最初に秋元松代賞を受賞したのは劇作家、演出家の永井愛さんだった。「こんにちは、母さん」「日暮町風土記」の作・演出が授賞対象になった。当時、朝日新聞学芸部(現・文化くらし報道部)に勤務していた私は、賞を運営する一員でもあったが、永井さんの受賞は審査員全員の一致した意見でスムーズに決まったと記憶している。さらに秋元作「山ほととぎすほしいまま」に出演した高橋惠子さんは第三回、永井作・演出「歌わせたい男たち」に出演した戸田恵子さんは第五回の秋元賞を受賞した。

この舞台は同時に最高賞グランプリを受賞している。第六回では寺島しのぶさんが、永井作・演出「書く女」の演技で舞台芸術賞を受賞した。世の演劇賞を総なめにしている永井さんだが、朝日舞台芸術賞にしてもこの実績がある。

永井さんは第一回秋元松代賞受賞時のインタビューで「秋元さんの書かれた『平凡に生きている人々に不意に現れて消える人間性の秘密』という言葉に心打たれました。私もその表現をめざしたい」と語っている。次世代を引き継いでいる永井さんは秋元ワールドを今どう見ているか。二〇一五年二月、東京・練馬区の二兎社事務所で話を聞いた。

——秋元戯曲は、どの作品が永井さんの心に響きますか。

■「常陸坊海尊」「かさぶた式部考」「村岡伊平治伝」「山ほととぎすほしいまま」「礼服」「近松心中物語」「元禄港歌」です。一つだけ挙げるとすれば、なんといっても「常陸坊海尊」。秋元さん的なものが全て入っている。

——常陸坊海尊における秋元さん的なものとは何ですか。

■まず作品世界のスケール。社会や世界に対する腰を据えた身構えが大きい。山村の忘れられた人々を描きながら、秋元さんの筆は世界を相手にしている。世界とは、世の中を動かしている支配層と被支配層の構造です。おばばや山伏が排除されていく様子は、そのてっぺんにいる支配者をも影のように浮かび上らせる。でも、いわゆる社会派の書き方とは違う。社会派は得てして人間の描き方が理に落ちがちですが、秋元さんには、何とも言えない人間描写の深さがあって、人物の一人一人が宇宙を抱え、存在が際立つ。例えば、村の人々が、働かせるために戦災孤児を引き取ろうとして争う場面。あの欲深いやりとりの滑稽さは、戦闘場面そのものより残酷です。疎開していた子どもたちが、一夜にして孤児になり、奴隷のように選別される。その失った未来や可能性までをも、やるせない笑いの中で感じさせる恐ろしい場面です。

——秋元戯曲はト書きが少ない。ほとんどせりふで世界や人間、関係を表現しますね。研ぎ澄まされたせりふには、言葉本来が持つ自立した強さと美しさがありますね。

■方言を含んだせりふの言葉が、本当にこまやかで美しく力強い。それでいて絵空事ではない。美しいせりふだと役者はつい背伸びをして形から入りがちですが、秋元さんのせりふには、そういう気取り方を許さない「体温」がある。役者はかえって身をかがめて、自分の内部と響き合う、せりふの出どころを探し出そうとするのではないでしょうか。それはきっと、虚飾を捨て、心の言葉を取り戻そうとする作業につながるはずです。

秋元方言は、リアルな方言というよりは、劇言語として秋元さんが創作した言葉ですよね。日本の風習や伝承の中にある、かつての日本人が共有していた精神性や風土が、秋元さんの言葉によって匂い立ち、昔の時間を連れてくる。埋もれていた過去の記憶を引き連れて、現代へとつなぐ橋渡しをする。意味以上の言霊《ことだま》が、私たちの意識下の想像力を掻き回すのです。その文体から、何か大きなものに翻弄される感じを受けます。知らなかった世界のはずなのに、パーッと眼前になつかしい風景が広がる。秋元作品を読みながら、突然子どもの頃の情景や、近所の人たちを思い起こすことがありました。

秋元さんは、劇作の準備段階で、自分で方言の辞書を作ったそうですね。私は間違っちゃいけないからとネイティブの方の指導に頼る。かないませんよ。覚悟の違いです。
――秋元さんはリアリズムを突き詰めると、その果てに笑いが生まれ、非リアルに時空間がポンと飛ぶ。初めから笑わそう、飛ばそうと思って書いても成功しないと考えていました。

■本当にそうだと思います。笑いとは一種の発見。「やられた！」という不意打ちのようなリアリティーとともに人は笑うんでしょうね。「常陸坊海尊」には、そういう笑いが満ちています。幕が上がって数分のうちに、戦争中であること、疎開児童の先生はすっかりやる気をなくしていること、現地の人は先生より学歴はないが、ずっと賢いということが、リアルな笑いの中で伝わってくる。そこに北国の風土がにおい立つ。東京に帰りたいと願いながら、どんどん現地に馴染んでしまう先生の描写は悲しくもおかしい。その哀感漂うおかしさが、吹雪の夜、女の声に誘われて出ていく幻想的なシーンへと無理なく昇華する。それっきり登場しない先生の「不在」は、劇の色合いを一段と深めます。

海尊は考えてみれば不思議な存在ですね。義経を見捨てて逃げた卑怯者のはずなのに、その自己批判が共感を呼んで後世の人に慕われ、人々の救世主として生き続ける。今は何だか、みっともないことは隠せ、反省すると自虐的といわれるでしょう。

秋元さんは「芦の花」の著者自註に「社会の大きな変動が隠してしまいがちな底辺で、平凡に黙々と生きる人たちの生活に、不意に現われたり消えたりしながら脈うつ人間性の秘密に惹かれていた」と書いています。現れた瞬間に言葉で留め置かなければ、はかなく消えてしまうものを、秋元さんは捉えようとした。それを「人間性の秘密」と表現したことにハッとさせられました。秘密、つまり覆い隠されているものの中に人間性の真実がある。それこそが、「発見感」を伴って実感されるリアリティーなのではないでしょうか？

――啓太が最後の場面で第四の海尊になる。劇的とはああいう描写なのですね。

■あのシーンには衝撃を受けました。何と見事な跳躍だろう、とても太刀打ちできないと打ちのめされた一方、あの発想を得たときに、秋元さんはどんなに心が躍っただろう、どれだけ嬉しく納得がいっただろうと想像すると、自分まで興奮してしまうんです。戯曲はプロットを決めてから書くべきという考え方もありますが、あれは最初から組み立てて得られるラストではない。プロットは、書き出す前の想像力でしか作れませんが、あれは劇の細部を体験しながら行き着いた到達点だと思うんです。秋元さんは終わり方に迷いながら劇世界を掘り進み、ついにあのラストを見つけた。困り果て、もう書けないと苦しんだ末に一層すばらしい終わり方を見つけた。劇作家が味わう最上の喜びです。

私も「パパのデモクラシー」(3)を書いていたとき、終わり方に迷いました。内容ははっきりしていましたが、ラストシーンは決められなかった。書きづまって悶々とした末に、ようやく閃いたんです。「知恵足らず」と蔑まれ、下男のように扱われてきた千代吉が、養父の神主を「パパ」と呼べばいいのだと。神主はかつて、国家神道の担い手として侵略戦争を支え、多くの兵士を送り出した。戦後、急に民主主義に目覚めますが、特攻帰りの男と胡散《うさん》臭い商売を始めるなど、都合によって信条をころころ変える。マッカーサーの指令でゼネストが中止された日の夜、神主を禰宜《ねぎ》様と呼んできた千代吉は、初めて養子という本来の立場から、「父さん」と呼びかける。神主はここで、本当のデモクラシーと出会う。ゼネストの中止で民主主義はとん挫したかのように見えたけれど、千代吉の心には民主主義のかすかな灯が一つともった。千代吉は今後、下男ではなく人間として神主に対峙していくだろう。それが最後にパパと呼ぶことで暗示できる。私にとっては大発見でした。

——秋元さんは終生、女性劇作家という男社会からの言われ方に怒っていました。でも女性であることはどうしようもなく選べない。作品は自己の存在、制約、特殊性から逃れられないものとすれば、秋元さんには怒られるでしょうけれど、女性の劇作家だからこそ書ける世界があったのでは。

■「女性だからこそ書けること」って、よく考えると難しいですね。下手するとステレオタイプな規定になってしまう。女性の書き手は「細やかさ」「柔らかさ」「生活感」で評価されたりしますけれど、同時に、そういう見方の中に閉じ込められてもきた。私の「書く女」(4)という作品は樋口一葉の日記を基にしていますが、一葉は紫式部より、女でも男でもないところから書いた清少納言が好きだと書いている。一葉自身は腰が低く、控えめで「女らしく」していたそうですが、それは世をうまくわたるための戦略ではなかったかと思わせるほど、日記ではしたたかな面も見せる。秋元さんは「戦略」的に男性に媚《こび》を売る必要は感じなかっただろうし、マドンナ的態度もとらなかったでしょう。むしろ、「男みたい」と陰口を叩かれる生き方を選んだのではないでしょうか。

私も「女流作家」「女性劇作家」という言い方は気にかかります。「男流作家」という言い方がない以上、男性が書くものが本流であり、「女流」は傍流の一つという意味になる。古今東西の名作の女性登場人物は、ほぼ男性によって書かれていて、そこには男性の願望が込められていたり、女とはこの程度のものといった見下しも反映されたりしている。そういう「常識」と秋元さんはたたかったと思います。秋元戯曲に登場する女性たちは色っぽいですが、それは秋元さんが、あえて「女目線」で書いたというより、男も女も超越した境地でとらえた官能性のように思えます。

――秋元さんは女性である、独身である、学歴がないことを自分のハンデにあげている。それをいわば逆バネにして生き、書いてきた。世の様々な被差別を背負った存在の象徴として、社会の下層で暮らす女性像に、そのモチーフが露わです。

■「常陸坊海尊」では雪乃や、おばばという呪術的な、前近代の象徴のような女たちが、いわば近代である男を支配する。被差別者の苦難の果ての強さと知恵がある。「かさぶた式部考」の智修尼も、おばばのような特殊な立場を手に入れることによって近代人を支配していく。そこには、フェミニズムという言葉はもちろん、その概念さえ一般化していない時代に、女性への差別や偏見とぶつかりながら、劇作という「呪術」で道を切り開いてきた秋元さん自身の意識も反映されているでしょう。私は秋元さんのように飢えたことも、空襲で生死の境をさまよったこともない。そういう地獄をいつも一人で体験した秋元さんの孤独と恐怖は想像を絶します。防空壕で読んだ近松の『冥途の飛脚』が、若い彼女にごく自然にしみこんだのは、死を間近に感じていたからでしょう。その経験が後々の傑作、「近松心中物語」につながった。秋元さんの芸術は、過酷な実体験に鍛えられてきたのだと思います。

今だって、秋元さんの描いた世界は形を変えて生きている。収入の格差は広がり、ヘイトスピーチや過激な差別発言、暴力やテロの多発など、時代は野蛮な昔へと逆行していくかのように見える。「かいそんさまあ！　かいそんさまあ！」という劇中の叫びは、現代の私たちが助けを求める声とも重なり、今いっそう生々しく響くのではないでしょうか。

――秋元さんはいつも怒っていた。永井さんも作品の底には怒りが流れている。

■確かに、秋元さんは怒りがエネルギーになっていたようですね。その怒りは、身近な人にも向けられた。生前の秋元さんを知る方から、突然怒鳴られたとか、一升瓶を割って身構える姿を見たとか聞いたことがあります。これだけの劇世界を構築できる理性を持ちながら、実生活では達観もできないし、寛容にもなれないまま、孤独に闘い続けたんじゃないでしょうか。私も劇作を始めてから、書く動機としての怒りに気づいた。感動したことよりなぜか、嫌なこと、腹の立つことから発想が浮かぶ。その根底には恐怖があります。自分の身にも降りかかりかねない恐怖として実感されたものが、初めて私の主題となる。そして、それがまかり通っているという現実の中に、秋元さん的に言えば「人間性の秘密」を見ようとして書くのだと思います。

——秋元さんの民衆観は奥深い。民衆の愚かさ、いじましさ、狡猾さを知りつつ、それでも民衆を愛すると言い切っている。永井さんも庶民の目線、心に寄り沿って書いている。

■秋元さんには、群れない孤高の人というイメージがありますが、劇作においては、俗っぽさに身を投じ、民衆と同じ地平に立つことができたのではないでしょうか。たとえば、「常陸坊海尊」で、戦災孤児を安価な労働力にしようとする大人たちの卑俗なずるさ。戦争の被害者であり、戦争を支えた加害者でもある彼らの分厚い造形は、イタコのように憑依して書いたとさえ思わせます。でも、秋元さんは劇作家として民衆を愛したのであって、実生活ではその愚かさを許せなかったはず。実生活でもすべてを許す物わかりのいい人になってしまったら、醜さの果ての哀感をあのような距離感では書けない。

——秋元さんは最晩年に「たけくらべ」を再読したがった。絶望の果てにほほえむという一葉の言葉を気に入って日記に書き留めていたほどです。孤独や絶望は常に我にあり、という秋元さんの覚悟でもあったように思います。恋愛観も純なる感情を求めることに切なるものがありました。

■私は一葉を主人公にした「書く女」で、最後にはすね者と言われた彼女と、文芸評論家の斎藤緑雨が対決する場面を書きました。緑雨は実際、『にごりえ』以降の作品について、「熱涙をもって書いたと世の人は言うが、あなたはむしろ、冷ややかに笑いながら書いているのだろう」と喝破します。「あなたの作品には、この冷笑の心が満ち満ちている。でもそれは、熱涙を流した後の冷笑。笑いの奥にはまだ涙がいっぱいだ。観察の目は、すでにこの尺度から生じているのではないか」と。

一葉は半井《なからい》桃水《とうすい》(5)への恋に苦しみ抜き、厭わしさ以外の何物でもない恋こそが恋の極致だと日記に記しました。どれだけ苦しもうとも、決して捨てられない恋。そのすべてを捨てて、捨て去り、苦しさも恋しさも忘れるほどになった後になお残るもの、それは、この世のほかのこの世だろうと。「この世のほかのこの世」とは、一葉の生み出した作品群にほかなりません。「厭う恋」は熱涙から冷笑へと転化する、一葉文学の原動力であったと思います。私は秋元さんの作品にも、熱涙と冷笑の両極を感じます。日々怒りながらも人間への「厭う恋」を抱き続け、創作へと昇華させたのではないでしょうか。

秋元戯曲は、近現代演劇史、戯曲史のうえで揺るぎない位置を占めていることは、疑いようもない。女性劇作家として抜きんでているという言葉はナンセンスだろう。それでも敢えて言えば、先駆者の長谷《はせ》川《がわ》時雨《しぐれ》(6)(一八七九〜一九四一)から二〇一六年の鶴屋南北戯曲賞を受賞した長田《おさだ》育恵《いくえ》(7)さんまで三〇人を超す近現代の女性劇作家の中で、秋元さんは高く孤立してそびえ立つ。秋元さんは日記でこう書く。

三〇歳。劇作を始める前の四一年八月二四日のものだ。

《哀しいこと一つ。長谷川時雨女史逝去。現在の先輩中の先輩として、一番さきにあって見たかった人は時雨女史だった。おそらく風格的なものを堅持する婦人の最後の人だったろう。ひそかに小説的な興趣を抱いて実在の人に接し得る時を、描いていたのだが》

結語

秋元松代は民衆劇詩人だった。民衆とは秋元の言葉で言えば、自分の生きている階層であり、無名のまま精一杯働き、貧しく、死んでいく人々だ。その心に寄り添い、代弁する。彼ら彼女らにしかありえない人生が、どう外の現実世界や歴史とクロスするかを表現することだった。このクロスする虚構の時間に、世界全体は民衆一人一人に宿る。逆に見れば民衆一人一人の心が世界全体に位置し、きらめき、劇的な統一世界であるミクロコスモスを作る。

だが秋元は書く自分を周到に、謙虚に見極める。——自分など何者でもない。自分の主張や認識なんか微々たるもの。だから自分を特権的に描くのでなく、自分も一員に過ぎない民衆そのものを書くことこそ、作家使命をかけるに足るもの、と。自分を描くことは即民衆を描くこと、民衆を描くことは即自分を表現すること、空っぽな容器としての自負とも受け取れる。詩人とは無論、混濁した世界にまみれながら、いやだからこそ混濁の中から自分を世界に結びつけようと苦しみ、黄金の言葉を紡ぐ表現者だ。

小学校卒の学歴、独身、女性、年齢、貧乏、病弱、乏しい職歴——地方の名家を祖にもちながら没落した貧しい家庭に育った秋元が自分に付きまとった徴《しるし》として、こう口癖のように漏らすこの現実世界。これを逆に自恃、創作の泉として、彫琢した言葉を汲み上げた。

秋元の作品を見ると、以下のように八つの系がある。多くは過去に題材をとり、古典文芸や伝承を背景にしているが、モチーフはいつも今、ここに生きる人間と現実世界の裸形を表現することだ。

①私戯曲系は、敗戦前後の時代を見つめた自分探しが主題になっている。初期戯曲「軽塵」「芦の花」「礼服」「婚期」「他人の手」の五作。死の恐怖、病気と飢え。新しい時代への胎動。必死に生きた若き日が刻まれている。興味深いのはユーモアの資質が見えること。「礼服」ではアイロニーが漂う。⑤娼婦系の「村岡伊平治伝」でも滑稽な男たちを辛辣に風刺し、悲哀も込める。初期作に入れられる「ことづけ」は落語のような軽妙な語り口だ。

②抒情系は「芦の花」「他人の手」。リリカルな感受性をうかがわせる。しかし戯曲と出会い、対話を通して描く方法をつかんだ秋元は、若き日に親しんだ短歌との別れを決意する。自分は一人で歌いかねないという感性の落とし穴を警戒して、抒情系の罠を自ら封印した。劇詩人の秋元に、抒情詩から、歴史を語る叙事詩への転機が訪れた。

③俳人系はラジオドラマ「みだれ髪」、テレビドラマ「若狭の女」。テレビドラマと同題の戯曲「山ほととぎすほしいいまま」は、今もガラスの天井として残る男社会の頑迷さを批評した。ヒロインである女性俳人の激しい一生には、戦後新劇界で苦闘した秋元の姿が二重に映る。

④近親婚系はラジオドラマ「赤猪子の恋」、同「軽の太子とその妹」、戯曲「七人みさき」、テレビ

ドラマ「但馬屋お夏」。純一な愛を求めるひたむきさと欲望との相克。愛のロマンチスト秋元にとり、近親婚こそタブーを聖なる空間で締め上げ、絶対的な愛に純化する場だった。

⑤娼婦系はラジオドラマ「金丸ウメの服罪」、戯曲「もの云わぬ女たち」、テレビドラマ「三國屋おなみ」、戯曲「村岡伊平治伝」と「マニラ瑞穂記」を経て「常陸坊海尊」「アディオス号の歌」「近松心中物語」の戯曲群にまで続く。差別された弱い者の怒りと苦しみ、悲しみを描くとき、娼婦は歴史を底辺から見返す普遍の存在となった。

⑥現代神話系には戦後演劇を画した「常陸坊海尊」を筆頭に「かさぶた式部考」「元禄港歌」がある。後者は光と影が際立つ元禄時代を現代と重ねて、格差社会と差別の問題の根深さを描いた。神話の形で時代を超えて現代に迫る。現実の苦しみの中に生きる民衆への共感と鎮魂が渦巻く。

⑦江戸古典系は「近松心中物語」「南北恋物語」。「元禄港歌」も入れられる。製作した東宝のキャッチコピーは秋元の江戸三部作だった。ここで秋元は蜷川幸雄と初めてタッグを組む。陶酔をかきたてる濡れたロマンチシズムと、人間と世界を批評する乾いたリアリズムとの複眼で、民衆の原像を追い求めた二人の劇詩人の出会いだった。

⑧評伝系は『菅江真澄　常民の発見』(淡交社)と『菅江真澄』(朝日新聞社)の二冊。自由人真澄が旅先の名もなき人々に向ける愛、慈しみ、悲傷は、秋元が劇作を通じて描く民衆へのまなざしと同じだ。

あるいは登場人物の属性による仕分けはどうだろう。劇世界は登場人物同士の葛藤・関係から成立する。しかし秋元はかつて私とのインタビューで、登場人物を通して世界を見るのだが、自分の原型としての登場人物はそれほどいない、モチーフや場に合わせて原型（エトス）の人物のバリエーションを作ると語った。原型人物のエトスが内実を守りながら、姿を、名前を変えて作品群の中に転生していくという意味だろう。エトスはこの時、自分と世界を見つめる火となる。

一番知られている原型は魔性の「運命の女」タイプ。エロスの濃厚な官能を放ち、憑依する呪術で男を操り支配する。「女面」の三重子から始まり、雪乃、智修尼、藤と中期代表作に途切れずに登場する。秋元の憧れのタイプではなかろうか。

しかし、秋元にとり創作の最大のエトスは怒りだ。差別に抗して燃え尽くした反逆の歌人あさ女しかり、「村岡伊平治伝」「マニラ瑞穂記」の男たちに啖呵を切る娼婦。いずれも怒れる女たちだ。

あるいは、ほとんどすべての作品の通奏低音となっている愛（裏側の孤独）こそ最大のエトスといえるかもしれない。男との愛なら聖なる場所での近親婚を扱った「赤猪子〜」「軽の〜」「七人みさき」。あるいは薄幸の男女愛を描いた江戸三部作とテレビの近松三部作。母性愛なら戸部いね（「芦の花」）、大友伊佐（「かさぶた式部考」）、糸栄（「元禄港歌」）。庶民への大いなる愛なら菅江真澄か。愛の幸福を成就したことがないと思っている自分を、まるで救済するかのように愛の夢を激しく、清冽に歌い、耽溺し、秋元流に言えば葬る。

民衆の負性である狡猾、卑屈、信念の無さは、なぜか男に宿る。伊平治（「村岡伊平治伝」）、引率教師（「常陸坊海尊」）、傘屋与兵衛（「近松心中物語」）、竜吉（「きぬという道連れ」）がそうだ。

いずれにせよどんな人間にも、ある時、ある問題にぶつかる時、全生命を賭けて最後の自分の歌を歌いあげようとする瞬間が必ずある、と秋元は発言する。歌とはこの時、人はなぜ生きているのかの問いそのものになる。その歌である戯曲を書くことが、秋元のその瞬間であり、混迷の中で惑う我々への励ましなのだろう。秋元松代は民衆の吟遊詩人でもあった。

註

第一章　想う

1　杉田久女(旧姓赤堀、本名久子)　一八九〇年に官吏であった父の任地、鹿児島で生まれた。父の転勤に伴い上京して一九〇八年に東京女子高等師範学校附属高等女学校を卒業、翌〇九年に画家の杉田宇内と結婚した。夫が九州・小倉の小倉中学校の図画教師となり、同地に赴く。兄の影響で一六年ごろから句作を始め、『ホトトギス』に投句した。虚子に評価されて頭角を現し、女流俳人として時めいた。一時句作をやめたが、二〇年代後半から句作を再開。短期間ではあったが主宰の句誌『花衣』を創刊した。三六年にホトトギス同人を除名され、晩年はノイローゼ状態になり、四六年一月二一日に太宰府の筑紫保養院で亡くなった。

2　テレビドラマ「山ほととぎすほしいまま」　六四年九月、RKB毎日放送が放送。演出は久野浩平。出演は、竹岡孝太郎／森幹太、妻朝子／渡辺美佐子、娘由紀子／栗原小巻。

3　戯曲「山ほととぎすほしいまま」〈初出〉雑誌『悲劇喜劇』一九六六年五月号(早川書房)に掲載。『秋元松代全作品集』第一巻(一九七六年、大和書房)、『秋元松代全集』第二巻(二〇〇二年、筑摩書房)に収録。

〈初演〉一九八〇年五月一二～二七日、劇団俳優座が東京・紀伊國屋ホールで初演。

〈スタッフ〉演出／増見利清、装置／高田一郎、照明／内田忠夫、音楽／池辺晋一郎、衣装／若生昌、効果／田村悳、舞台監督／荒木眞人、制作／高木年治。

〈キャスト〉竹岡朝子(あさ女)／大塚道子、竹岡孝太郎／中野誠也、娘由紀子／森脇恵、娘由紀子(その少女時代)／久保田恵・増田えり(ダブルキャスト)、上原岳堂／永井智雄、藤代伊久子／河内桃子、相沢花渓／武内亨、島崎星波／原田清人、片倉虎笛／村上博、斎木柳畝／矢野宣、沢村克子／中村美代子、住田夏子／中村美苗、北川／加藤佳男、加納／湯沢紀保、沢本／川口啓史。

〈主な再演〉※一九九一年六月四～二七日、松竹製作、堀井康明演出で東京・サンシャイン劇場。

〈スタッフ〉演出／堀井康明、装置／朝倉摂、照明／吉井澄雄、効果／本間明、衣装／小峰リリー、舞台監督／赤羽宏郎・細田彰、演出補／山田孝行、制作／橋本幸喜。

〈キャスト〉竹岡朝子／太地喜和子、竹岡孝太郎／坂東八十助(一〇代目三津五郎)、娘由紀子／高橋紀恵、上原岳堂／日下武史、藤代伊久子／紅貴代、相沢花渓／壌晴彦、島崎星波／坂部文昭、片倉虎笛／田中明夫、斎木柳畝／瀬下和久、沢村克子／山本道子、住田夏子／影山仁美、北川／永嶋和明、加納／才木清秀、沢本／吉野圭一。

※まにまアートが一九九三年一一月一三日～一二月九日に、東京・前進座劇場で上演。

〈スタッフ〉演出／立沢雅人、装置／高木康夫、照明／辻本晴彦、効果／藤平美保子、衣装／伊藤静夫、舞台監督／村岡晋。

〈キャスト〉竹岡朝子／徳永街子、竹岡孝太郎／佐々木敏、娘由紀子／佐々木庸子、上原岳堂／渡辺文雄、藤代伊久子／藤

田みどり、相沢花渓／廣田行生、島崎星波／藤田宗久、片倉虎笛／笹岡兄、斎木柳畝／山本勝、沢村克子／西宮小夜子、住田夏子／日色まゆみ。

※ポイント東京は二〇〇三年五月一七～二八日、東京・ルテアトル銀座で上演。〈スタッフ〉演出／江守徹、装置／和田平介、衣装／宇野善子。〈キャスト〉竹岡朝子／高橋惠子、竹岡孝太郎／大和田伸也、上原岳堂／江守ら。

4 太地喜和子 四三年に東京で生まれた。六〇年から志村妙子の芸名で東映と専属契約し、新藤兼人監督の「藪の中の黒猫」「裸の十九才」「男はつらいよ 寅次郎夕焼け小焼け」など数多くの映画やテレビに出演した。六七年に俳優座養成所を卒業して文学座に入団。六八年の初舞台「タンゴ」の後、「美しきものの伝説」「あわれ彼女は娼婦」「藪原検校『雁の寺』」「飢餓海峡」「近松心中物語」など九二年の最後の舞台「唐人お吉ものがたり」まで二五年間、文学座や商業演劇の舞台に立った。紀伊國屋演劇賞、芸術選奨文部大臣新人賞を受賞した。杉村春子の跡を継ぐと期待されながらの死だった。

5 母太地稔子と写真家の清水博純の共著『喜和子追想』（九八年、情報センター出版局）。

6 テレビドラマ「心中宵庚申」〈初出〉『月刊ドラマ』一九八五年三月号（映人社）掲載。『テレビドラマ代表作選集』一九八五年版（日本放送作家組合）に収録。

〈放送〉一九八四年一〇月六日、NHK総合テレビで芸術祭参加作品として放送され、同年の芸術祭大賞（テレビドラマ部門）を受賞した。

〈スタッフ〉演出／和田勉、音楽／鶴澤清治、制作／村上慧。

〈キャスト〉お千代／太地喜和子、半兵衛／滝田栄、伊右衛門／佐藤慶 おつや／乙羽信子、平右衛門／辰巳柳太郎、お加代／吉行和子、多作／尾藤イサオ、喜助／山田吾一、幸之助／林与一。

7 テレビドラマ「おさんの恋」〈初出〉『テレビドラマ代表作選集』一九八六年版に収録。

〈放送〉一九八五年一〇月一二日、NHK総合テレビで放送された。

〈スタッフ〉演出／和田勉、音楽／武満徹、制作／村上慧。

〈キャスト〉おさん／太地喜和子、茂兵衛／滝田栄、永心／金田龍之介、刀根／荒木道子、善四郎／佐藤慶、宗林／小沢栄太郎、政之助／片岡秀太郎、おたま／和由布子、半次郎／山田吾一、清兵衛／千秋実、与助／田武謙三、三右衛門／三津田健、新五郎／庄司永建。

8 テレビドラマ「但馬屋のお夏」〈初出〉『悲劇喜劇』一九八六年一〇月号。

〈放送〉一九八六年一〇月一八日、NHK総合テレビで放送された。

〈スタッフ〉演出／和田勉、音楽／本條秀太郎、制作／村上慧。

〈キャスト〉お夏／太地喜和子、与一郎／名高達郎、十兵衛／中村嘉葎雄、清六／佐藤慶、お菊／いしだあゆみ、織部／植木等、お志津／渡辺美佐子、義浄／下元勉。

9 『欲望という名の女優 太地喜和子』 著者の長田渚左はスポーツジャーナリスト、スポーツキャスター。桐朋学園大学演劇専攻科を卒業した。一時は女優をめざしたこともあり、太地から信頼されていた。

10 湯浅芳子 一八九六年に生まれた。チェーホフ作品やマルシャークの児童劇「森は生きている」などを翻訳した。一九一三年に一七歳で上京し、田村俊子の家に出入りした。二五年に作家の宮本百合子(旧姓名・中条ユリ、一八九九〜一九五一)と同居する。百合子は「湯浅さんにとっては生涯忘れることの出来なかった別れた同性の恋人」。「芳子は外見のさばさばした態度や男っぽい服装やしぐさとは反対に、実にこまやかな神経で、限りなく百合子に尽くしてくれる」と、湯浅と親交のあった作家の瀬戸内寂聴は著書『孤高の人』で書いている。二七年に百合子と共に旧ソ連に旅立ち、三年の留学を終えて帰国後、百合子は日本共産党委員長となる宮本顕治と結婚する。田村俊子の死後、俊子の墓を鎌倉の東慶寺に建て、女流文学者を顕彰する田村俊子賞を中心となって創設した。一九九〇年に亡くなった。

第二章　家を出る

1　秋元嵎夷　愛知県岡崎市の随念寺前住職、村田聖厳さんがまとめた『随念寺小史録』によると、秋元嵎夷は徂徠学派の臣頭であり、一七三八(元文三)年九月、五一歳の時に国元儒者として岡崎藩の少年藩主水野忠辰《ただとき》に招かれて岡崎に来た。岡崎板屋町白山に居を定め、忠辰への進講はもちろんのこと、藩士・商人の子弟に漢学・詩文を教導した。しかし藩財政改革に若くして乗り出した忠辰は重臣と衝突し、挫折と絶望から放恣な行動に出た。このため一七五一年に母の順性院は自害し、忠辰も幽閉され翌年死去した。嵎夷は藩の政情の急変直下を身に味わい、任務力及ばざることを嘆き、終末を判断して、忠辰幽閉の一カ月後に自決したとされる。岡崎に来て一三年、六四歳だった。

2　長崎市松山町の公園に立つ「原子爆弾落下中心地」碑文によると、一九四五年八月九日午前一一時二分、爆撃機B29により投下された一発の原子爆弾がこの地の上空五〇〇メートルでさく裂し、一瞬にして七万三八〇〇人の尊い生命を奪い、七万六七〇〇人の負傷者を出した。同時に家屋の焼失一万一五〇〇戸。全壊または大破したもの六八〇〇戸。この地を中心として二・五キロメートルに及ぶ地域が壊滅した。

3　秋元日記第一冊《体の調子は少しも良くならない。だるさと毒気のような倦怠の連続。鏡を見ると目が暗く、枯れている。憂鬱でやりきれない。ねむろうとしても頭が痛くてだめだった。自分の行為のいつまでたっても酬われないのは、ああした家族の中に生まれたためだろうか。嫌悪と不信と憐憫。しかし何よりも腹立たしさ。K(註・加藤幸子)に来て貰ったが、こんな切ない時は一人でしか耐える外に道はない。お金を貸してもらったのだが、何と嫌だったか。歌舞伎座の(ラジオ)中継放送をきいている。壇浦兜軍記の阿古屋、その気分が不思議なほど心を慰めるのに、何か奇異を感ずる。作為に充ちて誇張された古典の済美感が、とても安定感を誘い出すのだ》

4　座談会「『家』と闘う女性の系譜」『婦人公論』一九五六年七月号。

5　「若き日の家出」(『婦人公論』五八年二月号)　一人で暮らしたいと思いつめたのは、自分の力で独立して生きたいということ。それによる心の平静が欲しかった。一七歳から二二歳までのあいだ、ひたすら家出のための工作をした。家を飛び出すならきっかけさえあれば簡単。しかし家出娘の本当の目的は家出後の自分の生活と人間の問題におかれていなければ、それは家出ではない。家出は出稼ぎでもないし、旅でもない。そうしなければならなくて選び出した生活。だから家出後の長い歳月と努力がなければ成功した家出とはならない。できるなら家出をするエネルギーと勇気で現状にとどまり、良くするのも立派。でも私は家出をしてよかった。飛び出していった他人の中で、良い友達に何人か巡り合ったこと、社会が私のような人間を受け入れてくれたことにあった。他人と社会の中には、私がそれまで知らなかった温かさがあった。

第三章　デビューのころ

1　戯曲「軽塵」一幕二場　〈初出〉『劇作』一九四七年一一月号(世界文学社)に掲載。『秋元松代戯曲集』(一九六二年、文学散歩出版部)、『秋元松代全作品集』第一巻(一九七六年、大和書房)、『秋元松代全集』第一巻(二〇〇二年、筑摩書房)に収録。
〈初演〉一九四八年、創造座が初演。

〈スタッフ〉演出／笠松草一郎、装置／中本達也、舞台監督／須藤出穂。

〈キャスト〉佐伯理一／大堀和信、妻房子／木下久子、妹悌子／中島悦子、妻の妹矢島要子／奥秋照子、叔父祐介／幸田宗丸、隣家の娘岸本和子／光永重子。

2　戯曲「芦の花」三幕四場　〈初出〉『劇作』一九四八年一一月号に掲載。『秋元松代戯曲集』、『秋元松代全作品集』第一巻、『秋元松代全集』第一巻に収録。
〈初演〉六一年八月一～四日、ぶどうの会第一回創作劇研究会公演として東京・日仏会館ホールで初演。

〈スタッフ〉演出／竹内敏晴、装置／一条竜夫、照明／山内晴雄、舞台監督／松樹いたる、演出助手／和泉二郎、効果／井上和行、衣装／片岡藍子、舞台監督助手／福島麻矢・小林敦子・久松夕子。

〈キャスト〉戸部修吉／田辺皓一、妻綾子／青木和子、妹みな子／北島マヤ、とり／牛込安子、甥和夫／土屋哲夫、戸部いね／蓮川くみ子、娘初子／福山きよ子、時二／大河内稔。

3　戯曲「礼服」一幕二場　〈初出〉『劇作』一九四九年六月号に掲載。『現代戯曲選集』第一巻(五一年、河出書房)、『現代戯曲選集』第一二巻(五六年、白水社)、『秋元松代戯曲集』、『秋元松代全作品集』第一巻、『秋元松代全集』第一巻に収録。
〈初演〉四九年八月二九日～九月四日、俳優座の第七回創作劇研究会公演として、東京・毎日ホールで初演。

〈スタッフ〉演出／岡倉士朗、装置／伊藤熹朔、照明／柘植貞輝、効果／中村俊一、演出助手／木村鈴吉、舞台監督／阿部廣次、助手／下村節子。

〈キャスト〉一造／永田靖、加島／信欣三、妻文枝／三戸部スエ、長女敬子／楠田薫、夫政太郎／田島義文、次女保子／杉山徳子、伯父茂正／浜田寅彦、次男篤二／永井智雄、祖母いく／川上夏代、局長／稲葉義男。

4　戯曲「婚期」一幕　〈初出〉『日本演劇』一九四九年二月号に掲載。『秋元松代戯曲集』、『秋元松代全作品集』第一巻、『秋元松代全集』第一巻に収録。
〈初演〉五一年五月二二～二五日に俳優座勉強会公演として東京・渋谷公会堂で初演。

〈スタッフ〉演出／阿部廣次、装置／古賀宏一、舞台監督／沼田幸二、照明／里見進。

〈キャスト〉柳子／三戸部スエ、千果子／山岡久乃、利男／成瀬昌彦、昌三／東野英治郎。

5　戯曲「他人の手」一幕三景　〈初出〉『現代女流戯曲選集』一九五六年版(ひまわり社)、『秋元松代戯曲集』、『秋元松代全作品集』第一巻、『秋元松代全集』第一巻に収録。
〈初演〉五二年三月二～二六日に新派大合同公演により東京・新橋演舞場で初演。

〈スタッフ〉演出／久保田万太郎(実際の演出は村山知義)、装置／伊藤熹朔、照明／斉藤政雄。

〈キャスト〉女1／水谷八重子(初代)、女2／七尾伶子、学生／増見利清、巡査／藤村秀夫、女中／市川すみれ、船頭／山口正夫、職工／花柳喜章、男の子／中西満、女の子／田島久子、行商人／寺島正廣、少女／三鳩鈴子。

6　三好十郎は戯曲研究会を始めた動機を、随筆「戯曲研究会のノートから」に、大意こう書いている。
——一九四五年八月一五日の直後。最初にした事はこれまでの自分を厳しく検討し批判する仕事であった。われわれは、より若いゼネレーションの中に自身の身を置いて、共に生き、共に仕事をすることによって、バラバラなものとして存在している世代と世代とを一つのものに鍛え上げ、そして、その中で文化のバトンを受け渡すという事を、おこたっていた。若い人達と共に戯曲研究会をはじめてみることにした。

研究会の内容について三好は、「日々の敵」初演パンフレットで秋元を紹介する文でこう書いている。

——最初三百人位の志望者が集まり、それが七十人位に選抜され、次に三十人位に纏まって、私を中心にし研究会が始まった。平均一週二回午後一時から夜十時まで、約二年間続けられた。研究は各種の戯曲法又は劇作術などに修《ゆきとど》くことを一切しないで、直接人生や時代に学ぶ、言葉を換えて云えば(我ら如何に生くべきか)を中心にして推進され、各人が平均一カ月に一篇ずつの戯曲を執筆提出してそれを細かく合評にかけるという方法がとられた。二年の間に三十人の人数が二十人になり十人になり最後に七人位が残った。この七人位の人達はそれぞれ一本立ちの戯曲は書けるようになっていた。秋元松代君は最初に集った三百人の中の一人である。最後に残った七人の中の一人である。(略)二十四五歳を中心にした会員の中では年かさのほうに属した。三カ月に一篇位の割合で次々と作品を生んできた。一つひとつ独創性の溢れた、感じの強い力作であった。男の作家も及ばない骨格の逞しさと、女にでなければ持っていないような細かいセンスがある。思いがけなかったのは、非常に独特なヒューモアの味をこの人は持っていたことである。

7　石崎一正(一九二三～九七)　徴兵された時、三好の戯曲「浮標《ブイ》」を聖書と共に持って行くほど心酔し、復員してすぐ三好の門を叩いた。三好も稚気愛すべき石崎を信頼し、大映多摩川撮影所の俳優たちの「六人会」を発展させた劇団戯曲座の演出を、石崎に任せた。六〇～七〇年代にかけて、代表作「死のう団」や「天明みちのくのアリア」「亜細亜の東日いずるところ」「草むす屍」などを発表した。《力感にあふれた作品だが、狡いほど面白く芝居に仕立ててある。日本人の精神構造や右翼と云われる人間たちに対する批判は弱いが、芝居的な面白さで隠してある。批評力の弱さがそれを物語っている。作品全体の底を流れる非知的な非論理的な作者石崎の本質の問題なのである》と秋元は日記に書いている。

8　押川昌一(一九一七～二〇〇二)　第二次大戦中に青春時代を過ごし、昭和を問い続けた。「戦争とはそれ以外の場所に立てない断崖だ。私の青春はそこに生きた。そこに在って次々とあふれる思いを私は書いた」と著作のあとがきに記している。戦前は築地小劇場に通い、四二年に早稲田大学在学中に劇団前進座に文芸部員として入団、後に劇団文化座に入団した。

　著書に『押川昌一戯曲集』(六六年、信友社)、『馬車道の女』(九一年、門土社総合出版)、『汝が心告れ』(九五年、門土社総合出版)など。代表作『馬車道の女』は、祖父の青春をモデルにした。徳川幕府の倒れた後、キリスト教徒としての道を選ぶ青年武士吉村清之助が、新しい生き方を求めて苦悩する姿を描く。山本學、佐藤オリエたち五五の会が七九年から八二年まで全国巡演をした。

9　鈴本演芸場　五代目席亭鈴木寧が書いた「鈴本演芸場開席百五十年」(雑誌『うえの』)によると、鈴本の歴史は江戸時代まで遡れる。初代鈴木龍助が一八五七年に、上野の地に講釈場の「軍談席本牧亭」を設けたのが母体。一八七六年に「鈴本」を設けた。一九二三年九月の関東大震災の後、現在の場所(台東区上野二―七―一二)に移った。「その後東京大空襲で焼失いたしましたがすぐにバラック建ての寄席を開場、笑いに飢えたお客様が連日大勢さんいらして下さり寄席復興の糸口をつかみました」とある。三代目鈴木孝一郎時代に二度の火事で焼失したが再起。終戦後復員した孝一郎の孫の肇が、二〇代の若さで五代目席亭になり、七一年に現在のビルを建てた。同年に鈴本に入った寧が、八九年に六代目を継いでいる。

10　日本劇団協議会制作の「礼服」〈再演〉九七年一一月二一～二六日に、東京芸術劇場小ホール1で上演。

〈スタッフ〉演出／鈴木完一郎、装置／川口夏江、照明／中川隆一、衣装／岸井克己、音響効果／高橋巌、舞台監督／福田智之、制作／水谷内助義。

〈キャスト〉一造／山野史人、加島／高瀬哲朗、妻文枝／竹村叔子、長女敬子／伊東景衣子、夫政太郎／戸井田稔、次女保子／魏涼子、伯父茂正／森塚敏、次男篤二／中上恵一、祖母いく／鈴木光枝、局長／後藤陽吉、役人／青木鉄仁、看護婦／日高朋子。

　主な再演は他に、関きよし演出の劇団仲間公演(六〇年三月)、野田雄司演出の演劇集団ドラマスタジオ公演(九七年一一月)がある。

11　戦中・敗戦直後の日記

　四一年八月一八日　《あまり寂しかったので、外を歩く。天王寺から根津山を下る。窓を一杯に展《ひら》いて灯を明るくともした家が幾千幾万となく並んでいる。家と家族とのなつかしい風情がひたと押し寄せてくる。気儘に不行儀に、しかしどの家も貧しげにつつましく細密な心が行き渡っているように思う。そうした市井のありふれたアットホームの素朴平坦な日常が泣きたいほどなつかしかった》

　同年八月二六日　《買い物袋など持って町を歩くと、この勤労大衆の生活と感情とを、本当に切迫した貧しい唸りたくなるような日々の思いを、自分は表現しなくてはならないと思った。どうして食って行くのか、分けがわからないような生活をしている人たちの感情や経験が、私にどれだけの関係も持ってはいないのを思った》

　同年九月二日　《仕事を終えて永代橋から川蒸汽船に乗る。水の上は鱗のように光をかえしていた。沿岸の家を見ると、そこに数知れぬ生活と心とが営まれているのを思って慰められた。孤独がまたあたらしく戻って来たとき、私は生きている人々、庶民の中にまざり合うと、心がなごむのだ。まことに生きて耐えている人々は大きな力感を持っている》

四五年一一月三日《夕方根津の焼跡から権現のあたりを歩く。気を換えるつもりの散歩も次第にもの悲しく憂愁に温める。灯のついた窓の中、呆然と店座敷に居る人々、安手なカフェーが、昔のままに一軒、空家の間に出来た。感傷的な低級な流行歌が聞こえる。電気の消えてた都電に人が窓からもあふれて走りすぎる》

第四章　脱皮

1 「純潔の恢復」『婦人公論』一九五一年六月号。

2 千田是也は「秋元さんと『日々の敵』」(『傍白』早川書房)で、こう書きとどめている。

——私がこの作家にほとほと感心するのは、これ程よい悪いのけじめを明瞭に持ちながら、決してその上にあぐらをかいてなどいないと云うことである。やはりこの人の厳しい人生体験のお蔭であろう。この世に善悪のけじめをもって生きぬくことの苦しさ、悲しさをこの作家はよく知りぬいているのである。しかもなおそのことを執拗に追い求めているのである。追い求めざるを得ないのである。『日々の敵』という作品の普遍性というものは、やはりそこから生れて来るのだと思う。(略)この社会に交通整理の役をつとめる法律とか裁判とか云うものにも目を向け、その裏側の手頼りなさを曝いても見せるが、この作者は決してそこに停滞してはいない。また勿論暴行された娘の、つらいの、はずかしいの、悲しいの、口惜しいの、憎いのの問題でもない。そういう相対的な価値判断や、人ひとりびとりの感情を越え、それと厳しくたたかいながらこの作家が歯を喰いしばって追い求め、描きとめようとしているものは、絶対的な善悪のけじめであり、それなしには一刻も生きて行けぬ不安な心である。ひたむきな善への本能である。人生の深淵の底に光っているその一粒の真珠を、この作者のつぶらな眼は、じっとにらんではなさないのである。

3 戯曲「日々の敵」三幕〈初出〉『悲劇喜劇』一九五一年一月号に掲載。『戯曲代表作選集一九五三年』(日本演劇協会編、五三年、早川書房)、『秋元松代戯曲集』、『秋元松代全作品集』第一巻、『秋元松代全集』第一巻に収録。

〈初演〉五一年四月一一日〜五月三日、俳優座が東京・三越劇場で初演。

〈スタッフ〉演出/千田是也、装置/北川勇、照明/栢植貞輝、効果/中村俊一、衣装/中田幸平、演出助手/河路昌夫、舞台監督/河盛成夫、助手/村上高康。

〈キャスト〉宮西卓也/松本克平、娘映子/東恵美子、弟秀春/永田靖、妻矢枝/東山千栄子、長男集一/森塚敏、次男大吾/増見利清、吉井設子/平松淑美、山川絹子/秋好光果・初井言栄(ダブルキャスト)。

『新劇年代記〈戦後編〉』(倉林誠一郎著)によると、東京新聞(五一年四月一五日)は、こう批評している。

「まだ熟達した戯曲ではないが、現実の問題をとらえて執ようにくいさがってゆく態度が強じんである。(略)処女を奪われた娘映子(東恵美子)と父卓也(松本克平)の生き方を中心に、俗物の叔父の家庭や法律を通じて、重苦しいまでに作者の心象が舞台を占領するが、映子と友人の対話以上に、観客を説得するような社会相が透視できないのである。それが惜しい。処女性とかできごととかいうものに強烈な抗議がむけられているが、屈辱に耐えてきた映子を中心の第一幕から、第二幕に移って叔父宮西の家庭の乱脈さを描いたところは喜劇的であり、第三幕で映子が友達の設子(平松淑美)も同じ目にあっているのを知って憤る終末まで、演出の浸透力でおしきっている。作者の追いつめてゆくテーマが一直線にひたむきな書かれ方をしているので、演出的な振幅がないのである。(お)」

上演二三日間二八回　入場料(税共)一八〇円、入場者数一万一八八八人。

第五章　放送劇はやめられない

1　前期のラジオドラマ　『NHK放送劇選集』一～三巻(日本放送協会著・ラジオサービスセンター)によれば、NHKで秋元のラジオドラマが四七年から五四年までに、以下の六本が放送されている。「うつろい」(四七年六月一四日)、「蝶の夢」(五一年二月二日)、「金と銀」(五一年六月二二日)、「他人の手」(五二年一月二五日)、「かぶとの下」(五二年一一月二八日)、「金丸ウメの服罪」(五四年四月三〇日)。また民放では、「とりかごの中」が五四年に朝日放送制作とされるラジオドラマがある。

2　ラジオドラマ「赤猪子の恋」〈初出〉『秋元松代全作品集』第三巻、『秋元松代全集』第三巻。
〈放送〉五六年八月二五日、中部日本放送(CBC)制作で放送された。民放祭ドラマ部門第一位受賞。演出は佐藤年、出演は山本安英、小沢栄(栄太郎)、久米明、松下砂稚子。

3　ラジオドラマ「軽の太子とその妹」〈初出〉『秋元松代全作品集』第三巻、『秋元松代全集』第三巻。
〈放送〉五九年一一月二五日、中部日本放送制作で、芸術祭参加作品として放送。演出／佐藤年。出演は久米明、伊藤幸子、田中明夫、三津田健ら。

4　ラジオドラマ「雲雀」〈放送〉五六年四月二二日、ラジオ東京(JOKR。現TBS)で放送。
演出／近江浩一、作曲／長谷川良夫。

出演は緒方敏也、金子亜矢子、浦野光、前田敏子ほか。ラジオ東京の放送劇団は「KR劇団」。兄の結核による死をモチーフにして、東京郊外の結核療養所を舞台に、刑務所から出所したばかりの前科者二人と患者との初恋、失恋を描いたドラマ。

5　ラジオドラマ「極めて家庭的に―木村好子の詩集より」
〈初出〉『秋元松代全作品集』第三巻、『秋元松代全集』第三巻。

〈放送・初演〉六一年七月一七日、NHK第二放送の「芸術劇場」で放送。同年一一月二日、NHKで芸術祭参加作品として再放送。演出／硲《はざま》光臣、音楽／広瀬量平。

〈キャスト〉妻(好子)／山本安英、夫(語り手)／久米明、婦長／福山きよ子。夫役は再放送では森雅之。
※九五年四月二〇～三〇日、東京・下北沢のOFF・OFFシアターで、まにまアートがラジオドラマ台本のまま舞台劇として初演。
〈スタッフ〉演出／立沢雅人、美術／柴田秀子、照明／辻本晴彦、音響／高橋巌。

〈キャスト〉妻／徳永街子、夫／小杉勇二、婦長／瀬戸口夏、

医者／木下国治、看護婦／新野美知、付添婦／越川靖子。

6　ラジオドラマ「常陸坊海尊」六〇年一一月二四日に朝日放送が六〇分番組で放送し、脚本が第一五回芸術祭ラジオ部門奨励賞を受賞。
〈スタッフ〉企画・演出／横田雄作、音楽／武満徹、技術／伊藤康平、効果／有田純夫。

〈キャスト〉巫女のおばば／山本安英、伊藤豊／久米明、同少年時代／大山のぶ代、安田啓太／金内吉男、同少年時代／久松夕子、雪乃／加藤治子、山伏／田辺皓一、先生／野田雄司、宿の主人／松村彦次郎、ミイラになる海尊／若山弦蔵、祭りの日の海尊／平田守、序の言葉／臼井正明。

第六章　娼婦たち

1　戯曲「村岡伊平治伝」四幕一〇場　〈初出〉『新劇』一九六〇年一二月号(白水社)に掲載。『秋元松代戯曲集』、『秋元松代全作品集』第二巻、『秋元松代全集』第二巻に収録。
〈初演〉一九六〇年一〇月二八日～一一月三日、劇団仲間が東京・平河町の砂防会館ホールで初演。第一五回芸術祭奨励賞を受賞。東京公演の後、一一月一七日～一二月一三日に新潟、横浜など各地を巡演した。

〈スタッフ〉演出／中村俊一、装置／北川勇、照明／原英一、音楽／間宮芳生、衣装／中田幸平、効果／宮口喜八郎、舞台監督／森本紘史、舞台監督助手／川崎弘智・伊藤巴子・袴田静子・飯田恒雄・小谷正道・稲岡正順・久保信義、効果助手／吉田和弘
〈キャスト〉村岡伊平治／生井健夫、島田(理髪店主)／津村正己、外国人(下級船員)／須永恒、上原中尉／荒川常夫、ホテルの番頭／関口篤、天津領事／伊藤真、領事館員／神山敏夫・久保晶・渡辺紀行、福田しお子／平木ひさ子、娼婦1／金子和子、同2／若見幸子、同3／吉田美代子、同4／渡辺芳子、ぐず吉／久坂杜志、片山国松／津島康一、豚吉／入江正徳、かっぱの半蔵／津崎恵二、市平／兼松正敏、伊藤博文／関口篤。

〈主な再演〉※九四年六月二〇～二九日、七月一九～二四日、「座・新劇」シリーズの合同公演の一つとして東京・俳優座で上演された。同公演は俳優座と俳優座系四劇団(新人会、青年座、東京演劇アンサンブル、仲間)が、第二次大戦後の新劇の代表作三本を連続上演する企画。他の二本は木下順二「風浪」と宮本研「美しきものの伝説」。

〈スタッフ〉演出／増見利清、装置／高田一郎、照明／吉井澄雄、音楽／林光、衣装／加藤清美、効果／田村悳、振付／西田尭、舞台監督／安川修一、演出助手／いずみ凜、舞台監督助手／飯塚彰、方言指導／矢野宣、歌唱指導／片桐雅子、音響操作／斎藤仁司、製作／金井彰久、制作／山崎菊雄・八田満穂。

〈キャスト〉村岡伊平治／てらそま昌紀、島田／矢野宣、外国人(下級船員)／川井康弘、上原中尉／柳川光良、福田しお子／斎藤深雪、ぐず吉／伊藤克、片山国松／後藤健、豚吉／伊藤初雄、かっぱの半蔵／若尾哲平、市平／立花一男、ツヤ子／五味多恵子、シズ子／荘司美代子、おふく／梅原伸子、ミツ／平田朝音、マサノ／徳永街子、とき／橋本陽子、さだえ／白川真奈美、とめ子／松下立子、伊藤博文／矢野宣。
※九六年五月、「村岡伊平治伝」を「帝国こころの妻——『村岡伊平治伝』より」と改題して、ポイント東京の製作で、

東京・サンシャイン劇場(一〜三日)と大阪の近鉄劇場(七〜三〇日)で行われた(読売テレビ、ポイント東京、平岡企画・主催)。

〈主なスタッフ〉演出/金盾進《キムスジン》、音楽/宇崎竜童、装置/朝倉摂・大塚聡、照明/沖野隆一、効果/本間明、衣装/小峰リリー、振付/相良まみ、殺陣/國井正廣、人形製作/渡辺数憲、編曲/関谷聡、歌唱指導/島田久子、方言指導/平山一太・坂本小吉・山谷初男。

〈主なキャスト〉村岡伊平治/近藤正臣、島田(理髪店主)・立石虎次郎/笹野高史、外国人/マット・レイガン、上原中尉/大石継太、ホテルの番頭/加藤英雄、天津領事・公使/楠見尚己、領事館員1・男5・陸軍武官/尾崎雅彦、領事館員2・海軍武官/植田泰弘、領事館員3・書記官1/藤本浩二、福田しお子/金久美子、ツヤ子・娘1/村松恭子、とき・娘2/山本清美、シズ子・娘3/近藤結宥花、おふく・娘4/石井ひとみ、ミツ・娘5/千うらら、マサ/蜷川有紀、ぐず吉/山谷初男、片山国松/若松武、豚吉/東野英心、かっぱの半蔵/石井愃一、市平/近藤弐吉、伊藤博文/谷啓。

2　戯曲「マニラ瑞穂記」三幕四場　〈初出〉戯曲集『マニラ瑞穂記・常陸坊海尊』(一九六四年、牧羊社)に収録。『秋元松代全作品集』第二巻、『秋元松代全集』第二巻に収録。

〈初演〉六四年八月一九〜二三日、ぶどうの会が東京・砂防会館ホールで初演。

〈スタッフ〉演出/竹内敏晴、助演出/和泉二郎、装置/一条竜夫、照明/立木定彦、衣装/村角和子、舞台監督/松樹いたる。

〈キャスト〉配役は初演時。( )内は、二〇一四年の再演時。秋岡伝次郎/桑山正一(千葉哲也)、高崎碌郎/小沢重雄(山西惇)、古賀中尉/金内吉男(古河耕史)、岸本繁/須賀川昇(今泉薫)、平戸建三/葉桐次裕(今井聡)、梶川弥一/井上和行(長本批呂士)、娼婦のもん/福山きよ子(日沼さくら)、はま/亜木英子(斉藤まりえ)、いち/蓮川くみ(藤井咲有里)、タキ/青木和子(高島レイ)、くに/小林敦子(仙崎貴子)、シズ/坂本長利(稲川美代子)。

3　ラジオドラマ「金丸ウメの服罪」　五四年四月三〇日にNHK第一放送で放送。演出は近江浩一。〈キャスト〉金丸ウメ/加藤道子、大川/志水辰三郎、ふるさと/巌金四郎。

4　「もの云わぬ女たち」三幕　〈初出〉『婦人公論』五四年一一月号。

〈初演〉劇団民藝が五五年二月一〇〜二〇日、東京・一ツ橋講堂で初演。〈スタッフ〉演出/松尾哲次、装置/一条竜夫ら。

〈キャスト〉川部竹治/日野道夫、せい/小夜福子、初子/大塚美枝子、千代/吉行和子・玉川いづみ(ダブルキャスト)、みね/入江杏子、川部孝平/佐野浅夫、すみ/津村悠子・由利恵子(ダブルキャスト)、金丸ウメ/黒田郷子、三浦しま/佐々木すみ江、みどり/斎藤美和ら。

5　テレビドラマ「三國屋おなみ」　〈初出〉『新日本文学』六七年八月号。六七年五月二五日にNHK総合テレビで放送。

〈スタッフ〉演出/梅本重信、音楽/桑原研郎。

〈キャスト〉沢井たま/南田洋子、鳥居孝一郎/山形勲、妙秀尼/北林谷栄、うめ/文野朋子、ふじ/佐々木すみ江、きく/しめじしがこ、栄三/大滝秀治ら。

はじめはラジオドラマ「流し雛」(朝日放送制作)として書かれ、二カ月前の三月二三日に放送された。出演は加藤治子、北村和夫、加藤武ら。題名は、各地を流浪する娼婦を意味する。ドラマでは、たま、妙秀尼、予備学生真一郎の恋人の三人が「三國屋おなみ」だ。これに炭坑夫の妻三人を配して、過去の失われた恋と、現在の夫婦愛を対比させた。厳しい時代に不安に揺らぐ恋の切なさが描かれている。

〈あらすじ〉

鳥取地方の山間部を走る気動車に、うめ、ふじ、きくが乗っている。失踪した息子の手がかりを求めて元商事会社社長の鳥居孝一郎も同乗している。終着駅で三人の女、鳥居も下車した。夫が失踪したと嘘の説明で生活保護を受給している三人の女たちを、役場の浜崎がバイクに乗って探している。鳥居は目指す沢井たまの家に着く。妙秀尼も来る。坑夫三人は山でこっそり闇の炭を焼いていたが見つけられ、逃げている。妻たちはたまの配慮で、時折彼女の納屋で夫に再会しており、今日も一カ月ぶりに夫と逢うために納屋に来る。孝一郎は松江市の航空隊から二一年前に失踪した予備学生真一郎の父だとたまに名乗る。「あなたは三國屋おなみという名をつかっていましたね。当時の憲兵隊の調べで息子と失踪した、と」「人違いです。三國屋おなみは私だけではなくたくさんいる。流れ女郎の総称です」と説明する。浜崎が戻り、夫三人がいる納屋の中を見せろという。妙秀尼は追い詰めるなと浜崎を止める。たま、妙秀尼とも昔は三國屋おなみだった。納屋の中で夫たちが都会に出稼ぎに行くというと、反対した妻きくは「おなみになる」と言い出すありさまだ。谷川の岸でたまは流し雛を出す。「悲しい思い出を雛に持って行ってもらう。二〇年待った。もう忘れたくなった」。一つは真一郎のため、もう一つは、たまのかつての失踪した恋人の水兵のためだ。二人の写真を添えて二つの雛が川を流れる。翌朝の駅。気持ちの整理が出来て村を出るたま、夫たちを送ったうめ、ふじ、きくも気動車に乗り込む。

6 「アディオス号の歌」はまず、同名のテレビドラマが六六年七月一〇日に九州のRKB毎日放送制作(久野浩平演出)で放映された。脚本は雑誌『シナリオ』六八年二月号に掲載された。七四年に劇団民藝の渡辺浩子から戯曲化の依頼があり、二幕劇にして七五年四月に『文芸』に掲載した。

民藝が渡辺の演出により、七五年五月一三～二五日の東京公演を挟む全国公演で初演した。

〈スタッフ〉演出／渡辺浩子、装置／高田一郎。

〈キャスト〉千々岩たま／北林谷栄、千々岩亜里州／前田光子、相馬美根／草間靖子・篠原宏子(ダブルキャスト)、横山四郎／西川明、貝塚洋一／伊藤孝雄、長二郎／石森武雄。

四人の若者と天草の老からゆきさんが織りなす、青春の終わりと新しい旅だちをみずみずしく描いている。

〈あらすじ〉

現代、五月、九州天草。横山四郎は小型ヨット「アディオス号」を陸に着ける途中に座礁してしまった。中学を卒業して集団就職で東京に出てきた横山と幼友達の相馬美根は都会生活に絶望した。二人は八年間かけて自分たちの夢であるヨットを買い、自由を求めてフィリピンに帆走していた。だが、美根が発熱したので医者を探しに接岸しようとしたのだ。老からゆきさんの千々岩たまの助けで、天草に上陸した二人は、治療と修理のためやむなくたまの経営する宿に泊まる。そこにはたまの養女であるフィリピン人との混血少女、亜里州が土産品の埴輪作りをしていた。東京で遊学していた貝塚洋一が、亜里州に逢うために帰郷する。ヨットのことで洋一と四郎の仲が険悪になる。実は美根は洋一と遊んでいた時があった。元船大工の土産物屋の長二郎も埴輪を仕入れに来る。長二郎と洋一がヨットの修理を手伝うことになったが、洋一の無神経な言動に四郎が怒る。四郎と亜里州が恋に落ちる。修理が完成して船出祝いの日を迎える。四郎は明け方までヨットの中で亜里州と過ごし、一人で船出したが、郷里に戻るため帰ってきた。美根は、フィリピンにいる愛しい人に逢いたいたまを乗せて出航した。

7　戯曲「ことづけ」一幕　〈初出〉『現代戯曲』四九年四月号掲載。『秋元松代戯曲集』、『秋元松代全作品集』第一巻、『秋元松代全集』第一巻に収録。
〈初演〉五〇年三月三〜七日、文化座が「第二回小劇場公演」として東京・毎日ホールで初演。

〈スタッフ〉演出／佐佐木隆、演出助手／高橋眞、舞台装置／河野國夫、照明／篠木佐夫、舞台監督／大久保正信、舞台監督助手／湊昭雄・正木豊・立木定彦。

〈キャスト〉南俊平／武内文夫、一馬／鈴木昭生、たえ／水城蘭子、津田ふさ／荒木玉枝、若い巡査／倉田地三。

8　ぶどうの会は、戦中から終戦にかけて俳優の山本安英のもとに集まった演劇グループが母体になる。四七年に山本と岡倉士朗、木下順二を中心に、久米明、桑山正一らが集まり結成された。四九年に木下作、岡倉演出の民話劇「夕鶴」で注目され、木下の「山脈」「風浪」「沖縄」など二〇公演した。六四年に宮本研・作「ザ・パイロット」公演でベテランと若手劇団員が対立し、若手演出家の竹内敏晴の退会が引き金となり、同年九月七日に解散し、一七年間の歴史の幕を閉じた。「マニラ瑞穂記」が最終公演となった。ぶどうの会は秋元作、ぶどうの会ユニットのＡＢＣ放送連続ラジオドラマで「女坂」「女面」「女舞」「女の刻」に劇団をあげて出演している。

第七章　リアリズムを超える

1　『義経記』『平家物語』を受けて室町時代に書かれた全八巻の軍記物。源義経の波乱に満ちた生涯を、牛若丸時代から、義経を庇護した奥州の藤原秀衡の死後、その子泰衡によって攻められ、衣川の館で自決するまでをストーリー豊かに描いた。常陸坊海尊については、巻四「住吉大物二ケ所合戦の事」にある。武蔵坊弁慶が常陸坊と二人だけで小舟に乗り大勢の敵の中に攻め入った時、逃げる敵を追い求めて「漕げや海尊」と下知した。舟をこぐことは得意だったらしい。また巻八「衣河合戦の事」では、「常陸坊を初として残り十一人の者ども、今朝より近きあたりの山寺を拝みに出でけるが、其の儘帰らずして失せにけり。言ふばかりなき事どもなり」と記されている。戯曲で描かれる武蔵坊弁慶の着装や、衣川の戦いの様子なども、同じく「衣河合戦の事」によっている。

2　月刊誌『短歌』七八年九月号。秋元と五来重の対談「劇作と民俗の旅」。

3　草創期のラジオドラマを収録した「ラジオ・ドラマ——音と沈黙の幻想」(七三年、コロムビア)解説書。

4　月刊誌『短歌』七八年九月号。秋元と五来重の対談「劇作と民俗の旅」。

5　同上

6　演劇座　五九年に、演出家高山図南雄、企画者の松本昌次、

俳優の灰地順らによって結成された。六一年一〇月に俳優座劇場で井上光晴原作「死者の時」(菅井幸雄、羽山英作脚色)で旗揚げ公演し、井上や花田清輝作「爆裂弾記」など新日本文学系の創作劇や、秋元の「常陸坊海尊」「かさぶた式部考」などを上演した。「かさぶた式部考」の演出をめぐり紛糾し、七〇年一二月に解散。

7　戯曲「常陸坊海尊」三幕七場　〈初出〉『マニラ瑞穂記・常陸坊海尊』(一九六四年、牧羊社)、『かさぶた式部考・常陸坊海尊』(一九六九年、河出書房新社)、『秋元松代全作品集』第二巻、『常陸坊海尊・かさぶた式部考』(一九九六年、講談社文芸文庫)、『秋元松代全集』第二巻。

〈初演〉六七年九月一五~二五日(一七~一九日は休演)に演劇座が東京・俳優座劇場で初演。

〈スタッフ〉演出/高山図南雄、装置/上野豊彦、照明/立木定彦、音楽/石井真木、効果/内田越允、宣伝美術/灘本唯人、舞監/庄忠、演出助手/石井厚、企画/羽山英作、製作/広石幸。

〈キャスト〉引率の先生/灰地順、宿の主人/伊藤真、雪乃/徳永街子、おばば/水沢摩耶、第一の海尊/川中弘、第二の海尊/川村久士、第三の海尊/岡林泰夫。

〈主な再演〉演劇座が六八年一一月に俳優座劇場(一九~二五日)と日本青年館(二六~二九日)で再演。芸術祭賞受賞。さらに演劇座は七〇年八月二五日~九月五日(八月二八~三〇日は休演)に、東京・新宿の厚生年金会館小ホールで上演。雪乃にスター女優南田洋子を起用して再演。南田は秋元のテレビドラマ「海より深き」と「三國屋おなみ」で主演していた。

※大東新社企画、ポイント東京製作公演として九七年一二月六~二八日に、東京・世田谷パブリックシアターで再演。

〈スタッフ〉演出/蜷川幸雄・釜紹人、照明/吉井澄雄、装置/松井るみ、衣装/小峰リリー、振付/花柳錦之輔、選曲・効果/高都幸男、作曲・編曲/中西長谷雄、演出補/北村直子、舞台監督/明石伸一、方言指導/舞小雪、琵琶演奏・指導/上原まり、プロデューサー/中根公夫・高屋潤子、製作/山本源太郎・河村理絵・中島幸・麻生かほり。

〈キャスト〉引率の先生/大石継太、寿屋/山谷初男、雪乃/寺島しのぶ、おばば/白石加代子、登仙坊/東野英心、伊藤豊/松田洋治、伊藤豊(少年時代)/大前潤司、安田啓太/大沢健、安田啓太(少年時代)/木村良平、秀光/清家栄一、役場/仲恭司、あっぱ/根岸明美、だんな/藤井びん、第一の海尊/鷹赤児、第二の海尊/原康義、第三の海尊/三谷昇、虎御前/春川ますみ、少将/山下裕子。

※東京演劇アンサンブルが二〇〇二年一〇月四~一三日に、東京・武蔵関の「ブレヒトの芝居小屋」で上演した。

〈スタッフ〉演出/広渡常敏、音楽/林光、装置/高田一郎、舞踊/西田尭、照明/大鷲良一、効果/田村悳、衣装/小木節子、舞台監督/佐藤慎一郎、制作/小森明子・太田昭。

〈キャスト〉引率の先生/田辺三岐夫、寿屋/浅井純彦、雪乃/折林悠、おばば/志賀澤子、登仙坊/深山忠昭、伊藤豊/松下重人、伊藤豊(少年時代)/三由寛子、安田啓太/公家義徳、安田啓太(少年時代)/樋口祐歌、秀光/竹口範顕、役場/中村克己、親方/伊藤克、あっぱ/羽鳥桂、だんな/入江洋祐、第一の海尊/岩田安生、第二の海尊/漆戸英司、第三の海尊/柳川光良、虎御前/真野季節、少将/名瀬遥子。

8　六八年一二月四日の毎日新聞夕刊学芸欄で、作家の野間宏が寄稿している。「現代をゆるがす演劇——常陸坊海尊をみて」の見出しで、「ドラマは常陸坊海尊の伝説のなかにはいり、日本の近代によって少しも解放されず、近代日本の権力によって追いつめられ、すべてを剝ぎとられてきた底辺の民衆の奥底に動く〈海尊〉をとらえ、その民衆の心にやさしく寄りそいながら、その民衆の心の奥底に動くものだけはどうしても奪い取ることの出来ない日本の近代の権力支配そのものの冷酷な姿を明らかにする。そしてそれによって、民衆の唯一つの寄りどころである〈海尊〉、民衆の求めるものの到来が、現代に於いて、可能となる、その転回が舞台の背後に現われ出てくることを、見せるのである」と批評した。

9　ラジオドラマ「きぬという道連れ」　六五年一一月二八日にNHKから放送され、芸術祭ラジオ部門奨励賞を受賞した。演出／竹内日出男。
〈キャスト〉きぬ／林美智子、竜吉／小沢昭一、婆ちゃん／長岡輝子。他に女たちと男たちのコーラス。

10　テレビ「マギーの母ちゃん」　〈初出〉『新日本文学』一九六八年二月号。テレビドラマは同年二月二九日にNHK名古屋放送局制作により総合テレビから放送。演出／富久進次郎。
〈キャスト〉高瀬正乃／左幸子、高瀬和子(マギー)／岡本広美、竹中弥吉／森幹太、たつ／山田昌、茂／丹羽政孝、親戚の男／水木文英。

11　戯曲「きぬという道連れ」一幕　〈初出〉同名のNHKラジオドラマ(一九六五年放送、芸術祭奨励賞受賞)を戯曲化して、作家井上光晴が主宰する雑誌『辺境』第一号(一九七〇年六月、豊島書房)に掲載。単行本『七人みさき』(一九七五年、河出書房新社)に収録。『秋元松代全作品集』第二巻、『現代日本戯曲大系』第九巻(一九九七年、三一書房)、『秋元松代全集』第三巻にも収録。
〈初演〉劇団民藝が七四年五月五日の伊丹市文化会館を皮切りに、五月三一日～六月一一日の東京・砂防会館ホールを経て、七月まで全国巡演した。

〈スタッフ〉演出／渡辺浩子、演出助手／伊東弘允、装置・衣装／安倍真知、照明／河野竜夫、音楽／渡辺浦人、効果／山本泰敬、振付／芙二三枝子、舞台監督／児玉庸策。

〈キャスト〉きぬ／樫山文枝、竜吉／宇野重吉、ばんちゃん／黒田郷子、男女たち／小沢弘治・安田正利・三浦威・山吉克晶・松田史朗・佐々木梅治・角谷栄次・塩屋洋子・山口仁奈子・瀬戸口夏・岸野小百合・小林千鶴子・富永千果子、謡／梅若万紀夫。

〈主な再演〉※劇団青年座が一九八四年一〇月四～一〇日に東京・青年座劇場で上演。

〈スタッフ〉演出／高木達、美術／柴田秀子、照明／野地晃、効果／高橋巌、衣装／岸井克己。

〈キャスト〉きぬ／徳永街子、竜吉／原田大二郎、ばんちゃん／立沢雅人。
※番衆プロが一九八四年一〇月一七～二一日、東京・渋谷のジァン・ジァンで上演。
〈スタッフ〉演出／塩見哲、装置／唐見博。

〈キャスト〉きぬ／市原悦子、竜吉／江藤漢、ばんちゃん／木下ゆず子。

第八章　戦後に甦る和泉式部伝説

1　テレビドラマ「海より深き―かさぶた式部考」一九六五年一一月二一日にRKB毎日放送から放送。第二四回芸術祭賞受賞。脚本は雑誌『シナリオ』一九六六年三月号(シナリオ作家協会)に掲載。
〈キャスト〉大友伊佐／北林谷栄、豊市／小林昭二、てるえ／阪口美奈子、智修尼／南田洋子、宇智子／吉野佳子。

2　戯曲「かさぶた式部考」三幕六場〈初出〉雑誌『文藝』一九六九年六月号(河出書房新社)に掲載。単行本『かさぶた式部考・常陸坊海尊』(一九六九年、河出書房新社)、『現代の文学第一〇巻　藤枝静男・秋元松代』(一九七四年、講談社)、『秋元松代全作品集』第二巻、『常陸坊海尊・かさぶた式部考』(一九九六年、講談社文芸文庫)、『秋元松代全集』第三巻に収録。
〈初演〉一九六九年六月二七日～七月四日、劇団演劇座が東京・六本木の俳優座劇場で初演。

〈スタッフ〉演出／高山図南雄、装置・照明／立木定彦、装置協力／上野球、音楽／端山貢明、効果／田村悳、衣装／村角和子、舞台監督／石井厚、演出助手／篠田敏夫、企画／羽山栄作、制作／庄幸司郎。

〈キャスト〉大友伊佐／斎藤和子、豊市／兼田晴巨、てるえ／大黒洋子、智修尼／徳永街子、うめ／中村富士子、宇智子／桜井ナオミ、鶴作／灰地順、ふじ／鈴木克子、ゆり／宮下弘子、万太郎／川中弘、小次郎／伊藤眞、はる／稲葉順子ら。

〈主な再演〉※演劇座は一九七〇年四月一八～二四日、東京の日本青年館ホールで高山図南雄の演出、佐藤慶次郎の音楽により再演。一一月には関西と東京(二三～二七日、日本青年館ホール)で灰地順演出により再演。
※劇団民藝が渡辺浩子演出により一九七三年三～五月に関東、北陸、東北で上演した。
〈スタッフ〉演出／渡辺浩子、演出助手／伊東弘允、装置／高田一郎、照明／山内晴雄、音楽／佐藤慶次郎、効果／山本泰敬、衣装／金田正子、舞台監督／丹羽文夫。

〈キャスト〉大友伊佐／北林谷栄、豊市／梅野泰靖、てるえ／草間靖子・瀬戸口夏(ダブルキャスト)、智修尼／奈良岡朋子、うめ／入江杏子、宇智子／小牧ゆう、鶴作／鈴木智、ふじ／黒田郷子、ゆり／箕浦康子、万太郎／三浦威、小次郎／小杉勇二、はる／岩崎智江、きく／仙北谷和子、夢之助／石森武雄、光子／篠原宏子、初旅の女／南風洋子ら。

3　映画「式部物語」一九九〇年に西友が製作し東宝が配給。
〈スタッフ〉監督・脚本／熊井啓、製作総指揮／高丘季昭、製作／山田一信、撮影／栃沢正夫、照明／岩木保夫、美術／木村威夫、音楽／松村禎三、録音／久保田幸雄、編集／井上治、製作補／大場正弘、監督補／原一男。

〈キャスト〉大友豊市／奥田瑛二、大友てるえ／原田美枝子、うめ／新橋耐子、夢之助／杉本哲太、宇智子／安孫子里香、ふじ／根岸明美、初旅の男／内藤武敏、大友伊佐／香川京子、智修尼／岸恵子。

第九章　「七人みさき」の天皇制

1　戯曲「七人みさき」四幕六場〈初出〉雑誌『文藝』一九七五年四月号に掲載。同年九月に単行本『七人みさき』として刊行。『秋元松代全作品集』第二巻、『現代日本戯曲大系』第

一〇巻(一九九七年)、『秋元松代全集』第三巻に収録。

〈初演〉一九七六年、劇団民藝が渡辺浩子演出で初演。三月二七〜二八日の名古屋・名鉄ホールを皮切りに、四月一三日〜五月二日の東京・西武劇場(現・パルコ劇場)など全国公演した。

〈スタッフ〉演出／渡辺浩子、演出助手／兒玉庸策、美術／安部真知、照明／河野竜夫、音楽／渡辺浦人、効果／山本泰敬。

〈キャスト〉光永建二／新田昌玄、壺野藤／観世葉子、壺野桐／北林谷栄、小松ろく／奈良岡朋子、あおい／草間靖子、はな／黒田郷子、すえ／箕浦康子、うき／白石珠江、ゆう／富永千果子、門脇忠二郎／内藤安彦、香納大助／梅野泰靖、小松治平／杉本孝次、孝之助／佐々木梅治、門脇げん／塩屋洋子、乞食遍路(夫)／長浜藤夫、同(妻)／披岸喜美子。

〈再演〉一九九一年六月七〜三〇日、東京・銀座セゾン劇場が蜷川幸雄演出で上演。

〈スタッフ〉演出／蜷川幸雄、音楽／宇崎竜童、装置／朝倉摂、照明／原田保、衣装／小峰リリー、効果／井上正弘、振付／青山典裕、殺陣／國井正廣、演出補／釜紹人、舞台監督／三枝喬、方言指導／北村文典、演出助手／井上尊晶・中越司、装置補／松野潤、衣装助手／沼田和子、制作／中根公夫・村井秀安(ポイント東京)、制作／日高義則・松井珠美(銀座セゾン劇場)、企画・製作／銀座セゾン劇場。

〈キャスト〉光永建二／近藤正臣、壺野藤／名取裕子、壺野桐／丹阿弥谷津子、小松ろく／新橋耐子、あおい／余貴美子、はな／神保共子、すえ／市川夏江、うき／戸川京子、ゆう／松田かおり、門脇忠二郎／坂口芳貞、香納大助／押切英樹、小松治平／大和田伸也、孝之助／大川浩樹、門脇げん／根岸明美、乞食遍路(夫)／塚本幸男、同(妻)／五味多恵子。
※一九九一年六月一八〜三〇日、演劇集団円が東京・新宿のシアターサンモールで上演した。
〈スタッフ〉演出／村田大、装置／妹尾河童、照明／五十嵐正夫、衣装／岸井克己、効果／深川定次、舞台監督／前川錬一、演出助手／山下悟、制作／加藤晶子。

〈キャスト〉光永建二／立川三貴、壺野藤／平栗あつみ、壺野桐／南美江、小松ろく／有田麻理、あおい／立石涼子、はな／千種かおる、すえ／福井裕子、うき／野口早苗、ゆう／三沢明美、門脇忠二郎／野村昇史、香納大助／山田善伸、小松治平／金田明夫、孝之助／石住昭彦、門脇げん／岸田今日子、乞食遍路(夫)／佐々木睦、同(妻)／横尾香代子。

2 『秋元松代全作品集』第二巻に掲載されている。同行取材したNHKプロデューサー沖野瞭氏が撮影した。

3 秋元は戯曲「山ほととぎすほしいまま」を六六年に俳優座のために書いたが、モデルとなった高浜虚子への遠慮から劇団幹部俳優の東野英治郎らに修正を求められ拒否した。新劇への根強い不信が秋元に生まれた。

4 読売新聞夕刊(七六年四月二一日)に掲載。「昨年発表された秋元松代の秀作である。原初へ立ちかえる強い人間観と、場面を折り重ねていくうちに現代の認識をうちだす、そういう独自の劇作術である。(略)いわば二本の線がよじれるような劇の世界である。男女関係が緩ならば、光永の策略は急である。そういうリズムを創りだせなかった。一様に地面をはうような写実にとどまっている。秋元作品に現れる過去は、いつでも現代という時間に変質する。そこが今回の舞台ではあいまいである。(尾崎宏次)」

5　ラジオドラマ「赤猪子の恋」は、五六年八月二五日に中部日本放送から放送された。演出は佐藤年、出演は山本安英、小沢栄(栄太郎)、久米明、松下砂稚子、作曲は菅原明朗。民放祭ドラマ部門で第一位に入賞した。「七年ラジオを書いていて、賞をもらったのは今度が初めて」と秋元は喜ぶ。

6　ラジオドラマ「軽の太子とその妹」は五九年一一月二五日に中部日本放送から放送された。演出は佐藤年。出演は久米明、伊藤幸子、田中明夫、三津田健。秋元は、神話の世界は馴染みにくく近親婚は反道徳という禁忌感が強かったため作品はほとんど問題にされなかった、と自註で述べている。

第一〇章　蜷川幸雄との出会い

1　戯曲「近松心中物語」四幕八場〈初出〉『悲劇喜劇』七九年三月号に掲載。「元禄港歌」「南北恋物語」へと続く江戸三部作の第一作。戯曲集『元禄港歌・近松心中物語』(一九八〇年、新潮社)、『秋元松代全集』第四巻に収められている。〈初演〉七九年二月二日〜三月八日、東宝製作により、東京・帝国劇場で初演された。秋元はこの脚本の成果で第四回菊田一夫演劇賞(東宝主催)を受賞した。また八一年に再演された舞台は芸術祭大賞を受賞した。

〈スタッフ〉演出／蜷川幸雄、アートディレクター／辻村ジュサブロー(現・寿三郎)、装置／朝倉摂、照明／吉井澄雄、音楽／猪俣公章、振付／花柳錦之輔、効果／本間明、衣装担当／堀井康明、劇中歌／森進一、方言指導／甲野洋、装置助手／松野潤、考証／林美一、演出補／岡本善次、演出助手／山田孝行・滝沢辰也・北村信宏・村井秀安、製作／中根公夫・安達隆夫。

〈キャスト〉亀屋忠兵衛／平幹二朗、遊女梅川／太地喜和子、傘屋与兵衛／菅野忠彦(現・菜保之)、お亀／市原悦子、丹波屋八右衛門／金田龍之介、傘屋長兵衛／右下恭彦、お今／山岡久乃、お清／緋多景子、太鼓持弥七／砂塚英夫、同勘八／大門伍朗、あぶれ者／本田博太郎ら、人形出遣い／辻村ジュサブロー。公演中の二月二五日に平が腰痛のため入院し、あぶれ者の本田博太郎が代役に抜擢され、懸命に台詞を覚えて大役を果たした。

〈主な再演〉以下の再演では主要なスタッフは初演と同じ。キャストは初演と違う主要役だけ記す。

※一九八一年一一月三日〜一二月二六日、東京・帝国劇場(八一回)。八二年四月三〜二七日、名古屋・御園座(四六回)。

※一九八三年五月三〜二八日、大阪・朝日座(四六回)。お亀／加賀まりこ、お清／藤波洸子。

※一九八三年八月二日〜九月二七日、東京・帝国劇場(八五回)。お清／大塚道子。

※一九八五年一二月一〜二五日、名古屋・御園座(四〇回)。八六年三月二〜二九日、大阪・近鉄劇場(四五回)。お清／根岸明美。

※一九八九年九月二八日〜一〇月一日、ベルギーのアントワープ市立劇場(四回)。一〇月九〜一四日、ロンドンのロイヤル・ナショナル・シアター内リトルトン・シアター(八回)。ポイント東京の製作で、中根公夫とセルマ・ホルトがプロデュースした。〈キャスト〉忠兵衛／井上倫宏、梅川／田中裕子、与兵衛／天宮良、お亀／戸川京子、八右衛門／壌晴彦、お今／園佳也子、お清／三林京子。

※一九九五年三月五日〜四月二七日、大阪・近鉄劇場(八

二回)、一〇月一三~二二日、埼玉県川口市の川口リリアメインホール(一二回)。九六年二月二日~三月二七日、名古屋・御園座(八二回)、四月六日~五月二七日、東京・明治座(八二回)。〈キャスト〉忠兵衛/坂東八十助(一〇代目三津五郎)、梅川/樋口可南子、与兵衛/勝村政信、お亀/寺島しのぶ、八右衛門/嵐徳三郎、お今/園佳也子、お清/加茂さくら、妙閑/根岸明美。

※一九九七年九月一日~一〇月一二日、大阪・近鉄劇場(七〇回)、一〇月一八~二六日、札幌・北海道厚生年金会館(一五回)、九八年三月五日~四月二五日、東京・明治座(八二回)。〈キャスト〉梅川/高橋惠子、与兵衛/大石継太、妙閑/丹阿弥谷津子。

※一九九九年二月一日~三月二六日、名古屋・御園座(八二回)。

※二〇〇一年一月二五日~二月一八日、大阪・近鉄劇場(四一回)。〈キャスト〉梅川/富司純子、お亀/二木てるみ、八右衛門/瑳川哲朗、お今/新橋耐子。

※二〇〇一年三月四日~四月二五日、東京・明治座(八二回)。

2 「冥土の飛脚」(一七一一年、竹本座初演) 心中物ではなく主人公は刑につく。大阪の飛脚屋亀屋養子の忠兵衛は、大和国新口村の大百姓、勝木孫右衛門の子だが、後妻をもらった孫右衛門が不仲を心配して四年前に持参金つきで亀屋へ養子に出した。しかし忠兵衛は新町槌屋の見世女郎梅川と激しい恋に落ち、身請けされると聞いて公金三〇〇両の封印を切ってしまう。二人は二〇日余り逃避行し、一二月の冷たい時雨の中、故郷新口村に帰り、梅川のみが義父孫右衛門と対面できるが捕縛される。

3 「緋縮緬卯月の紅葉」(一七〇六年、竹本座初演) 古道具屋長兵衛の一五歳の娘お亀と、いとこ同士である二一歳の婿与兵衛との心中物。長兵衛の妾いまとその弟伝三郎に陥れられて、絶望した二人が心中を決める。梅田堤で与兵衛はお亀ののどを剃刀で切り死なすが、自分は死に切れずに助けられる。

4 「跡追心中卯月の潤色」(一七〇七年、竹本座初演) 「~卯月の紅葉」の後編。お亀の霊が、いまと伝三郎姉弟を追い出す。与兵衛は出家して大和平群谷で助給と名乗る。一周忌にお亀の霊と語り合い、後追い心中をする。

5 蜷川幸雄著『演劇の力』二〇一三年、日本経済新聞出版社、「青俳」入団の章。

6 蜷川幸雄・長谷部浩著『演出術』二〇〇二年、紀伊國屋書店、「秋元松代 近松心中物語」章。

7 九八年三月三〇日付朝日新聞夕刊「十九年ぶりに見たが、古びていないどころか、新しい俳優を得てみずみずしい。蜷川幸雄演出の完成された美のスタイルに、古典の風格を感じた。

その理由一。やみと光、陶酔とさめた感覚、悲劇と喜劇、リアリズムと様式。逆方向の劇的エネルギーを重ね合わせて、あわいから、酔いつつさめているような、今としか言えない感覚をかもしだしている。

大阪の遊郭を舞台に、二組の対照的なカップルが、愛に身を滅ぼしていく。

忠兵衛(坂東八十助)は、若さゆえの虚栄から、御用金を身請けに使い、遊女梅川(高橋惠子)と心中する。成熟した高橋は切なさの結晶だ。八十助は歌舞伎俳優らしい様式演技と、リアルな演技を使い分け、若者の破滅を悲劇的にうたいあげている。

　与兵衛(大石継太)と女房お亀(寺島しのぶ)は、喜劇的なカップル。与兵衛は、金の問題から女房と心中に追い込まれるが、どじな与兵衛は生き残る。寺島がはじけるようにコミカル。大石にもっと花がほしい。

　その理由二。永遠と円環。

　舞台をほぼ一貫して飾る彼岸花は、死者への手向けのようだ。神の、鎮魂の視点から人間を描く。わいざつな人間の営みが永遠の相を帯びてくる。(略)それでも民衆は生きてゆく。ここに秋元の批評がある。

　生き残った与兵衛は、開幕近い遊郭の雑踏の中に戻って、舞台は円環する。

　その理由三。死と隣りあったエロスの視覚化。

　雪中の、忠兵衛と梅川の舞踊のような心中場面。赤い長じゅばんは、エロスと死を連想させる」

8　戯曲「元禄港歌」三幕六場　〈初出〉雑誌『世界』一九八〇年五月号(岩波書店)に掲載。戯曲集『元禄港歌・近松心中物語』、『秋元松代全集』第四巻に収録。「近松心中物語」に続く、江戸三部作の第二作。
〈初演〉一九八〇年八月二日~九月二八日(八四回)。東宝製作により東京・帝国劇場で初演された。

〈スタッフ〉演出/蜷川幸雄、アートディレクター/辻村ジュサブロー(現・寿三郎)、装置/朝倉摂、照明/吉井澄雄、音楽/猪俣公章、振付/花柳錦之輔、効果/本間明、装置助手/松野潤、三味線指導/杵屋栄三郎、能楽師導/桜間金太郎、劇中歌/美空ひばり、考証/林美一、演出補/岡本義次、演出助手/山田孝行・滝沢辰也・村井秀安・東和始、製作/中根公夫・安達達夫。

〈キャスト〉人形出遣い/辻村ジュサブロー(現・寿三郎)、筑前屋信助/平幹二朗、当主平兵衛/金田龍之介、次男万次郎/菅野忠彦(現・菜保之)、お浜/山岡久乃、瞽女の初音/太地喜和子、同歌春/市原悦子、糸栄/嵐徳三郎、和吉/松山政路、弥助/大友龍三郎、悲田院法師/内山恵司ら。

〈主な再演〉※一九八四年六月二~二七日、名古屋・御園座(四三回)。八月五日~九月二八日、東京・帝国劇場(八一回)。主なスタッフとキャストは初演と同じ。
※一九九八年一二月二~二六日、名古屋・御園座(四一回)。九九年三月四~二七日、東京・明治座(四二回)、四月二~二九日、大阪・近鉄劇場(四五回)。二〇〇〇年一二月九~一七日、埼玉県川口市の川口リリアメインホール(一〇回)。蜷川幸雄と村井秀安の共同演出。ポイント東京製作で、プロデューサーは中根公夫と高屋潤子。初演とは違う主なキャストは、初音/富司純子、糸栄/藤間紫、歌春/光本幸子、万次郎/原田大二郎、お浜/新橋耐子、和吉/新井康弘、弥助/淵野俊太、悲田院法師/佐々木敏(川口公演のみ瀬下和久)、人形出遣い/辻村ジュサブロー(現・寿三郎)・川崎員奥(交互出演)ら。

9　瞽女　G・グローマー著『瞽女と瞽女唄の研究』や、斎藤真一著『越後瞽女日記』などによると、瞽女は家々の前に立ったり、座敷に招かれたりして、群れをなして諸国をめぐり、三味線の伴奏で民謡や俗曲、当時の流行唄《はやりうた》などを歌った。新潟県上越市高田の〈高田瞽女〉がとくに有名で、三月の雪解けから師走まで一年の大半を旅に過ごす。訪れる村の人たちとは家族のように深い人情で固く結ばれた。芸の修業は、幼い時に弟子入りしておよそ一〇年から二一年後の「年季明け」の段階で一応終了する。強い上下関係と厳しい戒律がある。芸能活動は音曲の指南、宴席や祭りでの出張稼ぎ、在所を回る巡業稼ぎ。越後では庄屋や旧家などが巡業する瞽女を世話し、演奏会場を兼ねる瞽女宿があった。瞽女を宿泊させることは地位や権力の象徴だった。

演目は哀調を帯びて七五調に語り継ぐ唄が多い。「元禄港歌」で唄われる「葛の葉子別れ」は、越後瞽女唄の代表。今でも歌舞伎や文楽で頻繁に上演される「葛の葉子別れ」は、人形浄瑠璃「蘆屋道満大内鑑《あしやどうまんおおうちかがみ》」四段目にあたり、全段のハイライト。狐が人の妻となって子を産むという異類婚の信田妻古伝説は、最古の平安期仏教説話集『日本霊異記』にある。これに神童の安倍清明誕生譚と合体させ、一七三四年に竹田出雲が集大成した。

10　テレビドラマ「北越誌」〈初出〉『辺境』第八号(七二年、辺境社)に掲載。一九七二年一〇月一五日、NHK総合テレビで、芸術祭参加作品として放送。演出／斎藤暁、音楽／湯浅譲二。〈キャスト〉守山糸栄／奈良岡朋子、初音／三田佳子、歌春／関根恵子(現・高橋惠子)、本間信之助／佐藤慶、信秀／岡田裕介、上田和一郎／辻萬長、カナエ／北条文栄。

11　杉本キクエ(一八九八～一九八九)　新潟県高田市の瞽女。六歳で失明し、七歳で高田の杉本家に養子縁組した。一〇歳までにほとんどの段物を覚えた。「葛の葉子別れ」を頻繁に弾き、唄った。「歌っている時はあんまり三味線をガンガンと弾いたのでは文句がわからぬでしょう。だから小さい音に弾くんだよね」と語ったそうだ。

12　一遍上人(一二三九～八九)　時宗の開祖。総本山は神奈川県藤沢市の清浄光寺(遊行寺)。宗教民俗学者の五来重によれば、一切のものを捨てて遊行集団に身を投じて旅の生涯を送った。鎮魂の念仏を唱える求道の瞑想者であり、遊行集団の案内役。同行者は老いや病気、悩み、死の恐れのある人たちだった。平安時代の踊念仏の先達、空也を尊敬したと伝えられる。

踊念仏とは民衆の心と生活の中から生まれた、宗教儀礼の鎮魂舞踊。民衆は、非業の死を遂げたり祀られなかったりした怨霊を鎮魂し、災害から身を守るために参加した。念仏の持つ死霊を鎮める力が、疫病などを払う力として用いられた。念仏の声と激しい踊り。憑依に近い昂揚の中で遊行僧は念仏札を手渡し、合唱の念仏に参加(結縁)を勧める。「一遍聖絵」には救済の対象として、多くの乞食らが描かれている。

13　謡曲「百万」　物狂いの四番目物(雑物)謡曲。古曲の「嵯峨物狂」を世阿弥が改作した。南都(奈良)にいた女曲舞の有名な百万をモデルにした母子の再会を扱った曲。春の彼岸の花ざかりの頃、賑やかな大念仏を背景に、百万という女物狂いがおもしろく浮やかに舞い狂う様子を見せるのが曲の主眼。吉野の者(ワキ)が奈良西大寺のあたりで拾った幼子を連れて、嵯峨清涼寺の大念仏に参った。夫に死別し、幼子に生き別れた百万が、念仏の音頭をとって狂い舞う。「わが恋しや、逢わせたまえ」と仏前に祈り、群衆の中を狂乱の姿で子を探す。これを見た幼子が自分の母と告げるので、吉野の者が引き合わせ、母子連れだって奈良の都に帰る。

14　悲田院　一〇世紀初頭まで、京中の路辺の病者、困窮者、孤児らを収容した寺院施設。やがて国家の給付が困難になり、聖、上人は悲田の病人に対して救済活動をした。

第一一章 八ヶ岳への移住

1 「南北恋物語」二幕八場 〈初出〉『秋元松代全集』第四巻。〈初演〉一九八二年一一月五日〜一二月二六日、東宝製作、蜷川幸雄演出により東京・帝国劇場で初演された。〈スタッフ〉演出／蜷川幸雄、装置／朝倉摂、照明／吉井澄雄、音楽／猪俣公章、劇中歌／前川清、振付／花柳錦之輔、効果／本間明、殺陣／安川勝人、邦楽指導／本條秀太郎、歌唱指導／大倉由紀枝、装置助手／伊藤保恵、考証／林美一、アートディレクター／辻村ジュサブロー(現・寿三郎)、演出補／岡本義次、演出助手／山田孝行・滝沢辰也・粟飯原和弘、製作／中根公夫・田口豪孝。〈キャスト〉青山左門／平幹二朗、芸者小万／加賀まりこ、愛人新七／菅野忠彦(現・菜保之)。浪岡忠三郎／瀬下和久、姉娘お玉／市原悦子、妹娘お糸／平淑恵、最上伊兵衛／嵐徳三郎、鈴虫の権三／金田龍之介、弟の金貸座頭堂山検校／三谷昇、白一／塩島昭彦、皿一／大門伍朗、炭一／佐藤輝昭、産婆おさん／桜むつ子、小万母お紺／山岡久乃、色若衆浪之助／清家栄一、同幾丸／中越司、ずぶ六／大友龍三郎、土手平／角間進、目太八／杉崎昭彦、三平／青山達三、長屋家主／樫原哲也ら。

2 清春芸術村 東京・銀座で吉井画廊を経営する吉井長三が八二年に、山梨県北巨摩郡長坂町(現・北杜市)の小学校敷地跡約一万七〇〇〇平方メートルに、円形アトリエや、内外の画家たちが長期滞在して絵筆を揮える平屋建ての個室アトリエ清春荘などを建設した。後に美術館、礼拝堂、梅原龍三郎アトリエと充実していく。武者小路実篤に傾倒した吉井が建てた芸術家たちの「新しき村」だ。

3 「盟三五大切」 四世鶴屋南北が書き、一八二五年に江戸で初演された全二幕の生世話狂言。南北作「東海道四谷怪談」と同じ「忠臣蔵」外伝劇。女の欺しに引っかかった男の復讐劇だけに、怨みの大量殺人劇へと徹底された。塩冶家(浅野家)の金が盗まれたため、当番役の不破数右衛門は薩摩源五兵衛に名前を変えて浪人となり、弁済金を工面する。残りは一〇〇両。伯父富森助右衛門から借りて義士に加わろうとする。一方、数右衛門に恩ある了心は、船頭の笹野屋三五郎の名を持つ息子の千太郎に、一〇〇両の金策を頼み、彼は情婦の芸者小万に命じる。小万は愛情を誓う「五大力」の入れ墨を腕にして、あろうことか金策を頼んだ源五兵衛その人を欺す。めぐり廻った金策の連鎖。欺されたと知った源五兵衛は五人を斬殺。次に小万に無理やり赤子を殺させ、小万の首を持ち帰る。三五郎は、源五兵衛から欺し取った金は当の源五兵衛に貢ぐ金と知り切腹する。源五兵衛は義士に迎え入れられる。

「五大力」とは書状の封じ目にこう書くと、他人に開封されずに相手に無事に届くといわれ、一八世紀前半に流行した。転じて男女が心変わりをしない誓いを示す言葉になり、大切な品や腕に五大力と書いたり彫ったりした。

4 「東海道四谷怪談」 一八二五年に江戸で初演された、リアルな生世話の「忠臣蔵」外伝劇。塩冶家浪人民谷伊右衛門は、自分の旧悪を知りお岩との離別を迫る舅の四谷左門を闇討ちにする。薬売りの直助権兵衛も恋の遺恨から佐藤与茂七と間違えて主筋の奥田庄三郎を殺す。仇討ちを決心したお岩・お袖姉妹は、下手人とは知らずにそれぞれと夫婦になる。隣家の伊藤喜兵衛は、伊右衛門への孫娘お梅の恋心を叶えるため、お岩に毒を盛る。伊右衛門は高家(吉良家)に仕官するため邪魔になるお岩を捨て、彼女は嫉妬のため悶死する。伊右衛門はお梅と祝言を上げるが、お岩のたたりで喜兵衛とお梅を殺してしまい、最後にはお岩の亡霊に悩まされ、義士の与茂七に討たれる。一方、お袖は直助権兵衛と夫婦の契りを結ぶ。ところが死んだと思った与茂七が無事な姿を見て、言い訳できずに自害する。しかし直助権兵衛はお袖が実の妹と知り、畜生道を恥じて自害する。

第一二章　旅する心　評伝「菅江真澄」

1　『菅江真澄遊覧記』　秋田県立博物館のまとめでは、国の重要文化財に指定されている菅江真澄著『菅江真澄遊覧記』は八九冊を数える。内訳は日記三九冊、地誌三八冊、風景画の勝地臨毫一二冊。装丁の違いから、文化財指定では七七冊一二帖の呼び方をしている。国は指定するに当たり、旅日記以外の著作も『菅江真澄遊覧記』と総称している。

全集は、原文で表記し、豊富な写生画図版を収めた『菅江真澄全集』全一二巻、別巻一巻が、内田武志・宮本常一編集により、七一～八一年に未来社から出た。現代語訳は、内田・宮本編訳で平凡社(東洋文庫)から一九六五～六八年に全五冊出ている。この他に内田編『菅江真澄随筆集』(六九年、東洋文庫)がある。

2　フェルナンド・ペアソ(一八八八～一九三五)　ポルトガル出身の詩人、作家。本人名義の他、多くの別の名で作品を発表した。生前はほぼ無名だったが、死後に膨大な遺稿が発見された。根源的に自己のアイデンティティーを問う作品は、世界的に評価されている。著書に詩集『ポルトガルの海』(彩流社)、『不安の書』(思潮社)、『不穏の書、断章』(平凡社)など。

3　『不穏の書、断章』(澤田直訳)

4　同書

5　『菅江真澄　常民の発見』(淡交社)

6　同書

7　同書

8　柳田は『菅江真澄』(『定本柳田國男集』第三巻)で「旅と学問という本来両立し難いものを調和させ、旅の途上にあって円熟した稀な実例」と評した。同集第三巻には、真澄の厳密な実証精神、気力の充実を称えた以下の六編を収めている。①白井秀雄とその著述、②秋田県と菅江真澄、③信州と菅江真澄、④遊歴文人のこと、⑤正月及び鳥、⑥菅江真澄の旅。

9　『菅江真澄遊覧記四』

10　「水の面影」『菅江真澄随筆集』

11　中村幸彦「白太夫考」(『文学』一九七七年八月号、岩波書店)

最終章　勝つ

1　黒塚の女　謡曲「黒塚」、別名「安達原《あだちがはら》」を指す。陸奥の安達が原の一軒家に住み、人を食べる鬼女伝説から生まれた。山伏一行が一夜の宿を乞い、女がもてなしの焚火をするために山へ木をとりに行くが、寝所の中だけは見てはいけないと言い残す。しかし、一行の一人が約束を破り、その部屋をのぞいて山と積まれた人の死骸を見てしまう。女は鬼女の本性をあらわし、約束を破ったと恨みと絶望から襲いかかる。山伏たちの必死の祈りのために、恨みの声を残して消え失せる。

2 『病牀六尺』 俳人、歌人の正岡子規(一八六七〜一九〇二)が、結核と脊椎カリエスの病床で、死の二日前まで心境を書き続けた随筆集。病苦の心身の苦しみを訴えながら写生に楽しみ、子供の教育論など多彩な話題が盛り込まれている。

3 「パパのデモクラシー」 永井愛が九五年に発表、自身の演出で上演した。戯曲のあとがきで、「今日から民主主義です」といきなり言い渡された時の、価値観の激変、その理解のチグハグからおきる混乱の気分を感じてみたくて書いた、とある。九五年度の文化庁芸術祭大賞を受賞した。

4 「書く女」 永井愛が二〇〇六年に発表、自身の演出で上演した。樋口一葉(一八七二〜九六)を主人公にして、「書く女としての成長のポイントを辿った」(永井)。小説家を志した一八九一年一九歳から、「大つごもり」「たけくらべ」などの名作を次々に発表した「奇跡の十四ケ月」を挟んで、二四歳で死ぬ九六年までを舞台にした。一葉の書く本質を、冷笑の奥にある涙、恋の喜びと苦しみの果てにある「厭う恋」に求めた卓見が、戯曲を引き締めた。

5 半井桃水(一八六〇〜一九二六) 「東京朝日新聞」記者、大衆小説作家。数多くの通俗小説を東京朝日新聞に連載した。晩年は長唄、清元などの歌詞を作り、邦楽界で活躍した。樋口一葉の恩師でもあり、一葉は彼への思慕を抱いていた。

6 長谷川時雨(一八七九〜一九四一) 岩橋邦枝著『評伝長谷川時雨』(九三年、筑摩書房)によれば、坪内逍遥に師事して日本で最初の女性の歌舞伎作家となり、一九一一(明治四四)年に「さくら吹雪」が、六代目尾上菊五郎らにより歌舞伎座で初演された。翌四五年に菊五郎、二代目市川猿之助らと新舞踊の発表と古典舞踊の復活を目的に舞踊研究会を起こした。演劇雑誌『シバヰ』まで創刊し、後に菊五郎と狂言座を結成している。文芸雑誌『女人藝術』を主宰し、執筆陣に女流作家の大家から新人までを網羅した。『放浪記』を同誌に二〇回連載した林芙美子ら優れた女流作家を多く世に出した組織力が際立った。『雪之丞変化』を書いた夫のベストセラー作家三上於菟吉《おときち》(一八九一〜一九四四)の尽力も大きかった。また、女流劇作家を養成する燦々会も結成した。日中戦争がはじまると銃後奉公の団体「輝ク会」を結成した。この部分の経歴が、戦後の時雨評価をひるませているようだ。小説や演劇評も書いた時雨は、親友の岡田八千代(一八八三〜一九六二)と共に明治・大正・昭和のスター的存在だった。

7 長田育恵 一九七七年、東京都生まれ。二〇〇九年に、てがみ座を旗揚げして全公演の戯曲を手掛ける。一六年『蜜柑とユウウツ——茨木のり子異聞』で鶴屋南北戯曲賞を受賞。

(本註の作品と出演者らの記述は、扇田昭彦さん作成の『秋元松代全集』全五巻(筑摩書房)解題を中心に、山本の調査を加えて作成した)

主要参考文献

『　』内は単行本・雑誌名。「　」内は記事・論文名

第一章　想う

秋元松代「白珠――橋本多佳子さんのこと」「梅雨のころ」「旅行者の回想」「夢のかけ橋」『秋元松代全集』第五巻、二〇〇二、筑摩書房
山下一海『俳句の歴史』一九九九、朝日新聞社
太地稔子・清水博純『喜和子追想』一九九八、情報センター出版局
大下英治『太地喜和子伝説』二〇〇〇、河出書房新社
日本放送作家組合編『テレビドラマ代表作選集』八五年版・八六年版、一九八五〜八六、日本放送作家組合
長田渚左『欲望という名の女優　太地喜和子』一九九三、角川書店
沢部仁美『百合子、ダスヴィダーニヤ』一九九〇、文藝春秋
瀬戸内寂聴『孤高の人』一九九七、筑摩書房
山本俊一『日本らい史』増補、一九九七、東京大学出版会

第二章　家を出る

秋元松代『秋元松代戯曲集』一九六二、文学散歩出版部
同『秋元松代全集』第五巻
相馬庸郎『秋元松代――希有な怨念の劇作家』二〇〇四、勉誠出版
庄中健吉『俳人・秋元不死男』一九八三、永田書房
『秋元不死男集』秋元阿喜(脚註)、一九八四、俳人協会
「秋元不死男追悼」『俳句とエッセイ』一九七七年一〇月号
秋元不死男特集号『俳句研究』一九七四年四月号
秋元不死男追悼特集『俳句』一九七七年一〇月号
「杉田久女と橋本多佳子」『俳句とエッセイ』一九八八年二月号
秋元松代「終焉前後」『俳句』一九七七年一〇月号
同「『家』と闘う女性の系譜」『婦人公論』一九五六年七月号
永井隆『長崎の鐘』二〇一〇、日本ブックエース

第三章　デビューのころ

中野重治『村の家・おじさんの話・歌の別れ』一九九四、講談社文芸文庫
三好まり『泣かぬ鬼父三好十郎』一九八一、東京白川書院
片島紀男『悲しい火だるま――評伝・三好十郎』二〇〇三、日本放送出版協会
秋元松代「若き日の家出」『婦人公論』一九五八年二月号
同「結婚よりも戯曲を選んで」『婦人公論』一九六三年六月号

第四章　脱皮

イェーリンク『権利のための闘争』村上淳一訳、一九八二、岩波文庫
倉林誠一郎『新劇年代記〈戦後編〉』一九六六、白水社

第五章　放送劇はやめられない

木村好子『極めて家庭的に』一九五九、新日本詩人社
西澤實『ラジオドラマの黄金時代』二〇〇二、河出書房新社

日本放送作家協会編『現代日本ラジオドラマ集成』一九八九、沖積舎
円地文子「女坂」「女面」『新選現代日本文学全集一七　円地文子集』一九五九、筑摩書房
円地文子・秋元松代『女舞』一九六〇、講談社

第六章　娼婦たち

長田真理和『女を売るのも国のため――女衒村岡伊平治』一九八二、晴文社
『日本残酷物語第一部　貧しき人々のむれ』一九五九、平凡社
鈴木静夫『物語フィリピンの歴史』一九九七、中公新書
エーリッヒ・ノイマン『意識の起源史』上・下巻、林道義訳、一九八四〜八五、紀伊國屋書店
宮本研『からゆきさん』『宮本研戯曲集』第五巻、一九八九、白水社

第七章　リアリズムを超える

劇団仲間『劇団仲間四五年史〔一九五三―一九九八〕』二〇〇〇、劇団仲間
音盤「ラジオ・ドラマ――音と沈黙の幻想」ＬＰ版レコード、一九七三、コロムビア
菅孝行『想像力の社会史』一九八三、未来社
柳田國男「山の人生」『定本柳田國男集』第四巻、一九六二、筑摩書房
秋元松代・五来重「五来重連続対談　民俗と文学⑦劇作と民俗の旅」『短歌』一九七八年九月号
阪田寛夫『漕げや海尊』一九七九、講談社
青木哲夫「逸見勝亮著『学童集団疎開史――子どもたちの戦闘配置』を読む」『日本教育史研究』一九九九年八月号
岩崎英精編集『丹後の宮津――史跡と名勝をめぐる』一九六三、天橋立観光協会
郡司正勝「道行の発想」『かぶきの美学』一九六三、演劇出版社

第八章　戦後に甦る和泉式部伝説

『和泉式部日記』近藤みゆき訳註、二〇〇三、角川書店
磯田光一ほか編『新潮日本文学辞典』一九八八、新潮社
柳田國男「女性と民間伝承」『定本柳田國男集』第八巻、一九六二、筑摩書房
同「桃太郎の誕生」同八巻
五来重「高野聖」『五来重著作集』第二巻、二〇〇七、法藏館
武敬子『たけさんのプロデューサー物語』一九八八、朝日新聞社
渡辺保「声と身体性のゆくえ」『二一世紀文学の創造6』二〇〇二、岩波書店
熊井啓　映画「式部物語」
同『映画の深い河』一九九六、近代文藝社
謡曲「誓願寺」『新日本古典文学大系57　謡曲百番』一九九八、岩波書店
謡曲「東北」、野上豊一郎編『謡曲選集』一九三五、岩波文庫

第九章　「七人みさき」の天皇制

「源氏物語の人びと」『国文学』一九九一年五月号、学燈社
折口信夫「源氏物語における男女両主人公」『折口信夫全集』

第八巻(国文学篇第二)、一九五五、中央公論社
同「源氏の色好み」同第一四巻(国文学篇第八)、一九五五、中央公論社
同「源氏物語研究〔座談会〕」『折口信夫全集(ノート編)』第一五巻(源氏物語二)、一九七一、中央公論社
西村亨編『折口信夫事典』一九八八、大修館書店
『古事記』雄略天皇の条にある「引田部赤猪子」項
山口佳紀・神野志隆光校注・訳『新編日本古典文学全集1 古事記』一九九七、小学館
『古事記』允恭天皇の条
村上重良『天皇の祭祀』一九七七、岩波新書
田中千禾夫『劇的文体論序説下』一九七八、白水社

第一〇章　蜷川幸雄との出会い

近松門左衛門「冥土の飛脚」「卯月紅葉」「卯月潤色」『近松全集』第四・七巻、一九八六～八七、岩波書店
蜷川幸雄『蜷川幸雄・闘う劇場』一九九九、日本放送出版協会
同『Ｎｏｔｅ　一九六九―二〇〇一』二〇〇二、河出書房新社
同『演劇の力』二〇一三、日本経済新聞出版社
蜷川幸雄・長谷部浩『演出術』二〇〇二、紀伊國屋書店
高橋豊『蜷川幸雄伝説』二〇〇一、河出書房新社
扇田昭彦『蜷川幸雄の劇世界』二〇一〇、朝日新聞出版
蜷川幸雄・山口宏子ほか『蜷川幸雄の仕事』二〇一五、新潮社

第一一章　八ヶ岳への移住

鶴屋南北「桜姫東文章」「盟三五大切」「東海道四谷怪談」『鶴屋南北全集』第六・四・一一巻、一九七一～七二、三一書房
吉井長三『銀座画廊物語――日本一の画商人生』二〇〇八、角川書店
『清春』一周年記念号、一九八二、清春芸術村『清春』出版部

第一二章　旅する心 評伝「菅江真澄」

フェルナンド・ペソア『不穏の書、断章』澤田直訳、二〇一三、平凡社
菅江真澄『菅江真澄遊覧記』全五巻、一九六五～六八、平凡社
秋元松代『菅江真澄　常民の発見』一九七三、淡交社
同『菅江真澄』一九七七、朝日新聞社
柳田國男「菅江真澄」『定本柳田國男集』第三巻、一九六三、筑摩書房
色川大吉『柳田國男』一九七八、講談社
中村幸彦「白太夫考」『文学』一九七七年八月号

最終章　勝つ

永井愛『こんにちは、母さん』二〇〇一、白水社
同『日暮町風土記』二〇〇二、而立書房
同『パパのデモクラシー』一九九七、而立書房
同『書く女』二〇一六、而立書房

あとがき

私の「秋元松代体験」は、そう早くはない。一九七九年の帝劇公演「近松心中物語」から秋元さんの芝居を見始めた。当時、朝日新聞の演劇担当記者をしており、何回かインタビューでお会いしてはいる。その後に発表された新作の初演や代表作の再演を見て、戯曲集を読んではいた。しかし所詮、その程度に過ぎなかった私が本書を書くことを思い立ったのは、秋元日記との出会いだった。秋元さんの著作権継承者の林美佐さんが、全日記を読むこと、評伝に引用することを承諾し、励ましてくれた。この出会いがなかったら、本書は誕生しなかった。林さん、ありがとうございました。

秋元日記の存在は、秋元さんが亡くなられた翌年に筑摩書房から出された『秋元松代全集』全五巻の月報に抄録が載っていたので知ってはいた。内容からして、全日記を通読すれば、戦後を生きた一人の稀有な劇作家の創作の秘密を見られるかもしれないというジャーナリスティックな予感を持った。仕事柄、劇場に日夜通いながら日記を読み始めたのは、もう八年前になる。

現存する日記は、私のカウントでは二四九冊ある。一九四一年から亡くなる三日前の二〇〇一年四月二一日までの六〇年間の日々を、流麗なペン字でノートや自由日記帳に記していた。欠けた部分はほぼないだろう。この他に、日記とも取材記とも判断つかない手帳や作品覚書類が一四六冊あった。日記はすべてが事実かどうかわからない。自分をかばう表現もあるだろう。しかし晩年の秋元さんが次のように日記に書いていたので、信憑性と価値があると意を強くした。

《なぜ日記をつけるようになったか。人に公表するという意識はまったくなかったこと。独り身だったので独語の場としたこと。記憶を助けておく必要があったこと。自分の感情を整理するためには、文字を書いてみるのが効果的だったこと。それらを別にしても一日一日を大切にしたかったこと。文章を直したり誤字を訂正したりした箇所がところどころあるが、それは文章そのもの文字そのものへの尊重と愛のためで、公表を考えてではない。(文字を書く人間・作家としての自尊心)》

公表を考えていないとしてあるが、亡くなる少し前には月報に抄録の掲載を許可していた。日記は秋元作品同様、混沌とした魂の記述だった。抑圧した生々しい欲望と、そんな自分を冷静に批評する倫理意識が混在し、よりよく生きたいという願いと愛が渦巻いている。秋元文学創作の根が書いてあると思えた。そんな時、私の大学時代からの友人で、朝日新聞記者を経てノンフィクション作家をしている田中伸尚《のぶまさ》さんから、岩波書店編集部の山本賢さんを紹介してもらった。田中さんは岩波書店から『大逆事件』(日本エッセイスト・クラブ賞)などを出し、同書店編集者の信頼は厚い。辛抱強く待ってくれた山本さんからは、要所で的確な助言を頂いた。取材を進める中で、インタビューや調査に応じ、資料の便宜を図って頂いた多くの関係者の皆さんに、私は感謝するしかない、この場を借りてお礼申し上げます。最後になるが、秋元さんと同じ経営系列のソノラス・コートに居住している母美津子と、取材を助けてくれた妻雅子に、この本を捧げたい。

山本健一

二〇一六年一〇月一一日

秋元松代　年譜

※年次，年齢，事項．《　》内は，秋元日記からの引用部分

1911 年(明治 44)　0 歳

1 月 2 日，横浜市福富町の自宅で，漆器商の父秋元(旧姓大橋)茂三郎，母壽《とし》の四男三女(初雄，不二雄，美三，與四雄，君代，松代，千代)の次女として生まれる．茂三郎は，1869(明治 2)年に大橋清四郎・ふつの子として栃木県下都賀郡間々田村で生まれる．壽は 1877(明治 10)年に秋元康恕《やすのり》・清水志津の長女として東京で生まれる．1896(明治 29)年に茂三郎は壽と結婚し，秋元家に入婿した．

1914 年(大正 3)　3 歳

茂三郎は 1 月 14 日に，胃潰瘍で死去，45 歳．

1916 年(大正 5)　5 歳

横浜市立尋常高等吉田小学校に入学．

1923 年(大正 12)　12 歳

同小学校尋常科を卒業．9 月 1 日の関東大震災で自宅が倒壊．栃木県足利市の織物工場に勤めていた親類の住む社宅に一時，疎開．

1925 年(大正 14)　14 歳

1 月，同高等科第 2 学年 3 学期に級長．3 月，高等科第 2 学年卒業時に「学業操行優等」と表彰される．病弱のため進学しなかった．《独学で文学に親しんだ．近代劇作品に傾倒した．しかし作家を志望する意思を持たなかった．その時代の日本社会は旧い因習が根強く，女性の自立は困難だった》

1926 年(大正 15)　15 歳

次男不二雄を家長とする一家は，横浜市中村町唐沢に転居．

1929 年(昭和 4)　18 歳

3 月，私立戸板裁縫学校中等教員養成科を卒業．10 月，埼玉県の小学校正教員(裁縫)検定に合格．

1931 年(昭和 6)　20 歳

一家は東京市豊島区巣鴨に転居．銀座の第一徴兵保険会社保全課の邦文タイピストとして勤め始める(33 年あるいは 34 年から勤め始めたという記述も秋元日記にある)．《ともかく自立した生活は可能だった》．9 月，満州事変．

1936 年(昭和 11)　25 歳

一家は横浜市根岸町に転居．

1938 年(昭和 13)　27 歳

壽から松代に出した手紙の宛先は，東京市下谷区車坂町　清水商店方．一人暮らしを始めた．

1939 年(昭和 14)　28 歳

壽から秋元への手紙の宛先は，東京市神田区須田町　大河原操様方，と変わった．4 月 6 日，壽は入院先の病院(横浜市中区)で急性肺炎のため死去，62 歳．妹千代の養母山上カクも 5 月 31 日に死去．

1940 年(昭和 15)　29 歳

5 月，東京市下谷区谷中坂町，清和荘アパートに転居．9 月，灯火管制の予行演習が行われる．

1941年(昭和16)　30歳

1月，兄與四雄は肺結核で東京府下の小平村の病院に入院．2月，不二雄は俳誌に発表した俳句理論のため治安維持法で検挙されて東京・高輪署で10カ月の留置．この間に職を失う．《衣服，装身具その他売れる物は片端から処分して生活費としていた》．6月，日記第一冊を書く．友人の加藤幸子との交友が深まり，時に生活費の援助も受ける．次兄美三は横浜市中区石川町で古書店の湘風堂書店を経営．7月，與四雄が肺結核で死去，33歳．12月8日，太平洋戦争が始まる．元共産党員の美三は翌9日，特高警察に予防拘禁で逮捕される．

1942年(昭和17)　31歳

11月，美三が保釈．

1943年(昭和18)　32歳

2月，不二雄が保釈．11月，「左肺炎と肺門リンパ腺，ラッセルがとてもはっきりしている．安静生活をせられたし」と医院で診断．

1944年(昭和19)　33歳

6月，発熱と肋膜炎のため病床に伏す．《食べるものも金もなく用事をしてくれるものもない》．幸子が献身的に見舞う．B29による激しい空襲下，亡き母のことをしきりに思う．私家版歌集『天の露霜』を作る．11月，第一徴兵保険会社を退職．

1945年(昭和20)　34歳

5月，横浜空襲により，横浜市中区石川町の美三所有の倉庫に保管しておいた，41年以前に書いた日記や詩，短歌の作品などをすべて焼失．7月，一時的に避難，同居していた不二雄宅から，東京の清和荘に戻る．8月9日，長崎市に住む妹千代一家3人は原爆で全員が被爆死．15日，終戦．幸子は，自宅が空襲で焼失し，両親は故郷の信州へ疎開していたので，空襲を免れた清和荘の秋元の部屋に仮寓して，NHK東京放送劇団の声優として勤務．《政府は総崩れ，日本の上下は醜態の限りに狼狽し，不正と強欲と無気力と媚態の屑である．公園に餓死の屍，散見し始む．復員兵士は浮浪の徒と化し，工員は細民に堕ち，百姓は強欲を貪り，女は売淫となる》

1946年(昭和21)　35歳

2月，三好十郎が東京都世田谷区赤堤の自宅で，戯曲研究会を開く．3月，入館希望者が外に列をなす上野図書館に朝から弁当持参で通い，読書と歌集の書写．4月8日，幸子に勧められ三好宅を訪ねる．放送劇の稽古中で，山本安英，山村聡，永田靖に会う．三好から研究会に出席するよう勧められる．総選挙で，女性に初めて参政権が与えられる．21日，初めて研究会に出席．会員は石崎一正，押川昌一，高橋昇之助ら．5月，研究会で戯曲第1作「軽塵」を提出して三好から賞賛され，自信と野心を持つ．7月，転向を扱った戯曲「秋の客」を書く．10月，研究会で放送劇(ラジオドラマ)「芦の花」を発表．12月，《物価騰貴に喘ぐ》．

1947年(昭和22)　36歳

1月，2・1ゼネスト中止．6月，NHK放送劇「うつろい」放送．「三人姉妹」(チェーホフ)などの古典戯曲の筆写を続ける．

1948 年(昭和 23)　37 歳

5 月，児童劇「雪のしずく」を書く．以後，「きれいな目」「研吉さんの親切」「屋根裏のロビンソン」など童話を児童雑誌に発表．6 月，戯曲「芦の花」を完成．10 月，《家賃 3 倍値上げ，250 円，(幸子との)同居料 100 円》．11 月，戯曲「礼服」を完成．12 月，「軽塵」を創造座が初演．

1949 年(昭和 24)　38 歳

1 月，静岡県相良町の旅館に 5 日間投宿して戯曲「婚期」を書く．2 月，『日本演劇』に掲載．4 月，「ことづけ」を『現代戯曲』に掲載．6 月，「礼服」を『劇作』に掲載し，8 月に俳優座が初演．《私はこの上演によって劇作家としての第一関門は通過したといえる》．11 月，清和荘アパートで 5 年間同居し，物心共に支えてくれた幸子が鈴木肇と結婚し，式に出席する．媒酌は兄の秋元不二雄・阿喜夫妻．鈴木家が千葉県市川市真間に所有する別荘を仕事部屋として借りるようになる．

1950 年(昭和 25)　39 歳

3 月，文化座が佐佐木隆の演出で戯曲「ことづけ」を東京・毎日ホールで初演．NHK からの依頼で夏目漱石「こころ」を放送劇に脚色．以後，民放を含め数多くの内外の名作小説を放送劇に脚色する．5 月，兄の俳人不死男(俳号)が市川市の鈴木家別宅で開いた句会で俳人の橋本多佳子と初めて会う．10 月，戯曲「日々の敵」が完成．12 月，『悲劇喜劇』に掲載．

1951 年(昭和 26)　40 歳

2 月，放送劇「蝶の夢」が NHK から放送．《税の申告で前年度の総収入が 6 万円ほどであることが分る．貧しさおどろくべし》．5 月，戯曲「婚期」が俳優座の勉強会公演で初演．4〜5 月，俳優座が千田是也演出「日々の敵」を東京・三越劇場で初演．初日の 11 日にロシア文学翻訳家の湯浅芳子と会う．6 月，放送劇「金と銀」が放送．

1952 年(昭和 27)　41 歳

1 月，NHK で放送劇「他人の手」放送．2 月，幸子の紹介で神奈川県鎌倉市極楽寺の竹村宅に下宿．3 月，戯曲化された「他人の手」が新派大合同公演として水谷八重子(初代)の主演により新橋演舞場で初演．4 月，兄の不二雄と美三が竹村宅にきて泥酔し，松代に大けがをさせる．2 人に絶交の手紙を出す．以後，77 年に死去する不二雄を見舞うまで 25 年間，交際は絶えた．11 月，NHK で放送劇「かぶとの下」放送．12 月，鎌倉市極楽寺の皆川宅の離れ座敷に転居．

1953 年(昭和 28)　42 歳

2 月，放送劇「車輪」脱稿．5 月，戯曲「死のパン」を脱稿し，6 月に俳優座の千田是也らと話し合うが不調に終わり，持ち帰る．大晦日，《25 万円の余剰が手元に残った．苦痛を忘れるために，良く働いたのである》．

1954 年(昭和 29)　43 歳

4 月，俳優座劇場開場．同月，NHK 放送劇「金丸ウメの服罪」放送．11 月，大阪放送劇団が「礼服」上演．戯曲「もの云わぬ女たち」を『婦人公論』11 月号に発表．以後，戯曲は 5 年間の休筆期間に入る．

1955年(昭和30)　44歳

2月,「もの云わぬ女たち」を劇団民藝が東京・一ツ橋講堂で初演. 3月, NHK放送劇「母百万」放送. 主役を演じる毛利菊枝と初めて会う. 5月, 東京都新宿区新小川町の江戸川アパート6階の4畳半の部屋に転居. 西向きの狭い単身者用個室で家賃3500円. 《西日の当る人生, いつまでもこれが私について廻る人生のような気がする. そして甚だしく腹立たしい. 西向きの生活から, 東南の人生へ回転することは, 何と長い年月と血の努力を必要とすることか. まだ当分, 私の上にはやって来そうもないのだ. 生涯の大半を注ぎこんで, やっとその終わりに実現できるだろう. その時になって, 白々しい虚しい満足を感ずるではないかとさえ思われる》. 7月, NHK放送劇「虎の尾」放送. 11月, 東京・渋谷の岡田八千代宅を初めて訪問する.

1956年(昭和31)　45歳

4月, ラジオ東京のラジオドラマ「雲雀」放送. 8月, 中部日本放送のラジオドラマ「赤猪子の恋」放送. 民放祭ドラマ部門第1位受賞. 劇団仲間の文芸演出部員になる. 11月,「かさぶた式部考」の助走となったNHKラジオドラマ「ある炭坑夫の手帖」を書く.

1957年(昭和32)　46歳

3月, 不二雄は根岸から東京都杉並区下高井戸の借家に転居. 甥の秋元近史が日本テレビ入社. 4月, 売春防止法施行. 7月, 黒い汚水が淀む築地川に臨んだ中央区築地の波奈井旅館を仕事部屋にして仮住まいする.

1958年(昭和33)　47歳

円地文子原作の小説を脚色した朝日放送の連続ドラマ3部作の第1部「女坂」78回を放送. 以後, 59年に「女面」90回, 59年12月〜60年4月に「女舞」102回を放送. 9月,「蝶の夢」のモデル矢島玉女が自殺. 12月, 三好十郎死去.

1959年(昭和34)　48歳

7月, 能楽師桜間金太郎(19世, 本名龍馬)に入門. 11月, 中部日本放送制作の放送劇「軽の太子とその妹」放送.

1960年(昭和35)　49歳

柳田國男民俗学に60年前後から親しむ. 6月15日, 国会前で安保反対の学生デモ隊と警察隊が衝突し死傷者がでる. 7月, 中央公論社からの依頼で, 三井石炭鉱業三池鉱業所(三井三池鉱)の大労働争議の現地へ行く. 8月,「村岡伊平治伝」を脱稿. 10〜11月,「村岡伊平治伝」を劇団仲間が東京・砂防会館ホールで初演, 第15回芸術祭奨励賞を受賞. 11月, 大阪の朝日放送制作の放送劇「常陸坊海尊」が放送され, 脚本は芸術祭ラジオ部門奨励賞を受賞.「村岡伊平治伝」と共にダブル受賞となる.

1961年(昭和36)　50歳

7月, NHK放送劇「極めて家庭的に―木村好子の詩集より」放送. 8月,「芦の花」をぶどうの会が第1回創作劇研究会公演として東京・日仏会館ホールで初演. この頃, 瀬戸内海にある国立療養所の長島愛生園に暮らすハンセン病患者の吉成稔と文通を始めた. 稔の死後は妻の良子と文通した. 良子は秋元が亡くなる2001年4月の3カ

月後に79歳で亡くなった.

1962年(昭和37)　51歳

2月，岡田八千代逝去．6月，与謝野晶子の生涯を描いた朝日放送制作の連続放送劇「みだれ髪」102回完了．11月，『秋元松代戯曲集』(文学散歩出版部)刊行．12月，放送劇「まぼろしの魚」NHKで放送.

1963年(昭和38)　52歳

5月，俳人橋本多佳子死去，64歳．8月，波奈井旅館を出て江戸川アパートに戻る．11月，三井三池鉱で炭塵爆発事故が起きる．死者458人，生存者839人がCO中毒後遺症患者として苦しむ.

1964年(昭和39)　53歳

1月，東京都豊島区東長崎のアパート山吹荘1号室に転居．8月，「マニラ瑞穂記」をぶどうの会が東京・砂防会館ホールで初演．9月，福岡市・RKB毎日放送のテレビドラマ「山ほととぎすほしいまま」放送．11月，『マニラ瑞穂記・常陸坊海尊』(牧羊社)を刊行．持ち株を売却して分譲中の目黒区中町目黒第三コーポ407号を購入して転居．《仕事には全力をつくし，その収入で生活を営んで行く．やっとここまで来た．仕事で生活できない日が長く，その後は軽薄な金持ち気分でいた．いまやっと，地道な一人立ちになった》．同コーポに89年まで25年間住む.

1965年(昭和40)　54歳

3つの賞を受賞した充実した年だった．戯曲「常陸坊海尊」が田村俊子賞．11月，RKB毎日放送が放送したテレビドラマ「海より深き―かさぶた式部考」は，テレビドラマ部門芸術祭賞．同11月，NHKラジオドラマ「きぬという道連れ」が放送され，芸術祭ラジオ部門奨励賞を受賞.

1966年(昭和41)　55歳

2月，戯曲「山ほととぎすほしいまま」を俳優座に書き下ろしたが，幹部俳優の反対で上演されず，作品を引き上げる．7月，RKB毎日放送のテレビドラマ「アディオス号の歌」放送.

1967年(昭和42)　56歳

3月，東宝演劇部から「徳川の夫人たち」の脚色依頼で，渡辺邦夫(筆名・渡辺保)氏らが来訪．5月，NHKテレビドラマ「三國屋おなみ」放送．6月，与謝野鉄幹との恋に悩んだ歌人山川登美子をモデルにしたテレビドラマ「若狭の女」がフジテレビで放送．9月，「常陸坊海尊」を演劇座が俳優座劇場で初演.

1968年(昭和43)　57歳

2月，テレビドラマ「マギーの母ちゃん」NHK総合テレビから放送．7月，高知県赤岡町に幕末の異端浮世絵師・絵金(弘瀬金蔵)の絵を見に行く．11月，「常陸坊海尊」を演劇座が再演し，戯曲(脚本)が芸術祭賞を受賞．これで「常陸坊海尊」は放送脚本，戯曲文学，舞台の3分野で受賞したことになる．兄不二雄は横浜市港北区下田町の新居に転居.

1969年(昭和44)　58歳

戯曲「かさぶた式部考」が『文藝』に掲載され，毎日芸術賞を受賞．6月，演劇座が俳優座劇場で初演．11月，『かさぶた式部考・常陸坊海尊』(河出書房新社)刊行.

1970年(昭和45)　59歳

1月，前年度の収支決算をしたら，《年収70万円と少々》．個人出資して演劇座稽古場を東京・江古田に完成．演劇座は後に解散．3月，高知県赤岡町を旅行中に，地元の人が「七人みさき」とよぶ素朴な宴に出会い，同名作品の想を得る．6月，戯曲「きぬという道連れ」を雑誌『辺境』第1号に掲載．11月，NHKテレビドラマ「七人みさき」放送．芸術祭優秀賞．

1971年(昭和46)　60歳

1月，テレビドラマ「七人みさき」が雑誌『辺境』第3号に掲載．11月，柳田國男の著作から菅江真澄を知って読み始める．

1972年(昭和47)　61歳

1月，東京・丸の内の日本チッソ本社前で水俣病患者を支援する人々の座り込みを見舞い，ハンストをしている石牟礼道子さんに初めて会い，上野英信，竹内好らに紹介される．《石牟礼道子さんから刷物が送られていたので，在京の人間として，お見舞いに行こうと思って来た》．74年8月には石牟礼さんから電話．《声だけでも聞きたくなったので——とのことだった．そう思ってくれる人のいることは，何とうれしいことだろう．救われ慰められるのは，こちらである．平常，おつきあいがあったわけではなく，一日二日の座り込みの日に初めて会い，それきり会うこともなかったのだ．20分ほど話した》．10月，NHKテレビドラマ「北越誌」放映．11月，淡交社『菅江真澄　常民の発見』執筆のため，真澄の足跡を訪ねる旅を始める．

1973年(昭和48)　62歳

3月，「かさぶた式部考」を劇団民藝が上演．同月，吉成良子を長島愛生園に訪ねる．11月，『菅江真澄　常民の発見』を淡交社から出版．

1974年(昭和49)　63歳

5〜7月，民藝が「きぬという道連れ」を初演．

1975年(昭和50)　64歳

ラジオドラマ「われも子なれば」(NHK・芸術祭優秀賞)が放送される．戯曲「七人みさき」を『文藝』4月号に掲載．5月，「アディオス号の歌」を民藝が初演し，紀伊國屋演劇賞個人賞を受賞．

1976年(昭和51)　65歳

2月，「七人みさき」が読売文学賞を受賞し，3〜5月に民藝が「七人みさき」を初演．『秋元松代全作品集』全3巻(大和書房)が出版．

1977年(昭和52)　66歳

5月，『菅江真澄』を朝日新聞社から出版．同月，美三が府中の病院で死去，72歳．7月，不二雄が直腸がんで死去，74歳．兄二人を続けて失い，ルーツを確かめるように11〜12月に，横浜市内の生地と転居先，父の出身地間々田を訪ねる．

1978年(昭和53)　67歳

2月，日生劇場で平幹二朗主演の「王女メディア」を見て蜷川幸雄と初めて会う．東宝から「近松心中物語」執筆を依頼され，12月に脱稿．

1979年(昭和54)　68歳

2〜3月，「近松心中物語」が帝国劇場で初演．菊田一夫演劇賞受賞．紫綬褒章を受章．

1980年(昭和55)　69歳

5月，上演を禁止していた「山ほととぎすほしいまま」を俳優座が増見利清演出により，紀伊國屋ホールで初演．8〜9月，「元禄港歌」を東宝が帝国劇場で初演．

1981年(昭和56)　70歳

3月，太地喜和子が「元禄港歌」の演技で，芸術選奨新人賞受賞．4月，「近松心中物語」が再演され，芸術祭大賞を受賞．夏，最後の戯曲となった「南北恋物語」準備のために南北作品を読みこむ．

1982年(昭和57)　71歳

1月，吉井画廊社長の吉井長三が経営する山梨県北巨摩郡長坂町(現・北杜市)の清春芸術村清春荘106号室に移住する．89年まで7年間滞在した．最後の戯曲「南北恋物語」を10月に脱稿．11〜12月に帝国劇場で初演．

1983年(昭和58)　72歳

9月，NHKからテレビドラマ近松シリーズの企画が出されて，11月に大阪へ取材旅行．

1984年(昭和59)　73歳

10月，NHKテレビドラマ「心中宵庚申」が放映され，芸術祭大賞(テレビドラマ部門)を受賞．同月，市原悦子主演の「きぬという道連れ」が渋谷ジャン・ジャンで上演．

1985年(昭和60)　74歳

勲四等宝冠章を受章．10月，NHKテレビドラマ「おさんの恋」が放映．

1986年(昭和61)　75歳

10月，NHKテレビドラマ「但馬屋のお夏」放映．これ以降ドラマは書いていない．

1987年(昭和62)　76歳

4月，瀬戸内海でハンセン病治療に生涯を捧げた女医，小川正子の墓を山梨県石和に詣でる．

1988年(昭和63)　77歳

6月，「かさぶた式部考」の映画化が決まる．7月，《(新幹線の)車中食物が胸につかえてトイレで吐く．病気の予感がある》．9月，東京都世田谷区瀬田の日産玉川病院に入院．4時間に及ぶ食道潰瘍の手術を受け，11月に退院し，長野県茅野市の諏訪中央病院に入院．《永住できるところを探すのがよいと思う．生涯の収束を自分の意志と手によって行いたいと思った》と有料老人ホームを探し始める．

1989年(平成元)　78歳

1月，昭和天皇逝去．2月，諏訪中央病院を退院して清春を引き上げ，神奈川県茅ヶ崎市汐見台の介護付き有料老人ホーム，ビバリー・コート茅ヶ崎(現・ソノラス・コート茅ヶ崎)に入居．10月，「近松心中物語」ヨーロッパ公演が成功．

1990年(平成2)　79歳

6月，熊井啓監督の映画「式部物語」(西友製作，東宝配給)が完成し，カナダ・モントリオール映画祭で最優秀芸術貢献賞(準グランプリ)を受賞．

1991年(平成3)　80歳

6月，3本同時に秋元の戯曲が上演された．10月，秋元の姉，宇田川君代が死去，94歳．《秋元壽の生んだ子女は，わたし一人を残して，すべて他界した》

1992年(平成4)　81歳

1月，妹千代の足跡を訪ねて長崎旅行．

10月，太地喜和子が静岡県伊東市の伊東港観光桟橋から車ごと海に転落して溺死.

1993年(平成5) 82歳

10月，毛利菊枝を宇治市の老人介護施設に訪ねる.

1994年(平成6) 83歳

12月，千田是也死去，90歳.

1995年(平成7) 84歳

1月，阪神・淡路大震災. 4月20〜30日，東京・下北沢のOFF・OFFシアターで，まにまアートが「極めて家庭的に」をラジオドラマ台本のまま舞台劇として初演.

1996年(平成8) 85歳

「近松心中物語」を2〜3月，名古屋・御園座で，4〜5月，東京・明治座で上演.《この作品はまさに新しい古典になった. 日本の新劇なるものが，単発の連続でしかなく，歴史的な積み重ねがなされなかった，伝統にならなかったことなどを改めて見直すものがあった》. 5月，サンシャイン劇場と近鉄劇場で，「村岡伊平治伝」を改題した「帝国こころの妻」(金盾進演出)を上演.

1997年(平成9) 86歳

3月，三井三池鉱山が閉山. 6月，神奈川県・大船中央病院で乳がんを手術. 9〜10月，近鉄劇場で「近松心中物語」上演. 11月，東京芸術劇場で戦後一幕物傑作選として，鈴木完一郎演出「礼服」を上演. 12月，世田谷パブリックシアターで「常陸坊海尊」を上演.

1998年(平成10) 87歳

10月，友人の佐多稲子死去.

1999年(平成11) 88歳

11月，神奈川県鎌倉市腰越の聖テレジア病院に通院.

2000年(平成12) 89歳

5月，同テレジア病院に入院し，11月に退院.

2001年(平成13) 90歳

1月，蜷川幸雄の毎日芸術賞授賞式に出席. 創設された朝日新聞社主催の朝日舞台芸術賞に賞金(毎回100万円)を醸出して部門賞の秋元松代賞を実現する. 4月3日，明治座で「近松心中物語」1000回公演挨拶. 最後の日記は4月21日. 23日入院，24日肺がんのため死去，90歳. ビバリー・コート茅ヶ崎に入居して12年後だった.

2002年(平成14)

『秋元松代全集』全5巻(筑摩書房)が出版.

山本健一
1944年東京生まれ．演劇評論家．慶應義塾大学法学部卒業．朝日新聞入社後，学芸部で文化，演劇を担当．東京本社編集委員を経て退職．現在，日本大学非常勤講師．朝日新聞夕刊他で劇評を執筆している．共著書に『げいのう舞台再訪』(大阪書籍)，『戦後芸能史物語』(朝日新聞社)など．

劇作家　秋元松代—荒地にひとり火を燃やす

2016年11月29日　第1刷発行

著　者　山本健一《やまもとけんいち》

発行者　岡本　厚

発行所　株式会社 岩波書店
〒101-8002 東京都千代田区一ツ橋2-5-5
電話案内 03-5210-4000
http://www.iwanami.co.jp/

印刷・精興社　製本・牧製本

ISBN 978-4-00-061166-4　　Printed in Japan